The Rescue

Maranello vs Ihiman

Swallow Knights Tales

김철곤 글 · 김성규 그림

판타지 장편소설
FANTASYSTORY & ADVENTURE

5

dream
books
드림북스

SKT 5

Swallow Knights Tales 5
술이 몸에 나쁜 서너 가지 이유

초판 1쇄 인쇄 / 2014년 12월 5일
초판 1쇄 발행 / 2014년 12월 19일

지은이 / 김철곤
그림 / 김성규

발행인 / 오영배
책임편집 / 편집부
펴낸 곳 / (주)삼양출판사 · 드림북스

주소 / 서울특별시 강북구 솔샘로67길 92
대표 전화 / 02-980-2112 팩스 / 02-983-0660
편집부 전화 / 02-980-2116 팩스 / 02-983-8201
블로그 / blog.naver.com/dreambookss

등록번호 / 제9-00046호
등록일자 / 1999년 3월 11일

ⓒ 김철곤 · 김성규, 2014

값 15,000원

ISBN 978-89-542-4480-0 (04810) / 978-89-542-4475-6 (세트)

* 지은이와 협의하에 인지는 생략합니다.
* 잘못된 책은 구입한 곳에서 바꾸어 드립니다.

이 도서의 국립중앙도서관 출판시도서목록(CIP)은 서지정보유통지원시스홈페이지(http://seoji.nl.go.kr)와
국가자료공동목록시스템(http://www.nl.go.kr/kolisnet)에서 이용하실 수 있습니다.
(CIP제어번호: 2014035233)

Swallow Knights Tales

김철곤 글 · 김성규 그림

SKT 개정판

5

술이 몸에
나쁜 서너 가지 이유

dream
books
드림북스

Swallow Knights
Tales

Contents

제1화

이름 없는 짐승 下

25.

　우리에게 다가오는 자들은 자그마치 다섯 놈, 그것도 모조리 똑같이 생긴 놈들이다. 마치 틀에 넣고 찍어 낸 물건처럼. 키스 경은 놀라울 만큼 여유로운 눈매로 어둠 속에서 서서히 다가오고 있는 그들을 주시했다.

　"이 녀석들이 얼마나 나를 닮았는지 확인해 볼⋯⋯."

　그들과 얼굴이 마주친 순간 키스는 말을 멈췄다. 키스 경은 자신을 짝사랑하던 사람이 실은 임금님이라는 것을 알았을 때보다도 열 배 정도 더 놀란 얼굴이었다.

　"미, 미, 미, 미온 경! 저것들 어째서 나하고 똑같은 거죠! 저

게 대체 어떻게 된 겁니까아아아아!"

"그, 그러니까 내가 계속 똑같다고 말했잖아요!"

어, 얼굴 치워! 무서워! 그리고 어떻게 된 건지는 내 쪽에서 물어보고 싶다고! 당신 실은 열쌍둥이였던 거 아냐? 그것도 일란성! 자신과 똑같은 '키스 군단' 앞에서 겁에 질려 덜덜 떨던 키스 경이 눈썹을 떨었다.

"불쾌해요. 무진장 기분 나빠요. 대단히 불쾌합니다아아!"

나는 솔직히 제아무리 키스 경이라지만 카론 경에게도 부상을 입힌 이런 녀석들을 다섯이나 상대로는 승리를 확신할 수 없다고 생각했다. 그러나 그것은 기우였다.

"이 아리따운 얼굴은 이 세상에 나 하나로 족하단 말입니다!"

온몸에 힘이 쭉 빠지는 멘트와는 달리 키스의 괴력은 무서울 정도로 압도적이었다. 그가 첫 번째 '키스'의 머리를 잡아 벽에 내던지자 두터운 건물 벽이 단숨에 부서지며 이층집이 무너져 내렸다.

뒤에서 달려들던 녀석이 키스 경의 등을 할퀴려 했지만, 키스 경은 어느새 검으로 긴 손톱을 튕겨 냈다. 그 격렬한 충격에 어깨뼈가 으스러지는 섬뜩한 소리가 터졌다. 단 한 번도 피하지 않은 채 붉은 눈빛을 흘리며 싸우는 키스 경의 모습은 감탄을 넘어서서 차라리 밤의 악령이었다.

나는 나도 도와야 한다는 사실조차 잊은 채 공포심마저 치밀어 오르는 그의 모습을 넋 놓고 지켜봤다. 키스가 슬슬 뒤로 물러나 내게 다가오며 서글픈 표정으로 말했다.

"아아, 미온 경. 나 자신을 때리는 기분이라서 마음이 찢어지는 것 같아요오."

"제대로 싸우지 않으면 다른 부분도 찢어지게 될걸요?"

저들은 마치 살아 움직이는 시체들처럼 끊임없이 다가오고 있었다. 설사 야수였다고 하더라도 본능적인 공포에 도망치고도 남았으리라.

그러나 그들은 팔이 부러지고 피를 흘리면서도 살기를 감추지 않았다. 키스는 자신을 향해 다가오는 '거울'을 보며 말했다.

"저 녀석들도…… 이름이 없겠죠? 나처럼."

"예?"

"그래요. 당신 말대로 이런 건 빨리 끝내는 편이 좋겠네요."

그때 키스가 멋대로 내 검을 뽑아드는 것이었다. 나는 깜짝 놀랐다. 그는 두 자루의 검을 들고 있었다. 그가 나직하게 말했다.

"미온 경, 기사단장으로서 명령 하나 할게요."

"네?"

"눈 감고 있으세요."

그 순간 키스가 눈앞에서 사라졌다. 아니, 내 시선이 뒤쫓지 못할 속도였다고 해 두는 편이 정확할 것이다. 두 자루의 검이 달빛 아래 번뜩이는 그 모습은 마치 두 장의 날개를 펼친 악마와 같았다.

능가하고 싶은 두 자루의 검, 카론 경이 그토록 집착한 사람은 바로 키스였다. 도리어 뒤로 물러서는 쪽은 저 야수들이었다. 키스 경의 움직임은 마치 몇십 배로 빠르게 흐르는 시간 속에 잠겨 있는 것만 같았다. 두 자루의 검이 냉혹한 빛을 뿜을 때마다 달아오른 불꽃들이 폭렬했고 도시 전체의 공기를 뒤흔드는 충격파가 귓속을 찢었다.

그리고 또 그때마다 검붉은 핏방울이 내 뺨을 따갑게 때렸다. 족쇄 풀린 살육이 눈앞의 모든 것을 헤집어 놓고 있었지만 입을 굳게 다문 그의 얼굴은 무서울 정도로 표정이 없었다. 무색무취의 광기만이 그의 붉은 눈동자 속에 자리 잡아 멈출 수 없는 파멸의 권세를 불어넣어 주고 있었……라는 상황과는 정반대로 흘러가고 있었다.

"아아! 역시 안 되겠어요오!"

"안 되긴 뭐가!"

키스가 절세무공을 보여 주기는커녕 갑자기 칼을 떨어트리며 뜬금없이 좌절하자 나는 비명을 질렀다. 여기까지 와서 뭐가 안 된다는 건데!

"제 분신 같은 녀석들을 제 손으로 죽일 정도로 전 냉정하지 못해요!"

"그럼 댁 분신한테 죽는 건 훈훈하고?"

심지어 나까지 덤핑으로 죽거든? 한동안 조용하더니만 왜 지

금 상황에 지지리 궁상이야! 내게 달려온 키스가 내 손을 꼬옥
잡으며 울먹거리는 목소리로 애원했다.

"저는 싸울 수 없어요. 미온 경이 대신 해 줘요. 네?"

"전직 호스트가 할 수 있는 일이라고 생각하쇼?"

뭔가 '허탈한' 낌새를 눈치챈 그 반인반수들은 손톱을 세우
며 우리들에게 다가오기 시작했다. 나는 기겁을 하며 날 붙잡은
키스를 떼어 놓으려고 했다.

"이, 이 손 좀 놔! 그만 울고 냉큼 싸워!"

"내 자식 같은 녀석들을 죽일 바엔 차라리 내가 죽는 게 나아
요!"

"죽으려면 혼자 죽어! 왜 댁의 가족사에 나까지 끼는 거야!"

그러나 지겹게도 내 손을 안 놔주는 키스는 씁쓸하게 입꼬리
를 올리며 이렇게 말했다.

"역시 제가 안 죽여도 될 것 같네요."

"어, 어째서?"

"다른 분이 처리할 것 같거든요."

"뭐?"

그때 낯익은 남자가 이곳으로 다가오는 것이 보였다.

'저, 저자는!'

그리고 나는 그의 검술을 처음 보았다. 대단한 곳에서 일하는
사람이니까 당연히 보통 실력은 아니리라 예상하긴 했지만, 설
마 다섯 명의 반인반수를 단번에 쓸어버릴 수 있는 정도라고는

상상하지 못했던 것이다.

어지럽게 춤을 추는 그의 칼에 걸려든 살과 뼈는 마치 종잇장처럼 잘려 나가 사방으로 흩어졌다. 나는 믿기지 않는 표정으로 그 훤칠한 금발의 사내를 바라봤다.

'리, 리젤 경?'

"헤헤, 괜찮으십니까? 엔디미온 동지?"

그는 정말 별것도 아닌 일을 끝낸 것 같은 태도로 검을 넣으며 우리에게 걸어오는 것이었다. 그가 키스 경을 보고는 꾸벅 고개를 숙이며 말했다.

"이런. 무서운 분도 함께 계셨군요. 당신 앞에서 제 하찮은 검술을 늘어놔서 죄송합니다."

뭐? 그게 하찮아? 아니, 그보다 키스 경을 어떻게 알고 있는 거야?

하지만 키스 경은 고개를 마구 저으며 완강히 부인하는 것이었다.

"누군데 그런 말씀 하십니까아! 난 인트라 무로스 특급요원 리젤 군 같은 사람 전혀 모릅니다아!"

지나치게 구체적으로 알고 있구만!

곧 검은 가죽 코트와 좀 악취미적으로 보이는 마스크로 온몸을 가려 철저히 신분을 숨긴 자들이 나타났다. 한눈에 봐도 '굉장히 위험한 녀석들'이라는 이미지를 풍기는 그들은 인트라 무로스의 기동특무대였다. 리젤 경이 극히 사무적인 태도로 말했다.

"괜찮으시다면 이 폐기물들, 저희가 수거하겠습니다."

"자, 잠깐 그건……!"

어째서 인트라 무로스 측이 사체를 가져가겠다는 거야! 내가 만류하려 했지만 키스 경은 내 입을 막으며 고개를 저었다. 왜 막는 거예요! 키스 경!

특무대들은 가지고 온 박스에 조각난 시체들을 담고 바닥에 약물을 뿌려 능숙하게 핏자국을 지웠다. 항상 해 오던 일인 듯, 증거를 인멸하는 데는 채 일 분도 걸리지 않았다. 일을 마친 리젤 경은 항상 그렇듯이 웃는 낯으로 내게 이자벨 님의 안부를 전했다.

"크리스탄센 국장님께서는 항상 엔디미온 경을 총애하고 계십니다. 언제나 이오타를 위해 최선을 다해 주셔서 감사합니다. 필요한 일이 있으시면 언제라도 불러 주시길."

부르라니 어떻게? 아니, 그보다! 나는 키스 경을 밀쳐 내며 화가 난 표정으로 그에게 말했다. 항상 말해 주고 싶었지만 기회가 없었을 뿐이라고!

"리젤 경! 구해 주신 것은 고맙지만 저는 이오타를 위해 일하는 인트라 무로스 요원이 아닙니다. 저는 베르스 왕국의 일개 기사일 뿐입니다. 무슨 속사정이 있는지는 모르겠지만, 제발 멋대로 상상하지 말아 주세요."

그러자 리젤 경은 그 웃는 얼굴 그대로 정중하게 대답했다.

"무슨 말씀이세요. 엔디미온 경은 언제나 우리 인트라 무로스에 큰 도움이 되고 있는 분인데요. 그냥 앞으로도 지금처럼 행동해 주시면 됩니다. 그럼 이만 물러가겠습니다."

뭐라고? 나는 할 말을 잃은 얼굴로 철수하는 그의 뒷모습을 바라봤다. 내가 대체 무슨 도움이 되고 있다는 거지? 앞으로도 지금처럼 행동하라고? 이건 또 무슨 소리야!

나는 보이지 않는 함정 속에 사로잡힌 기분이 되어 키스 경의 멱살을 잡았다.

"키스 경, 대체 무슨 일이 벌어지고 있는 건가요. 당신 알고 있잖아요! 뭐라고 말 좀 해 주세요!"

"미온 경, 살인마는 죽었어요. 그걸로 된 거잖아요?"

나는 성난 눈빛으로 그를 쏘아봤지만 키스는 더 이상 아무것도 말해 주지 않은 채 '화가 나는 건 내 쪽이라고요'라고 중얼거리며 하늘을 올려다볼 뿐이었다.

26.

결국 남은 사체라고는 카론 경이 뒤쫓아 잡은 한 명의 반인반수뿐이었다. 검시실에서 그것을 지켜보던 가프 경이 담배를 피워 물며 중얼거렸다.

"어쨌든 사건은 해결되었군. 의문투성이지만 말이야."

그는 의혹에 찬 눈길로 키스 경을 바라보았다. 목에 붕대를 감고 있는 카론 경 역시 인간도 짐승도 아닌 그 이름 없는 주검을 묵묵히 바라보고만 있었다.

그때 문이 덜컥 열리며 헬스트 나이츠의 기사들과 심각한 표정의 기사단장 헬렌 경이 들어왔다. 설마 카론 경이 이 사건을 도운 걸 보고 또 트집을 잡으려고! 나는 그녀 앞을 막으며 말했다.

"헬렌 경, 이 사건은 분명 전하의 윤허를 받은……."

"그것 때문에 온 것이 아냐."

"예?"

헬렌 경이 부하 기사에게 눈치를 주자 그가 왕실의 직인이 들어간 문서 한 장을 내려놓았다. 뭐야, 이건. 그녀가 단도직입적으로 말했다.

"가프 경감, 전하의 어명입니다."

"대충 예상은 되지만 말해 보시오."

"지금 즉시 살인범의 사체와 이 사건과 관련된 모든 서류를 소각해 주십시오."

뭐라고! 헬스트 나이츠는 곧바로 가프 경감이 자세하게 작성했던 검안서와 사건의 증거가 될 서류들을 챙기기 시작했다.

"그리고 언론에는 맹수의 습격에 의한 사망이었다고 발표하십시오. 더 이상의 수사는 허락하지 않겠습니다."

"기사단장 나리가 직접 와서 고작 그런 말을 하는 걸 보니 왕실도 꽤나 다급한가 보군. 그래야 할 사정이라도 있나? 아니면 누군가 압력이라도 넣은 게야?"

가프 경감은 퀭한 눈동자 속에 경멸의 빛을 담으며 물었다.

"당신에게 해명할 이유는 없습니다. 이건 왕실의 명령입니다."

"새삼스레 왜 정색을 해. 뭐 언젠 진실을 말했나? 나라님들에겐 여러 가지 사정이 있는 법이니까."

헬렌 경은 눈썹을 움찔했지만 더 이상 굳게 다문 입술을 열지 않았다.

"수십 명이 넘는 죄 없는 사람들은 그냥 운이 나빠 맹수한테 물려 죽은 것이다. 음모 따위는 전혀 없다……라고 보고서에 또 박또박 쓰도록 하지. 그리고 다음부터 이런 일에는 경찰 대신 사냥꾼을 쓰라고 국왕 전하께 전해 주시게."

헬렌 경도 가프 경감의 후배였던 것 같았다. 그녀는 고개를 돌려 그의 시선을 피하며 말했다.

"그리고 왕실에서는 이 사건을 훌륭히 해결한 노고를 치하하며 가프 경감의 직위를 경정으로 2계급 승진시켰습니다. 내일 제복을 입고 왕실에 오십시오."

그 철 지난 입막음에 가프 경감은 '그런 말은 조용히 말해. 죽은 피해자들의 영혼이 들으니까'라고 중얼거리며 웃었다. 그리고 고개를 저었다.

"됐어. 제복은 무슨. 나 같은 놈 승진시킬 여유 있으면 죽은 내 부하 놈들이나 특진시켜 줘. 죽어서라도 출세 한번 하게."

"가프 경…… 여전히 뒤틀려 있군요."

"아니지. 나를 제외한 모두가 뒤틀린 거야."

헬렌 경은 한숨을 내쉬며 문 쪽으로 걸었다. 그녀의 등에 가프 경감이 말을 던졌다.

"우리들, 부끄러운 줄은 아는 거지?"

그 말에 우뚝 멈춰 선 헬렌 경은 짜내듯이 말했다.

"멋대로 말하지 말아요. 누구는…… 좋아서 이러는 줄 압니까?"

그녀는 눈을 꽉 감으며 밖으로 나섰다. 가프가 그녀가 있던 자리를 보며 말했다.

"좋지 않은데도 이러는 게 더 질이 나쁜 거야."

너무도 억울해서 눈물이 흘러나왔다. 반칙이었다. 아무것도 해결되지 않았다. 죽은 그녀의 원혼 앞에서 이제 모든 일은 다 해결되었으니까 마음 편히 눈을 감아 달라고 도저히 말할 수가 없었다.

가프 경감은 또 새로운 담배를 물어 피우며 쉰 목소리로 말했다.

"난 말이지…… 내가 아니라도 범인만 잡으면 상관없어. 무능한 놈이라고 욕먹어도 좋아. 아무나 좋으니까 범인만 잡으면 돼. 하지만 생각해 보니까 한 번도 범인을 잡은 적이 없는 것 같아. 진짜 범인을. 인간의 무서운 점은 남을 죽일 만큼 미워할 수 있다는 게 아니라 미워하지 않아도 죽일 수 있다는 거야. 자기한테 이익만 된다면."

차가운 시선으로 빈 테이블을 바라보고 있던 카론 경은 이제곧 인멸될 증거인 검은 손톱을 말없이 손에 쥐었다. 꽉 쥔 그의주먹 사이에서 붉은 피가 흘러나오고 있었다. 키스가 내 어깨에손을 대며 위로하듯 말했다.

"항상 인간은 실수하고 신은 용서하는 법이랍니다. 하지만 이번에도 인간은 반성하지 않겠지요."

키스 경은 언제나 지켜보기만 한다. 끼어들지 않는다. 그래봐야 바뀌는 건 아무것도 없다는 사실을 이미 알고 있듯. 그리고 가슴을 때리는 울분과 분노도 세상은 원래 이래, 라고 중얼거리는 순간 마법의 주문이라도 외운 것처럼 모두 사라져 버린다.

나는 맹세했다.

"납득할 수 없어요."

"미온 경."

"포기 안 할 거예요. 아무리 내가 무력해도, 또 아무리 내가상처를 받아도 절대로 지켜보지 않겠어요. 내가 내 감정마저 외면한다면 그건 내게 영혼이 존재한다는 유일한 증거가 사라지는거니까요."

그리고 이튿날 수도를 공포로 떨게 한 연쇄 살인 사건은 맹수가 저지른 사고로 발표되어 신문 1면을 장식했으며, 피해자의 유가족들에게는 이례적으로 거액의 위로금이 지급되었다.

나는 그녀의 장례식에 가서 꽃을 바쳤다. 그리고 얼마 후 가프 경감이 경찰을 그만두었다는 소식을 들었다. 1월의 마지막 날, 어느 흔한 밤에 생긴 일이었다.

제2화

사랑하기엔 너무 짧은 시간

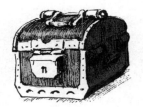

1.

　확실히 대다수의 여자들은 젊고 신선한 남자들을 좋아하는 경향이 있다. 뭐 그건 남자들도 마찬가지니까 별로 억울할 것도 없는 현상이지만, 때로는 그 취향이 약간 미묘하게 흘러가서 젊음을 넘어서서 어린 쪽이 각광받을 때도 있는 것이다.

　'덕분에 나도 이제는 늙어 버린 기분이 들거든?'

　인생 선배에게는 대단히 미안한 말이겠지만 올해로 고작 21세, 어른의 맛을 겨우 맛보기 시작한 나조차도 가끔은 '음. 이제 슬슬 위기인걸?' 이라는 실웃음 나올 생각이 들기도 한다.

　예를 들자면 지스 경이 열다섯 살이고 크리스, 랑시도 플러스

마이너스 한 살쯤 된다. 청소년이라는 칭호를 붙여 주기에도 조금 아슬아슬한 나이인 것이다. 한번은 이런 일이 있었다.

나는 문득 '연령과 취향의 상관관계'에 대한 궁금증이 들어 시체처럼 소파에 엎어져 있는 키스 경에게 물었다(이 인간은 삼십 대 초반이라지만 외모도 정신연령도 십 대라고 해도 믿을 정도니까 논외로 치자).

"키스 경, 우리 기사단 최연소 기사가 지스 경이죠?"

당연하다고 생각하며 물은 것이다. 그 이하로 넘어가면 그때부터는 위험천만한 환상의 세계로 가 버리니까.

키스가 히죽 웃으며 나를 바라봤다.

"땡. 아쉽게도 틀렸습니다아."

"뭐? 더 어린 사람이 있어요?"

어? 아무리 봐도 지스가 가장 어린데? 설마 루이 경이 실은 열네 살의 가공할 노안(老顏)…… 같은 시답잖은 예측은 집어치우도록 하자.

"장기 지명자 중에는 더 어린 기사가 있어요."

"아, 맞아! 장기 지명!"

아 참, 깜빡 잊고 있었다. 우리 기사단에는 장기 지명자가 있었지. 한 번도 못 본 탓에 전혀 실감 안 나긴 하지만.

"아니, 그런데 열다섯 살보다 어리다면 대체 몇 살이라는 거예요? 열네 살?"

"히히. 아닙니다아."

키스는 장난스러운 표정으로 고개를 저었다.

"그, 그럼 열세 살?"

"그것도 아닙니다."

"그럼 열두 살이에요?"

"조금만 더 깎으세요오."

"서, 서, 설마 열한 살이라고!"

"아니요오."

그럼 대체 몇 살이야! 이쯤 되면 광적이라고! 청소년보호법의 차원을 넘어가서 유아 학대에 해당해! 더 이상은 양보 못 해, 그 밑은 남자인지 여자인지도 구분 안 갈 유아기야! 짐승이냐?

내 표정을 보고 쿡쿡 웃던 키스 경이 느긋하게 소파에 몸을 걸치며 정답을 말해 주었다.

"올해로 세 살이랍니다."

순간 마시던 차를 '푸욱!' 뿜어 버렸다. 지금 제정신? 아니면 내가 잘못 들은 거? 나는 대자연의 기적이라도 본 것 같은 표정으로 중얼거렸다.

"……걸음마는 할 줄 압니까?"

왕실이 이 정도로 광적인 곳인지는 몰랐어! 이건 모성애 자극 차원의 문제가 아니라고! 옹알거리는 어린애에게 기사 작위 줘서 부려 먹겠다는 거냐! 아니, 그보다 그런 아가를 지명(그것도 장기 지명)하는 여자의 정신 구조는 대체 어떻게 되어 있는 거야? 육아 체험이라도 하고 싶은 거야?

"키, 키스 경. 이건 농담이 아니라고요. 당장 불러들여서 제대로 키워야 한단 말이에요! 그 부모도 혼을 내 줘야 하고!"

키스는 빨갛게 달아오른 내 얼굴이 엄청 재미있는지 배를 잡고 웃다가 고개를 절레절레 흔들었다.

"아아, 미온 경은 엄청 순진해서 항상 나를 재미있게 해 줘요."

순진해서 미안하게 되었네! 하지만 나는 세 살배기 어린아이로 돈벌이 하는 꼬락서니를 뒷짐 지고 지켜볼 정도로 닳고 닳지는 않았어! 키스 경은 의미심장한 미소로 나를 바라봤다.

"하지만 인간이라고는 안 했답니다아."

뭐야…… 그럼 강아지냐?

그리고 키스는 어째서 그가 세 살일 수밖에 없는지를 말해 주었다. 이야기를 다 들은 나는 황당한 표정으로 키스를 바라보기만 했다. 믿기질 않는 사실이었지만, 정말 그는 세 살이었다.

2.

카일리, 세 살배기 장기 지명자의 이름이다. 키스 경은 그와 관련된 일 때문에 나와 루시온 경을 자신의 사무실로 불렀다.

"미온 경과 루시온 경 모두 이번에 지명 갈 지역이 같네요?"

어쩌다 보니까 나는 후작가의 제사에 불려 가게 되었고, 루시온 경은 그 옆의 영지에 있는 공작가 귀부인의 열세 번째 결혼식에 지명되었다(권세가 높은 귀족들은 결혼식이나 생일잔치 때 왕실의 대표로 우리들을 초청해서 자신의 권력을 자랑하고는 한다).

"카일리 때문이로군요."

루시온 경이 먼저 눈치를 채고는 짧게 말했다. 키스 경은 고개를 끄덕였다.

"지명을 마치고 오시는 길에 두 분은 카일리 경을 여기로 데려와 주시기 바랍니다."

얼레? 어째서 우리가 데려와야 하는 거지? 나는 고개를 기울이며 물었다.

"직접 올 수 없는 사정이라도 있나요?"

"올 수 없는 것이 아니고 오지 않는 거랍니다."

명령 거부라는 건가? 키스는 붉은 보석 같은 눈동자로 나를 바라보며 말을 이었다.

"지명 업무가 끝났는데도 복귀하지 않고 있거든요. 아니, 정확히 말하자면 지명자가 더 이상 비용을 지불할 능력이 없는 거죠."

당연한 말이지만 스왈로우 나이츠는 자선단체가 아니기 때문에 지명 비용을 받아야 움직인다. 단 며칠만 지명을 해도 상당한 돈이 들어가는 판국에 장기 지명이라면(대체 무슨 이유로 몇 년이나 필요한지는 모르겠지만) 마라넬로 황제도 놀랄 만한 거금이 들어갔을 것이다.

그러니 지명 비용을 지불할 수 없다면 카일리 경은 돌아와야만 한다. 그런데 거부하는 것이다. 그의 정체가 무엇인지 알고 있는 나는 그 행동이 도무지 이해가 가질 않아 연신 고개를 갸웃거렸다.

"알겠습니다. 데리고 오겠습니다."

루시온 경은 카일리 경의 사정은 전혀 궁금하지도 않은 듯이 곧바로 대답했다. 그리고 말을 이었다.

"하지만 키스 경, 엔디미온 씨는 도움이 안 되는 일이라고 생각합니다. 저 혼자 데려오겠습니다."

우와! 너무해! 나를 전폭적으로 불신하고 있잖아? 키스 경은 무슨 생각인지 방긋 웃으며 고개를 저었다.

"아니요. 같이 가세요."

루시온 경은 조금 못마땅한 얼굴로 고개를 숙여 보였다. 쳇! 그렇게 노골적으로 싫은 표정 보이지 좀 말아요. 기왕 하는 일, 즐겁게 하면 안 됩니까?

3.

지명 업무를 마친 나는 역에서 루시온 경을 기다리며 조금 우쭐해져 있었다. 자랑은 아니지만 이제는 백 개 이상의 기도문을 외우게 되었다고요. 지명자에게도 엄청 칭찬받았단 말이죠. 우하하하핫!

'물론 어째서 기사가 기도문 같은 것을 많이 외워야 하는지 생각해 보면 그다지 기쁜 일도 아니겠지만. 제사 전문 기사라니…… 나이 먹으면 장의사나 할까.'

하아, 이렇게 생각하니까 맥 빠지는군.

그때 여행 가방을 든 루시온 경이 나타났다. 키스 경에게 필적할 정도의 훤칠한 키와 인디고 블루로 염색한 긴 머리칼을 가진 그는 번잡한 플랫폼에서도 빛이라도 발하는 것처럼 금세 눈에 띄었다. 게다가 검까지 차고 있는 그의 모습은 음, 뭐랄까…… 기사 같았다.

만약 사람들 모아 놓고 '누가 더 미남이죠?' 라는 치졸한 내기를 한다면 내 우승을 낙관할 수 없을 사람이었다.

"미안합니다. 늦었어요."

그가 특유의 정중하고도 거리감 있는 말투로 말했다. 나는 힐끗 회중시계를 바라봤다. 딱 삼 분 늦었는데 사과까지 하면 오히려 내가 불편하단 말입니다.

"갑시다."

루시온 경은 그렇게 말하며 열차에 올라탔다. 나는 황급히 가방을 들고 뒤를 따랐다.

4.

장기 지명자 카일리 경이 있는 곳까지 가는 데는 열차로 삼십 분이면 족한 거리다. 나는 그 시간 동안 루시온 경과 친해질 수 있는 기회를 만들려고 했다. 하지만 그는 사교에는 통 관심이 없는지 자신의 가방을 열고 옷가지들을 정리하기 시작했다.

가방 안의 옷들은 엉망으로 쑤셔 박혀 있었다. 아마 나와의 약속 시간을 지키기 위해 황급히 짐을 정리한 모양이었다. 카론 경이 상대와의 거리에 별 관심이 없는 사람이라면 루시온 경은 철저하게 상대와의 거리를 지키려는 사람이었다. 지스킬처럼 일부러 짓궂게 구는 것도 없이 '너는 너고 나는 나야'라고 말하는 것 같은 태도가 엄청 갑갑하게 느껴졌다.

"엔디미온 씨, 잠시 상의 좀 갈아입겠습니다."

"아, 그러세요."

남자끼리 그런 거 일일이 신경 쓰지 않아도 되는데…….

셔츠를 벗은 그는 숙달된 손놀림으로 새로운 상의를 꺼냈다. 나는 그 모습을 빤히 지켜봤다. 벗은 셔츠에는 웬 여자의 핑크색 루즈 자국이 묻어 있었다. 이래 봬도 이런 분야에 관련된 추리력은 카론 경 이상이란 말씀이야.

"헤헤. 지명하신 분이 좀 요란하셨나 보네요."

아니 잠깐, 그리고 보니까 루시온 경의 지명자는 신부잖아! 부, 분명히 열세 번째 결혼이라고 했던가. 그는 별로 기분 나쁠

것도 좋을 것도 없다는 표정으로 말했다.

"지명자는 오늘 이혼했습니다."

"엥?"

오늘 결혼했다는 것을 잘못 말한 거 아니에요? 설마 결혼과 동시에 이혼? 지나치게 빨라!

"남편의 코가 마음에 안 든다고 하더군요."

"……그러니까 얼굴에 붙어 있는 코 말입니까?"

"다른 코도 있습니까?"

그런 것도 이혼 사유가 될 수 있었군요. 몰랐습니다. 전혀 몰랐어요.

"아하하하. 어, 엄청 와일드한 결혼식, 아니 이혼식이었겠네요."

대체 귀부인들의 성격은 알다가도 모르겠어. 코가 취향이 아니라는 이유로 결혼식 날 이혼남이 되어 버린 남자의 심정도 좀 헤아려 달라고요. 나는 얼굴도 모르는 그 '전 남편'에 대해 마음속으로 깊이 애도를 표했다.

"지명자는 결혼식 내내 취해 있었고 덕분에 엔디미온 씨와의 약속에 늦은 것입니다."

아니, 약속이야 상관없지만…… 역시 멋대로 취해서 이혼해 버리고는 루시온 경에게 주정을 부린 게로군. 하아, 성격 파탄 일세. 나였다면 아무리 공작 가문의 여자라도 한마디 해 줬을 거야. 내 표정을 읽은 루시온 경이 정리를 마친 가방을 닫으며 짧게 말했다.

"우리는 지명자의 요청을 거부할 권리가 없습니다. 이건 비용을 받고 하는 업무예요, 엔디미온 씨."

"뭐 그거야 그렇지만요."

그런 말 하니까 꼭 호스트였을 때가 생각난다고요. 지금 생각해 보면 그때도 나는 엄청 까다로운 편이었지만.

"이번 카일리를 데려오는 일도 마찬가지입니다. 문제 일으키지 말아 주세요."

"완전히 폐만 끼치는 인간으로 찍힌 기분이네요."

나는 좀 기분이 상해서 고개를 돌리며 삐죽거렸다. 확실히 루시온 경과 친해지려면 장기적인 전략이 필요할 것 같다. 하지만 기분이야 어찌 되었든 나는 복귀를 거부하고 있는 카일리 경에 대해 의논하기 위해 다시 입을 열었다.

"그런데 카일리 경 말인데요."

"엔디미온 씨, 그를 경이라고 부르는 것은 자제해 주셨으면 합니다."

"하, 하지만 그래도 동료인데!"

"그는 인간이 아닙니다. 기계에게 함부로 기사의 칭호를 붙여 주는 것은 다른 기사들에게 모욕이 됩니다."

그렇다, 카일리 경은 인간이 아니고 강아지도 오소리도 해바라기도 아니다. 삼 년 전 대아카데미 소드람이 만든 인간형 기계 장치. 아름다운 청년의 모습을 가지고 있는 3세의 인조인간이었다.

그런 신기한 존재가 있다고 들은 적은 있었지만 설마 장기 지명자일 줄은 몰랐다. 하지만 그는 엄연한 스왈로우 나이츠의 일원이기도 하다. 나는 고집스러운 어조로 말했다.

"그래도 나는 카일리 경이라고 부를래요."

루시온 경의 표정에는 변함이 없었다. 그럼 마음대로 하라는 의미였다.

"카일리 경은 어째서 복귀하지 않는 것일까요."

이런 말하긴 그렇지만 기계인간이라면 적어도 나 같은 사람보다는 더 말을 잘 들어야 하는 거 아닌가? 루시온 경은 가슴에도 묻어 있던 루즈 자국을 닦고 상의를 걸치며 말했다.

"키스 경에게 아무런 말도 못 들었나 보군요."

"무, 무슨 사정이 있나요?"

키스 경! 왜 나한테는 아무것도 안 말해 준 거야!

"카일리의 장기 지명은 중병에 걸린 남작가 공녀의 간호였습니다. 그녀의 병은 금방 인간에게 전염되기 때문에 누구도 곁에서 간호할 수가 없었지요. 하지만 기계장치인 카일리는 예외였죠. 어차피 카일리는 그런 일 외에는 지명받지 못합니다. 제사나 결혼식에 기계를 부르고 싶은 사람은 아무도 없으니까요."

확실히 그건 그렇다. 기계인간이 향을 피우고 기도문을 읊어 주길 바라지는 않을 테니까.

"하지만 그래도 간호 때문에 스왈로우 나이츠를 지명한다는 것은……."

돈이 그렇게 많아요?

"항상 일 년 치의 지명 비용을 선불로 보냈으니까 아무런 문제도 없었지요. 하지만 올해, 남작은 사업에 실패해서 파산했고 전 재산은 차압되었습니다. 더 이상 지명 비용을 지불할 수 없는 상황이 된 거죠. 그런데도 카일리는 돌아오지 않고 있습니다."

나는 번뜩 생각이 들었다.

"그럼 설마 카일리 경은 계속 명령대로 공녀를 간호하기 위해 복귀를 거부하는……."

"그 공녀는 이미 사망했습니다."

"예?"

나는 멍한 얼굴로 루시온 경을 바라봤다. 카일리 경이 있는 영지에 도착했다는 안내 방송이 열차 안을 울렸다. 그와 함께 커피색 피부의 아가씨가 영업용 스마일을 보이며 문을 열었다.

"마일즈 남작령에 도착했습니다. 잊으신 물건은 없으신지……."

까지 말하던 그녀는 미소 띤 얼굴 그대로 굳어 버렸다. 그녀는 옷을 갈아입는 도중이라 반쯤 벗은 상태의 루시온 경과 나를 번갈아 바라보고는 말했다.

"저어, 죄송하지만 열차 안에서 그런 행위는 다른 승객분들에게 불쾌감을 줄 수 있으니까……."

그, 그런 행위라니! 지금 뭘 상상한 겁니까! 나를 자세히 뜯어

보던 그녀가 깜짝 놀라며 고개를 숙였다.

"앗! 죄송합니다! 남자분이셨군요! 죄송합니다!"

왜 어딜 가도 항상…… 나는 심란한 얼굴을 손으로 가리며 지친 목소리로 중얼거렸다.

"아니에요. 헷갈리게 생긴 제가 쳐 죽일 놈이죠."

이놈의 머리, 진짜 잘라 버릴까. 루시온 경은 이 민망한 오해 속에서도 뻔뻔할 정도로 태연하게 단추를 잠그고 자리에서 일어나 값비싼 재킷과 긴 코트를 입었다.

"엔디미온 씨, 우리가 받은 명령은 무슨 수를 써서라도 카일리를 데려오는 것입니다. 이해했길 바랍니다."

"네에, 네에. 알아 모시겠습니다아."

정말 말썽이라도 일으켰다간 루시온 경이 저 칼로 날 찔러 죽일지도 모르겠군. 나는 뾰루퉁한 표정으로 그를 뒤따라 나갔다.

5.

열차에서 내리자마자 그는 쉬지 않고 움직였다.

"일단 남작가의 영지로 갑시다."

"자, 잠깐! 같이 가요!"

루시온 경은 발 빠르게 걸음을 옮겼다. 이런 일로 시간 끌고 싶지 않은 것 같았다. 해 질 무렵 사람들로 북적거리는 거리를 걸어가며 그가 말했다.

"카일리는 남작령에 있을 겁니다. 오늘 중에 카일리와 함께 막차를 타고 수도로 갈 계획입니다."

그 말의 이면에서는 '방해하면 알지?' 라는 무언의 압박이 느껴졌다. 정말 방해 안 해요! 내가 일부러 일을 망치는 심사 뒤틀린 사람도 아니고! 그런데 남작령? 나는 의아한 표정으로 물었다.

"그런데 남작령이라면 보통 넓은 곳이 아닐 텐데요?"

"아마도 그렇게 넓지 않을 겁니다."

"네?"

나는 잰걸음으로 루시온 경을 뒤따랐다. 넓지 않다면 어느 정도라는 거야?

한 시간쯤 걸어가자 나는 그 실체를 확인할 수 있었다. 마일즈 남작령 앞에 도착한 나는 떨떠름한 목소리로 물었다.

"……저 울타리는 뭐죠."

"저것이 지금의 남작령입니다."

"농담이겠죠."

"진담입니다."

지금 내 눈앞에 보이는 것을 한 치의 과장도 없이 표현하자면 다음과 같다. 공터 위에 사람 너덧 명이 간신히 들어갈 것 같은 손바닥만 한 땅이 부실한 울타리로 둥글게 둘러싸여 있었다.

그리고 그 안에는 작은 무덤이 하나 있었고, 또 그 앞에는 늘씬한 체구의 남자가 서 있었다. 농담이 아니고 그것이 마일즈 남작령의 전부다.

본래 영지라는 것은 그 안에 산도 있고, 숲도 있고, 풍차도 있고, 때로는 강도 있고, 그래야 하는 거 아냐? 점프력이 좋은 사람이라면 영지 하나를 한 번에 뛰어넘는 신기한 광경을 연출할 수도 있을 것 같았다. 세상에, 저렇게 콤팩트한 영지도 있었단 말인가!

백작 가문의 상속자이기도 한 루시온 경이 말했다.

"마일즈 남작은 파산했으니까요."

"진짜 파산이라는 것은 무섭군요."

파산하기 전에는 이 지역 전체의 드넓은 땅이 전부 남작령이었으리라. 역 이름도 '마일즈 남작령'이니까.

대체 어떤 사업을 하다가 재산을 말아먹었기에 마구간도 못 지을 콩알만 한 땅밖에 안 남은 거지? 그럼 남작은 저 땅 안에서 밥도 짓고 차도 마시고 잠도 자는 걸까? 영지 관리 편해서 좋으시겠습니다, 라는 농담은 미안해서라도 못 할 노릇이다. 아, 그럼 저기 서 있는 사람이 마일즈 남작이려나?

루시온 경이 내 표정을 보고는 말했다.

"마일즈 남작은 얼마 전 자살했습니다. 지금 남작령에는 카일리 혼자뿐입니다."

"예?"

루시온 경은 내 놀란 표정을 뒤로 하고 성큼성큼 '세상에서 가장 작은 영지' 앞으로 걸어갔다. 그러자 곧 무덤 앞에 서 있던 사내가 몸을 돌려 우리를 바라봤다. 짧은 은발에 영롱한 파란 눈동자와 우윳빛 피부를 가진 청년이었다.

나는 직감적으로 그가 인조인간 카일리 경이라는 것을 알 수 있었다. 왜냐하면 그가 눈에서 레이저 광선을 발사했기 때문이었다……는 농담이고, 인간이라면 제아무리 미남이라도 저렇게 생길 수 없을 것이다. 그건 아름답고 멋지고의 차원이 아니었다. 누가 봐도 그는 자연의 산물이라 볼 수 없었다.

소름 끼칠 정도로 이상적인 이목구비, 그것이 너무도 지나쳐서 늙고 변해 갈 모습이 어떠할지조차 짐작할 수 없을 그런 외모였다. 조각 같다는 나조차도 카일리 경 앞에서는 '자연스럽다'라는 평가를 듣게 될 판이었다.

하지만 지금의 그는 더 이상 이상적이지 않았다. 노후된 인조 피부에는 보풀이 일어나 있었고, 우리를 바라보는 눈동자는 죽어 가는 별과 같았다. 무슨 일을 당했는지 더러워지고 군데군데 찢긴 제복 사이사이에는 피를 닮은 윤활유 같은 것이 묻어 있었다.

낡고 마모된 톱니들이 맞물리는 소리가 맥박 소리를 대신해서 위태롭게 들려왔다. 인간으로 치자면 시급한 치료가 필요한 몸이었다.

세상에서 가장 작은 영지에 서 있는 카일리 경이 우리를 향해 입을 열었다.

"저는 돌아가지 않습니다."

그 목소리에는 거의 억양이 없었지만 묘하게도 단호한 감정이 섞여 있었다.

나는 그의 등 뒤에 있는 작은 무덤을 봤다. 분명 그것은 병으로 죽은 공녀의 무덤이리라. 하지만 그건 그냥 작은 돌무덤이었다. 권세 높은 남작 가문의 무덤이라고 하기에는 믿기지 않을 만큼 초라해서 묘비마저 없었다면 누구도 무덤이라 짐작하지 못했을 것이다.

"야! 너희들 뭐야!"

귀를 때리는 험악한 목소리에 나는 뒤를 돌아봤다. 서너 명의 장정들이 이곳으로 성큼성큼 다가오고 있었다. 그 가운데는 표독스러운 눈동자를 굴리는 깡마른 사내가 있었고, 건달 정도로 보이는 세 명의 거한이 그를 호위하듯 걸어오고 있었다.

"저어, 루시온 경. 저 사람들 우리들한테 볼일이 있나 본데요?"

최소한 우리가 이곳에 온 것을 환영하기 위해 몰려오는 건 아닌 것 같습니다만. 루시온 경은 그런 그들에게 아무런 관심도 없는지 계속 카일리 경과 시선을 마주하며 명령조로 말하고 있었다.

"기계의 사정 같은 건 듣고 싶지 않아. 당장 거기서 나와."

"저는 여기에 있겠습니다."

완전 장군 멍군이로군! 나는 안절부절못하며 그들과 이곳으로 다가오는 건달들을 번갈아가며 바라봤다.

'키스! 이게 뭐가 그냥 데려오면 되는 일이야! 또 날 이런 데 보낸 거냐!'

이 일이 결코 쉽게 끝나지 않을 것 같다는 막연한 불안감이 가슴을 때렸다.

6.

그러니까 처음에는 '장기 지명 중인 카일리를 본부로 데려오면 끝나는' 누워서 떡 먹는 일인 줄로만 알았다. 그런데 지금 나는 그 떡을 먹다 체한 기분이다.

"네게 선택권 같은 건 없어. 당장 리더구트로 귀환한다, 카일리!"

"루시온 경, 저는 돌아가지 않습니다."

지금 이곳에서는 세상에서 가장 작은 영지, 마일즈 남작령을 떠나지 않겠다고 극구 버티는 카일리 경과 하늘이 두 쪽 나도 데려가겠다는 루시온 경이 실랑이 중이었고,

"야! 너희 뭐하는 놈들이냐니까!"

또 한쪽에선 정체불명의 깡패 삼인조가 오만상을 찌푸리며 이곳으로 다가오고 있었으며,

'키스! 이런 곳으로 날 보내다니! 돌아가기만 하면 소파째로

연못에 집어던져 줄 테야!'

그 사이에 끼어서 안절부절못하고 있는 나, 엔디미온이 있었다.

그런데 이 험악한 공기 속에서도 루시온 경은 오직 카일리 경만 노려보고 있었다. 지나친 집중력이었다. 결국 우리 앞까지 도착한 건달들은 당장이라도 씹어 먹을 것 같은 목소리로 외쳤다.

"뭐하는 놈들이냐고 묻고 있잖아!"

나는 루시온 경을 쿡쿡 찌르며 말했다.

"저기, 있잖아요. 이 사람들, 우리 정체를 애타게 알고 싶어 하는데요?"

그러나 깡패들을 흘낏 본 루시온 경은 귀찮다는 듯이 말했다.

"지금 바쁩니다. 저런 녀석들은 엔디미온 씨가 처리하세요."

"……."

확실히 나, 이 사람에게 미움 받고 있어. 결국 나는 '그러죠! 뭐!' 라고 입술을 삐죽 내밀며 건달들을 확 쏘아봤다.

"우리는 왕실 기사입니다! 당신들이야말로 뭐하는 사람들입니까! 초면에 반말하고!"

화딱지 난 내 목소리에(그것보다는 '기사' 라는 말에) 움찔한 깡패들은 곧 물러갈 거라고 생각했다. 아무리 법을 우습게 아는 깡패라도 기사에게 함부로 덤벼들 수야 없을 테니까. '좋아! 이걸로 상황 해결!' 이라는 내 예상은 완전히 빗나가 버렸다.

차아앙!

그들이 칼을 뽑아 들자 나는 흠칫 놀라며 뒤로 물러섰고 루시온 경도 하던 말을 멈추고 그들을 바라봤다.

"제, 제 말투가 칼을 뽑을 정도로 거슬렸나요?"

아무리 짧고 굵게 산다지만 다짜고짜 칼을 뽑다니! 건달들은 표독스러운 표정으로 우리를 향해 칼을 겨누고는 영문을 알 수 없는 말을 꺼냈다.

"역시 왕실에서도 보물을 가져가기 위해 왔구나!"

"뭐? 보물?"

카일리 경이 실은 깡패들의 소중한 보물……일 리도 없고, 도시 한복판에서 보물이라니! 그 무슨 뒷마당에서 유전 터지는 소리냐고!

그러나 건달들은 정말 목숨을 걸었는지 엄청 진지했다.

"왕실이라고 해도 절대로 보물을 가져가게 할 수는 없어! 그건 우리 차지야!"

"그러니까 알아듣게 좀 말하라고!"

기계인간과 세상에서 가장 작은 영지와 병으로 죽은 공녀만으로도 머리가 터질 지경인데, 이제는 보물까지 추가되어 버렸다.

그때 루시온 경이 나를 밀치고는 검을 뽑아 들었다. 몹시 불쾌하다는 표정이다.

"알아들을 수 없는 소리만 하는군. 하지만 어떤 이유든 기사에게 칼을 들이댄 건 명백한 죄다. 당장 그 검을 버리지 않으면 나도 실력 행사로 대응하겠다."

오오, 이거 뭔가 카론 경 같은걸? 뭐 사실 카론 경이었다면 상대가 검을 뽑는 그 순간에 신체 일부분과 불행한 이별을 시켜 줬겠지만, 루시온 경도 스왈로우 나이츠 중에서는 가장 그럴 듯한 기사였다(일단 칼 차고 다니는 사람이 루시온 경 혼자다. 덕분에 같이 모여 있다 보면 굉장한 이질감을 느끼게 된다).

역시 건달들은 함부로 루시온 경에게 덤비지 못했다. 아무리 1대 3이라고는 하지만 루시온 경의 '제대로 배운 듯한' 자세는 확실히 위압적으로 보이니까.

그런데 루시온 경의 기백에 밀려 이도저도 못 하게 된 그들은 상당히 비이성적인 일을 저질렀다. 예측도 할 수 없었다. 그러니까 화근은 하필 내 가방이 그들과 가까운 곳에 있었던 것이다.

"에잇! 이걸 돌려받고 싶으면 보물을 가져와라!"

"뭐, 뭐하는 짓이야! 내 가방!"

그들은 지명 비용부터 속옷까지 내 모든 것이 들어 있는 가방을 덥석 집어 들더니 줄행랑을 쳤다. 어찌나 빠르던지 쫓아갈 엄두도 나지 않았다.

뭐 이런 막돼먹은 경우가! 어안이 벙벙해진 나는 털썩 땅 위에 주저앉아 좌절한 심정으로 짜내듯이 말했다.

"그러니까 그 보물이 대체 뭐냐고……."

제발 누구라도 좀 알려 줘. 엄청나게 알고 싶어졌어.

그때 카일리 경이 미안한 목소리로 말했다.

"보물 같은 건 없습니다."

"……."

그 말은 내 귀에 '당신의 가방을 포기하세요'라는 말로 자동 해석 되어 들렸다.

"저들은 마일즈 영주님에게 빚을 받아 내던 폭력배들입니다. 돌아가신 영주님이 보물을 이곳에 숨겨 놨을 거라고 멋대로 생각하는 겁니다."

"하지만 보물은 없다?"

"예. 그런 건 없습니다. 제가 이곳을 지키는 이유가 보물 때문이라고 믿고 있는 거죠."

그건 서글픈 아이러니였다. 기계인간은 죽은 여자의 무덤을 지키기 위해 이곳에 있고 진짜 인간은 보물 때문에 지키고 있는 거라고 믿고 있다. 뭐가 더 인간다운 건지 알 수가 없었다.

그럼 루시온 경은 또 어느 쪽일까? 그가 말했다.

"카일리, 더 이상의 소동은 질색이야. 네 사정에도 관심 없어. 기계인간이 쓸데없는 고집을 부려 어쩌겠다는 거냐!"

"루시온 경!"

나는 결국 불만에 찬 표정으로 외쳤다. 내가 카론 경에게서 느끼던 감정을 루시온 경에게는 도저히 느낄 수 없는 이유를 알았다. 누구에게나 '자기 일'이란 소중하다. 하지만 '자기 일' 외에는 아무것도 배려해 주지 않는 사고방식을 어떻게 훌륭하다고 생각할 수 있단 말인가.

루시온 경도 나를 '방해만 되는 녀석'이라는 듯이 찡그린 얼굴로 바라봤다. 그가 검을 칼집에 넣으며 말했다.

"내일 다시 오마. 내일은 무슨 수를 써서라도 널 데려가겠다."

그리고 루시온 경은 자기 가방을 들고 점점 시야에서 멀어져 갔다. 나는 침울한 표정으로 그를 바라보고만 있었다. 그러다가 문득 눈이 커졌다.

"자, 잠깐! 혼자 간 거야?"

너무해! 가방까지 잃은 나를 내팽개치고 혼자 가 버리다니. 나는 어찌 되든 좋다는 건가!

"키스 경, 어째서 저런 박복한 사람과 파트너를 맺어 주셨나이까."

여기까지 생각하니까 나도 오기가 생겨서 그를 따라가 '저, 저도 재워 주세요'라고 사정하고 싶은 생각이 털끝만큼도 없어져 버렸다.

'아아, 그래 맘대로 하라고!'라는 엄청 불량한 표정으로 루시온 경이 사라진 자리를 쏘아본 나는 곧 카일리 경에게 말했다.

"마일즈 남작령에서 하룻밤을 묵을 수 있는 영광을 베풀어 주실 수 있으신가요, 카일리 경?"

물론 카일리 경은 쓴웃음을 지으며 물론입니다, 라고 정중히 대답했다.

7.

"……."

나는 두 무릎을 가슴에 꼭 붙인 채 웅크려 앉았다. 왜냐하면 이 영지의 크기로는 도저히 누울 수가 없었던 것이다. 게다가 완전 맨땅이라서(내 사나운 잠버릇으로 미뤄 봤을 때) 누워 잤다간 아침이면 하나밖에 남지 않은 옷이 온통 흙투성이가 되어 버릴 것이 뻔했기 때문에, 나는 궁상맞게 쪼그려 앉아 서러운 표정으로 하늘만 바라볼 수밖에 없었다. 배에서는 꼬르륵거리는 솔직한 소리가 났다.

옆에 앉아 있던 카일리 경이 말했다.

"미안해요. 먹을 것이 없어서."

"헤헤, 괜찮아요. 별로 배도 안 고픈……."

그때 다시 꼬르륵 소리가 나자 나는 푸후 한숨을 내쉬며 고개를 숙였다. 실은 풀이라도 뜯어 먹고 싶은 심정이야. 그렇다고 지금 상황에 어디 있는지도 모르는 깡패 소굴로 뛰어들어서 내 가방 내놓으라고 한바탕 벌일 수도 없는 노릇이었다(루시온 경이 도와줄 리도 없고!).

카일리 경은 기계인간이라서 당연히 인간이 먹는 음식을 가지고 있을 리가 없고 잠도 자지 않으니까 영지 안에는 그야말로 무덤 외에는 아무것도 없었다. 말 그대로 명분만 남아 있는 과거의 유물. 돈을 내줄 사람도 대화할 사람도 없고 심지어는 자신이 이곳에 존재한다는 사실을 알아줄 사람들까지도 모두 죽어 사라졌다.

그런데도 귀환 명령까지 거부하면서 이곳에 남아 있단 말인가. 이건 마치 아무도 없는 고대의 무덤 속에서 몇천 년이고 말 없이 서 있는 동상과 다를 바가 없었다. 아무리 죽은 공녀를 그리워한다고 해도 이건 지나친 집착이었다.

카일리 경은 이제 세 살이다. 역시 '어려서' 그러는 것일까?

이 점에서는 루시온 경이 옳았다. 리더구트로 돌아가서 좀 더 생산적인 삶을 사는 것이 좋다. 나는 카일리 경을 설득하기로 결심했다. 그때 그가 먼저 말했다.

"제 얘기, 해도 될까요?"

"아, 물론이죠."

그는 고개를 끄덕이며 담담한 목소리로 입을 열었다. 꽤 조리 있는 언변이라서 나는 마치 그가 된 것처럼 그때의 일들을 상상할 수 있었다.

그 이야기의 시작은 3년 전, 그러니까 내가 빨리 어른이 되어 정의의 기사가 되고 싶다는(헛된) 꿈을 품으며 호스트로서의 마지막 해를 열심히 살던 때였다. 그때 카일리 경은 불치병에 걸린 한 귀공녀에게 보내졌다.

8.

내가 태어나 첫 임무를 받고 도착한 마일즈 남작령은 영지로 서는 드물게도 숲과 강과 밭을 동시에 가지고 있었다. 즉, 그만 큼 드넓다는 의미고 그만큼 부유하다는 의미였다. 나는 내 머릿 속에 기록된 정보대로 플레밍 마일즈 남작 앞에서 정중한 예를 갖췄다.

"자네가 카일리인가. 허어, 정말 인간과 구별이 안 되는군. 잠 깐 뺨을 만져 봐도 되겠나?"

"물론입니다."

"허허. 놀라워."

나를 지명한 마일즈 남작은 예의가 바르고 도저히 시골사람이 라는 생각이 들지 않는 세련된 귀족이었다. 왕처럼 머리에 작은 왕관을 올려 쓴 모습이 조금 속물적으로 보이기는 했지만 그렇 다고 왕의 권위에 도전할 야망을 품은 야심가는 결코 아니었다.

말하자면 자신의 윤택한 삶에 만족하는 평범한 영주였다. 그 의 외동딸 페니슐라만 빼면 정말 평범했다.

9.

"내 딸을 만나러 가세. 따라오게나."

내가 맡은 임무는 페니슐라 마일즈라는 17세의 여성을 간병하는 것이다. 나는 간병이 무엇인지 얼마든지 설명할 수 있었지만 이해할 수는 없었다. 그러니까 '좀 더 오래 살기 위한 집착'이라는 부분을.

풍차나 시계에게 삶의 의지가 없는 것처럼 나 역시 그렇다. 나는 정해진 시간에 만들어졌고 또 언제 내 수명이 끝날지 정확히 알고 있다. 그리고 그것에는 슬픔도 불만도 없다. 요컨대 나는 처음부터 정해진 수명보다 좀 더 오래 살고 싶어 하는 인간의 부질없음을 이해할 수 없었던 것이다.

페니슐라의 방 앞에서 아무리 노크를 해도 대답이 없자 마일즈 남작은 열쇠를 꺼내 문을 열었다.

"이, 이런!"

침대에 그녀가 없는 것을 본 남작의 얼굴이 사색이 되었다. 나는 열려 있는 창으로 걸어갔다. 그곳에서 그녀의 힘겨운 숨소리가 들려오고 있었다.

역시 창밖에는 페니슐라가 있었다. 정확하게 말하자면 시트를 뜯어 만든 밧줄에 대롱대롱 매달려 있었다. 얼굴에는 식은땀이 흐르고 있었고 창백한 입술을 굳게 다문 채 화가 난 듯 나를 쏘아보고 있었다.

줄이 너무 짧아서 바닥까지는 내려가지 못하고 힘이 없어서 다시 올라오지도 못하는 상황이라는 것은 보는 것만으로도 충분히 알 수 있다. 하지만 어째서 이러고 있는 걸까? 이런 행동을 하면 병이 더 빨리 낫는 건가? 내 머리는 답을 내지 못했다.

나는 당장이라도 떨어질 것처럼 위태롭게 매달려 있는 그녀에게 담담하고도 정중하게 말했다.

"페니슐라 님이시죠. 오늘부터 당신을 간병하게 된 카일리라고 합니다. 잘 부탁드립니다."

우리는 이렇게 첫인사를 했다.

10.

나는 첫날부터 남작으로부터 몇 가지 주의를 받았다.

(1) 페니슐라가 병실 밖으로 도망치려는 걸 지켜보지 말 것
(2) 그걸 도와주지도 말 것
(3) 그 외에는 그녀의 말을 따를 것
(4) 단, 부당한 명령은 따르지 말 것

아주 간단하고 이해하기 쉬운 명령이라서 다행이었다. 만약 '그녀의 기분을 좋게 할 것' 같은 명령이었다면 나는 어떻게 해야 할지 몰라 무척 혼란스러웠을 것이다.

하지만 저 4번은 조금 난감했다. 아픈 몸으로 병실 밖으로 빠져나가려는 이상한 행동을 하는 그녀의 성격으로 봐서 내가 생

각하는 부당함과 그녀가 생각하는 부당함에는 큰 차이가 있을 것 같았기 때문이다.

내 예감은 적중했다.

"이게 뭐야! 먹기 싫어!"

그녀는 첫날부터 환자식을 뒤엎어 버렸다. 나는 바닥에 쏟아진 죽과 깨진 그릇을 보며 생각했다. 왜 이렇게 인간은 못된 것일까. 이 세상에서 그녀가 낫길 바라지 않는 사람은 그녀 자신뿐이라는 생각이 들었다.

"다시 해 와! 제발 사람이 먹을 만한 걸로!"

그녀의 명령에 나는 고개를 갸웃했다. 이건 부당한 명령인가? 일단 나는 어느 선부터 어느 선까지가 사람이 먹을 만한 수준인지 알 수가 없었고, 멀쩡한 음식을 다 엎어 놓고 또 해 오라는 심보도 이해할 수 없었지만 그것과는 다르게 기분이 좀 울컥했다.

"⋯⋯."

나는 따끔한 가슴을 매만졌다. 처음 느끼는 감정들이 하나둘씩 늘어 가고 있었다. 난 바닥을 깨끗이 치우고 남작에게 갔다. 그가 말했다.

"당연히 계속 죽을 줘야지."

"하지만 그녀는 그건 사람이 먹을 수 없는 거라고⋯⋯."

그는 한숨을 내쉬며 고개를 저었다.

"그냥 어리광이네."

"어리광?"

"어려서부터 항상 병에 시달려서 심술이 난 거야."

"심술?"

"그래도 아픈 아이에게 술이나 매운 음식을 줄 수는 없지 않은가."

나는 고개를 끄덕였다. 그리고 주방으로 가서 아까와 똑같은 죽을 만들어서는 그녀에게 갖다 줬다. 페니슐라는 몸을 부들부들 떨다가 다시 죽사발을 뒤엎어 버렸다.

"이런 거 싫다니까!"

또 울컥한 기분이 들었다. 나는 또 똑같은 것을 만들어 왔다. 나는 하루 종일 죽 만드는 일을 반복해야 했다. 그러나 반복 노동에서 인간이 기계를 이길 방법은 없다. 결국 완전히 지쳐 버려 죽고 싶은 표정으로 죽을 다 먹은 그녀가 겨우 잠이 들자 나는 저택의 서고로 가서 사전을 펼쳤다.

심술 : 짓궂게 남을 괴롭히거나 남이 잘되는 것을 시기하거나 하는 못된 마음

나는 심각한 표정으로 '심술의 정의'를 읽으며 생각했다. 어째서 모두가 그녀를 낫게 하려고 열심히 노력하는데도 그녀는 모두에게 못되게 구는 것일까?

나는 난해한 공식을 이해하려는 수학자의 심정으로 밤새도록 생각해 봤지만 도저히 답이 나오질 않았다. 며칠 동안 나를 대하는 심술도 나날이 늘어가서 '그녀는 태어나면서부터 못된 마음을 가졌다'라는 엉뚱한 답이 나오긴 했지만 아무래도 그건 아닌 것 같았다.

그러던 차에 업무 보고를 위해 키스 경과 텔레마코스로 대화할 일이 있었다. 나는 감정에 능숙해 보이는 키스 경이라면 이 답을 알고 있을 거라고 생각해서 물어봤다. 그랬더니.

"카일리 경, 그건 모두가 그녀를 위해 노력하니까 심술을 부리는 거랍니다아."

"어째서……."

"말하자면 '그렇게까지 해 줄 필요 없어!'라는 기분이랄까요. 사람들에게 미안한 거죠."

"미안하면 남을 괴롭히나요? 인간은 그런가요?"

"남을 괴롭히는 것이 아니라 자기 자신을 괴롭히는 거예요."

"……!"

"모두가 정성스럽게 돌봐 주는데도 좀처럼 낫지 않는 자기 자신이 한심하고 분해서 견딜 수가 없는 겁니다. 어째서 난 이렇게 태어난 걸까, 라는 비참한 기분이 들지만 사람들 모두가 너무도 걱정해 주기 때문에 마음 놓고 펑펑 울며 신세를 한탄할 수도 없는 거예요."

자기 자신에게 화가 났다? 만약 내가 보통 인간이었다면 이 말을 좀 더 쉽게 이해할 수 있었을까?

"그럼 저는 이제 어떻게 해야 하나요?"

"후후. 자랑스러운 스왈로우 나이츠의 기사 카일리 경이라면 훌륭하게 판단하실 수 있을 겁니다아."

그리고 그는 통신을 끊었다.

11.

페니슐라의 병은 어느 날 아무렇지도 않게 찾아왔다고 한다. 처음에는 조금 두통이 생기고 열이 오르는가 싶더니 곧 혼자 움직이는 것이 힘들 정도로 쇠약해졌고 불에 덴 것 같은 통증과 얼어붙을 것 같은 한기가 번갈아 가면서 찾아왔다고 한다. 게다가 그녀를 간병하던 시녀들마저 같은 증상에 감염되어 누구도 가까이할 수가 없었다.

우연히 나에 대해 알게 된 마일즈 남작이 감염되지 않는 나를 지명할 때까지 6년간, 그녀는 혼자였다.

태어날 때부터 그런 병을 가지고 있었다면 조금은 견디기 쉬웠을까. 분명 내가 미울 것이다. 어떤 인간도 접근할 수 없는 자신 때문에 아버지가 엄청난 돈을 주고 데려온 나는 '그녀의 병은 위험하고 심각한 것'이라는 사실을 명확하게 증명하는 증거일 테니까.

그녀의 병실로 들어오자 페니슐라는 몸을 떨며 침대에 누워 있었다.

"……."

그녀는 창백한 표정으로 나를 바라봤다. 평소 같으면 '흥. 조금만 더 늦게 왔으면 내가 시체가 된 꼴을 봤을 텐데!' 라면서 빈정거렸겠지만 지금은 그럴 힘도 없는 것 같았다.

나는 조용히 그녀의 이마에 손을 얹었다. 그녀는 눈물 어린 동그란 눈동자로 나를 올려다보고만 있었다. 마치 쌓인 낙엽을 태우는 것 같은 열기가 느껴졌다. 해열제가 필요했다.

"금방 시장에 다녀오겠습니다. 주문해 둔 약을 만들어 뒀을 겁니다."

나는 코트를 입으려고 했다. 그때 그녀가 말했다.

"가지 마!"

문을 열려던 나는 그녀를 돌아봤다. 또 이해할 수가 없었다. 지금 약이 필요하다는 건 그녀도 알고 있지 않던가. 그런데 이 명령은 심술은 아닌 것 같았다.

"가지 마."

그녀는 또 말했다. 이건 부당한 명령인가? 나는 3번과 4번 사이에서 고민해야 했다. 그리고 키스 경이 한 말이 떠올랐다. 내가 뭘 해야 하는지.

나는 문을 열었다. 그리고 문밖을 서성이던 하녀에게 시장에 가서 약을 받아와 달라고 부탁했다. 그리고 그녀 옆에 앉았다.

그녀는 내 손을 잡아 자신의 이마 위에 올렸다.

"너는 손이 차가워."

"기계니까요."

"……엄청나게 정교한 기계네."

"저도 잘 모르지만, 제 생명은 마법으로 부여받은 것이라고 합니다."

"마법? 그런 게 정말 있어?"

"저를 만든 분이 말씀하셨어요. 사라진 고대의 기술 같은 것이지만, 설명하기 힘드니까 그냥 '마법'이라고 해 두자고."

그녀는 동화를 듣고 있는 소녀 같았다. 그녀가 한숨을 내쉰 뒤에 입을 열었다.

"그 마법이 있으면 나도 치료될 수 있을까?"

나는 말없이 그녀를 바라봤다. 그녀에게도 삶의 의지가 있다는 것을 느낀 건 이번이 처음이었다. 나도 처음으로 계산하지 않은 말이 자연스럽게 나왔다.

"마법이 아니라도 치료될 수 있습니다."

그녀는 예상 밖으로 내 말에 심술을 부리지 않았다. 그러고는 내 차가운 손을 잡은 채로 몇 번이나 울고 아파하다가 하녀가 가져온 약을 먹고서야 잠들었다.

나는 아침이 올 때까지 그녀의 이마에 손을 대고 있었다. 온기가 없는 손이라서 다행이라는 생각이 들었다.

12.

그녀는 책을 보고 있었고 나는 조심스럽게 그녀의 환자복들을 정리하고 있었다.

"너는 꼭 양 같아."

"네?"

그녀가 갑자기 던진 말에 나는 고개를 들었다. 양은 떼를 이루며 돌아다니고 높은 곳을 좋아하는 초식동물이다. 어디서 나와 공통점을 찾은 거지. 내 은발 때문인가?

"제가 양처럼 생겼나요?"

"아니. 비슷하게 생겼다는 게 아니고, 그냥 왠지 양을 닮은 거같아. 넌 양으로 태어났어도 꽤 근사했을 거야."

이번에는 내 쪽에서 조금 심술이 생겼다. 어딜 봐서 양이라는 건가. 적어도 아무 생각도 없이 하루 종일 멍청하게 풀만 뜯어먹는 녀석보다는 페니슐라를 위해 꽤 많은 고민을 하면서 살고 있다.

내가 생각하기에 양은 별로 매력적인 동물이 아니었다.

"어? 불만 있는 표정인데?"

"아뇨, 별로."

나는 결국 뚱한 표정으로 창밖을 바라봤다. 그녀는 진짜 양 같다고 큭큭거리면서 웃었다. 대체 어디가 닮았다는 걸까! 한참 동안 거울을 바라보고 메에에, 하는 이상한 울음소리까지 흉내 내

봤지만 도무지 알 수가 없었다.

13.

나는 문득 생각했다. 어째서 나는 기계인간으로 태어난 것일까, 그녀의 말대로 양으로 태어났을 수도 있고 아니면 고래나 오소리, 혹은 세콰이어 나무로 태어날 수도 있는데 왜 나는 이런 존재로 태어난 걸까.

그녀가 말했다.

"그래서 나 때문에 기계인간으로 태어난 거 같다고?"

"네."

그녀는 어이가 없다는 듯이 나를 바라봤다. 하지만 아무리 생각해 봐도 답은 그것밖에 없었다.

"제가 기계인간이 아니었다면 저는 당신 곁에 있을 수가 없으니까요."

"그럼 너는 나하고 있기 위해 태어났다는 거야?"

"네."

그녀는 의심스러운 눈초리로 나를 바라봤다.

"너 혹시…… 나한테 지금 프러포즈하는 거?"

"그게 뭐죠?"

"아니, 몰라도 돼. 그보다 정말 엉뚱하네. 너 같은 절세미남이

나 같은 여자하고 같이 있기 위해서 태어났다고? 이상해!"

꽤 논리정연하게 말한 것 같은데, 무시당한 거 같다. 이번에도 나는 '양의 표정'을 지었다.

"진지하게 생각하고 말하는 겁니다."

"정말? 그럼 앞으로도 계속 있을 거야?"

"네."

"헤에. 주저 없이 말하는 남자네."

그녀는 그런 말은 함부로 하는 게 아니라며 가볍게 빈정거렸지만 그리 싫은 표정은 아니었다. 나는 저녁에 서고로 내려가 다시 사전을 펼쳤다.

프러포즈 : 혼인하기를 청함

난 빨개진 얼굴로 급히 사전을 덮었다.

14.

페니슐라의 상태가 급속도로 나빠진 것은 기이한 겨울비가 도시를 휩쓸던 초겨울 때였다. 그녀는 처음으로 피를 쏟았고 온몸의 수분이 다 뽑혀 나오는 것만 같은 기세로 땀을 흘리고 있었다. 전염이 두려워 그녀를 만나 보지도 않은 의사는 상태만 전해 듣고 오늘을 넘기지 못할 거라 말했다.

마일즈 남작이 성직자까지 불러 둔 상황, 피와 땀과 신음 소리로 가득한 병실에서 나는 그녀의 손을 잡고 있었다. 무자비한 빗줄기가 당장이라도 그녀를 데려갈 것처럼 창문을 거세게 두드리고 있었다. 그녀의 목소리는 반쯤은 알아듣기 힘들 정도로 떨리고 있었다.

"네 말대로…… 내 옆에 있는 사람은 정말로 너뿐이네?"

나는 내가 기계인간이라는 사실에 감사했다. 이런 날 홀로 죽음을 맞이해야 한다는 것은 너무 처참하니까.

"아니, 당신은 절대 안 죽어요."

내 마음의 회로가 녹아 끊어져 버릴 것 같았지만, 나는 놀라울 정도로 냉정하게 말했다. 내가 지금 절박한 표정을 애써 숨길 수 있는 이유는 내가 기계이기 때문은 아닐 것이다.

"무서운 표정이네. 죽으면 너한테 혼날 것 같아."

"죽으면 안 됩니다. 그러면 내가 이 세상에 태어난 유일한 이유가 사라져 버려요."

"이기적이네."

그러면서 그녀는 믿을 수 없는 힘을 짜내서 나를 껴안았다. 껴안았다기보다는 거의 몸을 기댄 수준이지만 피부도 머리칼도 눈동자도 생기를 잃은 그녀는 필사적으로 내 허리에 손을 감았다. 한 번도 누군가를 마음껏 안아 본 적이 없을 것이다.

그녀는 커다랗게 울기 시작했고 계속 고개를 저으며 말했다.

"죽고 싶지 않아, 카일리. 난 죽고 싶지 않아. 너하고 계속 같이 있고 싶어. 이제 겨우 나도 살아야 할 이유가 생겼는데……."

저도 그래요, 라는 말을 억지로 삼켜야 했다. 내게는 눈물을 흘리는 기능이 없기 때문에 격렬한 감정은 나갈 구멍을 찾지 못한 채 내 메마른 눈동자 뒤로 몰려들었다. 내 차가운 몸이 그녀의 열병을 구석구석 받아들이고 있었다.

평생 같은 곳만 맴돌 것으로 알았던 내 마음이 어떤 강력한 힘에 의해서 지금 궤도를 이탈한 것을 느꼈다. 그 마음은 아마 영영 원래 자리로 돌아가지는 못할 것이다. 무서운 기세로 튀어나가 내 생명이 다할 때까지 어떤 목표를 향해 날아갈 것이다.

15.

결국 의사의 말은 틀렸다. 그녀는 죽지 않았다. 다만 그날 그녀를 덮쳤던 병마가 두 다리를 못 쓰게 만들었을 뿐이다. 키스 경으로부터 원한다면 귀환해도 좋다는 말을 들었다. 나는 계속 있고 싶다고 말했다.

"키스 경은 인간이 아닌 저를 이해하실 수 없을 거예요."

"아니에요. 충분히 이해한답니다. 그럼요."

그녀가 있는 공간 밖으로 벗어난다면 나는 이내 무의미의 수렁에 빠져 죽을 것만 같았다.

"내 딸을 구할 연구를 시작하려고 하네."

마일즈 남작이 그렇게 말했다. 짧은 말이었지만 그는 그걸 실천하기 위해 자신이 아끼던 모든 명화와 조각상, 골동품 등을 팔아 치워 연구원들을 불러들였다. 짐작할 수도 없는 막대한 돈이 들어갔고 언제 끝날지도 모를 연구가 진행되었다. 영지도 계속 매각해서 돈으로 바꿔야 했고 더 이상 하인들을 고용할 여력도 없어서 거대한 저택에는 나와 그녀와 남작만 남게 되었다.

마일즈 남작은 자신에게 재산이 한 푼도 남지 않았다는 사실을 병실 밖으로 나가지 못하는 그녀에게 알리지 않기 위해 그녀의 병실만은 조금도 손대지 않았고, 가끔 그녀를 만나러 병실에 올 때도 예전처럼 화려한 옷을 빌려 입고 들어왔다.

사실 그때부터 지명 비용도 왕실에 지불할 수 없었다. 이걸 해결해 준 사람은 키스 경이었다. 원한다면 계속 남아 있어도 좋다면서 자신이 대신 그 엄청난 지명 비용을 왕실에 냈던 것이다. 사실 내가 그를 직접 만난 것은 태어나서 한 번뿐이지만 평생 잊지 못할 사람이다.

그리고 1년 정도가 지났다. 나는 움직일 수 없는 그녀의 몸을 젖은 수건으로 닦아 주고 있었다.

"카일리, 넌 나보다 오래 살겠지?"

"네?"

나는 깜짝 놀란 표정으로 그녀를 바라봤다.

"적어도 나보다는 오래 살 테지?"

"그건……."

"다행이야. 나보다 오래 살 수 있어서. 정말 다행이야."

나는 말없이 그녀의 야윈 어깨를 닦아 주었다. 아닐지도 모른
다는 말은 차마 할 수 없었다. 내 수명이 이제 1년도 남지 않았
다는 말은 한 달 후 그녀가 숨을 거둔 그 날까지도 말하지 못했
다.

16.

카일리는 그녀의 죽음에 대해서는 길게 묘사하지 않았다.

"죄송합니다. 이야기가 길어졌네요."

나는(그러니까 엔디미온은) 너무도 담담하게 자신의 거의 모든
인생을 들려 준 카일리의 옆모습과 그가 바라보고 있는 페니슐
라의 무덤을 봤다. 그가 어째서 이곳을 떠나지 않으려는지 알 수
있었다.

"그럼 카일리 경은 이제 남은 시간이……."

"제 수명은 이제 두 달쯤 남았습니다. 저는 결국 그녀보다 오
래 살았군요."

"자, 잠깐. 루시온 경도 이 사실을 알고 있나요?"

그는 고개를 끄덕였다.

"루시온 경을 싫어하지 말아 주세요. 절 리더구트로 데려가서

좀 더 수명을 연장시켜 보려고 하는 것이니까요. 하지만 그럴 방법이 없다는 건 루시온 경도 알고 있을 겁니다. 저는 남은 시간을 이곳에서 보내고 싶어요."

역시 루시온 경도 냉혈한은 아니었다. 하지만! 처음부터 얘기를 해 줬으면 나도 그렇게 화를 내지는 않았을 거 아냐! 하아, 자기변명 같은 건 절대로 하지 않는 그 엄청난 프라이드가 얄밉다.

"엔디미온 경, 페니슐라의 장례식을 치러 줄 수 있나요? 지금까지 제대로 된 장례식도 못 해 줬네요."

"아, 그거야 물론 해 드릴 수……."

나는 문득 키스 경이 날 이곳에 보낸 이유를 알 것 같았다. 처음부터 카일리 경을 데려오는 것은 생각도 않았을 것이다. 지명비용도 그가 대신 내줬다니까. 아무것도 안 하는 것처럼 행동하는 주제에 남모르게 선행도 하는구나.

"아, 이런! 제사 도구가 가방 안에 있는데!"

잠깐 잊고 있던 사실인데, 가방 빼앗겼잖아! 으이구!

"내일 되찾으러 가죠."

그렇게 말하며 희미한 미소를 짓는 카일리 경을 보며 나는 정말 그가 어딘지 모르게 양을 닮았다는 기분이 들었다.

17.

루시온 경이 묵고 있는 숙소를 찾는 것은 그리 어렵지 않았다. 그의 성격상 싸구려 여관에는 묵지 않았을 테고—무엇보다 카일리 경이 자세히 알고 있었던 것이다.

"루시온 경이 여기 자주 왔다고요?"

"자주는 아니지만 일 년에 서너 번쯤 제가 잘 지내는지 확인하러 왔어요. 한사코 따로 여관에 묵겠다면서 남작의 저택에서 자는 걸 거절했지만, 덕분에 어디에서 묵는지 알고 있어요."

의외의 사실들이 속속 튀어나오고 있었다. 겉으로는 '기계인간 따위!' 라면서 엄청 모질게 굴던 루시온 경이 실은 꽤 사려 깊게 카일리 경을 돌봐 주고 있었을 줄은 꿈에도 몰랐다.

역시 리더는 리더라는 건가. 대단하네(그런데 내 경우에는 정말 귀찮아하는 것 같았다).

역시 내 예상대로 루시온 경이 묵은 곳은 이 지역에서 가장 청결한 여관의 가장 청결한 객실이었다. 나중에 안 사실인데 루시온 경은 지명을 가서도 절대로 지명자가 내준 방에 묵지 않고 자기 돈을 내서 여관을 빌린다고 한다. 지명자에게는 지명 비용만 받고 그 어떤 호의도 사절하는 것이다. 굉장하다. 나는 지명을 받으면 너구리인 양 밥도 얻어먹고 재롱도 피우고 때로는 하루쯤 더 놀다가 가기도 하는데, 나와 비교하면 무섭도록 자기 관리에 철저한 프로페셔널이었다.

그런데 문제는 루시온 경이 여관에 없었다는 것이다. 우리를 기다리고 있는 것 같던 여관 주인이 짜증 섞인 표정으로 다가왔다.

"그 파란 머리의 미남을 찾아온 사람들이죠?"

"그런데요?"

나는 그의 표정에서 불길함을 느꼈다.

"그 청년 납치됐소. 건달들한테."

"뭐라고요!"

맙소사! 그런데 루시온 경은 검술에 상당히 능해서 쉽게 납치될 사람이 아닐 텐데?

"한 열 놈 정도가 여기에 들어오더니 식사 중이던 그 청년에게 다짜고짜 덤벼들더군. 그 친구 꽤 세더구먼. 칼이 없었는데도 서너 명 정도 때려눕히긴 했는데…… 떼거리로 덤비는데 장사 없지."

나는 입술을 꽉 깨물었다. 도시 한복판에서 기습이라니! 카론 경이나 키스 경이 아닌 이상 열 명은 절대 무리다.

"건달 놈들이 당신들이 오면 이걸 전해 주라고 하더군."

보나 마나 어제 내 가방을 훔쳐 간 놈들이 뻔했다. 왕실 기사를 납치하다니 배짱도 좋구나! 나는 화가 난 표정으로 여관 주인이 건네준 쪽지를 읽었다. 누가 깡패 아니랄까 봐 지독하게 너절한 문장이었다.

보무를 가저오지 아느면 파랑 머린 중는다.

"……환장하겠네."

또 그 망할 놈의 보물이야! 그딴 건 애초부터 없다니까!

나는 루시온 경이 묵고 있던 객실로 한걸음에 올라가 침대 위에 놓여 있던 그의 장검을 집어 들었다.

18.

깡패들의 아지트는 도시 동쪽 끝 슬럼가에 있었다. 엄연히 왕실 기사 납치 사건이니 카론 경에게 연락하는 편이 좋지 않을까, 하는 생각도 들었지만, 제아무리 바람 같은 카론 경이라도 이곳까지 오는 데 족히 한나절은 걸리기 때문에 나와 카일리 경이 분연히 나서야 했다.

"그런데 카일리 경은 아무것도 필요 없어요?"

그래도 단둘이 쳐들어가는 건데 각목이라도 드는 것이…….

하지만 그는 고개를 저었다.

"무기 써 본 적이 없어서요."

괘, 괜찮을까? 아무렇지도 않게 말하며 앞서 가는 카일리 경을 보자 강렬한 불안감을 느꼈다.

아지트는 한 50년 쯤 전에 술집으로 쓰였을 법한 낡은 이 층 건물이었는데 입구에는 패거리 둘이 망을 보고 있었다. 우리는 앞 골목에 숨어 염탐을 했다. 쓰레기장을 방불케 하는 주변에는 인적이 없었다.

"흐음. 어떻게 침입한다? 일단 건물 뒤로 돌아가서…….."

잠입 방법을 고민하던 나는 카일리 경이 바닥을 두리번거리는 것을 보고 의아한 표정으로 물었다.

"지금 뭐하세요?"

카일리 경이 찾은 것은 제법 묵직한 돌멩이 두 개였다.

"설마 그걸 던져서 맞추려는 건 아니겠죠?"

건달들이 있는 곳까지는 50보 정도. 맞추기는커녕 힘이 없는 사람이라면 그곳까지 던지지도 못할 거리였다. 순간 카일리 경이 돌을 쥔 팔을 크게 휘둘렀다. 부우웅— 하는 바람을 가르는 소리는 곧바로 따아악 하는 '골 때리는 소리'로 이어졌다. 저 멀리 서 있던 건달은 비명도 지르지 못하고 바닥에 쓰러졌다. 옆에 있던 건달이 깜짝 놀라 쓰러진 동료를 바라보는 순간 또 부우웅, 따아악이 이어졌다. 나는 입이 쩍 벌어졌다.

카일리 경은 엷게 웃으며 나를 바라봤다.

"그럼 들어갈까요?"

"와, 완전 대포알이네요."

역시 기계인간, 양처럼 온순해서 그렇지 뿜어져 나오는 파워의 수준은 확실히 인간과 다르다. 돌팔매도 이 정도면 살인 병기였다. 무기를 못 쓰는 게 아니라 필요가 없는 거였잖아!

19.

잠입하는 주제에 정문으로 들어가는 호사를 누린 우리들은 아침인데도 어두컴컴하고 지저분하고 쾨쾨하기까지 한 실내에서 루시온 경이 어디에 잡혀 있는지를 판단해야 했다.

나는 지하로 내려가는 계단을 보고 속삭였다.

"지하실로 가죠."

"그곳에 잡혀 있을까요?"

"규칙이 있는 건 아니지만…… 이 소설, 누가 잡혔다 하면 꼭 지하실에 가두거든요."

나는 심드렁한 표정으로 중얼거렸다. 괜한 말을 한 것 같지만 사실이 그렇거든. 그때 계단 위로 실루엣이 움직였다.

"누구냐!"

그 순간 장검을 뽑은 나는 주저 없이 그에게 뛰어들어 그가 든 칼을 후려쳤다. 카아앙 소리와 함께 팔뚝만 한 칼이 두 조각이 나서는 허공을 날았다.

나는 곧바로 그를 벽 쪽으로 거세게 밀치고 목에 검날을 들이댔다. 가까이에서 보니까 어제 내 가방을 가져간 놈이잖아! 눈에서 불길이 이글이글 타올랐다.

"이 자식, 왕실 기사를 우습게 알았겠다!"

"사, 살려 주세요!"

"당장 내 가방 돌려줘. 그리고 루시온 경도 내놔!"

그 순간 나는 오싹함을 느꼈다. 지하실에서 뛰어 올라온 새로운 놈이 내 머리를 향해 칼을 내리치는 것이었다.

'위, 위험해!'

나는 내 머리와 칼 사이에 끼어든 팔뚝을 봤다. 카일리 경이었다. 금속으로 된 그의 팔뚝에 튕겨 나온 검이 요란하게 울리고 있었다. 대단해. 칼도 튕겨 내는 합금이라니! 무기를 가져오지 않은 이유를 알겠다.

빠각!

곧바로 카일리 경의 주먹이 얼굴을 때리자 뼈 부러지는 소리와 함께 몸이 붕 떠오른 건달은 계단을 굴러 지하실 입구에 나가떨어졌다. 말 그대로 쇠주먹에 맞은 거니까 아마 평생 껌 씹는 건 포기해야 하는 턱이 되었을 것이다.

"괜찮나요, 엔디미온 경?"

"아하하. 천군만마를 얻은 것 같네요."

나는 아무렇지도 않게 주먹에 엉킨 피를 닦는 그를 보며 좋은 사람인 게 천만다행이라는 생각이 들었다.

20.

그 이후에도 두더지처럼 나타난 몇 놈들을 가볍게 처리한 후 우리는 지하실로 향했다. 그곳에는 루시온 경만 있었다. 오래전에는 고기를 보관하던 곳이었는지 녹슨 갈고리며 부서진 나무 상자 따위가 어지럽게 널려 있는 이곳에서 루시온 경은 목과 두 팔이 사슬에 엉킨 채 벽 쪽에 속박되어 있었다.

순순히 잡혀 오지 않았다는 것을 증명이라도 하듯 그의 입가에는 핏물이 맺혀 있었고, 옷은 흙먼지와 핏자국에 더럽혀져 있었다.

"루시온 경, 지금 풀어 줄게요."

그는 대답하지 않은 채 찡그린 얼굴을 돌렸다. 누가 구해 주는 것조차 창피하다는 건가. 정말이지 어지간한 자존심이다. 이제는 그의 그런 모습에도 꽤 정이 든 것 같아서, 나는 사슬을 풀며 농담 삼아 콧소리를 냈다.

"헤헤. 항상 완벽한 줄 알았는데 그렇지도 않네요?"

그는 고개를 숙이며 자조적으로 중얼거렸다.

"……누구나 키스 경이나 카론 경처럼 될 수 있는 건 아니니까."

역시 그들을 존경하고 있었군.(키스 경은 지나치게 독특한 초이스지만) 카론 경은 확실히 반할 만하다. 깎아 낸 것 같은 외모부터 시작해서 머리도 엄청나게 좋고 성품은 고결한 데다가 자타가 공인하는 검술의 대가에 심지어 아내까지 아름답다. 주사위를 열 번 굴려 열 번 전부 6만 나온 것 같은 모습, 정말 반칙이다. 시기하는 자들이 본다면 '대체 저 얄미운 놈의 약점은 뭐야!'라면서 좌절할 수밖에 없지.

하지만 그도 가까이에서 자세히 관찰해 보면 서툴러서 쩔쩔 매는 부분도 분명히 존재하고(요리라든가) 평민 출신이라는 것에 콤플렉스도 있는 데다가 피곤하면 불평도 하고 때론 질투도 하는 평범한 사람이라는 걸 알게 될 것이다(으음. '평범한'은 취소. 초인은 초인이니까).

"그들도 완벽하지는 않은 것 같네요."

그가 다른 기사들에게 존경을 받는 이유는 절대로 완전무결의 결정체이기 때문이 아니라는 걸 루시온 경도 눈치챘으면 좋겠다. 물론 나 같은 실수 연발의 말썽덩어리가 되라는 말은 결코 아니지만.

그때 지하실 밖에서부터 발소리가 들렸다. 반쯤은 변명이지만 역시 '확인 사살'을 안 한 것이 화근이었다. 카일리 경에게 죽도록 두드려 맞은 누군가가 비틀거리며 되살아나 밖에 있던 두목에게 우리의 침입을 알린 것이었다.

우리를 본 예의 깡마른 두목이 통쾌하게 웃어 재꼈다.

"후후후. 제 발로 걸어 들어왔구나!"

지하실의 출입구는 하나뿐이었고 지금 그 입구에는 다섯 명도 넘는 건달들이 진을 치고 있었다. 카일리 경은 뚫고 나갈 심산인지 눈을 번뜩였지만 두목은 곧 실웃음을 보이며 성냥을 그었다.

"이곳이 어디냐 하면 우리가 밀수입한 고래 기름을 보관하는 곳이지."

제길. 하필이면 경유(鯨油)! 어두워서 잘 안 보였는데, 저쪽 구석에 쌓여 있는 나무통에 고래 기름이 채워져 있는 모양이다.

"불씨 하나만 던져도 이 안은 불바다야. 기름으로 붙은 불은 꺼지지도 않는다지?"

"왕실 기사를 태워 죽이고도 성할 줄 알아?"

"누가 알겠어. 뼈까지 녹아 없어질 텐데."

"이런 무지막지한 자식!"

사람이 돈에 눈이 멀면 무서운 게 없어진다더니!

"목숨 중한 줄 알았으면, 보물을 내놓으실까?"

"그러니까 보물이라는 건 애당초 없다니까 그러네!"

"흥! 뻔한 거짓말을 늘어놓는군!"

"그래? 그럼 대체 그 보물이 뭔지 말 좀 해 봐!"

"나도 몰라. 아무튼 남작이 전 재산을 투자해 만든 거라니까 엄청나게 비싼 게 분명할 테지."

"으이구! 남작은 파산했어! 연구는 실패했고! 보물이 있을 턱이 있겠냐!"

내가 어떻게 말해도 두목은 절대로 믿으려고 하지 않았다. 그때 가만히 상황을 지켜보던 카일리 경이 말했다.

"대화 중에 방해해서 미안한데…… 아무리 생각해 봐도, 고래 기름은 불이 안 붙어."

순간 정적이 내려앉았다. 허망하게 성냥을 들고 있던 두목이 말했다.

"정말?"

"응. 양초가 폭발하지 않는 것과 비슷한 이치야."

"그, 그런가?"

그 순간 카일리 경의 몸이 움직였다. 실로 쏜살같은 빠르기였다. 이번에도 복합 골절을 떠올리게 하는 둔탁한 소리가 터졌고, 기겁을 한 건달들이 칼을 휘둘렀지만 카일리 경의 어깨나 팔뚝에 맞아 모두 튕겨 나갔다.

바닥에 쓰러져 신음 소리를 내는 건달들을 모조리 지하실 구석에 집어 던진 카일리 경은 찢겨 나간 옷을 추스르며 그 양과 같은 표정으로 우리를 바라봤다.

"나갑시다."

우리는 지하실 문을 잠근 뒤에 내 가방까지 찾아 밖으로 나갔다. 혹시 카일리 경…… 군사용으로 만들어진 거 아닐까, 하는 생각마저 든다.

21.

"그런데 정말 고래 기름은 불이 안 붙어요?"

진짜든 거짓말이든 순간적인 판단으로 적들을 제압한 건 훌륭했지만, 나는 순수한 호기심으로 물었다. 카일리 경은 무리한 움직임으로 기계적인 소음을 내고 있는 자신의 팔을 매만지며 말했다.

"만약 그렇다면 마키시온 제국이 긴수염고래의 기름으로 화약을 만드는 짓은 하지 않았겠죠."

"역시…… 불이 붙는다는 거군요."

"하지만 우리가 지하실에 갔을 때는 고래 기름 비린내가 전혀 나질 않았잖아요? 보통은 두통이 생길 정도의 악취를 풍겨야 정상인데도."

"그래서요?"

"지하실에 있던 고래 기름은 아마 향유고래의 것이었을 겁니다. 그건 영하권으로 내려가면 경랍(鯨蠟)이라는 고체 상태로 변하고 그때는 쉽게 불이 붙지 않아요. 양초의 원료니까."

세상에, 그 짧은 순간에 그런 것까지 생각했던 거야?

"또, 똑똑하네요."

"영주님의 서고에는 참 많은 책들이 있었어요. 그리고 그중에는 포경업에 대한 매뉴얼도 있었고요. 저는 잠을 자지 않아서 밤이면 아무 책이나 읽곤 했는데, 포경업 개론서가 이렇게 도움이 될 줄은 저도 몰랐군요."

음, 역시 독서의 중요성을 새삼 느끼게 되는 순간이로군. 틈만 나면 책을 읽는 카론 경도 한 번쯤은 콩나물 재배법 같은 책을 읽은 도움으로 미궁에 빠진 사건을 해결한 적이 있을 것 같다.

한편 루시온 경은 그다지 표정이 밝지 못했다. 나는 건달들에게 잡힌 것 때문에 아직까지도 자존심 상해 있는 건가, 생각했지만 그건 아니었다. 그가 말했다.

"카일리, 무슨 보물을 숨기고 있는 거냐."

"루시온 경, 보물 같은 건 없다고……."

나는 당황했다. 하지만 카일리 경은 부정하지 않은 채 루시온 경을 바라보기만 하는 것이었다. 루시온 경은 강한 어조로 말을 이었다.

"폭력배들이 기사까지 해치려고 들면서 보물에 집착한다면, 그건 보물의 존재를 확신하고 있다는 거다. 어림짐작만으로 이런 짓을 저지를 리가 없지. 카일리, 남작과 공녀 사이에서 무슨 일이 있었던 거냐."

나는 머리가 멍했다. 그럼 정말 보물이 있다는 의미인가. 그리고 카일리 경은 그걸 우리에게까지 숨기고 있었다는 것일까. 어째서? 그의 성격으로 미뤄 볼 때 적어도 돈 때문은 아닐 것이 확실했다.

카일리 경이 말했다.

"이틀만 기다려 주시겠습니까."

"……카일리."

"그때가 되면 제 역할도 모두 끝납니다."

담담하게 말하는 카일리 경의 몸 언저리에선 수명을 다해 가는 기계장치의 불협화음이 맴돌고 있었다.

22.

루시온 경과 같은 객실에 묵게 된 나는 침대에 누워 천장만 빤히 바라봤다.

4년의 수명을 가지고 태어난 기분이란 어떤 것일까. 송어가 그와 같을까? 새벽에 혼자 뜨는 별처럼 아무도 보지 않을 때 홀로 반짝거리다가 태양이 뜨면 사라져 버린다. 사랑하기엔 너무 짧고 슬퍼하기엔 너무 긴 시간이다. 카일리 경에게는 페니슐라만이 자신이 태어난 유일한 이유일 수밖에 없다는 생각이 들었다.

양은 평생 항상 같은 길만 다닌다고 한다. 마치 똑같은 궤도를 도는 위성처럼. 나도 내 생애가 4년이었다면 그랬을 것 같다. 4년이란 뭔가를 이루고 싶은 의욕조차 생기지 않는 터무니없이 짧은 시간이라서, 그냥 평생 똑같은 것만 반복하며 기쁘지 않게 태어나서 슬프지 않게 죽는 무미건조한 삶을 택했을 것이다.

그런데 카일리 경은 어느 날 자신의 궤도에서 벗어나는 걸 택했고 힘이 다하는 순간까지 까마득히 먼 곳을 향해 달려가기로 결심했다. 수십 년을 살면서 한 번도 궤도에서 벗어나지 못하는 사람도 있는데(아니, 실은 그런 사람들이 대부분인데) 참으로 대단하다.

순간 머릿속에 키스 경이 지나갔다. 그 인간은 아예 궤도 자체가 없는 별똥별 같은 양반이라서 자기 멋대로 날아다니다가 어느 나라 양계장 같은 곳을 덮칠지도 몰라. 그러고 보면 나도 그 별똥별에 얻어맞은 사람 중 하나고.

하지만 카일리 경의 지명 비용을 대신 내준 건 참 놀라웠다. 따뜻한 인간의 마음이 있고 없고를 떠나서…… 대체 그 돈 어디서 난 거야?

'하아. 알 게 뭐람. 왕실 금고에서 스리슬쩍 했다고 해도 이상할 것이 없는 사람인데.'

나는 그렇게 중얼거리며 고개를 돌렸다. 늦은 밤인데도 루시온 경은 테이블에 앉아 뭔가를 적고 있었다.

"뭐하고 있어요?"

"다음 지명에 대해 준비하고 있습니다."

그는 적어도 겉으로 보기엔 카일리 경을 완전히 잊은 것 같았다. 물론 그렇지 않다는 걸 이제는 알고 있지만.

나는 침대에 머리를 기댄 채 그를 바라봤다. 그는 형용할 수 없을 만큼 부유한 백작 가문의 계승자다. 그야말로 평생 망치질 한 번 할 필요 없는 탄탄대로. 스왈로우 나이츠에 들어오지 않았다면 분명히 위고르 공처럼 대단한 권력을 가진 엘리트 관료가 돼서 우리들을 지명하는 입장이 되었을 것이다. 지금처럼 귀족들의 입맛을 맞춰 주며 이리저리 불려 다니는 고된 일을 굳이 할 필요가 없는 신분이다.

"루시온 경은 왜 스왈로우 나이츠에 들어왔어요?"

나는 솔직히 내 질문을 완전히 무시할 줄 알았다. 그런 성격이니까. 의외로 그는 펜을 놓고 나를 잠시 바라보다가 입을 열었지만 곧 고개를 저으며 입을 다물었다.

"별로 대단한 이유는 아니에요."

아직 이유를 알 정도로 가까운 사이는 아니라는 걸까. 하지만 카일리 경이 돈이 아닌 소중한 것을 위해 페니슐라 곁에 있는 것처럼 루시온 경이 편한 길을 포기하고 스왈로우 나이츠가 된 이유도 아주 소중하고도 절실한 것이리라 믿는다.

23.

카일리 경이 말한 이틀이 다가왔다. 대체 무슨 보물이 있는 것인지, 또 역할이 끝난다는 것은 무엇을 의미하는지 궁금해하며 나와 루시온 경은 짐을 싸서 여관을 나왔다. 그는 여전히 페니슐라의 무덤 앞에 서 있었다.

"오셨군요."

가볍게 인사한 카일리의 주변에 보물이랄 것은 전혀 없었다. 그가 말했다.

"잠시 후면 그분이 도착할 겁니다."

"그분?"

"절 만드신 분이요."

아, 그럼 카일리 경의 창조주를 만나는 셈이로군.

그리고 그의 말대로 잠시 후 네 필의 말이 끄는 거대한 마차가 이곳에 도착했다. 카일리 경은 그 앞에 한쪽 무릎을 꿇고 고개를 숙였다. 경호원 정도로 보이는 건장한 마부가 마차에서 내려 문을 열자 '창조주'가 모습을 드러냈다.

문밖으로 쫙 빠진 다리의 굴곡이 드러나자 나는 깜짝 놀랐다. 정교한 기계인간을 만들 역량을 지닌 사람이라니까 백발의 노인 정도로 생각했는데 저건 분명 여자, 게다가 젊고 늘씬한 여성이었다.

이윽고 그 얼굴이 드러나자 나는 더욱 놀랄 수밖에 없었다. 왜냐하면…….

"……세실리 님."

"엇? 미온 군?"

내 예전 고객이었기 때문이다. 그것도 가슴 아픈 사연이 있는.

마차에서 내리려던 그녀는 식은땀을 흘리며 나를 바라보다가 곧바로 문을 쾅 닫고는 외쳤다.

"어서 출발해!"

"어딜 가시려는 겁니까."

나는 한숨을 내쉬며 마차 문을 열었다. 여기서 다시 보게 될 줄이야…….

24.

세실리 님은 세계적인 발명가다.(기계인간을 만들 정도인 줄은 몰랐지만) 전 세계 어디를 봐도 그녀의 손길이 없는 곳을 찾기가 어려울 정도다.

가령 마키시온 황실과 우리나라 펠리오스 타워에도 설치되어 있는 수동 승강기가 그분의 작품이고, 내가 극도로 무서워하는 세탁기 역시 그녀가 만든 것이다. 우리나라는 예산이 없어서 아직 쓰지 못하지만, 천공식 카드를 이용해 만든 인트라 무로스의 보안 시스템부터 같은 원리를 이용한 무인 오케스트라 연주 장치까지, 만물을 재해석하는 그녀의 재능은 일국의 연구 기관 수준이라서 마라넬로 황제가 엄청난 조건으로 대아카데미 소드람의 수석 연구원으로 모셔 갔을 때, 교황청에서 공식적으로 유감을 표명했던 적도 있다. 그녀가 일종의 신념 때문에 군사 병기는 만들지 않는다는 것에 다른 나라에서 가슴을 쓸어내릴 정도다.

그런데 그렇게 모범적이고 생산적인 발명품만 만든다면 얼마나 좋겠냐마는 예술가의 혼에는 확실히 괴팍한 구석이 있어서, 그녀는 도저히 어디다 어떻게 쓸 건지 짐작도 안 가는 괴상망측한 물체를 혼신의 힘을 다해 만들 때도 있는 것이다(실은 대부분이 그렇다).

예를 들어 그녀가 만들었던 '연인 측정기'는(무슨 원리인 줄은 알 도리가 없지만) 남녀가 그 기계에 손을 대면 서로 얼마나 잘 어울리는지 점수로 나오는 획기적인 장치였지만, 그녀의 노처녀 히스테리가 십분 녹아든 기계라서 어떤 천생연분이 손을 대도 자살하고 싶은 점수가 나오는 이른바 '좌절 머신'이었다(이오타에서 지원해 준 자금으로 만든 게 이거라서 이자벨 님은 지금도 세실리 님의 이름만 들으면 두통에 시달린다).

그 외에도 한 알만 먹어도 한 달 동안 배가 고프지 않은 알약이라든가(맹렬한 설사 끝에 피실험자를 사망 직전으로 몰고 간 적이 있다) 물속을 다닐 수 있는 배(그러나 다시 떠오르지 못했다), 벼락의 힘으로 움직이는 인쇄기(폭풍우가 몰아치는 날에만 책을 만들고 싶은 사람만 구입할 것이다) 등등의 광적인 발명품들이 그녀의 창고 한구석에 가득하지만 그중 으뜸은 바로 '자동 청소 기계'였다.

열차에나 쓰이는 마나 엔진을 도입한 그 인간형 기계는 놀랍게도 스스로 쓰레기를 판별해서 수집한 뒤에 처리한다. 물론 거대한 성 한 채 값을 가볍게 넘는 그 값비싼 기계를 어느 가정집에서 쓰겠냐마는, 딱 한 명 구입한 분이 있었으니 바로 예전 업소의 마담 히르카스 님이었다.

원체 은밀한 곳이라서 함부로 청소부를 고용할 수도 없는 터라 누님은 그 기계를 단번에 현금으로 구입한 뒤에 자신의 업소 '미소년의 숲'에 놓은 것이었다.

'쓰레기 같은 건 그냥 손으로 주워도 되잖아?'라고 생각할 수도 있겠지만, 돈 많은 분들의 머릿속이라는 것은 평민과는 워낙에 다르기 때문에 넘어가도록 하자.

그런데 문제는 그 경악의 머신이 업소 내부에 가득 전시되어 있는 히르카스 님의 수집품들, 그러니까 상상을 초월하는 고가의 예술품들을 하룻밤 사이에 모조리 '청소'해 버렸던 것이다. 돈 주고도 못 산다는 그림들을 불태워 버렸고, 어떤 장인의 평생의 역작이라는 도자기는 아예 가루로 만들었다. 너무 크고 무거워서 도저히 손대지 못할 것 같은 조각상은 옆에 있던(역시 고가의) 장식용 보검으로 사지를 잘라서 땅에 묻어 버렸다. 기계와 인간의 예술에 대한 입장 차이가 빚어낸 비극이었다.

돈에 대해서는 상당히 너그러운 히르카스 님마저도 그 참상을 목격한 순간 방에서 총을 가져와 청소 기계를 걸레로 만들어 버렸고 남은 한 발로 세실리 님도 죽여 버리겠다면서 업소를 완전히 뒤집어 놨다. 물론 그 이후로 지금까지 단 한 번도 세실리 님을 본 적이 없다.

그녀의 마차 안은 상당히 넓었다. 다섯 명에서 차를 마실 수 있을 정도로.

"저어, 히르카스 누님과는 화해했어요?"

"……."

그녀는 식은땀을 흘리며 창밖을 봤다. 발명품 하나 때문에 각국으로부터 암살 위협을 받다니, 대단하다면 대단한 일이다.

차를 마시지 못하는 카일리 경은 내가 세실리 님을 알고 있다는 것이 무척이나 흥미로운지 계속 나를 바라보고 있었다. 저는 이래 봬도 상당히 화려한 십 대를 보냈답니다. 별로 자세히 설명하고픈 기분은 안 들지만.

세실리 님과 초면인 루시온 경은 평소와는 달리 먼저 그녀에게 말을 꺼냈다. 물론 '만나서 영광입니다'는 절대 아니었다.

"카일리의 수명을 연장시킬 수 있는 방법은 정말 없는 겁니까."

그녀는 바로 쓴웃음을 지었다.

"내가 지금까지 하지 않았다는 것은 할 수 없다는 의미야."

"그럼 왜 그런 불행한 생명체를 만든 겁니까."

나는 놀란 얼굴로 루시온 경을 바라봤다. 그의 표정은 평소와 똑같이 차갑고 딱 부러졌지만, 분명히 원망이 섞여 있는 어조였다. 게다가 '생명체'라니. 역시 루시온 경은 카일리 경에 대해 (나보다도 더 진지하게) 걱정해 주고 있었던 것이다.

세실리 님은 조금씩 주름이 지기 시작한 그 얼굴에 화장기 같은 쓸쓸함을 담으며 루시온 경을 바라봤다.

"그럼 왜 신은 100년도 못 사는 우리들을 만든 걸까. 하찮은 밤나무도 100년을 넘게 사는데. 그래서 지금 신을 원망하고 있나?"

"그런 의미로 한 말이 아닙니다."

"카일리를 생명으로 보고 있다면 그의 수명도 존중해 주는 것이 도리야."

루시온 경은 더 이상 말하지 않았다. 더 이상 말해 봐야 카일리 경의 수명을 연장시키는 건 불가능하다는 이유에서일 것이다. 카일리 경은 도리어 자신에 대한 루시온 경의 배려가 기쁘다는 듯이 엷은 미소를 보이고 있었다. 그가 말했다.

"세실리 님, 보물은 준비되어 있습니다. 그곳으로 가죠."

25.

그의 '보물'은 플레밍 마일즈 남작이 페니슐라를 살리기 위해 만들었던 거대한 연구소에 숨겨져 있었다. 이제는 아무도 살지 않는 그 건물은 마치 거대한 짐승의 주검처럼 대낮에도 을씨년스러웠다.

우리는 넝쿨과 반쯤 동화된 그 폐건물로 들어가는 동안 한 마디도 하지 않았다. 낡아 버린 건물 자체가 말해 주는 남작의 집착 같은 것에 압도된 탓이리라.

계단을 타고 몇 층인가를 올라가서야 세실리 님이 한숨 섞인 말을 꺼냈다.

"이런 걸, 정말 만들 줄은 몰랐군. 겉보기엔 멋 부리기만 좋아하는 귀족인 줄 알았는데."

"예?"

"정 딸을 살려 보고 싶으면 이런 걸 만들라고 내가 말한 적이 있거든. 반쯤은 귀찮아서 한 말이었는데……."

세실리 님은 이럴 줄 알았다면 좀 더 성의 있게 말해 줄걸 그랬나, 하는 후회스러운 표정으로 카일리 경을 뒤따랐다. 그는 아무런 말도 없었다.

그런데 보물이란 어떤 것일까. 이제 수명이 몇 달도 남지 않고 지켜 줄 사람도 사라져 버린 카일리 경이 우리들에게까지 말하지 않은 보물이란 대체 무엇일지 짐작조차 가지 않았다. 좀도둑들이 촛대 같은 쇠붙이들을 모조리 뜯어가 버린 상처투성이의 복도를 걸어 점점 보물에 근접할 때였다. 순간 인기척이 들렸다. 우리는 걸음을 멈췄다.

"주인님. 제 뒤로."

이 덩치 좋은 마부는 역시 경호원이었는지 곧바로 검을 뽑고는 세실리 님 앞에 섰다. 나는 건물로 들어온 토끼나 너구리 같은 녀석들이 돌아다니는 것이라 짐작했다. 하지만 곧 우리의 존재를 모르는 상대가 복도 쪽에 나타났다. 나는 그 정체를 알고는 놀라기보다는 화가 났다.

"네놈들은!"

"흐히힉!"

정말 잊고 싶은 녀석들, 예의 건달들이었다. 여기 왜 왔는지는 두말할 필요도 없을 것이다.

나와 카일리 경에게 당한 몸에 붕대를 감고 다리까지 절룩거리며 이런 곳까지 들쑤시고 다니는 정성은 인정해 주겠다만, 도가 지나치다고!

두목은 우리를 보고 너무 놀라 뒤로 나자빠지면서도 들고 있는 상자를 놓지 않았다.

"이, 이건 우리 거야. 절대로 줄 수 없어!"

설마 보물을 찾은 거야? 나는 카일리 경을 봤다. 그는 당장이라도 건달들에게 달려들 기세였다. 그럼 저 안에 들어 있는 것이 정말 보물?

그때 세실리 님이 코웃음을 치며 말했다.

"너희들, 그거 열어 봐."

건달들은 의심스러운 표정을 지으면서도 상자를 열었고 곧 그들의 표정은 사색이 되었다. 세실리 님은 측은한 듯이 혀를 찼다.

"금은보화라도 들어 있을 줄 알았던 거냐?"

"이, 이게 뭐야!"

건달들은 단말마와 같은 비명을 내질렀다. 나도 어리둥절할 수밖에 없었다.

그 상자 안에 들어 있던 것은 달랑 십여 장밖에 안 되는 종이 뭉치였던 것이다.

무언가 빽빽이 적혀 있긴 했지만, 농담이라도 값비싸다고는 말할 수가 없는 물건이었다. 그 서류를 충혈된 눈으로 마구 넘기던 두목은 자멸감에 눈물까지 흘리고 있었다.

"곰팡이? 농축 방법? 정제 과정? 이게 뭔 개소리야! 이런 건 어떤 장물애비든 단돈 1셸링에도 안 살 거야. 이딴 알 수 없는 소리나 지껄인 종이짝을 훔치려고 내가 이 고생을 한 거야? 정말 이게 전부냐고."

하지만 그 말을 들은 세실리 님의 표정은 경탄으로 바뀌어 있었다.

"남작이 그걸 완성했구나, 카일리."

"예. 그분이 돌아가신 이후 제가 연구를 이어받아 끝냈습니다."

"놀랍군. 소드람조차 끝내지 못한 연구인데. 역시 부모의 집착이란 대단하구나. 저걸 가져와라."

그러자 곰도 때려잡을 것 같은 경호원이 성큼성큼 건달들에게 다가갔다.

"오, 오지 마. 그래도 이건 내 거야! 어떻게 훔친 건데……."

경호원은 인상을 찌푸리며 세실리 님을 바라봤다. '죽일까요?' 라는 표정이다.

"나름대로 그 노력이 갸륵하니까 대충 지불해 줘."

그러자 사내는 허리춤에서 큼직한 주머니를 뽑아 건달들에게 던졌다. 그 주머니에는 마키시온의 인장이 찍힌 금화가 가득 차 있었다.

"이, 이걸 정말 주는 거야?"

"왜? 더 필요하냐?"

"나중에 딴말하기 없는 거요?"

"네놈들이야말로 딴말하지 마라."

"이런 걸 금화를 주고 사다니, 제정신들이 아니야. 아무튼 우리는 마음 바뀌기 전에 사라지겠수. 으히히. 횡재했네."

그들은 금화를 챙겨서는 닭을 문 여우처럼 황급히 도망쳤다. 세실리 님은 경호원이 가져온 서류를 건네받으며 비웃음을 보였다.

"바보들. 이건 이 나라를 열 번 샀다 팔아도 못 구하는 거야."

나는 물론 루시온 경마저도 적잖게 놀란 얼굴로 그 서류를 바라봤다. 어떤 것이기에 세실리 님이 그런 말까지 하는 것일까. 그녀는 카일리 경을 바라보며 안타까운 듯이 말했다.

"이 약이 조금만 더 빨리 완성되었다면 그녀의 목숨을 구했을 텐데, 유감이로구나."

그는 대답하지 않은 채 씁쓸한 미소만 지었다.

"그럼 말한 대로 이건 소드람으로 가져가겠다. 소드람의 시설이면 10년 안에 양산화시킬 수 있을 거야. 황제 폐하에게 올해 최고의 선물이 되겠군."

그리고 그녀는 카일리를 향해 미소를 지었다.

"이 세상 병든 사람들의 절반은 네가 구한 거다. 네가 자랑스럽구나, 카일리."

그녀의 피조물 카일리는 대답하지 않은 채 그 양과 같은 얼굴에 웃음만 보였다.

"그 여자의 이름이 뭐라고 했지?"

"페니슐라입니다."

"너와 페니슐라를 기념하고 싶구나. 이 약의 이름은 페니실린으로 정하마."

26.

나는 그 페니실린이 어떤 것인지 잘 모른다. 단지 그녀에게 '시대를 한 천 년 정도 초월해서 나타난 기적'이라는 말만 들었을 뿐이다. 어쨌든 그것은 앞으로 이 세상을 바꿀 것이고—결국 카일리 경은 4년이라는 너무도 짧은 시간 안에 400년이 걸려도 할 수 없던 일을 이룬 것이었다.

"어째서 카일리 경을 만든 거죠?"

"그 말은 왜 이제는 유사인간을 만들지 않느냐는 말로 들리는구나."

그녀가 마차에 타며 말했다.

"카일리는 인트라 무로스가 준 은밀한 자료들로 만든 존재야. 과학보다는 마법에 가깝지. 총 다섯 명을 만들었는데, 마지막으로 만든 카일리는 너희 국왕과의 어떤 내기에서 져서 어쩔 수 없이 만들어 준 거야. 그 망할 놈의 찐만두는 아직도 잘 살고 있냐?"

"그, 그럼요. 보란 듯이 생존해 계십니다."

세실리 님조차도 전하의 비열하고 쩨쩨한 두뇌만큼은 이길 수 없다는 건가.

"나머지 네 명의 유사인간은 살아가면서 점점 마음을 잃어 가서 수명이 끝날 무렵에는 감정도 말하는 법도 생각하는 법도 모두 퇴화된 동상이 되어 있었어."

나는 씁쓸한 표정으로 그녀를 바라봤다. 사람에게도 그런 변화가 느리게 찾아올 때가 있다. 점점 더 살아가기 위해서 살아가고, 자신이 왜 숨 쉬고 있는지 그 극명한 이유조차도 생각해 내지 못한 채, 죽는 것에도 사는 것에도 관심이 없는 무미건조한 궤도만 빙글빙글 도는 것이다. 사실 주변을 둘러보면 그런 사람들이 터무니없이 많이 존재한다.

"오직 카일리만이 좀 더 오래 살고 싶다는 말을 했어. 내게 와서 단 1년만이라도 더 살게 해 달라며 부탁했어. 자신에게는 아직 해야 할 것이 남았다고. 자기가 먼저 죽으면 슬퍼할 사람이 있다고. 그 녀석은 그제야 인간을 이해한 거야. 그리고 그 모습을 보면서 다시는 유사인간을 만들지 말아야겠다고 결심했어. 내 피조물에게 고작 4년의 시간밖에 주지 못하는 나 자신에게 좌절했거든. 하지만 카일리는 그 절망을 극복해 냈지. 기쁘고 자랑스러워. 나라면 못 했을 거야."

그리고 세실리 님은 떠났다. 모든 것은 다시 처음으로 돌아와서 세상에서 가장 작은 영지에는 나와 루시온 경과 카일리 경만 남게 되었다. 그 노력 끝에 보물을 지킨 대가로 카일리 경은 아무것도 원하지 않았다.

사실 모든 생명체의 인생을 잘 보면 항상 '무언가를 남기는 과정'이다. 가령 똑같이 4년의 수명을 가진 송어도 강에서 태어나 바다로 떠난 뒤에 다시 자기가 태어난 강으로 거슬러 와서 알을 낳은 뒤에 죽는다. 그 알에서 태어난 다른 송어들도 똑같은 과정을 반복하며 강에서, 바다에서 먹고 부대끼다가 다시 강으로 올라온다. 항상 같은 길을 다니는 양처럼 답답해 보이지만 뭔가 자기가 태어난 이유를 증명하기 위해서 열심히 살아가고 있는 것이다.

그 점에서는 카일리 경도 우리도 마찬가지였다. 자신에게 소중한 존재가 있어서 자기가 살아 있는 이유를 느끼고 최선을 다해 살아가는 것이다.

카일리 경이 말했다.

"엔디미온 경, 장례식 좀 부탁드릴게요."

"아, 참!"

나는 가방에서 도구들을 꺼내 간략한 장례식을 올렸다. 아직 서툰 부분이 남아 있는 터라 노련한 루시온 경이 한마디 할 수도 있었지만, 그는 잠자코 지켜보기만 했다.

나는 어떤 기도문을 선택해야 할지 몰라 고민하다가 페니슐라의 묘비와 카일리 경을 한 번씩 본 뒤에 이것으로 하기로 결정했다. 나는 최대한 청명한 목소리로 가장 아름다운 시 중에 하나를 암송했다.

나의 존재를 조금만 남겨 주십시오.
그 존재에 의하여 당신을
나의 모든 것이라고 부를 수 있도록.

나의 의지를 조금만 남겨 주십시오.
그 의지에 의하여 나는 도처에 있을 당신을 느끼고,
모든 것 속에서 당신을 만나고,
어느 순간에도 당신에게 사랑을 바칠 수 있도록.

나의 존재를 조금만 남겨 주십시오.
그 존재에 의하여 내가 당신을
숨기는 일이 없도록.

나의 사슬을 조금만 남겨 주십시오.
그 사슬에 의하여 나는 당신과 영원히 연결되어 있습니다.
당신의 뜻은 나의 생명 속에서 이루어집니다.
그것은 바로 당신의 사랑입니다.

27.

장례식이 끝난 뒤에, 카일리 경이 말했다.

"이제 가 보셔야죠?"

"아, 네."

나는 그의 밝은 표정을 보며 주저했다. 여기서 떠나면 다시는 그를 볼 수 없다는 사실에 마음이 아파 왔던 것이다. 루시온 경이 먼저 발걸음을 옮겼다.

"엔디미온 씨, 갑시다."

그는 조금 빠른 걸음으로 걸어가기 시작했다.

"카일리 경, 가서 동료들에게 이 일을 모두 말해도 될까요?"

그러자 그는 슬며시 웃으며 대답했다.

"기왕이면 멋지게 말해 주세요. 그분들에게 제가 오래 기억되도록. 그리고 모두에게 정말 고마웠다는 인사를 전해 주세요."

나는 고개를 숙여 그에게 인사했다. 그는 살짝 내 어깨를 잡았는데 꼭 인간의 체온 같았다.

루시온 경을 따라가다가 그를 돌아보았다. 카일리 경은 평온한 표정으로 그녀의 무덤에 자란 잡초를 뽑고 있었다. 나는 잠시 그 장면을 눈에 담고는 리더구트로 걸음을 옮겼다.

제3화

술이 몸에 나쁜 서너 가지 이유

1.

잠에서 깨어나자 손바닥으로 이마를 꽉 눌렀다.

"아우우…… 머리 아파라."

아침에 눈을 뜨자마자 꺼낸 첫 대사가 신체 중요 부분의 통증에 대한 호소라는 것은 그리 기분 좋은 일은 아니지만—어쨌건 이 지독한 두통은 나를 가만두지 않았다. 고약한 난쟁이 수백 명이 내 머릿속에 무단 침입해서는 죽자 살자 탭댄스를 추는 것만 같았다.

'……대체 내가 얼마나 마신 거야.'

나는 얼굴을 가리며 '누가 두통약 좀 줘'라고 중얼거렸다. 신은 어리석은 인간들에게 술을 많이 마시면 몸에 해롭다는 진리를 일깨워주기 위해 '숙취'라는 시련을 내려 주셨다. 그리고 지금 나는 그 시련이 얼마나 견디기 괴로운 고문인지 몸소 체험하고 있는 중이다. 내 몸을 스치는 가느다란 머리칼마저 채찍처럼 따갑게 느껴질 지경이다.

입술을 살짝 깨물었다. 술에 대해서는 책을 써도 좋을 전직 호스트 주제에 이렇게 망가져 버릴 정도로 마신 것은 수치다. 예전 현역에 있을 때도 이 지경이 된 적은 거의 없었는데…….

'정말 하나도 기억이 안 나.'

키스 경과 술을 마신 것까지는 기억하는데 그 이후는 완전 암흑이었다.

일단 그 외계인을 만만하게 본 것이 첫 번째 실수였다. 키스는 술에 약하다고 생각했다. 최소한 주량만큼은 그 얄미운 인간을 능가할 수 있다는 쩨쩨한 승부욕 덕분에—키스와 술 마시지 말라는 카론 경의 충고에도 불구하고—같이 마시자는 그의 꼬드김에 넘어가 버린 것이다.

'뭐가 가볍게 마셔요오오, 냐! 그 자식!'

나는 술을 즐기는 사람은 아니지만 결코 약하지는 않다고 자부한다. 아니, 실은 엄청 강하다. 자랑까지는 아니지만 하늘이 내려 준 말술 키르케 님과 마실 때도 내가 먼저 쓰러지는 일은 절대로 없었다.

그런데 키스는 금방 취할 것처럼 홀짝홀짝 마시면서도 쓰러지기는커녕 갈수록 정신이 말짱해지는 특이체질의 소유자였다. 반면 나는(보통 인간이니까!) 얼굴이 빨갛게 오를 만큼 취해 가고 있었다.

그쯤에서 '아아, 역시 외계인'이라 생각하고 패배를 인정했어야 하는데 괜한 승부욕에 불타서는 루이 경이 숨겨 놓은 술까지 꺼내와 연장전을 시작한 것이 두 번째 실수였다.

'생각보다 술에 약하네요오?'라는 키스의 도발에 분해서는 '나는 전혀 취하지 않았어요!'라는 세상에서 가장 한심한 대사를 늘어놓은 것까지는 기억하는데, 그 다음은…… 컴컴한 암흑. 뭔가 다른 동료들도 있었고 내가 거기서 엄청난 짓을 저지른 것 같긴 한데 도통 기억이 나질 않는다.

'하아. 이보다 더 나쁠 수는 없군.'

키스가 나를 보면 얼마나 놀릴지 생각하니 두통이 배로 늘어났다. 하지만 좋든 싫든 브리핑에 참가해야 하니까 그건 피할 수 없는 운명이겠지.

나는 눈가를 찡그리며 두 팔을 길게 벌렸다. 그건 그렇고 기분 탓인지 어째 침대가 넓은 것 같…… 그 순간 내 손에 부드러운 '무언가'가 잡혔다. 아니, 이게 뭐지.

그리고 고개를 돌리자 눈앞에 신세계가 펼쳐졌다.

"……."

"미온, 잘 잤어?"

"……누구세요?"

"어머. 기억 안 나?"

예를 들면 이런 패턴이 있다. 술을 진탕 먹고 이튿날 일어나 보니까 난생처음 보는 금발 미녀가 옆에서 자고 있다는 시시껄렁한 패턴. 그러나 그것이 내 경우가 되고 나니까 진부하기는커녕 너무 놀라 심장이 터져 버릴 것만 같았다.

그러니까 정리하자면 나는 난생처음 보는 늘씬한 미녀와 한 침대 위에서 1박을 보낸 것이다. 신이시여!

"미온, 왜 그래. 표정이 창백해."

"어, 어째서 당신이 제 침대에……."

"무슨 말을 하는 거니. 여긴 내 침대야."

"뭐라고오오오오!"

더 큰 고통이 몰려오면 그보다 약한 고통은 싹 잊게 된다는 말이 있다. 덕분에 나는 단번에 숙취를 날려 버리며 벌떡 일어났다. 눈앞에 펼쳐진 환상의 광경은 기억나지 않던 '암흑의 영역'을 단번에 떠오르게 만들었다. 아니, 차라리 잊어버리는 편이 좋았을 기억이다.

그러니까 이곳은 바로 그 유명한 절대금남구역 펠리오스의 탑 무녀 기숙사였던 것이다.

우리 리더구트와는 하늘과 땅에 가까운 이 호화찬란한 방 침대 위에는 망연자실한 내가 있었고, 그 옆에는 성스러운 무녀가 반라의 모습으로 누워 있었고, 또 저쪽 침대에는 한 남자를 꼬옥 껴안은 채 자고 있는 흑발의 무녀가 있었고, 그녀가 껴안고 있는 낯익은 사내는 바로 자면서도 헤실헤실 웃고 있는 키스였다.

만약 신이 윤리적으로 엄격한 분이었다면 당장 이 타락의 성전에 불벼락을 갈겨도 할 말이 없는, 빠져나갈 구멍이 없는 범죄 현장. 나는 한걸음에 키스에게 뛰어가 그를 흔들었다. 내 이 인간이랑 엮여서 좋은 꼴 당한 적이 없어!

"키스 경! 난리 났어요! 일어나요! 당장 일어나!"

그러나 상황 파악 못 하고 있는 키스는 행복하기 그지없는 표정으로 이불까지 돌돌 말고 난리였다.

"하암. 조금만 더 잘게요. 왜냐하면 아침 수면은 미인을 만드는 지름길이기 때문…… 왜 때려요오!"

불벼락을 맞은 키스는 머리를 부여잡으며 벌떡 일어났다. 나는 분노의 철권을 부들부들 떨며 외쳤다.

"나사 빠진 소리 집어치우고 냉큼 정신 차려! 당장 여기서 빠져나가지 않으면 우린 다 죽어!"

숨넘어갈 것 같은 독촉에도 키스는 졸린 얼굴로 눈을 부비며 주변을 두리번거릴 뿐이었다.

"헤에? 여긴 어디예요오?"

어디긴 어디야! 당장 도망치지 않으면 우리 무덤이 될 곳이지!

"잠깐…… 설마 기억 안 나는 거야? 당신 멀쩡하지 않았어?"

이제야 떠오르는데, 여기 오자고 추진한 건 바로 댁이었잖아!

"실은 처음 몇 잔 마셨을 때부터 취해서 기억이 하나도 안 나요. 사실 술에 약하거든요오. 미온 경은 참 대단하던데요. 완전히 움직이는 양조장이었어요오."

"......."

키스는 들켰다는 듯이 혀를 쏙 빼며 웃고 있었다. 그럼 외줄타기도 가능할 정도로 말똥말똥한 정신으로 날 도발했던 게 실은 죄다 술주정? 그렇게 논리정연하게 취하기도 힘든데, 술주정의 신개념이야. 거 아주 민폐 끼치는 술버릇을 가지고 있구만그래!

"입 꽉 다물엇!"

나는 '엇허허허!' 하고 웃은 뒤에 '두두두두두두!' 하고 무자비하게 두 뺨을 갈겨 주었다. 키스는 부은 두 뺨을 부여잡고 내게 사죄했다.

"아우우우. 이유는 모르겠지만 정말 미안해요오오."

"에이이! 어쨌든 도망쳐야 한다고! 정신 챙기고 사람 말 좀 들어!"

나는 하품을 하며 다시 침대에 누우려는 키스를 일으킨 다음 달달달달 몸을 흔들었다. 자지 마! 자면 죽어! 지금 잤다가 다시 눈을 떴을 때는 화형대에 사이좋게 묶여 있을 거라고!

반쯤 눈을 감고 있는 키스가 여전히 졸린 목소리로 중얼거렸다.

"그건 그렇고 루이 경과 쇼탄 경은 어딨나요오?"

"아! 그러고 보니까!"

확실히 루이와 쇼탄도 '월담의 지존'인 자신들을 빼놓고 갈 수 없다면서 따라왔잖아? 그런 양반들이 대체 어디로 사라진 거야!

주변을 이리저리 두리번거리던 와중에 탁자에 놓여 있는 쪽지를 발견했다. 나는 떨리는 손으로 그 의미심장한 쪽지를 집었다.

깨워도 안 일어나서 먼저 간다.

—루이&쇼탄

나는 닭똥 같은 눈물을 쪽지 위에 툭툭 떨어트리며 중얼거렸다.

"당신들은 대체…… 개념이란 게 있기는 한 거유?"

불에 달군 인두로 등짝을 지져서라도 깨웠어야지! 충분한 수면이 중요해, 아니면 목숨이 중요해? 돌아가면 그냥 두지 않을 테야! 물론 살아 돌아갈 수 있을 때 얘기겠지만!

"키, 키스 경. 돌아갈 수 있는 방법은 있는 거겠죠?"

나는 잠에 취한 얼굴로 주섬주섬 옷을 입고 있는 키스에게 말했다. 키스는 당연한 걸 왜 묻느냐는 듯이 단번에 대답했다.

"물론입니다아. 설마 방법도 없이 여기까지 왔겠어요?"

"하아, 다행이다."

나는 가슴을 쓸어내렸다. 셔츠 단추도 안 잠근 키스는 길게 기지개를 하며 말했다.

"자아, 그럼 슬슬 떠나 볼까요?"

"예! 빨리 떠나요!"

이 위험한 곳에서 한시 빨리 도망치고 싶다고! 그런데 키스는 창가로 걸어가더니 창문을 열었다. 나는 불안한 미소를 지으며 물었다.

"가, 갑자기 창문은 왜?"

"미온 경."

키스는 5층 창문에서 밖을 내려다보며 진지한 목소리로 물었다.

"왜, 왜요?"

"브리핑에 늦으면 벌금이랍니다아."

그리고 그 순간 키스는 창밖으로 훌쩍 뛰어내렸다.

10점 만점의 동작으로 바닥에 착지한 그는 무슨 경공술이라도 배웠는지 바람 같은 속도로 담을 넘어 도주하는 것이었다. 지평선 너머 하나의 점이 되어 사라지고 있는 그의 모습을 망연자실 바라보던 나는 길 잃은 어린 양의 심정으로 중얼거렸다.

"……같이 가는 게 아니었어?"

세상에 혼자 남은 것 같은 이 고독감. 이 지옥 불에 떨어질 파렴치한 범죄를 나 혼자 다 뒤집어쓰게 생겼다. 유령이 되어서도 원망할 거야! 밤마다 연중무휴로 나타나서 들들 볶아 주겠어! 이 배신자들!

그때 나를 타락의 길로 인도한 무녀께서 새하얀 팔로 내 목 언저리를 휘감으며 말했다.

"미온 군은 키스 경처럼 못 해?"

"할 수야 있겠죠. 다리가 부러지고 온몸이 피투성이가 되어 평생을 반신불수로 살아야 한다는 사소한 피해를 보긴 하겠지만."

나는 떨어지는 순간 즉사할 것이 분명한 창밖을 바라보며 쓸쓸하게 대답했다.

"그런데 쇼탄과 루이, 그 망할 듀엣은 어떻게 도망친 거죠?"

"그야 해 뜨기 전에 살금살금 복도로 빠져나갔지."

"그럼 나도!"

"이젠 안 돼. 이미 사람들 다 깨어나서 복도로 나가자마자 잡힐걸?"

"······당연히 그렇겠네요."

정녕코 이 철옹성에서 빠져나갈 방법은 없단 말인가! 이대로라면! 이대로라면! 이런 식으로 죽게 되면 저승사자들이 '여자 기숙사에 들어갔다가 화형당해 죽은 얼간이'라는 명찰을 달아 줄 거야. 부모님마저 날 모르는 사람이라고 피하겠지.

나는 술 먹고 벌어질 수 있는 최악의 사태가 어떤 것인지 온몸으로 증명하고 있었다.

"헤헤. 미온 군은 술 취했을 때는 엄청 귀엽게 굴었는데 술 깨니까 완전 달라졌네?"

"그럼 설마 저 술 마시고 뭔가 대단히 실례되는 짓을 저지른 것은······."

만약 그렇다면 나는 '그녀'에게 씻지 못할 죄를 범하는 것이 된다. 아무리 취했다고 하더라도 그건 나 스스로 용서가 안 돼!

내가 절망적인 표정으로 바라보자 무녀들은 키득키득 웃으며 대답했다.

"호스트처럼 엄청 능숙하던데? 정말 황홀했어."

"그, 그랬겠죠."

본능으로 접대했다는 의미로군. 아무리 술에 취했어도 다년간 몸에 익힌 기술들은 사라지지 않는다는 건가. 후후. 역시 내 실력은 녹슬지 않았……다는 건 지금 중요한 게 아니고!

"그거 말고! 혹시 제가, 그러니까…… 일반적 친목의 차원을 넘어선 어떤 행위를…… 저어, 그러니까 이를테면……."

"이를테면, 뭐?"

무슨 의미인지 다 알면서 내 표정 즐기지 말아요! 대답 좀 해 줘요!

"후후, 귀엽네. 아쉽지만 아무 일도 없었어. 도리어 자기에게 는 소중한 여자가 있다면서 까다롭게 굴어서 서운했을 뿐이야."

"다, 다행이다아."

그러나 나는 그녀들이 '글쎄, 과연 그럴까?' 라는 음흉한 눈빛 으로 후후후후 웃고 있는 모습들을 봤다. 어느 쪽이야!

"잡히면 전 어떻게 되는 거죠?"

별로 결과를 알고 싶지 않은 물음에 진한 금발의 그녀는 하품 을 하며 느긋하게 대답했다.

"태워 죽이겠지. 쏴 죽이든가. 아니면 교수형을……."

"……지금 방법론은 별로 중요한 게 아닌 것 같습니다만."

나는 이 무녀들을 왜 '오르넬라의 성스러운 아이들'이라고 부르는지 알 수 있었다. 성스러운지 아닌지는 모르겠지만 적어도 오르넬라 성녀님을 친자식처럼 쏙 빼닮은 아이들인 것은 분명했던 것이다.

그때 펠리오스의 탑 전역에 종소리가 울리기 시작했다. 마치 전쟁이라도 난 것처럼 말이다. 나는 몸을 움츠리며 말했다.

"이게 무슨 소리죠?"

"곧 사감의 아침 점호가 시작될 거라는 소리야."

이 아름다운 종소리가 내게는 '당신이 이승과 이별할 시간'이라는 속삭임이 되어 들려왔다. 이래 죽나 저래 죽나…… 그냥 5층에서 뛰어내릴까?

그때 옷장에서 이 옷 저 옷을 고르던 흑발의 무녀가 새하얀 무녀복을 꺼내며 내게 보여 줬다.

"이거 입어, 미온 군."

나는 이미 운명을 받아들인 자의 표정으로 중얼거렸다.

"호의는 감사하지만 죽을 때는 최소한 남자이고 싶군요."

"입고 싶지 않다면 말리진 않겠지만, 이게 바로 미온 군이 빠져나갈 유일한 탈출구인걸?"

"네?"

"이번에 새로 들어온 사감은 아직 우리들 얼굴과 이름을 다 기억 못 해. 이거 입고 점호만 넘기면 그 다음에 도망치는 건 누워서 떡 먹기지롱. 미온 군이라면 무녀복 입고 화장시켜 놓으면 우리들도 구분 못 할 정도니까."

나는 예상치도 못한(그러나 너무도 익숙한 방법의) 해결책을 듣자 새 생명을 얻은 얼굴이 되었다. 그녀의 목소리는 신의 계시였고 저 무녀복은 신이 내린 구원의 밧줄이었다!

"아니 그런데 잠깐…… 이거 우연한 해결 방법치고는 너무 능숙한데……."

"미안, 미안. 미온 군이 죽을 것처럼 당황하는 행동이 귀여워서 일부러 숨기고 있었어. 사실 이거 처음부터 키스 경이 제안한 거야. 한 권에 한 번쯤은 입혀 주는 게 규칙이라는 알 수 없는 소리를 하면서……."

"……역시 모든 악의 원흉은 키스였군요."

철저하게 당했다는 것은 이런 것. 내 스스로 꼬리를 치며 여장을 간절히 원하게 만드는 그 치밀한 계략에는 분노의 차원을 넘어서서 찬사를 보내고 싶지만…… 어째서 그 좋은 머리를 이딴 광적인 짓거리 외에는 전혀 쓰질 않는 거냐! 일할 때는 말미잘인 양 흐느적거리는 양반이 어째서 나를 괴롭힐 때만 최선을 다하는 거냐고!

"……그 옷 주세요. 카론 경이라면 모르겠지만 나는 굴욕을 감수하면서도 악착같이 살아남아 훗날을 도모하겠습니다. 살아 돌아가야 키스를 묻어 버릴 기회도 생기는 거고!"

"이거 입는 법 까다로워. 도와줄까?"

"혼자 할 수 있답니다. 아무렴요. 유경험자인걸요."

나는 '리더구트로 가는 마지막 비상구'가 되어 버린 무녀복을 꼬옥 안으며 하염없이 눈물을 흘렸다.

2.

그리고 오늘 펠리오스 타워에는 눈부시게 아름다운 뉴 페이스 한 명이 추가되었다. 청초함과 고혹적인 매력을 동시에 지닌 늘씬한 금발 미녀, 미오니아 Z(물론 더 이상 버전 업 하는 것은 절대 원치 않지만).

누가 봐도 남자로 '오해' 받는 일이 없을 '그녀'는 마치 하늘에서 내려온 천사처럼 보였지만 마음속은 이글이글 타오르는 지옥의 유황불과 같았다.

'죽일 테다. 죽일 테다. 여기서 나가기만 하면 죽일 테다! 키스!'

더불어 루이와 쇼탄도 이승과 영원히 작별시켜 주기로 결심한 나는 이 타오르는 복수심을 새침한 표정 연기로 완벽하게 감추며 사감을 기다리고 있었다. 옆에 서 있던 예의 무녀가 팔꿈치로 쿡쿡 찌르며 속삭였다.

"미온 군은 화장품 뭘 써? 역시 콘스탄트산?"

"예?"

(병색을 감춰야 하는 지스라면 몰라도) 건강한 청년인 내가 평소에 화장할 턱이 없지 않은가! 호스트 때부터 업무 중에 화장을 하긴 했기 때문에 화장술에 관한 한 제법 지식이 있긴 하지만—그렇다고 '평소에 즐겨 쓰는 화장품은?' 같은 실례되는 질문을 받자 침울한 기분이 더욱 나락으로 떨어져 버렸다.

"피부가 우리보다도 더 뽀얘서 그래. 질투 나."

"……몸 둘 바를 모르겠사옵니다."

순순히 으쓱할 수 없는 그 찬사에 나는 '피부 미용은 자기 관리예요' 라는 말로 얼버무려 버렸다. 빨리 여기 탈출하고 싶어!

펠리오스 타워의 점호는 무녀들이 복도에 일렬로 서서 사감에게 복장 상태 등을 체크받는 것으로 시작해서 단체 브리핑으로 끝난다고 한다. 대충 모여서 대충 식사하며 대충 브리핑을 하는 우리들에 비하면 꽤나 엄격한 편이다. 물론 카론 경이 주관하는 헬스트 나이츠의 브리핑 타임에 비하면야 장난에 가깝겠지만.

그러고 보니까 지금쯤 리더구트도 브리핑 중이겠지? 저승 가는 노잣돈 주는 셈 치고, 그까짓 벌금 기꺼이 내주지! 키스!

"모두 조용! 점호를 시작한다."

드디어 깐깐한 목소리와 함께 사감이 등장했다. 그녀는 뭐랄까, 이 세상 어디에다 세워 놔도 '앗! 사감이다!' 라고 눈치챌 수 있는 외모의 소유자였다. 즉, 내 정체가 발각된다면 눈곱만큼의 동정도 없이 사형장으로 끌고 갈 무자비한 사람이라는 의미다.

간략한 기도문 암송과 오르넬라 성녀님에 대한 원색적인 찬양

낭독이 끝난 후에(성녀님, 이런 식으로 세뇌 교육을 시키고 계셨군요) 뾰족 안경이 유달리 오싹해 보이는 간수, 아니 사감의 브리핑이 시작되었다.

"최근 이 탑에서 남자가 보인다는 소문이 돌고 있습니다. 물론 여러분의 신앙심을 믿고 있는 저는 헛소문이라고 생각하지만…… 만약 발각된다면 어떻게 되는 줄 아시죠?"

그러자 무녀들은 동시에 '남성 반입에 관한 처벌 조항'을 성스러운 어조로 읊었다.

"성녀님의 준엄한 가르침에 따라 화형입니다."

물론 나도 죽고 싶은 심정으로 따라했다. 사감은 마치 훌륭한 병사들을 앞에 둔 장군의 표정으로 흡족해하셨다.

"그래요. 화형이에요. 태워 죽여야 합니다. 남자 따위는 악마가 지상에 보낸 신앙의 적이며, 나아가 씨를 말려야 할 인류의 적입니다!"

어, 어째서 이야기가 거기까지 확장되나요! 저 무시무시한 광기는 다 뭐란 말인가. 이건 브리핑이라기보다는 완전 남성 공개 성토대회잖아!

저 사감에 비하면 헬렌 경은 그래도 이성이 남아 있는 편이었다. 인류의 성별을 단일화시키겠다는 일념에 불타는 그녀의 눈을 흘끗 보자, 그냥 5층에서 뛰어내리는 편이 좋았을지도……라는 후회가 엄습해 왔다.

무녀를 믿는다는 사감의 말은 새빨간 거짓말이 분명했다. 사감은 방들을 하나하나—심지어는 침대 밑까지—샅샅이 뒤져 가며 점점 이곳으로 다가오고 있었다. 이런 광적인 곳까지 밥 먹듯이 숨어 들어오는 루이 경은 대체 무슨 생각을 하고 있는 걸까.

사냥감을 한입에 찢어먹을 사자의 기세로 사감이 내게 가까워오자 무녀들의 시선은 모두 내게로 집중되었다. 그것은 '걸리면 재밌겠는데?' 라는 마녀들의 눈빛이었다. 이곳의 어디가 성스러운 처녀들의 성전인지 누가 설명 좀 해 주면 좋겠다.

한편 사감은(모두의 기대를 저버리지 않고) 내 앞에 멈춰 서고는 빤히 나를 바라보는 것이었다. 나는 무자비한 사자 앞에 노출된 한 마리 카멜레온의 심정으로 살포시 고개를 숙이고 있었다. 그녀가 말했다.

"이름이 뭐죠?"

"미오니아이옵니다."

여러 패턴의 여자 목소리를 흉내 낼 수 있는 내 하찮은 장기가 이때만큼은 이 세상 어떤 초절정의 검술보다도 내 목숨을 살리는 데 도움이 되었다.

"훌륭해요! 아름답군요. 키도 얼굴도 몸매도 목소리도 신의 총애를 받을 무녀에 가장 적합해요. 모두들 미오니아를 본받고 노력하도록 하세요!"

살다보면 '오해받아 즐거울 때'도 있는 법이로구나. 무녀들은 웃음을 참기 위해 허벅지를 꼬집고 있었다. 아가씨들에겐 웃길지 모르겠지만 나는 살기 위해 사력을 다하고 있답니다!

교도소 순시를 방불케 하는 점호 끝에 사감이 말했다.

"여러분들도 아시다시피 오늘은 왕실의 기사들이 신에 대한 맹세를 재확인하는 성제(聖祭)가 있는 날입니다. 오르넬라 성녀님은 물론 국왕전하께서도 참석하시는 어전 제의니만큼 빈틈없이 준비하시기 바랍니다."

아 참, 오늘이지. 베르스 왕실은 한 달에 한 번 기사들의 서약을 재확인하는 종교 행사를 한다. 왕실에서 주관하는 종교 행사기는 하지만 사람들 앞에서 '기사의 기도' 같은 것을 읊는 지극히 형식적인 행사라고 한다. 나도 기사인데 이렇게 남 일처럼 말하는 이유는 스왈로우 나이츠는 대표로 키스 경 한 명만 참석하기 때문이다.

"그리고 무엇보다도 사모하는…… 아니, 타의 모범이 되는 기사 카론 샤펜투스 님께서도 참여하시니 절대로 흐트러진 모습을 보이면 안 됩니다."

그렇게 말하는 사감의 두 뺨이 빨개진 것은 적어도 추위 때문은 아닐 것이다. 이미 충분히 흐트러지신 것 같습니다만. 분명 아까 전에는 '남자는 인류의 적'이라고 하지 않으셨습니까? 뭔가 대단히 실례되는 이중 잣대를 가지고 계시는군요!

"그리고 이 신성한 의식의 진행자로는 몸가짐이 바른 미오니아 무녀를 포함해 열 명을 뽑겠어요. 영광으로 생각하고 지금 당장 준비해서 집합하도록 하세요."

뭣이! 어, 어째서 내가! 수많은 사람들이 다 지켜보는 대성당의 독무대로 가야 하는 겁니까!(이유야 알고 있지만!) 내 필사의 연기로 사감을 속인 것까지는 좋았지만, 문제는 그 연기의 수준이 너무 높았다는 것이다.

전하까지 참석한 그 성스러운 곳에서 '몸가짐이 올바른 모범적 무녀'가 실은 여성이 아니고 또 무녀도 아니며 게다가 기사라는 치명적 정체가 들통 난다면, 나는 왕국 최악의 변태로 낙인찍힌 뒤에 사형장으로 질질 끌려가게 될 운명이었다.

술 한번 잘못 먹었다고 이 꼴이 되다니…… 어떤 중증 알코올 중독자라도 내 이야기를 들려주면 공포에 질려 당장 술을 끊을 것이다.

"미온 군, 이거 사태가 예상 밖이야. 어쩜 좋지?"

무녀들은 명복을 바라는 측은한 시선으로 날 바라보고 있었다. 그래, 5층에서 뛰어내렸어야 했어. 그럼 최소한 고통 없이 죽었을 테니까!

3.

백여 년 전에 건축된 세아스말 대성당은 왕실의 중요한 종교 행사들이 치러지는 곳이니만큼 엄숙함과 화려함의 놀라운 조화가 보는 이를 압도하는 곳이다.

총 24개의 수려한 원형 돌기둥과 콘스탄트 고전 양식의 상층

부가 만들어 낸 실내는 놀랍게도 하나의 거대한 방으로 이뤄져 있으며, 또한 그것은 태양이 어디에 떠 있을 때라도 충분한 빛이 아름다운 스테인드글라스를 통해 들어올 수 있도록 고안되어 있다. 야간 집회를 위한 8008개의 촛불들이 동시에 불을 밝히는 황홀한 광경을 보는 것 또한 놓쳐서는 안 될 부분이다……라는 관광 책자 같은 묘사는 하나도 안 중요하다. 지금 내게 이 성스러운 건축물은 사형대 내지는 도살장이라는 단어로 줄여서 말할 수 있으니까 말이다.

'어쩌다 상황이 이 지경까지…….'

영광스럽게 뽑힌 열 명의 무녀들 가운데 포함된 나는 얼이 빠져 버린 표정으로 대성당을 올려다보았다. 술을 진탕 마시고 정신을 차려 보니까 어느새 무녀가 되어 기사들을 축복해 주시기 위해 대성당 앞에…….

이토록 빠르게 한 남자의 인생이 몰락해 가는 경우가 또 있었던가. 그때 오르넬라 님을 모시러 간 무녀가 황급히 이쪽으로 오며 보고했다.

"큰일입니다! 오르넬라 성녀님께서 나오지 못하신답니다!"

뭐? 나는 믿기지 않는 얼굴로 고개를 돌렸다. 보나 마나 그놈의 숙취 때문이리라. 성찬식 날까지도 술에 취해 사경을 헤매는 성녀라니, 이 나라의 운명은 대체 어디로…….

어쨌든 성녀님이 없으면 이 성찬식도 무산되는 것이 아닌가! 그러나 살아남았다는 희열에 젖은 것도 잠시, 기숙사 사감이기도 한 고위 성직자께서 말씀하셨다.

"어쩔 수 없지. 그럼 미오니아 무녀가 오르넬라 님을 대신해서 중앙에 서도록 하세요."

"잠깐만요!"

왜 얘기가 그렇게 되는데!

"뭐가 문제죠?"

"다, 다름이 아니오라 저처럼 부족한 일개 무녀가 감히 성찬식을 주관한다는 것은 참석하신 분들과 이 왕국 전체를 욕되게 하는 일이라고 생각되옵니다."

"어머나. 미오니아 무녀는 마음씨도 곱군요."

에이이! 그런 칭찬 이젠 신물이 나! 당장 이 망할 놈의 성찬식을 중지시키란 말이야!

"하지만 걱정 말아요. 성녀님께서 이러시는 것이 어디 한두 번이었나요?"

사, 상습범이었나요.

"미오니아 무녀가 이번 성찬식을 잘 진행하신다면 금방 오르넬라 성녀님의 총애를 받을 수 있을 거예요. 그건 모든 무녀들의 황홀한 꿈이잖아요? 그러니까 사양 말고 성녀님을 대신하도록 하세요."

그 황홀한 꿈, 소인은 이미 이룬 것 같습니다만.

"하지만……."

"정말 이상하군요. 뭔가 숨기는 것이라도 있나요?"

"그, 그럴 리가 있겠사옵니까."

나는 피눈물을 흘리며 다소곳이 고개를 숙여 보였다. 더 이상 거절하면 그냥 두지 않을 것 같은 그 무서운 '사자의 눈빛' 때문이었다.

왕족도 참석하는 중요한 의식에서 그 중심에 서는 성직자가 전날 술을 오지게 마시고 불참한다는 것은 당연히 요절이 나고도 남을 중죄지만 그것이 교황청 직속 성녀인 오르넬라 님의 경우라면 '그, 그래? 어쩔 수 없지 뭐'라는 결과로 이어지게 되는 것이다.

아아, 역시 권력 만세다. 그래도 성녀님, 술 좀 작작 드세요. 엉뚱한 사람한테 민폐 끼친다고요!

나는 졸지에 나를 제외한 모든 무녀들이 꿈꾸는 전율의 독무대로 '끌려가게 될' 운명이 되었다. 기사들은 성당에서 죽는 것을 최고의 영광 중 하나로 여긴다고 한다. 그렇다면 나는 꽤 영광스러운 상황인 것이다. 지금 나를 위로하는 것은 그 사실 하나뿐이었다.

'……개뿔이.'

나는 입술을 꽉 깨물었다. 그때 입장을 기다리고 있던 무녀들이 웅성거리기 시작했다.

"어머, 카론 경이야. 일찍 오셨네? 언제 봐도 멋있어."

제복을 말끔하게 입은 카론 경이 성당 쪽으로 걸어오자 나는 황급히 고개를 돌렸다. 오늘만큼은 저 차가운 눈매가 사지가 떨릴 만큼 무섭게 느껴진다.

"펠리오스 타워에 한 번만이라도 와 주시면 좋으련만."

그런 짓을 할 리가 없잖아!

"그럼 못 돌아가게 가둬 놓을 테야! 옷도 입혀 주고 먹이도 주고……."

적어도 신앙으로 밥 벌어 먹는 분들이 하실 법한 대사는 아닌 것 같군요.

"나한테 프러포즈해 주면 곧바로 무녀 같은 것은 관둘 텐데, 하아."

심지어는 '남자를 인간 이하의 무언가로 취급하는' 사감마저도 빨개진 얼굴로 카론 경을 훔쳐보고 있는 것이 아닌가! 나는 비로소 여자들에게 남자와 미남은 서로 전혀 다른 동물이라는 냉엄한 진리를 깨달을 수 있다.

임자 있는 사람인 것을 뻔히 알면서도 못 먹는 감처럼 쿡쿡 찔러 보는 그녀들의 짓궂은 시선에도 카론 경은(항상 그렇듯이) 도도하신 얼음나라 왕자님이었다.

예전 '왕실 유부남 협회'에서(이런 굉장한 단체가 있는 줄은 나도 몰랐지만) 자신의 부인들을 시험에 들지 말게 해 달라는 정중한 서한을 받았을 때도 '나보고 어쩌란 말인가'라는 말 한마디와 함께 곧바로 구겨서 쓰레기통에 처박은 쿨가이였던 것이다.

그런 커넥션이야 어쨌든 좋으니까 내 앞도 조용히 지나가 주기만 바랐지만, 현실이 어디 그렇던가.

천재적인 수사관 카론 경은 상당히 불유쾌한 낌새를 눈치챈 표정으로 내 앞에 멈춰 섰다. 그리고 둘 사이에 한동안 불길한 침묵이 이어졌다.

"……."

"……."

식은땀을 흘리며 고개를 돌리고 있었지만 숨소리만으로도 상대의 정체를 파악하는 카론 경 앞에서 이런 변장은 아무런 도움도 되지 못했다. 그가 코끝으로 긴 한숨을 내쉬며 눈을 감았다.

"취미였나."

"무, 무슨 말씀을 하시는지 소녀는 도통……."

관두자. 추하게 발악해 봐야 소용없겠지. 취미라니뇨! 그 무슨 망언이십니까! 단지 간악한 키스 경에게 놀아났을 뿐이에요! 나는 결백을 주장하는 사형수의 눈빛으로 속삭였다.

"저어, 카론 경. 실은……."

"듣고 싶지 않다."

"제가 왜 이런 꼴이 되었냐면……."

"알고 싶지 않다."

카론 겨어어어어어어엉! 내 영혼의 외침에도 카론 경은 '변태하곤 말 안 해'라는 표정으로 성당으로 휙 들어가 버렸다. 아아, 카론 경. 우리가 남입니까. 똑같이 키스에게 당하는 사이끼리 너무 냉정하세요!

좋아, 이제 물러날 곳도 없어. 내 자존심(아니 목숨)을 걸고 이

집회를 끝마쳐 주마! 나는 씩씩하게 성당으로 들어갔다.

4.

불행 중 다행이라면, 나는 기도문 같은 것은 줄줄 외우는 스왈로우 나이츠이기 때문에 난생처음 해 보는 이 종교의식도 그리 낯설지는 않았다. 아니, 솔직히 항상 해 오던 일처럼 친숙하다. 심지어는 사감으로부터 '정말 능숙하군요! 미오니아 무녀' 라는 칭찬까지 받았을 정도니까(물론 정체가 발각되는 순간 가장 먼저 내 등에 칼을 꽂을 사람은 이 히스테릭 사감이겠지).

이 거룩한 성당에서 내가 할 일은 간단했다. 나는 다른 아홉 명의 무녀들과 함께 이 거룩한 성당 중앙에 위치하게 된다. 그리고 내 앞에 무릎을 꿇고 신에 대한 맹세를 읊는 기사들에게 나는 신의 대리인으로서 축복을 내려 주게 되는 것이다. 그러니까 내가 가수라면 다른 무녀들은 코러스였다.

그런데 여기서 굴욕적인 점은 오라질 키스 경의 맹세도 내가 들어 주고 내가 축복해 줘야 한다는 것! 쥐와 고양이 같은 이놈의 일방적 관계는 지겹게도 바뀌질 않는군!

이쯤 생각하고 있을 때 나는 의외의 인물을 볼 수 있었다. 큰 키와 강인해 보이는 이목구비, 저 털털한 웃음의 주인공은 바로 에스테반 테시테리오 남작이었다.

기사 작위가 있는 그 역시 이 의식에 참여하기 위해 영지에서 올라온 것이었다. 본래 왕실에 오지 않는 고집쟁이 에스테반이었지만, 그때 그 사건 이후 그의 성격도 많이 변한 것 같았다.

무척 반가운 사람이지만 지금 이 꼴로 가서 '와아! 오랜만입니다!' 라고 인사하는 것은 일종의 자살 행위니까 나는 먼발치에서 그의 모습을 지켜볼 수밖에…… 아니, 그런데 에스테반 남작 옆에 있는 녀석은 설마?

'저 인간은 왜 온 거야!'

저 건방진 눈빛과 비웃음을 입에 달고 사는 얼굴은 분명 쇼메였다. 절대 들키고 싶지 않은 사람 넘버 파이브 안에 들어가는 저 오만방자한 왕자 놈이 왜 여기에! 에스테반 남작의 친구니까 같이 있을 수도 있겠지! 하지만 어쩌자고 지금 이 상황에 저 위험인물이 내 주위에서 어슬렁거려야 하냐고!

만약 내 정체를 알게 된다면 절대로 입을 다물어 줄 위인이 아니다. 아니, 오히려 '이 약소국은 여자가 부족해서 저런 놈도 무녀로 동원하나?' 라면서 죽고 싶을 정도로 비웃을 것이 분명해!

나는 현기증을 느끼며 고개를 푹 숙였다. 난이도가 한층 올라가 버린 것이다.

'들켰다간 그야말로 지옥이다!'

그러나 내 심정과는 정반대로 미녀에게 관심 많은 에스테반 남작은 무녀들이 있는 이곳으로 은근슬쩍 접근하고 있었다. 물론 쇼메 역시 뭐가 또 불만인지 뭐라고 투덜거리면서도 따라오고 있었다. 또한 쇼메 옆에는 그의 경호 기사인 미레일 경도 함께 있었다. 마음 같아서는 당장이라도 도망치고 싶지만 그랬다간 더욱 의심받겠지.

"그 유명한 펠리오스의 무녀님들을 이렇게 많이 보게 되니까 역시 왕실에 들르길 잘했다는 생각이 드는군요. 저는 남쪽의 작은 영지를 관리하고 있는 에스테반이라고 합니다."

돈 많고 지체 높은 미남이 나이 삼십 넘게 결혼을 안 했다면 그건 바람둥이라는 의미다. 그걸 온몸으로 증명하는 에스테반 남작은 능숙한 미소와 함께 무녀들에게 말을(수작을) 걸었다. 또한 그 인기 절정의 에스테반을 거부할 무녀들도 없을 것이다.

'가, 갑자기 이 무슨 핑크 무드람!'

한편 바람둥이는 자신에게 관심 없는 여자에게 흥미를 느끼는 법이다. 에스테반은 슬쩍 나를 바라봤다.

"아름다우시군요. 레이디의 이름을 들을 영광을 베풀어 주시겠습니까?"

참으로 집요하시군요. 나는 피할 수 없는 남성의 증표를 숨기기 위해 고개를 살짝 숙이고는 조그맣게 말했다.

"……미오니아."

"소박한 이름이로군요. 그런데 어디서 많이 들은 이름 같은데……."

"저, 절대 그럴 리가 없습니다."

헉! 쇼메가 날 보고 있다! 이거 위험해!

그때 내 머릿속을 스치는 생각이 있었다. 큰일을 이루기 위해서는 작은 것을 손해 볼 줄도 알아야 한다. 즉, 최소한 남을 위한 배려심이라는 것이 있는 에스테반 남작에게는 미오니아의 정체가 누구인지 살짝 알려 줘도 좋지 않을까? 어쩌면 날 위해서 쇼메와 함께 자리를 피해 줄지도 모를 일이잖아? 나는 모험수를 던졌다.

"에스테반 남작님, 그때 이후 오랜만이네요. 동생분은 잘 지내고 계신지요."

남작의 표정에 놀라움의 기색이 번졌다. 그렇다. 누가 들어도 알 법한 사인이었던 것이다.

"이런! 우리 구면이었군요! 당신 같은 미녀를 기억하지 못하다니 제가 일생일대의 실수를 저질렀네요. 용서해 주시길."

"아, 아니 그게 아니라⋯⋯."

"이제 다시는 당신을 잊지 않겠습니다, 아름다운 레이디. 하하하."

거 지지리도 눈치 없네! 뭐가 아름다운 레이디, 하하하! 입니까! 결국 쇼메는 상당히 의심 가득한 표정으로 나를 바라보며 입을 열었다.

"너 말이야."

"왜, 왜 그러시는데요?"

이제 나는 죽는구나. 그러나 인생은 항상 예측불허였다.

"아니. 이 왕국에도 꽤 그럴싸한 여자가 있다 싶어서."

"……."

다행이다. 쇼메도 더럽게 눈치 없어서. 푸하하핫! 뭐가 그럴싸한 여자냐? 나는 당장이라도 그의 잘난 면상에 얼굴을 들이대며 '속았지! 잘난 체하더니만 꼴좋다! 이 바보 왕자!'라고 내 목소리로 비웃어 주고 싶었지만―뒷감당할 자신은 없어서 그냥 입을 가린 채 '오호호호, 얼간이'라고 개미 목소리만 하게 중얼거렸다.

그때 예상치도 못한 복병이 나타났다. 미레일 경이었다.

"그런데 기분 탓이겠지만 이분은 여자라고 하기엔……."

안 돼! 다 된 밥에 재 뿌릴 생각이십니까, 미레일 경! 나는 태클이라도 걸어서 저 입을 막고 싶었다. 그런데 그 입은 다른 사람에 의해 막아졌다.

"호오, 기사의 근본도 모르는 매국노가 여긴 어인 일이실까?"

헬스트 나이츠들이었다. 순간 미레일 경의 표정이 어두워졌다. 이 나라 출신이면서 이오타의 기사 작위를 얻은 때문에 미레일 경에게는 매국이라는 수식어가 지겹게 따라다니고 있었던 것이다.

하지만 적어도 너희들 같은 되먹지 못한 놈들에게 기사의 근본 운운하는 소리를 듣고 싶진 않아!

"오랜만입니다."

무척이나 유순한 미레일 경은(화를 내도 좋을 텐데) 어렵게 웃으며 기사들에게 인사했다. 그러나 그럴수록 상대는 신이 났다.

"매국노의 인사 따윈 전혀 받고 싶지 않은걸? 아아, 귀가 더러워지는 것 같아."

뚫린 입이라고 정말 멋대로 지껄이는군! 그런데도 미레일 경은 어색하게 웃으면서 고개를 숙일 뿐이었다. 엄청 불쌍했고 또 화가 났다. 나는 이빨을 꽉 물며 주먹을 쥐었다. 정체가 드러나는 한이 있더라도 한마디 쏘아붙여 주고 싶었다. 그런데 나보다도 더 화가 난 사람이 있었다.

차아아앙!

쇼메가 뽑은 검이 곧바로 상대의 입술 앞에 멈춰 섰다. 나는 깜짝 놀랐다. 자기 기분 나쁘면 성당이든 황제 면전이든 검을 뽑고 마는 저놈의 성질머리야 익히 알고 있었지만, 세상에서 자기가 제일 잘난 쇼메가 이런 일로 기분이 상할 것이라고는 생각 못 했던 것이다.

"이, 이게 무슨 짓이냐!"

"아니 그냥, 짜증 나서 말이지."

"우리들이 누구인지 알고 그런 말을 하는 거냐!"

"이 몸이 너 같은 천민의 신상명세를 일일이 알아야 할 이유라도 있나?"

역시 저놈의 입은 상대가 누구든 철저하게 깔아뭉개는군. 쇼메 왕자는 굳이 자신의 고명한 이름을 들먹이지 않았지만, 상대는 알아서 보통 사람이 아니라는 것을 느낀 모양이었다.

"넌 지금 내 나라의 기사를 모욕했어. 평생 빛도 없는 감옥에 처박히고 싶으면 계속 지껄여 봐."

"……큭! 몰라 봬서 죄송합니다."

"호오. 말과 표정이 전혀 다른걸? 그렇게 분하면 결투를 신청해도 좋아. 떼거리로 있을 때만 용감한 네놈들의 성격대로 한꺼번에 덤벼도 상관없다."

한 나라의 왕자가(그것도 남의 나라 한복판에서) 함부로 결투 운운하는 것은 분명 경솔한 행동이었지만 나는 나도 모르게 조금 감탄했다. 아무리 쇼메라도 대여섯 명의 기사들과 결투를 벌였다간 위험할 수도 있다. 아니, 딱 잘라 위험하다. 그런데도 주저 없이 '덤벼! 멍청이들!'이라고 외칠 수 있다는 것, 그건 대단한 배짱이었다. 그것만은 인정해 주고 싶다.

그러나 누구도 그 유리하기 짝이 없는 결투를 승낙하지 않았다. 도리어 기사들 쪽이 '정치적'이었다. 누군지는 몰라도 굉장히 권력이 있어 보이는 사람과 감히 칼을 맞댈 생각은 없었던 것이다.

쇼메는 그들을 향해 경멸 어린 미소를 지었다. 도리어 당황한 쪽은 미레일 경이었다.

"쇼메 전하, 이러실 것까진 없습니다."

"네 녀석도 한심해! 이런 허접한 놈들에게 고개 숙이는 건 이오타의 기사가 할 짓이 아니야! 네가 모욕당하면 그건 곧 이 쇼메가 모욕당한 거니까!"

쇼메는 정말 화가 난 것 같았다.

"내가 널 호위 기사로 택한 이유는 조국을 등지고 이오타로 온 네 배짱이 마음에 들어서야. 그런데 그걸 미안해하면 어쩌겠다는 거야! 목표를 위해 힘든 길을 택한 게 뭐가 미안해! 차라리 악당이 좋아, 어깨를 펴! 넌 편한 길만 찾아다니는 저딴 얼간이들을 깔볼 자격이 있어!"

나는 그 쏟아지는 질책에 반감과 공감을 동시에 느꼈다. 역시 아이히만 대공에게 교육받아서 그런 건가. 그에게서는 강철의 냄새가 났다.

에스테반 남작은 '또 시작이로군. 저놈의 다혈질'이라는 곤란한 표정으로 고개를 저었다.

"쇼메, 이래 봬도 남의 나라 왕궁인데, 배려 좀 해 주지?"

"흥! 난 그런 거 일일이 생각하면서 살지 않아."

으이구! 자랑이다!

그때 카론 경이 나타났다. 항상 뒷정리는 카론 경의 몫이로군. 쇼메는 그를 보고 피식 웃었다.

"이런 버러지 같은 부하들을 다루느라 무척 심려가 깊으시겠어, 은의 기사 씨."

누군가 '사람을 효율적으로 깔보는 오만 가지 방법'이라는 책을 출판하고 싶다면 꼭 쇼메를 저자로 쓰는 것이 좋을 것이다. 그러나 카론 경은 그 능수능란한 어휘력마저 무력화시키는 가공할 무뚝뚝 배리어를 가지고 있었다.

"쇼메 왕자, 귀빈으로 참석해 주신 것은 감사드립니다만 더 이상의 소동은 묵과하지 않겠습니다. 나가 주시길 바랍니다."

카론 경의 싸늘한 시선을 한동안 마주하던 쇼메는 의외로 순순히 칼을 접고 발걸음을 옮겼다.

"어차피 나갈 참이었다. 이딴 시시한 행사는 처음부터 볼 생각도 없었어."

쇼메는 코웃음을 치며 밖으로 나갔고 미레일 경도 카론 경에게 '도와줘서 고마워'라고 살짝 웃어 보인 뒤에 그를 따랐다. 에스테반 남작 역시 어깨를 으쓱하며 밖으로 향했다.

사라져 주는 것은 고맙지만…… 그럼 애당초 이 시시한 행사에는 뭣 하러 왔단 말인가. 이건 비아냥거리는 것이 아니고 정말 석연찮은 구석이 있다. 쇼메가 삐딱한 성격이라고는 해도 남 깔보는 것이 너무 좋아서 일부러 약소국까지 찾아올 한가한 바보는 아니다. 도리어 시간 낭비를 극도로 혐오하는 완벽주의자에 가깝다. 그건 그가 단순히 친구 따라 '놀러왔을' 리는 없음을 말하는 것이다. 그럼 어째서…….

'에이! 몰라! 몰라!'

내 코가 석 자인 상황이라서 나는 고개를 세차게 도리질 치며 곧 시작될 의식에 집중했다. 그런데 이번에 내게 다가온 사람은 아이히만 대공이었다. 그 완고한 백발의 노인은 무관심한 표정으로 내 옆을 지나갔다.

'휴우. 눈치 못 채셨구나.'

그러나 나는 곧 대공의 시선을 느꼈다.

"자네 말이야, 나름대로 어울린다는 것은 칭찬해 주겠네만…… 그렇게 파멸을 즐기는 성격이었나?"

여, 역시 눈치채셨군. 나는 억울한 사정을 토로하려다가 곧 입을 다물었다. 아이히만 대공 앞에서 서로를 증오하는 키스 경 얘기는 절대로 꺼낼 수 없었던 것이다(그랬다간 정말 눈을 부라리며 내 머리에 총을 겨눌지도 모른다).

대공께서는 '나도 그다지 모범적인 인간은 아니지만 그래도 여기가 왕실이라는 것은 기억하게나' 라는 덕담을 남기며 귀빈석으로 가는 것이었다. 아아, 천하의 아이히만 대공에게 그런 말을 듣다니, 나도 참 대단해. 이거 완전히 도덕적으로 문란한 파멸형 인간이 되어 버렸구나. 키스, 내 너를 치지 않으면 이 방황하는 영혼이 고이 잠들지 못할 것 같아!

한편 말끔하게 정리한 금발이 엘리트의 표상인 위고르 공께서도 내게 관심을 보이는 것 같았다. 물론 미온이 아닌 미오니아에게 말이다. 그는 속이 빤히 보이는 표정으로 내게 다가왔다.

"흠흠. 왕실에 들어온 지 얼마나 되는가."

얼씨구!

"보아하니 신입 무녀 같군. 여자 혼자 힘으로 이 왕실에서 출세하는 것은 결코 쉬운 일이 아니지. 나도 그 심정 이해하네."

정작 본인은 아무 말도 안 했는데, 지 혼자서 일사천리였다.

"이런. 내 이름도 밝히지 않다니, 이거 실례했군. 본인은 왕실에서 작은 직책을 맡고 있는 위고르라고 하네. 별거 아냐. 법,

무, 대, 신, 이지. 와하하하!"

한심한 중년이란 바로 이런 것, 눈치 없는 위고르 씨는 안 그래도 심란한 내게 계속 수작을 걸고 난리였다.

"뭐, 오르넬라 성녀도 내 말에는 함부로 거부 못 하는 정도라고나 할까. 아니, 그 이전에 그녀가 내게 호감이 지나쳐서 걱정일세. 하하."

"……그, 그렇군요."

어처구니없는 거짓말이었다. 오르넬라 성녀님이 이 소리를 들었다면 당장 신의 이름으로 주리를 틀었을 것이다. 아아, 권력자라는 것도 한 꺼풀 벗겨 놓고 보면 왜 이리들 유치찬란한 건지. 위고르 공은 전력을 다해 자폭하고 있었다.

"너도 나만 믿고 있으면 이 왕실에서 출세하는 것도 시간문제인……."

"위고르 공…… 접니다."

"응? 누구?"

"여자만 보면 항상 이러시나요. 젊게 사시는 게 참 보기 좋네요."

순간 내 정체를 파악한 위고르 공의 얼굴에서 식은땀이 흘렀다. 새하얗게 질린 그의 표정은 밭에서 막 뽑은 무처럼 창백했다. 잠시 동안의 침묵 이후 위고르 공은 정색을 하며 말했다.

"본인은 이미 혼인한 몸! 다른 여자에게 눈길을 줄 순 없소."

"그런 말 하시기엔 한참 늦은 것 같습니다만!"

위고르 공, 카론 경과 같은 유부남이면서 비참할 정도로 차이 난다고요!

"그건 그렇고…… 자네 지금 여기서 뭐하고 있는 건가. 취미?"

"예. 취밉니다. 이제는 드레스를 입지 않고는 살 수 없는 몸이 되어 버렸거든요."

나는 더 이상 일일이 변명하기도 지쳐서 그렇게 한탄을 했다.

"자네는 대체 궁중 의식을 뭐로 알고 있는 건가! 나는 도저히 이 사실을 묵인할 수…….'

"사모님께 이를 겁니다."

순간 위고르 경의 눈매에 두려움이 서렸다.

"에, 엔디미온 경. 법무대신을 협박할 생각인가."

"그럼 위고르 공도 모른 체해 주세요."

국가에 대한 충성심과 가족의 평화(혹은 마누라님에 대한 공포) 사이에 놓인 위고르 공은 주저 없이 후자를 선택했다. 어째서인지 등장할 때마다 암울함이 더해 가는 공처가 위고르 씨는 어깨를 축 늘어트린 채 귀빈석으로 향했다. 그리고 곧 의식이 막을 열었다.

5.

종교의식이 시작된 성당 안은 쥐 죽은 듯이 고요했다. 음악 정도는 연주해도 좋을 텐데, 숨소리마저 들릴 정도로 엄숙해서 모두의 시선은 중앙에 있는 무녀계의 뉴 페이스 미오니아에게로 집중될 수밖에 없었다.

헬스트 나이츠를 필두로 한 명씩 내 앞으로 걸어와 무릎을 꿇는다. 우스꽝스러울 정도로 근엄한 모습으로 말이다. 그러고는 자신에게 내려 준 기도문을 큰소리를 읊는다. 가령 이렇게 말이다.

"제 용맹함을 돌봐 주시는 신이시여. 제게 항상 왕국을 지키는 힘과 약자를 지키는 도리와 악을 판별하는 지혜를 내려 주셔서 감사하옵니다."

그리고 정작 약자가 들었다면 피가 거꾸로 돌았을 이 뻔뻔한 기도문은 길게도 이어졌다. 이건 마치 준법정신이 투철한 사기꾼과 같은 어이없는 촌극이었다.

지나가다 평민을 보면 '썩 비키지 못해! 이 지저분한 벌레들!'이라고 서슴없이 윽박지르는 이 녀석들의 어디에 힘과 도리와 지혜가 붙어 있는지 나는 도저히 알 수 없었다. 그리고 자기 자신도 모를 것이다. 기도문을 다 들은 내가 조용히 응답했다.

"……웃기고 있네."

"예? 지금 뭐라고……."

"아무 말도 안 했습니다. 신의 목소리를 들으셨나 보군요."

나는 살짝 웃으며 손을 내밀었다. 기사는 내 손등에 살짝 입을 맞추는 것으로 애당초 지켜진 적도 없는 맹세를 재확인하고 뒤돌아 늠름하게 사라진다. 예전 카론 경이 했던 말이 떠올랐다.

'모두가 기사도를 지켰다면 애당초 기사도라는 것을 만들 필요도 없었겠지.'

부모를 공경해야 한다, 쓰레기는 휴지통에, 사람을 죽이면 안 된다, 복도에선 뛰지 마라, 공부해서 남 주냐, 등등 이 세상에 넘쳐흐르는 당연한 상식들은 실은 그만큼 지켜지지 않기 때문에 만들어진 것들이다.

그리고 이 거룩한 성당에서 근엄하게 거들먹거리며 제아무리 이런 의식을 벌인들 결코 바뀌는 것은 없다. 어쩌면 오르넬라 성녀님이 참여하지 않은 이유도 이 넌덜머리나는 무의미 때문일지 모른다.

뒤를 이어 수십여 명의 기사들이 마치 도덕 교과서의 한 구절 같은 기도문들을 의미도 모른 채 암송한 뒤에 카론 경의 차례가 왔다. 태어날 때부터 기사단 제복을 입고 태어난 것처럼 고귀한 풍모가 느껴지는 그는 내 정체를 알면서도 조금도 내색하지 않은 채 내 앞에 한쪽 무릎을 꿇었다.

그는 지그시 눈을 감았다. 기사단 휘장이 은실로 새겨진 망토와 검은 머리칼 사이로 살짝 드러난 그의 길고 하얀 목은 어떤 화가라도 본다면 당장 화폭에 옮기고 싶은 충동을 느낄 정도였다. 세상에는 변하지 않는 것도 있다. 10여 년 전의 기사 서임식 때도 그는 이런 모습이었을 것이다.

나는 이 순간만큼은 솔직히 그가 선택한 기도문이 무엇인지가 궁금했다. 기사들은(그러니까 스왈로우 나이츠를 제외한 다른 왕실 기사들은) 기사가 될 때 자신의 기도문을 선택한다고 한다.

수만 가지가 넘는 기도문 중에서 카론 경이 택한 것은 과연 어떤 것일지, 나는 순수한 호기심을 느꼈다. 그리고 눈을 감은 카론 경의 목소리가 고요한 성당을 울렸다.

"이 몸과 영혼을 갈가리 찢어 당신을 위해 쓰게 하시고 제게는 아무것도 남아 있지 않도록 하옵소서."

그리고 그는 조용히 눈을 떴다. 슬슬 오후로 넘어가는 태양이 스테인드글라스에 산산이 부서져 그의 몸 위에 쏟아지고 있었다.

나는 숨이 멎는 것 같았다. 너무도 짧은 그 기도문은 차라리 싸늘한 칼날이었다. 누구보다 기사다운 선택이었지만 한편으로는 왜 좀 더 행복한 기도문을 선택하지 않았냐고 화를 내고 싶었다.

전신(全身)을 기사로서 살아간다는 것은 그 자체가 희생을 의미해.

빛을 등진 그의 모습은 내겐 그렇게 보였다.

그때 옆에 있던 무녀가 헛기침을 했다. 아, 참! 나는 기다리고 있는 카론 경에게 손을 내밀었다. 그러나 내 손을 살짝 잡은 그의 표정은 방금 전과는 정반대로 무지막지하게 곤혹스러웠다. 기사의 맹세를 듣는 일을 오직 여성만 할 수 있는 이유는 바로 이 과정이 있기 때문이다.

나는 고개를 숙인 채 조그맣게 속삭였다.

"뭐, 뭐하세요. 카론 경."

"……과연 이 손에 입을 맞추는 것이 기사도를 지키는 일인지 아니면 모독인지 고민하는 중이다."

"눈 딱 감고 후딱 해치우세요!"

그는 번뇌하고 있었다. 목숨을 건 사투를 앞둔 위기였어도 이 정도로 괴로워하진 않았을 것이다.

할 수도 하지 않을 수도 없는 상황. 하지만 나도 물러설 수 없는 사정이 있다고요! 여기서 머뭇거렸다간 의심받아 버린다고요!

그러나 신에게 티끌 하나까지 다 바칠 각오가 되어 있는 그마저도 이것만은 차마 할 용기가 없나 보다. 아아, 실망이다.

"……도저히 못 하겠어."

안 돼! 누구 죽는 꼴 보고 싶어서 그러세요!

"엔디미온 경, 이건 아무리 생각해도 기사가 할 짓이 아니……."

'에라! 모르겠습니다!'

더 이상 기다릴 수 없었던 나는 내 쪽에서 손을 올려 그의 입술에 탁 갖다 댔고, 그는 소스라치게 놀라 뒤로 물러서서는 꼭 죽일 듯이 나를 노려봤다. 종교의식의 신성함 같은 것은 이미 우주 저편으로 사라져 가고 있었다.

"부, 분노는 기사가 버려야 할 죄악 중 하나랍니다. 아무렴요."

나는 새파랗게 달아오른 그의 눈빛에 심장이 오그라들어서는 고개를 돌린 채 중얼거렸다. 결국 금단의 반칙까지 써 가면서 내 정체를 숨기는 것에 성공했다. 그 부작용으로 당분간 카론 경을 피해 다녀야 할 것 같지만.

내 기습 공격에 '입술을 빼앗긴' 카론 경은 이제 기사도고 뭐고 다 꼴도 보기 싫다는 표정으로 성당을 떠났다. 장담컨대 카론 경의 기사 인생 10여 년 중 오늘은 대핀치 베스트 텐 안에 들어가는 날일 것이다.

좋아, 어차피 버린 몸, 끝까지 가 보자고! 애꿎은 카론 경에게 몹쓸 짓을 저질러 놓고도 전혀 반성하지 않는 이 진취적 기상을 본 무녀들은 '오오! 희대의 악녀 탄생!' 이라며 응원해 주었다.

후후, 이런 일로 호응 얻으니까 기분 더블로 울적해지는군. 하지만 키스의 목을 비트는 그 날까지 내 몸과 영혼을 악마에게 바치는 한이 있더라도 반드시 살아남아 주마!

6.

카론 경이라는 절대적인 스타일리스트가 있긴 했지만, 그 외에는 곰 인형 눈알 붙이는 일만큼이나 따분하고 지루한 '기사의 맹세'도 슬슬 끝나 가고 있었다. 내 손등을 거쳐 간 기사의 입술이 백 단위에 가까워지자(나는 사실 대단히 불경한 범죄를 저지르고 있다는 죄책감은 둘째 치고) 오르넬라 성녀님이 불참한 이유가 이 허례허식의 무의미 때문이 아니고 그보다 훨씬 현실적이고 육체적인 이유 때문임을 깨달을 수 있었다.

요컨대 이 일은, 병약한 미소녀였다면 도중에 피를 토하고 쓰러졌을 무지막지한 중노동이었던 것이다.

생각해 보라, 백 명도 넘는 기사들이 길고 긴 기도문을 무성의하게 읊으며 신에게 맹세(하는 척)하는 짓을 일일이 다 들어 주고 또 일일이 축복(하는 척)해 주는 것은 보통 귀찮고 괴로운 일이 아닌 것이다.

만약 신이 이곳을 굽어보고 계시더라도 '거 더럽게 성의 없게 하네'라고 투덜거릴 정도다. 특히나 오르넬라 님처럼 스릴을 즐기는 도락형 인간의 경우에는 정말로 죽고 싶을 만큼 시시껄렁한 반복 노동이리라.

나 역시도 목숨이 촌각을 다투는 상황인데도 이 물밀듯이 끓어오르는 짜증은 다스릴 길이 없었다. '이런 짓 할 시간 있으면 왕실 밖에 나가서 지나가는 할머니 짐이라도 들어 드려!'라고 소리치고 싶은 기분이랄까.

그런데도 이 지긋지긋한 퍼레이드는 끝나질 않았다. 왜냐하면 아직 한 명의 기사가 도착하지 않았기 때문이다. 그가 누구냐 하면, 바로 악의 화신 키스 경이었다.

'믿을 수가 없어. 이런 일까지 지각이라니!'

보나 마나 자고 있겠지. 나를 이 지경으로 만들어 놓고도 까맣게 잊고 잠들 수 있는 그의 무신경함이 감탄스럽다. 그때 뒤에 있던 무녀들이 속삭였다.

"이번에도 키스 경은 안 오나 봐."

얼레? 이번에도, 라고?

"우리가 아는 한 키스 경은 한 번도 온 적이 없어. 키스 경의 맹세를 들어 보고 싶었는데…… 역시 이번에도 불참인가 보네."

역시 그런 인간에게 신앙심이 있을 리가 없지, 라고 빈정거리려던 순간, 나는 모순된 사실 하나를 깨달았다. 그러고 보니까 키스 경은 이 의식 때마다 항상 참석하러 간다면서 하루 종일 사라져 있었잖아!

그러니까 종합하자면 키스는 여기 참석한다는 핑계로 어디론가 도망쳐서 놀고 있었다는 결론이다.

'……이 농땡이 인간.'

신의 이름을 팔아서라도 놀고 싶었던 거야? 그런 사람이 대체 어떻게 기사가 됐나 몰라. 그때 문이 덜컥 열렸다.

"늦어서 죄송합니다아아!"

정문에는 키스 경이 서 있었다. 여기까지 전력으로 달려왔는지 상기된 얼굴에는 땀방울까지 맺혀 있었다. 되는 대로 입은 셔츠는 단추가 반쯤 풀려 있고 또 절반은 옷 밖으로 나와 있는 데다가 곱슬머리는 상고라도 돌리고 왔는지 잔뜩 헝클어져 있었다. 제복의 것도 아닌 빨간 넥타이마저 불량하게스리 대충 목에 두르고 있는 저 모습은 분명히.

'……자다가 왔구려.'

나는 손바닥으로 얼굴을 가리며 중얼거렸다. 저런 망측한 꼴로 헤죽헤죽 웃으며 걸어 들어오다니!(내가 할 말은 아니지만) 이 신성한 의식을 뭐로 아는 거야! 이 자식!

"그, 그럼 키스 세자르 경의 기사도 암송이 있겠습니다."

사회자 역시 혜성처럼 나타난 불량 기사에 당황하며 떨떠름한 목소리로 말했다. 귀빈들도 고개를 절레절레 내저었다. 그러나 내 뒤에 있던 무녀들은 저 모습에 키득거리며 속삭이는 것이었다.

"역시 키스 경은 귀여워."

저 얼빠진 모습 어디에 귀여움이 도사린다는 겁니까? 확실히 여성과 남성에게는 서로 절대 이해하지 못할 고유 영역이 있는 것 같다.

내 앞에 다가온 키스와 나의 눈이 마주쳤다. 당장이라도 터져 나올 웃음을 참고 있는 저 얄미운 면상 좀 보라!

"와아! 참 어여쁜 분이시네요오."

"닥치고 무릎이나 꿇으세요, 키스 세자르 님아."

용호상박의 공방이 오간 뒤에 키스 경은 곧 무릎을 꿇으며 자신의 기도문을 읊기 시작했다.

"신이시여. 자나 깨나 부하를 사랑하는 이 착한 기사에게 상을 내려 주시어요. 저는 받을 자격이 있답니다아. 아멘."

'에이이! 기도문 멋대로 지어 내지 마!'

키스는 악마가 들어도 학을 뗄 순 저질 기도문을 읊은 뒤에 고개를 기울이며 헤죽 웃는 것이 아닌가!

네 이노오오오옴! 지금 날 도발하는 게냐! 내 당장이라도 치마를 걷어붙이고 네게 달려가 버선발로 걷어차며 '죽어라! 이 사탄의 종자!' 라고 외치고 싶었지만…… 그래 봐야 죽는 건 내 쪽이므로 나는 극도의 인내심을 발휘해야만 했다.

불경한 티를 팍팍 내는(일단 직책은) 성기사인 키스 경에게 참석자들은 어처구니가 없다는 듯이 혀를 찼고, 무녀와 귀부인들은 그래도 좋다며 호의에 찬 눈빛을 보냈다. 그리고 막 잠에서 깬 국왕 전하께서는 '응? 뭐가 잘못된 거야?' 라는 표정으로 두리번두리번거리고 있었다. 가끔 이 왕실…… 어떻게 되도 상관없다는 생각이 든다.

그리고 키스 경은 한걸음에 내 앞에 다가왔다. 흠칫 놀라 반사적으로 뒤로 물러서는 내 손을 가로채 멋대로 손등에 입을 맞추고는 입을 열었다.

"자아, 성녀님께서도 제 기도를 축복해 주세요."

"……축복 좋아하시네."

이 놀라우리만큼 뻔뻔스러운 태도에 나는 눈썹을 가늘게 떨었다. 나는 싸늘한 눈빛으로 그를 바라보며 말했다.

"키스 세자르 님, 제 신통력으로 당신이 죽을 날을 알아맞혀 보겠습니다. 당신은 바로 오늘 밤, 긴 금발의 청년에게 피살당한답니다."

그가 입술을 삐죽거리며 웅얼웅얼거렸다.

"미온 경, 조금 장난친 걸 가지고 엄청 화내시네요오."

"키스 세자르 님, 입장 바꿔 생각해 보세요. 댁이 지금 나라면 나를 이 꼴로 만든 사람을 살려 둘지 안 살려 둘지."

"서, 성녀라면 좀 더 자비심을 갖는 편이⋯⋯."

"악을 처단하는 것도 성녀의 의무랍니다! 이상이에요!"

"⋯⋯돌아가는 대로 짐 싸서 도망쳐야겠군요오오오."

내 살기에 겁먹은 키스는 흐늘흐늘 뒤로 물러서서는 성당을 빠져나갔다. 카론 경은 눈썹을 찡그린 채 팔짱을 끼고 이 장면을 지켜보고 있었다. 보나 마나 나와 키스 경 모두 싸잡아 못마땅한 것이리라.

하지만 솔직히 말해서, 카론 경이 내 꼴이 되었다면 분노는 이 정도로 끝나지 않을 것이 분명했다.

"그럼 이것으로 행사를 모두 마치겠습니다."

사회자의 그 말과 함께 졸고 있던 사람들이 슬슬 고개를 들기 시작했다.

7.

이 행사는 내가 국왕 전하 앞에 무릎 꿇고 '전하의 성은에 힘입어 이 의식을 무사히 마쳤사옵니다'라고 말하는 것으로 끝이 난다. 사실 우리 만두 아저씨는 성당에 들어올 때부터 큼지막한 베개를 가지고 들어오더니 의식이 시작되자마자 그걸 자기 앞에 놓고는 골아 떨어져 버린 것 외에는 별로 한 일도 없으신 것 같지만—아무튼 국왕이란 이런 일이 있을 때마다 감사받아 마땅한 존재였다.

"어이쿠, 수고했네그려. 아주 인상 깊은 행사였어."

열심히 잠들어 있느라 삐뚤어진 왕관을 바로 세우고 있는 전하가 그 앞에 무릎을 꿇은 내게 말했다. 뭐 우리 임금님의 위엄 같은 것은 애당초 기대도 하지 않았으니까, 나는 조금이라도 빨리 이곳에서 벗어나고 싶은 심정으로 대답했다.

"전하의 성은에 힘입어 이 신성한 의식을 무사히 마쳤사옵니다."

"그래, 그래. 아침부터 고생 많았네. 자, 이제 대충 끝내고 다들 일터로 가시게."

그 하품 섞인 말을 듣는 순간 온몸에 희열이 퍼졌다. 그렇다. 나는 이 지옥 같은 행사를 무사히 끝마친 것이다. 이제 남은 일은 키스에게 '복수'라는 단어가 무엇을 의미하는지 친절하고도 자세하게 알려 주는 것!

귀빈들은(항상 성당을 나올 때 그러하듯) 나른한 기지개를 펴며 우르르 몰려 나가고 있었다. 나는 환희에 젖은 얼굴로 활짝 웃으며 자리에서 벌떡 일어났다. 그리고 그 순간 예상치 못한 일이 벌어지고 말았다. 내 몸의 '일부'가 바닥에 떨어진 것이다.

"……차, 참외?"

밖으로 나가던 사람들은 내 옷 속에서 떨어져 바닥을 데굴데굴 굴러가고 있는 참외를 멍하니 바라봤다. 그리고 오똑하던 오른쪽 가슴이 거짓말처럼 사라진 나를 바라봤다.

"무, 무녀가 남자다!"

어떤 친절한 분께서 그렇게 외쳤고, 그 순간 성당 안의 모든 시선이 내게 꽂혔다. 나는 황급히 참외를 집어 옷 안에 넣었지만 또 실수로 왼쪽에 넣어 버려서 한쪽 가슴만 무지막지하게 거대한 괴생명체가 되어 버렸다. 도저히 수습이 안 되는 상황이었다. 나는 고개를 폭 숙인 채 돌아온 탕아인 양 손을 흔들었다.

"아하하하. 모두 놀라셨죠? 엔디미온이랍니다아아. 짜잔."

어설픈 개그는 상황만 악화시키고 있었다. 그 순간 뒤에 있던 무녀들이 모조리 무릎을 꿇으며 소리 높여 외쳤다.

"우리는 전혀 모르는 일이옵니다."

……배신자들. 그리고 나는 신속하게 연행되었다.

8.

왕실 사람들이 가장 보고 싶어 하지 않는 왕궁 시설이 어디냐고 묻는다면 바로 이곳, 지하 감옥이다. 물론 '지하'라고 해서 불빛 하나 없고 송아지만 한 쥐들이 잠든 죄수를 덮치는 생지옥까지는 아니고, 하루 종일 타오르는 횃불 덕에 공기가 좀 탁하고 바닥에 깔아 둔 볏짚에서 좋지 못한 냄새가 스멀스멀 올라오는, 그러니까 별로 쾌적하지 못한 수준이다. 보통 사형수들이 수감되는 곳이라는 사실만 빼면 말이지.

그런 곳에 도살장에 끌려갈 소처럼 우울하게 앉아 있는 나는 누군가 이곳 벽에 새겨 놓은 짧은 문장을 퀭하니 바라보고 있다.

나도 피해자야! 이 망할 놈의 왕궁!

이곳을 이용한 선대 '숙박객'의 방명록쯤 되는 것이리라. 그 밑에 나도 한마디 쓰고 싶군. '이하동문'이라고.

나는 벽에 기대어 역시 참외를 단단히 고정시켰어야 했다는 한심한 후회를 했다.

'그건 그렇고 나는 대체 어떻게 되는 거지?'

아무리 우스꽝스러운 해프닝이라지만 이건 분명 신성모독이다. 보나 마나 텔레마코스를 통해 교황청에 처분 결정을 통보했을 테고, 그 결과가 한 달간 화장실 청소나 곤장 10대 정도로 끝나지는 않을 것이다. 어쩌면 기사 작위 박탈일 수도 있고 최악의 경우에는.

'사형!'

나는 바닥에 너절하게 널려 있는 볏짚들을 콱 쥐었다. '설마 죽이겠어?' 라는 생각과 '아마 죽일걸?' 이라는 생각이 머릿속에서 격렬하게 대치하고 있었다. '변호사를 불러줘!' 라고 소리치고 싶지만 이것조차 판타지라서 불가능한 절망적인 상황. 신을 모독한 죄를 집행할 때는 죄인의 사정 같은 건 들어 주지 않는다고 알테어 님이 그렇게 주의를 줬는데, 운명처럼 이 꼴이 되어 버렸다.

"으이구!"

나는 머리를 쥐어뜯었다. 그때 멀리 복도에서부터 발자국 소리가 들리자 나는 몸을 움츠렸다. 공교롭게도 이 지하 감옥에는 간수도 없이 현재 나 혼자뿐이었다.

분명 내게 그다지 반갑지 않은 소식을 가져올 사람이라는 것을 느끼자 긴장감에 목이 메어 왔다. 아니나 다를까, 길게 이어진 그림자는 점점 줄어들더니 내 앞에 멈춰 섰다.

그는 철창 밖에서 말없이 나를 내려다보았다. 말쑥한 정장에 얇은 안경을 낀 사내였다. 한 손에 들고 있는 두터운 성경만 아니었다면 나는 그가 주택 임대업을 전문으로 하는 영업 사원이라고 착각했을 것이다.

"엔디미온 키리안 씨?"

의외로 고압적이지 않은 목소리에 나는 고개를 들었다. 그는 희미한 미소까지 보이고 있었다. 설마 그런 얼굴로 사형선고를 내릴 생각이야?

"그, 그렇습니다."

"처음 뵙겠습니다. 교황청 베르스 영업소에서 나온 마르시엘이라고 합니다."

"……."

나는 한동안 그를 올려다보다가 천천히 고개를 기울였다.

"저어, 괜한 참견일지는 모르겠지만…… 영업소보다는 교구(教區)라고 하는 편이 옳지 않을까요?"

"아하하. 그렇긴 하죠. 하지만 다들 영업소라고 불러서 입에 붙어 버렸네요."

"하긴 뭐라고 부르든 상관은 없겠지만……."

나는 떨떠름하게 대답했다. 그는 거두절미하며 그 웃는 낯으로 내게 사형선고를 내렸다……일 줄 알았는데 엉뚱하게 서류 두 장을 내미는 것이 아닌가.

"잘 읽어 보시고 서명해 주세요."

그는 잘 부탁한다는 얼굴로 내게 펜까지 건네주었다.

"이, 이게 뭐죠?"

"4급 신성모독을 시인하는 증명서입니다. 한 장은 저희 보관용이고 또 한 장은 엔디미온 경께서 보관하시면 됩니다."

"기분 탓인지 모르겠지만······ 별로 종교적 위엄이 느껴지지 않는군요."

(내가 불평할 바는 아니지만) 보통 이런 일은 시커먼 후드를 뒤집어쓴 음산한 무리들이 횃불을 든 채 날 빙 둘러싸서는 무시무시한 공포 분위기를 조성하면서 진행하는 거 아니었어?

하지만 그는 들고 있던 펜으로 머리를 긁적거리며 쓴웃음을 지었다.

"실망하셨다면 죄송합니다만, 저희 교황청도 이미지 개선에 많은 노력을 하고 있기 때문에 3차 종교 개혁 이전처럼 '거창하게' 집행할 수는 없어요. 일단 그렇게 하면 예산도 쓸데없이 낭비하는 거고 신자들도 줄어들고 말이죠. 저도 예전같이 음침했다면 베르스 영업소에 입사하지 않았을 겁니다."

"이, 입사하셨습니까?"

보통은 봉사한다고 하지 않나요?

"교황청, 진짜 경쟁률이 높아요. 저도 네 번이나 떨어져서 이번에야 붙었거든요. 월급도 괜찮고 노후 보장도 잘 되고 무엇보다 콘스탄트가 멸망하지 않는 이상 부도, 아니 사라질 리가 없으니까요. 다국적 업체라서 국내 회사에 들어가는 것보다 훨씬 안전해요."

"······요모조모 따져 보고 신을 믿으시네요."

"아하하. 괜찮은 데 들어가야 여자한테도 인기가 있잖아요."

"그, 그렇군요. 직장 잘 고르셨네요."

나는 예전 '이교도 댄스의 계승자'인 이단 심문관 나스타세 군을 떠올렸다. 또한 알테어 님이 입고 다니는 성스러운 미니스 커트도 떠올렸다. 또 '열린 교황청'을 주장하는 빵집 아저씨 레오 4세도 떠올렸다. 그리고 식은땀을 흘리며 중얼거렸다.

"대체 지금 교황청에서는 무슨 일이 벌어지고 있는 거지."

나는 더 이상 아무것도 생각하고 싶지 않다는 기분이 되어 신입 사원 마르시엘 씨가 건네준 서류를 훑어봤다. 그것에는 내 죄목과 그에 상응하는 형벌이 적혀 있었다.

"향후 5년간 벌금?"

그러니까 한 달에 금화 세 닢이었다. 결코 적은 액수는 아니지만 사형이나 추방형에 비하면 거의 무죄방면에 가까운 셈이다. 설마 오르넬라 님이나 아이히만 대공께서 손을 써 주신 거? 어리둥절한 내 얼굴을 훑어본 마르시엘 씨가 말했다.

"고문하거나 태워 죽인다고 얻는 이익 같은 건 없으니까요."

"저야 좋지만…… 이래도 괜찮나요?"

"가령 예를 들어 신을 욕한 실업자를 화형시켰다고 칩시다. 그럼 그와 그의 가족과 친구와 이웃들 모두 속으로는 신을 욕하게 될 겁니다. 쳇, 신의 이름을 팔아먹고 거들먹거리는 살인마들, 이라며 불평할 테고 그런 불평은 당장은 억누를 수 있어도 언젠가는 뭉치고 뭉쳐서 폭발하게 될 테지요. 반면 사형시킬 수 있는데도 벌금이나 노동 정도로 끝냈다면 우리 입장에서는 아무 짓도 하지 않고 은총을 베푼 셈이 됩니다. 아니, 정확하게 말하면 이익을 얻은 것이지요.

신자들은 저희의 소중한 버팀목이며 운영할 수 있는 기부금을 지불하는 수입원입니다. 아시다시피 교황청은 북부 콘스탄트와 내전 중에 있기 때문에 많은 자금이 필요해요. 그것을 스스로 잘라 버리는 초보적인 실수는 하지 않습니다. 엔디미온 씨가 지불한 벌금은 이교도를 죽이는 칼이나 총알을 만드는 돈으로 소중히 쓰여 돈을 지불하시는 것만으로도 교황청을 위한 최선의 속죄를 하시는 것입니다. 목숨을 없애는 것보다는 훨씬 쓸모가 있지요."

마르시엘 씨는 마치 회사 방침을 말하듯이 그런 말들을 쏟아 내고 있었다. 나는 그 친절한 말 이면에서 확실한 불편함을 느꼈다.

"물론 교황청에 위협이 된다고 판단한 존재는 설령 국왕이라 할지라도, 이거 실례, 주저 없이 제거합니다만…… 엔디미온 씨는 우리 교황청에 전혀 위협이 안 된다고 판단했습니다. 말하자면 저희의 잠정적 고객인 셈이지요. 고객에게 최상의 서비스를 제공하는 것이 경영의 기초입니다."

"꼭 돈을 벌기 위해 만들어진 집단 같군요."

"그건 예전에도 마찬가지였습니다. 단지 그 방식만 바꿨을 뿐이지요."

그는 '괜한 말을 했네요. 제가 좀 말이 많아서'라고 헛기침을 하며 내가 든 서류를 가리켰다.

"그 윗부분과 아랫부분의 동그라미 친 곳에 서명해 주세요. 예, 거기요. 그리고 벌금은 일주일 후부터 저희 영업소에서 파견 나온 직원이 회수해 갈 겁니다."

"아, 알겠습니다."

"서로 좋잖아요. 교황청은 전쟁을 치를 돈이 필요하고 엔디미온 씨에겐 신의 자비가 필요하고 제겐 좋은 직장이 필요하고…… 다 그런 거잖아요?"

4년의 재수 끝에 교황청 베르스 영업소에 입사했다는 신입 사원 마르시엘 씨는 많은 걸 깨달은 표정이었다.

9.

그가 떠난 뒤, 나는 맥이 빠진 표정으로 벽에 머리를 기대고 있었다. 뭐랄까 꺼림칙한 선물을 받은 것 같았다. 결국 싸우기 위해 돈을 모으고, 돈을 벌기 위해 싸우고, 그렇게 번 돈으로 또 싸움을 한다. 그 어디에도 신이 끼어들 자리는 없었다.

예전 오르넬라 님이 내게 했던 말이 떠올랐다.

그래도 신을 믿어야 하니까 신앙이 어려운 거야.

하긴, 신앙심을 갖는다고 거짓말처럼 삼라만상의 오욕칠정이

씻은 듯이 사라져 버리고 이 세상 온갖 고민이 다 날아가 버린 채 행복에 젖어 삼백육십오 일을 살 수만 있다면, 이 세상 누구라도 기꺼이 신앙을 품을 테지. 하지만 그런 건 약속할 수 없다는 걸 모두가 다 아니까 성직자도 신자도 갈수록 영악하게 신앙을 거래하는 것이다.

"이런 일에는 좀 더 순수해져도 되잖아."

나는 조그맣게 투덜거리며 내 손에 들려 있는 벌금 서류를 바라봤다. '4급 신성모독에는 5년간 금화 세 닢의 벌금' 같은 것을 신이 본다면 제아무리 유쾌한 신이라도 우울증에 걸려 알코올중독자가 되어 버릴 것 같았다.

그때 새로운 발자국 소리가 들렸다. 그림자로 봐서는 두 명이었다. 나는 철창에 바싹 다가갔다. 누군지 궁금하기도 했고 무엇보다 신과 신을 믿는 사람들의 난해한 관계에 대해서는 더 이상 생각하고 싶지 않았다.

"카론 경."

불난 집하면 소방수가 떠오르는 것처럼 왕실 식구에게 무슨 문제가 터지면 카론 경이 나타난다는 것은 일종의 공식이다. 간수와 함께 걸어오는 그의 눈동자가 횃불에 반사되어 파르스름한 빛을 띠고 있었다. 반갑게 손을 흔드는 내 모습에 카론 경은 조금은 진지해졌으면 좋겠다는 투로 말했다.

"이곳이 사형수를 대기시키는 곳이라는 것만 알아 뒀으면 좋겠군."

"헤헤. 신의 은총에 힘입어 벌금으로 끝나 버렸네요."

"키스하고 술 마시는 일은 자제하라고 했을 텐데. 그 녀석의 위험한 술버릇은 감당할 도리가 없으니까."

"하아. 뼈저리게 느끼는 중이랍니다아."

"이 정도로 끝난 것이 천만다행이야."

"……그 말은 카론 경은 더 위험한 일을 겪어 봤다는 거로군요."

엄청나게 궁금했지만, 카론 경은 절대로 대답하기 싫은지 고개를 돌린 채 입을 다물었다. 키스 경이 작정하고 상대를 궁지로 몰아넣었다면 그건 일종의 재앙이겠지만…… 상상이 가질 않는군. 눈을 떠 보니까 실은 무인도에 혼자 떨어져 있다든가, 혹은 임금님과 한 침대에 누워 있다든가 하는 하늘이 두 쪽 나도 겪기 싫은 악몽들이 머릿속을 스쳐 지나갔다.

'아무튼 그 인간과 십수 년을 함께 지내 온 카론 경에게 무한한 동정심이 생기는군.'

탈칵 소리와 함께 간수가 철창문을 열었다. 밖으로 나온 나는 아직도 도무지 실감이 나질 않아 말했다.

"정말 이걸로 끝인가요?"

"아니길 바라는가?"

카론 경은 특유의 과묵한 입버릇대로 툭하고 던졌지만 옛날 생각이 나는 듯이 곧 눈가를 찡그리며 말을 이었다.

"이런 일로 일일이 화형을 시킨다면 왕실의 장작이 남아나질 않을 거다."

오, 제법 센스 있으시네? 그답지 않은 농담에 나는 키득거렸다. 그는 앞장서며 말했다.

"적어도 키스의 기도문보다는 덜 불경한 짓이니까."

"엥? 키스의 기도? 아까 그거 말인가요?"

"아니. 그 녀석의 진짜 기도문은 따로 있다. 애당초 기도라고 부를 수도 없겠지만."

"헤에. 그게 뭔데요?"

"그걸 내 입으로 읊는 짓은 절대로 하고 싶지 않군."

대체 얼마나 끔찍한 것이기에 저리도 질색을 하는 걸까. 나는 문득 아까 그가 읊던 기도문이 떠올랐다. 초라할 정도로 소박하지만 진심으로 지키기는 무엇보다 어려운 그의 맹세.

카론 경은 기도를 자주 하는 것도 아니고 다른 왕실 기사들처럼 자신의 기사도나 신앙심을 공공연하게 자랑하지도 강요하지도 않는다. 뭔가 꼭 해 줘야 할 말이 있을 때도 화내거나 윽박지를 것 없이 굉장히 진지한 표정으로 짧게 한마디 던질 뿐이다. 모르는 사람이 본다면 특별히 종교에 관심이 없는 엘리트 사업가 정도로 착각할지도. 물론 나보다 훨씬 머리가 좋고 세상을 많이 겪은 카론 경이 종교의 현실에 대해서 모를 리도 없다.

그런 그에게 내가 물었다.

"카론 경은 신을 믿는 마음에 대해 어떻게 생각해요?"

엉뚱하다면 엉뚱한 물음에 계단을 오르던 그는 뒤도 돌아보지 않고 대답했다.

"엔디미온 경, 믿음이란 머리로 생각하는 것이 아니다."

나는 어째서 저렇듯 사교성 없고 차가운 카론 경이 상냥하고 친절한 마르시엘 씨보다 가까이하고 싶은지 이해할 수 있었다. 적어도 교황청의 성직자였다면 아마도 저렇게 대답하지는 못했을 것이다.

10.

"그건 그렇고……."

아주 뼈가 녹아내릴 오디세이를 겪고 리더구트의 문을 연 나는 소파 위에서 참으로 평화스럽게 잠들어 있는 키스 경을 보며 눈썹을 움찔했다.

당신, 도망친 거 아니었어? 아기 천사처럼 새근새근 잠들어 있는 키스 경을 보니까 내 서러운 마음이 눈 녹듯이 사라지고 모든 복수심도 다 부질없게 느껴질…… 리가 없고 아주 소파를 뒤엎어 바닥에 패대기치고 싶구만! 잠시 잊고 있던 폭력의 기운이 무럭무럭 피어올랐다.

그런 내 살기를 감지한 키스가 천천히 빨간 눈동자를 뜨며 나를 올려다보고는 흠칫 놀라 담요 속으로 머리를 숨기는 것이었다. 거북이냐! 지옥에서 기어 올라온 나는 음산한 오라를 뿜어내며 말했다.

"키스 경, 저승 갈 때는 뭘 가지고 가실 거요."

"미, 미온 경. 죽은 거 아니었어요?"

"응. 당신 묻어 버리기 전엔 절대 안 죽을 거야."

나는 활짝 웃으며 그렇게 말한 뒤에 가공할 리셀웨폰 부지깽이를 집어 들었다. 키스 경은 담요 속에서 와들와들 떨고 있었다. 키스 경, 어서 일어나. 내 분노는 이 정도가 아니야.

"미온 경, 우리 거래해요오."

담요 밖으로 나온 그의 손이 하얀 손수건을 흔들고 있었다. 어쩌면 키스 경으로부터 뭔가 받아내는 것은 이번이 처음이자 마지막일 것 같다는 생각에 나는 잠시 살생을 유보했다. 목숨을 빼앗는 것보다는 이익이 되는 것을 받는 편이 좋다는 교황청의 가르침도 있지 않던가?

"그럼 댁의 목숨 대신 내게 뭘 줄 겁니까, 키스 경."

"한 달 동안 신전 청소 빼 드릴게요오."

"흐음. 그것도 괜찮…… 아니 잠깐! 그건 처음부터 내가 해야 할 일이 아니잖아!"

빗자루만 봐도 지긋지긋할 정도로 많이 해 봐서 내 일이라고 납득할 뻔했지만 그건 어디까지나 키스가 나를 부려먹을 때 시키는 일이지 내 임무도 뭣도 아니다. 애당초 안 해도 되는 걸 가지고 생색 내지 마!

"한 달 동안 지명에서 빼 주는 조건이라면 생각해 보죠!"

"그건 안 됩니다. 미온 경이 빠지면 수입에 막대한 지장을 받아요오."

으이구. 어딜 가나 돈이로구만.

"그러면 내 벌금 대신 내 줘요."

"전 알거지랍니다아. 침대도 못 사는 거 보면 모르겠어요오?"

"당신 말이야, 거래할 생각이 있긴 있는 거야?"

새빨간 거짓말쟁이 같으니. 카일리 경의 지명 비용도 대신 내 줬고, 어제 마시던 술도 엄청 고급이었으면서! 하고 다니는 귀걸이 하나만 팔아도 침대 따위 몇 개라도 살 거라고!

게다가 약값이 엄청난 지스 경이 가끔 돈이 부족할 때마다 몰래 약을 놔두고 가는 '의문의 천사'도 실은 키스 경일 거라는 의견이 지배적이다. 그거야 고맙지만, 아무튼 저런 되먹지 못한 태도로는 거래는커녕 약만 더 오른다.

"그렇다면 음…… 아 맞아!"

나는 아까 전 카론 경에게 들은 말이 떠올랐다.

"키스 경의 기도문을 들려 줘요."

얼마나 발칙한 것이기에 '여장하고 성당에서 무녀 행세 하는 것'보다 더 질이 나쁘다는 건지 굉장히 궁금했다. 혹시 '내일은 당신도 공범'이란 말인가! 그거라면 제아무리 자비심 넘치는 성녀라도 듣는 순간 귀싸대기를 후려갈겼을 것이 분명하다.

이불 속에서 꼼지락거리던 키스는 내 말을 듣자 곧바로 움직임을 멈췄다. 뭔가 그것에 안 좋은 추억이라도 있는 건가? 나는 조금 불안했다.

"고, 곤란하면 안 해도 괜찮아요."

한참 침묵하던 키스가 스르륵 담요 밖으로 고개를 내밀었다.

"정말 그거면 되겠어요?"

나는 고개를 끄덕거렸다.

"별거 아닌데…… 재미도 없고."

다시 소파에 앉은 키스 경은 '하도 예전에 했던 거라서 기억이 잘 안 나요오'라면서 기억을 더듬는지 고개를 갸웃거렸다.

"그러고 보니까 10년도 더 전에 기사 작위를 받을 때 암송한 다음부터 한 번도 해 본 적이 없네요오."

그 말은 기사가 된 이후 지금까지 단 한 번도 성당 의식에 참여해 본 적이 없다는 말이로군! 이런 부도덕한 인간이 아직까지 기사로 숨 쉴 수 있는 공간은 세상 천지에 이 나라 외에는 없을 거라는 생각이 들었다.

곧 기억났다면서 키스가 반짝 표정을 보였다. 헛기침을 한 번 한 뒤에 나이보다 훨씬 어리게 들리는 그의 목소리가 홀을 울렸다. 암송의 첫 구절이 시작되었다.

"하늘에 계신 나의 아버지."

여기까지는 평범하네.

"그냥 거기 계시옵소서."

뭐?

하늘에 계신 나의 아버지, 거기 그냥 계시옵소서. 그럼 나도 이 땅 위에 남아 있으리다.

이곳은 때로 이렇듯 아름다워 당신의 신비에 못지아니하니⋯⋯.

"그, 그만!"

점점 눈동자가 커지던 나는 나도 모르게 외쳤다. 그리고 황급히 주변을 두리번거렸다.

"아? 듣고 싶었던 거 아니었어요?"

"키스 경, 장난하지 말아요!"

"정말 이게 내 기도문인데⋯⋯⋯."

"그럼 그걸 기사 서임식 때 읊었단 말이에요?"

"네에"

"⋯⋯죽으려면 뭔 짓을 못 해."

나는 기가 찬 표정으로 방글방글 웃고 있는 키스 경을 바라봤다. 그건 분명 교황청이 세상에서 가장 싫어하는 기도문일 것이다. 읽고 쓰고 말하는 것 모두 철저하게 금지된 기도문이지만 워낙 유명한 것인지라 나는 그 기도의 끝 부분을 알고 있다.

이 세상에 넘쳐흐르는 흔하고도 끔찍한 불행은
당신의 용병들과
당신의 고문자들과

이 세상 나으리들로 가득하고

그 나으리들은 그들의 성직자, 그들의 배신자,
그들의 군대와 더불어 가득하지만
세상에는 사철도 있고
어여쁜 처녀들도 늙은 병신들도 있고
대포의 무쇠 강철 속에서 썩어 가는 가난의
지푸라기도 있사옵니다.

키스 경이 선택한 기도문은 예전 콘스탄트의 유명한 추기경이 선대 교황 앞에서 읊었던 처절한 기도문이었다. 그때는 한창 종교의 권력이 범람해서 왕국의 세금보다 교황청에서 징수하는 기부금이 더 많았던 시기였다.

교황청은 이례적으로 추기경이었던 그를 공개 화형시키고 그가 저술한 모든 서적을 수거해 불태운 뒤 그와 관련해 말하거나 기록하는 것 일체를 금지시켰다. 또한 그것은 새로운 교황 레오 4세가 집권한 지금까지도 이어진다.

말 그대로 교황청에게 있어서 그 기도문은 '악마를 칭송하는 주문'과 다를 바가 없는 것이다.

"후후후, 미온 경. 이제 당신의 상관에게 존경심이 무럭무럭 피어오르지요오? 저는 도탄에 빠진 민초들의 모습을 도저히 못 본 척할 수 없어서 그 기도문을 선택한……."

"어련하시겠수."

"부, 불신의 골이 깊군요."

"키스 경, 저도 그 시가 다 틀린 말이라고는 생각하지 않지만, 그래도 당신은 정말 위험할 때가 있어요!"

"하지만 전 이 기도가 마음에 드는걸요?"

"그런 문제가 아니잖아!"

아까 베르스 영업소 마르시엘 씨가 했던 말이 떠올랐다. 교황청은 자신들에게 위협이 된다고 판단한 존재는 설령 국왕이라고 할지라도 제거한다. 그런 논리대로라면 키스 경은 이미 교황청의 제거 대상이었다.

교황청에는 천사 같은 알테어 님과 친절한 마르시엘 씨와 나 잇값 못하는 빵집 아저씨만 있는 것이 아니라 이교도를 쓸어버리는 성기사단과 고문 기술자와 그 나잇값 못하는 표정 뒤에 수많은 계략을 품고 있는 교황도 존재한다.

말 그대로 초유의 무력 집단, 아무리 키스 경이 힘이 세고 검술이 뛰어나고 머리가 비상하다고 해도 단독으로 교황청과 대립한다는 것은 작살 하나 들고 용 앞에 서는 것과 다를 바가 없다. 즉, 대놓고 그 기도문을 읊고도 살아 있다는 것은 일종의 기적이었다. '원래 엉뚱한 인간이니까'라고 넘길 수 있는 수준이 아닌 것이다.

'어째서 교황청이 그냥 놔둔 거지?'

아니면 아직 죽이지 못했을 뿐이거나……. 나는 이런 섬뜩한 생각을 애써 물리쳤다.

"하아. 정말이지, 아직까지 살아남은 게 신기하네요."

키스는 내 말에 고개를 기울이며 헤죽 웃었다. 그리고 말했다.

"미온 경, 때로는 살아남은 것이 죄악일 때도 있답니다아."

나는 소름이 오싹 끼쳤다. 왜냐하면 그런 무서운 말을 뱉는 그의 표정은 냉혹하거나 비장할 것도 없이, 그냥 웃고 있었기 때문이다.

"아무튼 이제 거래 성사된 거죠? 저 살려 주실 거죠오오?"

눈을 가늘게 뜨며 말하는 키스 경에게 '당신은 내가 안 죽여도 제명에 못 살 것 같아!' 라는 농담은, 정말 그렇게 될 것만 같아서 도저히 할 수 없었다. 그는 무슨 일이 있어도 죽지 않을 것같다가도 때로는 무슨 수를 써도 죽을 것처럼 위태롭다. 지금은 후자였다.

그때 거의 사냥개와 동일한 수준의 감각을 가진 키스가 인기척을 느꼈는지 슬쩍 문을 바라보며 말했다.

"아? 누가 왔나 보네요?"

그리고 노크 소리와 함께(어디선가 소리도 없이 나타난) 시종들이 문을 열어 주고는(또 어디론가 소리도 없이) 사라지는 것이었다.

나는 식은땀을 흘리며 이 '자동화 시스템'을 바라봤다. 아니 정말이지, 구석구석 따지고 보면 이 리더구트에 사는 사람들 하나같이 다 이상해!

문 앞에 나타난 유니폼의 청년은 전에도 설명한 적이 있는 왕실의 전령이었다.

"엔디미온 키리안 님, 계십니까?"

"아, 전데요?"

손가락으로 나를 가리키자 그가 사무적인 목소리로 말했다.

"헬스트 나이츠 본부에서 부기사단장 카론 샤펜투스 님께서 부르십니다."

11.

카론 경의 호출을 받은 나는 즉시 리더구트를 나왔다.

'음. 대체 무슨 일로 나를……'

카론 경의 심리 상태는 키스 경을 정반대로 돌려놓으면 답이 나온다.

즉, 키스 경이 맨날 한가하고 심심해서 바쁜 사람 부르듯이, 카론 경이 부를 때면 이유는 하나뿐이다.

'일이로군.'

최소한 식사 같이 하자고 부를 사람은 아니니까. 나는 나쁜 일만은 아니길 바라며 지나치게 길고 복잡한 왕궁 세아스말의 도로를 걷고 있었다.

"어머! 미오니아 양이네?"

사방에서 들려오는 소곤거리는 소리에 주변을 둘러보니 어느 틈인가 주변 사람들의 시선이 모두 나를 향해 있었다. 아니나 다를까, 내가 지나갈 때마다 주변의 귀부인이고 시녀고 나를 보며 재미있어 어쩔 줄 모른다는 표정들로 키득거리고 있는 것이 아닌가!

역시 왕실의 소문이란 엄청나게 빠르다. 입방아 좋아하고 남의 불행 좋아하는 왕실 식구들의 성격으로 봐서 한 몇 달 동안은 나 '미오니아'를 바라보는 눈이 음흉하게 웃고 있으리라. 제길! 누군 좋아서 한 줄 압니까! 나는 눈물을 흩뿌리며 빠른 걸음으로 카론 경에게 향했다.

마치 스캔들에 휘말린 연예인처럼 사람들의 위험천만한 시선을 피하며 노천카페 근처를 걷고 있을 때였다(거대한 왕궁 세아스 말에는 왕실 귀족만 이용할 수 있는 고급스러운 카페가 다섯 군데 있으며 그중 세 개는 살롱이고 나머지는 노천이다).

우아한 장미 넝쿨에 둘러싸여 있는 카페에서는 원두 볶는 냄새가 유혹처럼 흐르고 있었지만 귀족이 아닌 나로서는 그림의 떡이라서, 나는 심드렁한 표정으로 그곳을 지나가고 있었다. 그때 익숙한 목소리가 내 등을 찔렀다.

"이봐, 천민."

비웃음 한가득한 이 소리는 분명! 고개를 돌려보니 역시나 세상에서 제일 잘난 '귀족의 맛' 쇼메가 선글라스를 쓴 채 날 바라보고 있었다. 그리고 그 맞은편에는 외무대신이 아부에 눈이 먼 얼굴로 앉아 있었고, 뒤에는 큰 키의 미레일 경이 하얀 커피 잔을 들고 서 있었다.

"엔디미온이라고 했던가? 이 나라에 올 때마다 보게 되는군. 하긴 손바닥만 한 소국이니까 자주 보게 되는 것도 무리는 아니지."

마치 숨 쉬는 것처럼 자연스럽게 튀어 나오는 저놈의 빈정거림이 이젠 아주 귀엽기까지 하군! 혹시 내 인상이 쇼메에겐 '만날 때마다 한 번씩 괴롭혀 주지 않으면 미안한' 유형인가? 에이이! 그딴 관상학은 아무래도 좋아! 아무튼 당신 만날 때마다 좋은 일 벌어진 적이 한 번도 없어!

"그럼요. 여부가 있겠습니까. 소인도 왕세자님의 용안을 오늘만 두 번째로 뵙는 영광을 얻은걸요! 아아! 정말 기분 째지네요!"

나도 참 대단한 게, 쇼메와 사사건건 충돌하다 보니까 이제는 감히 왕족에게 바락바락 기어오르는 담력을 연마하게 되었다. 젠장, 달갑잖은 능력만 일취월장하는구만.(미레일 경은 원래 눈이 나쁘다니까 그렇다고 쳐도) 통쾌할 정도로 둔감한 쇼메는 선글라스를 벗으며 벌레를 씹은 것 같은 표정을 지었다.

"뭐? 네 녀석을 오늘 또 봤다고?"

"그 총명한 머리로 곰곰이 생각해 보시길!"

나는 감히 물러가도 좋다는 명령도 없이 먼저 휑하니 걸어갔다. 블룸버그 왕가라는 순도 100퍼센트의 럭셔리 혈통에 아이히만 대공에게 교육받은 비상한 머리에 마라넬로 황제에게 교육받은 무서운 배짱에 이자벨 님과 같은 엄청난 부하를 두고도 뭐가 불만이라서 저렇게 심사가 꼬였는지 알다가도 모를 일이다. 어렸을 때부터 빌헬름 국왕에게 둔한 녀석이라면서 맨날 두들겨 맞기라도 한 걸까.

'그건 그렇고 역시 또 일하러 왔군.'

테이블에 놓여 있던 문서는 잔뜩 적혀 있는 숫자로 봐서 아마 수출입 교역서인 것 같았다. 이 작은 나라 베르스로서는 이오타와의 무역이 끊어져 버리는 건 임금님이 거품 물고 쓰러질 비극이니까 쇼메의 비위를 맞추기 위해 외무대신이 설설 기는 것도 당연한 일이었다. 천하무적 아이히만 대공을 제외하면 사실 대외 관계에서 우리나라 관료들은 열심히 굽실거려야 하는 입장이다(그 스트레스 때문에 그토록 밑의 사람에게 거들먹거리는 것인지도 몰라).

나는 그렇다고(제 말마따나) 이런 소국과의 무역 때문에 일국의 왕자인 쇼메가 직접 올 것까진 없지 않느냐는 의문이 들었지만—그가 여기에 온 진짜 목적이 다른 데 있다는 걸 알게 된 것은 이후의 일이었다.

그리고 그 사실을 좀 더 일찍 알았다면 나는 쇼메를 지금보다 훨씬 더 괜찮은 사람이라고 생각했을 것이다.

12.

집무실 앞에서 나는 옷매무새를 다듬은 뒤에 노크를 했다.

"엔디미온 키리안입니다."

"들어와라."

문을 열자 차향, 잉크 냄새, 고풍스러운 종이 냄새가 몸을 적셨다. 묵묵히 펜촉을 잉크에 찍고 사각거리는 서류들을 분류하는 그의 모습은 마치 조향사 같았다.

은의 기사라는 명성에 환상을 품은 사람들은 그가 밤낮 검을 휘두르고 남자의 페로몬을 물씬 발산하며 납치된 귀부인을 구출하는 것 같은 낭만적인 일만 골라서 할 거라고 생각하지만, 실은 검보다 펜을 잡고 있는 시간이 훨씬 많고 취미는 미녀 구출이 아니라 독서이며 사건이 없을 때는 그의 업무도 거의 집무실 안에서 끝난다. 딱 잘라 말해서 잡일이다. 악당 소탕은커녕 '기사들에게 말안장을 하나 더 지급하고 후문 경비 초소의 근무 시간을 연장시키라'는 보고서 같은 걸 하루 종일 써야 하는 것이 그의 일이다.

전쟁이 일어난다면 희대의 전략가가 될지도 모를 저런 굉장한 인재를 그런 시시콜콜한 일에 써먹는 것도 엄청난 호사 취미(아니, 인력 낭비)겠지만 아무튼 이토록 건성건성 넘어가는 것 같은 왕실도 따지고 보면 카론 경 같은 사람들이 보이지 않는 곳에서 하루 종일 서류 더미 속에 파묻혀 있기 때문에 겨우겨우 돌아가는 셈이다.

만약 기사들이 모두 키스 경 같았다면 왕실 전체가 안락한 수면 속에 빠져 버리는 무척이나 곤란한 상황에 직면했을 것이다.

"무슨 생각을 하고 있나. 앉아라."

펜 끝으로 소파를 가리키는 그의 표정은 의외로 심각했다. 다른 사람이었다면 '하하, 드레스 입고 오지 않아서 실망하셨나요?'라는 실없는 농담이라도 건넸겠지만, 카론 경에게 그런 소리 해 봐야 '자네는 점점 더 키스에게 오염되고 있군'이라는 냉랭한 진단만 받을 게 뻔했기 때문에 나는 입 다물고 그의 앞에 앉았다. 나 때문에 심각한 것이 아니길 바랄 뿐이다.

"교황청으로부터의 처벌에 불만은 없나?"

"불만이 있을 리가요. 어쨌든 제가 종교의식을 망친 게 사실이고, 그 정도의 벌금형이라면 도리어 너무 가벼운걸요."

"가볍다고 생각하나?"

"네. 솔직히 이래도 괜찮나, 싶을 정도예요."

"그렇게 생각한다니 다행이로군."

엥? 다행? 카론 경은 테이블에 놓여 있는 서류 중에 하나를 내게 건넸다. 그것에는 왕실 인장이 찍혀 있었다.

"이거, 저한테 온 건가요?"

"읽어 봐라."

나는 불안한 표정으로 그 서류를 읽었다. 그 서류 하단에는 내 직책과 이름이 정확하게 적혀 있었고 또 상단에는 분명히……

나는 눈이 확 커졌다.

"또 벌금형에 처한다고!"

뭐야! 벌금은 이미 교황청에서 판결했잖아!

"왕실에서도 자네를 따로 처벌하기로 결정했다. 왕실의 권위를 실추시킨 죄도 있으니까."

"그, 그거야 그렇지만……."

이중처벌이라니! 엄청 쩨쩨하네요! 그렇게 생각하며 계속 서류를 읽던 나는 그 벌금액을 확인하자마자 뒤로 나자빠질 뻔했다. 아니, 누구라도 그럴걸?

"이, 이, 이게 뭐야아아! 십 년 동안 하루에 금화 10닢씩이라고오오오오!"

"그렇게 되었다."

나는 어버버버버 하는 표정으로 벌금 고지서와 카론 경을 번갈아 가면서 봤다.

1년은 365일, 그러니까 10년은 3,650일, 결론은 금화 36,500닢! 셀링으로 환산하는 것은 포기해도 좋은 환상의 액수!

하늘의 별이 이 정도로 많을까? 이 돈이면 나라도 세우겠어! 호스트일 때 내 몸값이 높긴 했지만, 이건 나를 열 번 팔아도 어림 반 푼어치도 없는 실로 하드코어한 벌금이었다.

"카, 카론 경. 이거 농담이죠? 그렇죠?"

"농담에 왕실 인장을 찍을 리가 있나. 전하께서 직접 내린 판결이다."

"이 망할 놈의 만두 장수!"

나는 나도 모르게 버럭 외치며 자리에서 일어났다. 정도라는 게 있다. 교황청도 한 달에 다섯 닢으로 만족했는데, 이놈의 국왕은 대체…… 이건 열심히 일해서 갚고 자시고 할 수 있는 수준이 아니었다.

일주일에 열 닢 정도라면 '아아, 전하! 이토록 가혹한 형벌을 내리시다니!'라면서 괴로워했겠지만 하루에 열 닢이라면 '우어어! 이 망할 임금! 너라면 이걸 내겠냐!'라면서 광분할 수밖에 없는 것이다.

이 판결은 말하자면 사형선고의 완곡한 표현이었다.

어처구니가 상실되어 버린 나는 충격과 공포로 빨갛게 달아오른 얼굴로 카론 경에게 매달렸다.

"카론 경, 너무해요! 제가 이런 돈을 낼 수 있을 리가 없잖아요!"

"그러게 누가 그런 짓 하라고 했나."

나, 남의 일이라고 엄청 비정하게 말씀하시는군요. 아아아, 어쩌라는 건가요. 나름대로 착실하게 살고 있다고 자부했는데, 여장 한 번 했다고 이 나이에 삼대를 갚아도 부족할 벌금이라니요. 이제 어차피 몇 권 안 남았으니까 막 나가자 이겁니까?

"엔디미온 경."

"……곧 죽을 사람 왜 부르십니까."

당신도 미워! 불의를 용서하지 못하는 정의의 히어로가 이렇게 공권력에 유린당하는 소시민을 모른 척하다니!

"역시 자네에게 그런 벌금은 무리겠지?"

"이건 마라넬로 황제가 아니면 누구에게나 무리한 액수라고요!"

그러자 카론 경이 기다렸다는 듯이 말했다.

"다른 방법이 있긴 한데…….."

"예?"

나는 깜짝 놀라 그를 바라봤다. 카론 경은 또 다른 서류를 집어 들었다. 이번에도 왕실 인장이 찍혀 있었다.

"전하께서는 자네가 그 벌금을 지불하기가 힘들 것을 걱정하셔서 다른 제안을 준비하셨다."

"다른…… 제안?"

"아까보다는 나을 거다."

나는 어떤 일이라도 그 가당찮은 벌금형보다는 나을 거라는 생각에 전하로부터의 서류를 읽어 내려갔다. 그리고 몇 번이나 다시 읽어 본 뒤에 나는 떨떠름한 표정으로 카론 경을 바라봤다.

"이게 대체 무슨 의미죠?"

"읽은 대로다."

"그러니까 번즈 교주라는 사람에게 가서 한 달 동안 봉사하면 제 죄를 사해 주겠다고요?"

"그렇다."

"무, 무슨 봉사인데요? 아니, 그보다 이 교주라는 사람이 누군지도……."

"가 보면 안다."

그러니까 그 엄청난 벌금을 없던 일로 해 주는 전하의 다른 제안은 너무도 간단한 것이었다.

(1) 번즈 교주에게 가서 한 달 동안 그와 함께 있을 것.

(2) 그가 무슨 일을 시키든 최선을 다해 그를 도울 것.

(3) 그가 무슨 일을 시키든 절대 거부하지 말 것.

피를 토하는 벌금에 비하면 너무 쉬워서 도리어 의심이 생기는 조건이었다. 그러니까 어디가 몹시 의심스럽냐 하면, '무슨 일을 시키든'이라는 부분이었다.

"그런데 번즈 교주라……. 어디서 많이 들어 봤는데……."

어디선가 들어 본 것 같은 이름이기에 나는 고개를 갸웃거렸다. 내 고객 중 교주는 없었으니까 옛 손님은 아닐 테고, 잘 기억이 안 나는 것으로 봐서 최근에 만난 사람도 아니고, 왕실에 오는 사람도 아니다. 게다가 교주라니, 그건 오르넬라 님 같은 사람이라는 의미일까…….

그때 눈이 퍼뜩 뜨였다.

"아아아아아아아아! 기억났다!"

"기억하지 못하는 편이 좋았을 텐데."

카론 경은 그렇게 말하며 한숨을 내쉬었다. 내 어찌 그 이름을 기억 못 할 수가 있을까!

"그 사람 사이비 교주잖아요!"

"사이비라는 증거는 없다."

아니, 사이비가 확실해. '내가 곧 신이니라. 나를 믿는 자만이 영생을 약속받는다!' 라는 실없는 소리를 지껄이면서 뒤로는 다단계 따위나 하는 놈이 사기꾼이 아니면 대체 뭐야!

"어, 어째서 전하가 번즈 교주에게 봉사하라고 저를……."

상식적으로 봐도 사이비 교주는 이른바 공공의 적! 국왕과 사이좋게 돕고 사는 사이일 수가 없다. 그 교주가 워낙 시시해서 교황청이 직접 나설 필요까지는 없다고 쳐도 적어도 국왕이 봉사하라고 왕실 기사를 파견할 이유는 전혀 없는 것이다.

나는 이 해괴한 현상에 답을 바라는 얼굴로 카론 경을 빤히 바라봤다. 그는 고개를 돌렸지만 나도 몸을 움직여 그의 시선을 따라갔다. 알고 있으면 뭔가 대답 좀 해 주세요!

결국 내 집요함에 지친 그가 '큭!' 하는 표정을 지으며 입을 열었다.

"사실 번즈 교주는…… 국왕 전하의 동생이다."

"……!"

"공식적인 혈통은 아니지만 어쨌든 왕실 직계 혈통을 이어 받은 분이니 공작 대우를 받는다고 할 수 있지."

"맙소사. 만두가 또 있었어."

두 형제가 한 명은 양지에서 또 한 명은 음지에서 서로 최선을 다하고 있었군! 아직 한 번도 본 적 없는 번즈 교주의 성격이 손에 잡힐 듯이 느껴졌다.

"번즈 교주는 예전부터 왕실 기사를 보내 달라고 전하께 부탁해 왔고, 보내 주지 않는다면 자신이 동생이라는 사실을 전국에 알리겠다고 협박까지 했다. 사이비 교주가 왕족이라는 것은 왕실 권위에 큰 타격을 입을 일이라서 전하는 무척 고민하셨지."

여, 역시 누가 임금님 동생 아니랄까 봐 엄청 뻔뻔해.

"그럼 그냥 왕실 기사 보내 주면 되지 않나요? 어려운 일은 아닐 것 같은데……."

"지금까지 번즈 교주에게 파견 나간 왕실 기사는 모두……."

"모, 모두 어떻게 되었죠?"

"한 명도 돌아온 사람이 없다."

두둥!

내 머릿속에서 '가면 죽어! 가면 죽어! 가면 죽어!'라는 코러스가 울려 퍼지고 있었다.

"결정해라, 엔디미온 경. 벌금을 낼 것인지 아니면 번즈 교주에게 갈 것인지."

"자, 자, 자, 잠깐만요!"

'이건 마치 화형당할래, 아니면 교수형당할래?'라는 선택과 다를 바가 없잖아! 순간 어떤 확신 하나가 내 머릿속을 때렸다.

나는 눈을 가늘게 뜨고 카론 경을 바라봤다.

"카론 경, 이거 처음부터 날 번즈 교주에게 보내려는 음모죠?"

"무, 무슨 말을 하는지 모르겠군."

카론 경은 대답을 피했지만 그의 얼굴이 그렇다고 말하고 있었다.

"그러니까 처음부터 말도 안 되는 벌금을 먹이고 이런 서류도 미리 준비해 둔 거고! 아무도 교주에게 가려고 하지 않아서 절 선택한 거잖아요!"

카론 경은 눈을 지그시 감으며 말했다.

"……난 모르는 일이다."

"너무해!"

이게 바로 공무원의 복지부동이란 말인가! 카론 경도 따지고 보면 무지 뻔뻔한 구석이 있어!

"번즈 교주도 사람을 잡아먹는 미치광이는 아니다. 너무 걱정할 것은……."

"그럼 카론 경도 같이 가요."

그 순간 카론 경이 움찔하는 모습을 나는 분명히 봤다. 마키시온의 대군 앞에서도 꿈쩍 않는 은의 기사가 번즈 교주에게는 겁을 먹고 있었다. 그는 식은땀을 흘리며 안경을 살짝 올려 썼다.

"나는 바빠서……."

"카론 경은 거기 가면 무슨 일이 생기는지 알고 있는 거죠?

알려 줘요!"

당신마저 궁지에 모는 사람을 내가 당해 낼 리가 없잖아!

"너무 걱정하진 말아라. 당장 가라는 것이 아니고 몇 달 후에 가면 되니까."

"지금 죽나 몇 달 후에 죽나 뭐가 다른가요? 간 사람은 아무도 돌아오지 못했다면서요!"

"그러니까 애당초 키스와 술 마시지 말라고 경고하지 않았나. 자업자득이다."

범죄자는 죽어라, 입니까! 임금님은 원래 그렇다 쳐도 카론 경마저 이렇게 비정할 줄은 몰랐어요! 예전에는 그 정도로 날 몰아세우지는 않았…… 아니 이거, 잠깐만.

"카론 경, 사실 내가 여장했던 것이 엄청나게 못마땅한 거죠? 그래서 이렇게 쌀쌀맞게……."

역시 그거였다. 카론 경은 드물게 내 말을 끊으며 참고 있던 불만을 단번에 폭발시켜 버렸다.

"그건 기사로서, 아니 남자로서 절대 해서는 안 되는 짓이었다. 대체 자네는 무슨 생각으로 살아가는 건가! 구제불능의 기사는 키스 하나로 족하다고 내가 누누이 말했는데!"

카론 경의 표정은 꼭 성경 사이에 끼어 있는 에로 사진을 봤을 때 같았다. 그러니까 해석하자면 신성한 성당 한가운데서 여장하는 녀석 따위는 사이비 교주에게 팔려가서 무슨 짓을 당하든 내 알 바 아냐!쯤 되는 건가. 정말 단단히 화났군.

아무리 그래도 그렇지! 나 같이 귀여운 후배가 사이비 교주에게 팔려 가는 걸 팔짱끼고 지켜보고만 있다니! 아니, 이쯤 되면 아예 임금님 편에 선 거잖아! 만두 형제 사이에서 고초를 겪는 제 모습을 그리도 보고 싶었던 겁니까!

나도 카론 경의 태도에 완전히 삐쳐 버려서 빈정거리고 말았다.

"카론 경도 그 남자의 수치를 해 본 적이 있으면서 엄청 떳떳하게 살고 계시네요. 나야 어차피 망가진 인생이지만 고결하신 은의 기사가 그랬다는 걸 음유시인들이 알면 눈물 나게 아름다운 시가 탄생하겠군요. 흥!"

"나는 한 게 아니라 당한 거다!"

"게다가 분명 저보다도 훨씬 아름다우셨던 걸로……."

그러자 카론 경은 황급히 서류를 들고 딴청을 피우며 중얼거렸다.

"무슨 소리를 하는 건지 전혀 모르겠군."

"기사도…… 어디다 팔아먹으셨나요."

용맹하고 도도한 은의 기사도 세월의 흔적 앞에선 한낱 방황하는 중생이구려. 하아, 이제 와 다 큰 어른 둘이서 여장을 했느니 당했느니 삿대질하면서 따져 봐야 기분만 더 울적해지는군.

상상조차 끔찍한 과거가 튀어나오자 카론 경은 몹시 기분이 상한 기색으로 무자비하게 서류에 도장을 찍었다.

"그럼 나는 자네가 교주에게 가는 것으로 알고 전하께 보고하겠다.”

“카, 카론 경 지금 엄청 감정적이라는 생각 안 드세요?”

“이상이다. 나가 보도록!”

“카론 겨어어어어어엉!”

13.

나는 이미 유령이 된 모습으로 스물스물 리더구트로 돌아왔다. 벽난로 앞에 쪼그려 앉아 불을 쬐던 키스가 방긋 웃으며 꼬리를 쳤다. 웃지 마! 모조리 다 네놈 때문이야!

“어머나, 미온 경. 꼭 사형선고라도 받은 얼굴이네요오?”

나는 끼이이이익 소리를 내며 목을 돌려 그를 바라보았다. 그리고 툭하고 말을 던졌다.

“번즈 교주.”

“흡!”

키스는 그 이름을 듣자마자 흑사병 환자라도 발견한 것처럼 와들와들 떨더니만 천천히 뒷걸음질 치며 사무실로 들어가 문을 쾅 닫고 자물쇠까지 탈칵 걸어 버리는 것이었다. 저 격렬한 반응은 대체…….

“……역시 엄청 위험한 일이었어.”

‘나는 그냥 기사 작위 따위 버리고 야반도주할까?’ 라는 생각마저 품으며 흐늘흐늘 2층으로 올라갔다. 그때 뭐가 신나는지 서로 낄낄거리며 내려오는 쇼탄, 루이 듀엣을 만났다.

"오호호. 미온 군. 소식 들었어. 그 빼어난 미모로 뭇 남자들의 애간장을 살살 녹였다며? 좋아! 그 기세로 나간다면 미스 베르스가 되는 것도 문제가 아니야! 아무렴, 사내라면 큰 꿈을 가져야지."

이것들은 정말 '남의 불행이 곧 나의 행복'이라는 신념으로 살아가고 있군. 그러나 지금만큼은 평소처럼 분노의 데들리 펀치를 날릴 여력이 없었다. 나는 어깨를 축 늘어트리며 한숨만 내쉬었다.

"왜 그런 표정이야? 누가 청혼이라도 했어?"

"번즈 교주."

"그게 누구야?"

"몇 달 후 날 잡아 먹을 사람."

"엥?"

나는 이들에게 처절한 응징을 해야 한다는 생각마저 잊고 흐늘흐늘 그들을 지나쳐 방으로 들어가 침대에 풀썩 쓰러졌다.

나날이 무럭무럭 커 가는 고양이들과 함께 침대 속에 들어가 있던 지스 군이 고개를 내밀며 말했다.

"왜 그래? 성당 일로 카론 경에게 혼난 거야?"

"지스킬 윈터차일드 경."

"응?"

"너는 절대로 술 많이 마시면 안 돼."

"지금 약 올리는 거야? 어차피 난 몸 때문에 술 못 먹어!"

사소한 일에도 울컥하는 그는 얼굴까지 붉히며 내게 베개를 던졌다. 확실히 지스는 태어날 때부터 부여받은 수많은 '결핍' 때문에 자신은 할 수 없는 것을 뭐든지 질투한다. 심지어는 음주조차도.

하지만 아무리 그런 지스라도 지금 내 상황만큼은 전혀 부럽지 않을 거라는 걸 나는 확신한다.

"못 마시면 더 좋고……."

나는 사그라지는 목소리로 그렇게 말하고는 주르륵 눈물을 흘렸다. 지나친 음주가 몸에 나쁜 이유는 자명하다. 일단 건강을 망치고 정신을 망치며 창피한 실수를 저지를 때도 있는 데다가…… 때로는 무시무시한 사이비 교주에게 팔려 갈 수도 있는 거다.

이 글을 읽는 분들도 꼭 기억해 줬으면 좋겠어요. 진심이에요.

제4화

해님달님 납치 사건

1.

그녀는 애써 다듬은 손톱이 다 망가질 정도로 손을 꼭 쥐었다. 나를 쏘아보던 그녀의 눈동자에 곧 물기가 어렸다. 나는 몹시 불편하고도 귀찮은 시선으로 눈물을 흘리는 그녀의 얼굴을 바라봤다. 그녀의 쉰 목소리가 귓가를 때렸다.

"결국 저를 지금까지 이용한 거예요? 절 사랑하지도 않으면서!"

나는 마치 걸인에게 동전을 던지듯 대꾸했다.

"하아, 사랑해. 널 사랑한다고 몇 번 말해야 알아듣겠어? 단지 너만 사랑하는 것이 아닐 뿐이야."

"그런 건 사랑이 아니에요!"

"저마다 사랑의 정의가 다른 법이니까. 할 말 끝났으면 이만 가 볼게."

나는 소매에 묻은 먼지를 신경질적으로 털어내며 건성으로 말했다. 난 고전적인 하얀 셔츠와 검은 정장을 입고 있었다. 그녀는 어깨를 가늘게 떨며 흐느꼈다.

"그 여자에게 가려는 거예요? 결국 당신이 바라는 건 돈뿐이로군요!"

나는 곧바로 쏘아붙였다. 애인과 맞이하는 결말은 항상 둘 중 하나다. 아름답거나 추한데 이건 후자였다. 결코 마음에 들지 않는 결말이지만 미적거릴 수는 없었다.

"다음에는 좀 더 사랑에 진지한 남자 사귀길 진심으로 바랄게. 그럼 이만."

난 싸늘한 이별의 말을 남기며 자리에서 일어났다. 하지만 더 이상 움직일 수는 없었다. 어느새 그녀가 꺼낸 단도가 나를 겨누고 있었기 때문이다. 나는 파랗게 질린 얼굴로 내 심장을 노려보는 칼끝을 바라봤다.

"바, 바보 같은 짓 하지 마. 진정해!"

"당신을 죽이고 싶지는 않아요. 계속 나와 함께해 주겠다고 말해 주세요."

그녀의 칼끝도 그녀의 눈동자도 그녀의 목소리도 이성 없는 분노로 떨리고 있었다.

"가, 같이 있을게. 그러니 이 칼 좀 치워 줘. 네 말대로 할 테니까……."

"거짓말!"

"저, 정말이야!"

"어째서 지금은 평소처럼 능숙하게 속이지 못하나요. 내 눈물 앞에서도 항상 날 속여 왔던 당신이 이 보잘것없는 단도 앞에서는 솔직한 표정을 보이는군요. 정말 날 한 번만이라도 사랑하긴 했나요?"

난 뒷걸음질 치며 애원하듯 말했다.

"사랑했어. 아, 아니 지금도 사랑해. 그러니까 그 칼을……."

그녀의 마른 뺨에 길고 투명한 눈물이 소리 없이 흘러내렸다. 그녀는 메마른 미소를 지었다. 그 웃음은 순수한 만큼 허망했다.

"거짓말이라도 고맙군요. 조금만 더 일찍 말해 줬으면 속았을 지도 몰라요."

"잠깐!"

그녀는 절벽으로 내달리는 것처럼 나를 덮쳤고 파랗게 질린 칼끝이 내 몸을 파고들었다. 셔츠를 타고 피가 흘러내렸다. 하지만 고통은 없었다. 왜냐하면…… 어차피 무대용 소품이니까! 뭐 그런 거 있지 않나. 사실은 칼날이 들어가는 구조로 되어 있어서 상대를 찌르면 속에 있는 피가 터져 나온다든가 하는 것. 좀 더 리얼한 연극을 위해 고심하던 어떤 연출가가 만들었을 법한 그런 가짜 칼 말이다.

푸아아아아악!

소름끼치는 소리와 함께 과도한 양의 가짜 피가 터지는 바람에 인상을 찡그린 나는 떨리는 두 팔로 그녀를 품으며 그다지 꺼내기 싫은 마지막 대사를 읊었다.

"이제야 당신의 사랑을 알았어. 내가 바보 같았어. 날 용서해 줘."

"괜찮아요. 나도 곧 당신을 따라갈게요."

"아아아! 에밀리!"

"아아아! 시몬느!"

'그러니까 어째서 엔딩이 이렇게 되는 거냐고!' 라는 불만을 품기도 전에 그녀가 다리를 걸어 나를 넘어트렸고 나는 온몸으로 엎어지며 그녀 밑에 깔려 버렸다. 그리고 곧 우렁찬 박수 소리와 환호성이 들렸다.

"브라보! 브라보!"

그리고 연극의 끝을 알리는 장중한 음악 소리와 함께 천천히 보라색 막이 내려왔다. 방금 전까지만 해도 바람둥이에게 버림받은 비운의 여자 에밀리였던 베르스의 인기 여배우 라크르와 님은 막이 내려가자마자 평소의 성격으로 돌아와서는 내 위에 올라탄 채 내 코끝에 촉촉한 입술을 맞췄다.

"미온, 훌륭했어. 정말 여자 많이 울려 본 사람 같던데? 경험 있나 봐?"

"이, 이런 경험을 해 봤을 리가 없잖아요."

애인을 헌신짝처럼 차 버렸다가 그녀에게 칼을 맞고 죽음 직전에 개과천선한다는 지나치게 판타스틱한 경험 같은 건 평생해 볼 도리가 없을 것이다.

"아무리 끝이 좋으면 다 좋은 거라지만…… 이 연극, 정말 황당해요."

"황당하니까 연극이 되는 거야."

그녀가 내 금발을 쓸어 넘기며 짓궂게 말했다. 내가 여전히 납득하지 못한 표정을 보이자 그녀는 내 가슴에 두 손을 올리고는 나를 내려다보았다. 몽마(夢魔)가 실존한다면 분명 이런 모습이리라. 나는 정기를 빨아 먹히지 않기 위해 빨개진 얼굴을 돌렸다.

그녀가 무대 밖을 턱으로 가리키며 말했다.

"저 박수 소리 들리지?"

"네."

"다 그런 거야."

그녀는 고양이처럼 웃으며 마침표를 찍었다. 그녀는 내가 처음 호스트를 했던 나이에 이미 세계적인 여배우였다. 그렇게 오랜 시간 대중연극의 산전수전을 다 겪은 그녀의 결론이 '다 그런 거야'라면 그것도 좀 슬프지만—이상하게도 그 말은 연극처럼 황당하게 들리지 않았다.

"그건 그렇고…… 이제 좀 비켜 주실래요?"

생각보다 무거우시네요, 라는 말은 속으로 삼키며 나는 난감한 웃음을 보였다. 밖에서는 여전히 박수 소리가 끝이질 않았다.

2.

분장실로 돌아오자마자 그녀는 미리 준비해 둔 차가운 홍차를 마시고는 훌러덩훌러덩 무대복을 벗어 던졌다. 실크로 된 속옷이 보여 황급히 고개를 돌렸지만 또 그쪽에도 거울이 있어서 결국 눈을 감는 수밖에 없었다.

특별히 나를 유혹하려고 그러는 것이 아니라 성격 자체가 '속옷 좀 보이면 어때?'라는 건 알고 있지만, 나 또한 '다 큰 처녀가 남자 앞에서!'라는 성격이라서 신경 안 쓰일 수가 없었다.

"하아. 왜 저를 지명하셨나 했더니……."

"후후. 내 상대 남자 배우가 영 마음에 안 들던 참에 네 생각이 나지 뭐야? 아, 내 바지 좀 집어 줘."

"여기요. 그런데 바람둥이 역할로 제가 떠올랐다니 뭔가 좀 섭섭하네요."

이래 봬도 일편단심인데!

"본래 연기라는 건 자기와 정반대의 역할을 맡았을 때 잘하는 거야. 어차피 아는 게 없으니까 아무 걱정 없이 질러 버릴 수 있거든."

궤변 같았지만 한편 사실이기도 했다. 너무 많이 아는 사람에겐 환상이랄 것이 없다. 에이이, 이런 건 말도 안 돼, 라는 생각이 드는 순간부터 도저히 관객을 자극하는 판타지 같은 건 떠오르지 않는 것이다.

일단 나도 스왈로우 나이츠에 들어가기 전까지는 '기사란 꿩장하겠지?' 라는 '모두의 환상'을 멋대로 품었지만 지금은 하루 종일 서류더미에 묻혀 있는 카론 경만 봐도 '다 그런 거지' 라는 생각이 든다(물론 아침부터 소파에서 비비적거리는 키스 경에 대해서는 '어째서 그런 거야!' 라는 생각을 지울 수가 없지만!).

"아하하. 그럼 라크르와 님이 항상 사랑에 빠진 여자 역할만 하는 이유도 실은……."

"응. 난 한 번도 누굴 사랑한 적이 없기 때문이야."

"노, 농담이었는데요."

그녀가 주저 없이 대답하는 바람에 내가 더 무안해져 버렸다. 옷을 다 갈아입은 그녀는 남은 홍차를 모두 맛있게 마시고는 거울을 보며 얼굴을 다듬었다. 그녀의 시선은 거울에 반사된 내 얼굴을 향해 있었다.

"하지만 이것도 이제 끝이야."

"네?"

"오늘 공연이 내 은퇴 공연. 갑작스럽지만."

"저, 정말 갑작스럽네요."

관객들이 이 사실을 알면 폭동이 일어날걸요? 그런데 그 의미는 이제 누굴 사랑하게 되었다?

"나 결혼할 거야. 사랑하는 남자 생겼어. 내 나이만 한 딸이 있는 이혼남이긴 하지만…… 뭐, 괜찮아!"

아까 은퇴한다는 말을 들었을 때 한 대 얻어맞은 기분이었다면, 지금은 마구 두드려 맞은 기분에 가까웠다. 인기 절정의 여배우가 애인을 만나 은퇴를 하는데 그 애인이 예상컨대 최소 오십 대는 넘을 것 같은 이혼남? 게다가 자기만 한 딸이 있는?

만약 이게 연극이었다면 평론가들로부터 현실성이 심각하게 부족하다는 혹평을 받았을 것이다.

"미온, 내게 사랑이라는 것은 사막에 내리는 눈과 같아. 평생 한 번 내리는 것도 행운이라고 예전부터 생각해 왔어. 그런데 그 눈이 내리기 시작했고, 난 너무 반가워서 맨발로 눈 내리는 사막 위를 지칠 때까지 뛰어 다녀야겠다는 생각 외에는 아무것도 떠오르지 않아. 상대가 누구든 일일이 체면 지켜 가면서 사랑할 수가 없는 거야."

나는 뭐라고 걱정해 주려다가 입을 다물었다. 평범하지 못한 사랑을 옹호하려는 건 아니지만, 모범적인 사랑이 아니라고 꼭 세상천지에서 근절되어야 하는 것은 아니니까. 아니, 사랑하는 상대가 평범하지 않다고 해서 '아, 남들이 보기에 창피해'라면서 아닌 척하는 것이 훨씬 덜 모범적이다.

사랑은 지극히 개인적인 교감이고, 가끔 그 교감이 엉뚱한 곳과 이어진다고 한들, 어떻게 멈출 방법도 없는 것이다. 나 역시도 이제는 어디에 어떤 모습으로 살고 있는지도 모르는 '그녀'

에게 여전히 매달리고 있지 않던가. 어른스럽지 못하기로 따지면 나나 라크르와 님이나 오십보백보다.

"그래도 이렇게 쌓아 올린 연극 일을 하루아침에 그만둔다는 것은 좀 놀랍네요. 같이 병행하는 것도 나쁘지는……."

"싫어. 이제 연극 같은 건 눈에도 안 들어와."

"하아. 그러다가 사랑이 식으면요?"

"그럼 그때 가서 울면 돼."

"맙소사!"

라크르와 님의 표정에서는 자신의 모든 명성과 여배우의 경력을 포기하고 그 대신 자기 아버지 나이대의 애인과 대중들의 비난을 얻는다는 것에 대해 조금의 두려움도 찾아볼 수 없었다.

"어떻게 살더라도 누군가에게는 비난받기 마련이야. 그럴 바엔 처음부터 나한테 솔직하게 살고 싶어."

그것은 자신에 대한 구차한 변명이라고 하기에는 너무도 단호했다. 그녀는 입버릇으로 자기 말을 마무리했다.

"다 그런 거야."

3.

지명을 마친 나는 관객들이 거의 폭도로 돌변한 극장을 빠져나왔다. 결국 라크르와 님은 은퇴와 결혼을 발표한 것이다. 숭배란 배신당했다고 생각될 때 그 숭배의 크기만큼 분노로 돌변하기 마련이니까.

비난받는 것이 무서워서 사랑하는 마음을 애써 무시하고 계속 연극을 하는 것과 이 세상의 비난을 한 몸에 받으면서 사랑 외엔 모조리 포기해 버리는 것, 뭐가 더 긍정적인 것인지 도저히 답은 없겠지만, 적어도 그녀는 후자가 전적으로 옳다고 생각한 것이다. 사랑을 무서워하기보다는 무서운 사랑을 택했다.

유아적이다, 그런 건 사랑이 아냐, 라고 비난하는 사람은 얼마든지 있겠지만 나는 그래도 그녀를 응원하련다.

순간 나는 내 등 뒤에서 엄청난 속력으로 달려오는 시커먼 마차를 보고는 비명을 내질렀다.

"우아아아앗!"

도대체 상식이 있는 거냐! 하마터면 치여 죽을 뻔했잖아!

가까스로 피하는 것에는 성공했지만 결국 파도 같은 흙탕물이 나를 덮쳐 깨끗한 내 바지에 잔뜩 얼룩이 생겨 버렸다. 이럴 때는 당연히 '이런 망할!' 이라는 욕설이 나오는 게 순서지만, 나는 아무 말도 하지 못했다. 왜냐하면 달리는 마차의 커튼 틈으로 아주 익숙한 얼굴을 봤던 것이다.

거의 부지불식간에 스쳐 지나간 터라 제대로 본 것은 아니지만 그 창백한 얼굴은 분명 내가 잘 아는 분의 것이었다. 또한 여기 있어서는 안 되는 분이기도 했다.

"……제냐 공주님?"

나는 이미 거리 끝으로 사라져 가는 마차를 멍하니 바라보며 중얼거렸다. 믿을 수는 없지만 그 창백하게 질려 있는 작은 얼굴은 분명 제냐 공주님이었다. 하지만 나는 곧 고개를 저었다.

"설마!"

잘못 본 거겠지. 이곳은 베르스 남부의 끝자락이다. 이런 곳으로 왕족이 행차할 일은 아무리 머리를 굴려 봐도 없었다. 설령 온다고 하더라도 거창한 근위대가 병정개미들처럼 잔뜩 달라붙어 있어야 정상이다. 저런 마차 하나만 달랑 타고 돌아다닐 경우는 절대로 없는 것이다.

나는 '최근 몸이 허해졌나. 헛것이 다 보이네'라고 늙어 버린 푸념을 늘어놓으며 역으로 향했다.

4.

라크르와 님의 은퇴와 결혼 소식은 삽시간에 퍼져 나가 기차역마저도 어수선하게 만들었다. 사람들은 하나같이 도무지 이해가 안 간다, 머리가 나쁜 여자, 돈을 너무 많이 벌어 정신이 이상하게 되었다, 자신을 홍보하기 위한 계략일 뿐 등등의 멋대로 판단하는 말들을 늘어놓고 있었다.

그리고 그들은 열차를 타고 전국으로 퍼져 나가 또 멋대로의 소문들을 전염병처럼 불려 나갈 것이다.

라크르와 님은 이런 대중들에게 질려 버린 것이 아닐까. 맘대로들 떠들어, 그래도 나는 변하지 않아, 라고 외치고는 백발의 애인과 함께 웨딩드레스를 입고 어디론가 먼 곳으로 신나게 달려가고 있을 것이다.

'정말 제멋대로라니까.'

나는 푸념과 부러움을 섞어 설레설레 고개를 흔들고는 열차에 올라탔다.

5.

나는 지금 생선 가시가 목에 걸린 기분이었다. 그 생선 가시가 뭐냐 하면, 아까 스쳐 지나간 제냐 공주님의 모습이었다. 이런 곳에서 혼자 마차를 타고 있을 일은 절대 없다는 걸 알면서도 왠지 그 모습이 잊히질 않아서 여간 불편한 게 아니었던 것이다.

그렇다고 비싼 돈 주고 왕실과 텔레마코스를 해서는 '공주님 잘 계시죠?' 라고 물어보는 것도 바보 같은 짓 같아서 나는 창밖을 보며 찜찜한 기분만 삭일 수밖에 없었다.

그때 뭔가 불유쾌하기도 하고 익숙하기도 한 뜨끈한 감촉에 오싹한 기분이 들어 고개를 돌렸다. 전에도 말했지만 왕실에서 지급하는 열차표는 모두 2인실이다.

그래서 내 맞은편에는 목이 부러질 정도로 굵직한 목걸이들을 주렁주렁 매달고 있는 모습이 무척이나 토속적인 중년의 귀부인께서 앉아 있었다. 그리고 현재 내 얼굴만 한 그분의 손바닥이 내 허벅지를 타고 맹렬하게 질주하는 중이었다. 적어도 내 허벅지에 붙어 있는 모기를 떼어 주기 위해 이러는 건 아니리라.

"자, 잠깐 바람 좀 쐬고 오겠습니다!"

나는 용수철처럼 벌떡 일어서서는 황급히 밖으로 나갔다. 후우, 위기일발이었어. '이러시면 아니 됩니다'로 포기할 타입이 아니었다고. 너무 무서워서 나도 모르게 면상을 후려칠 뻔했어.

'뭐 잘됐네.'

'제냐 공주님' 덕분에 마음도 불편했고, 다시 방에 들어가서 건장한 귀부인의 사랑을 듬뿍 받고 싶은 생각도 없으니까. 나는 바람도 쐴 겸 식당 칸으로 향했다. 그런데 열차 맨 앞 량에 있는 식당 칸으로 가면 갈수록 이상한 광경을 목격했다.

검을 차고 있는 기사들이 서로 숙덕거리며 통로를 부산하게 움직이고 있었던 것이다. 기사들마저 라크르와 님의 은퇴 소식에 패닉 상태에 빠진 것은 아닐 테고, 일단 나도 기사라서 나는 턱수염을 멋지게 기른 사내를 붙잡고 물었다.

"저는 스왈로우 나이츠의 기사입니다만, 무슨 일이 생긴 겁니까?"

"기사? 그렇게는 안 보이는데?"

역시 또 이 패턴이로군. 나는 '믿음을 가지세요!'라고 소리치는 대신 이렇게 말했다.

"왕궁 후문에서 본당까지 표지판만 믿고 가다가는 십중팔구 길을 잃는다!"

"엇! 정말 왕실 기사신가?"

그렇다. 나도 내 나름대로 머리를 짜내서 내가 이래 봬도 왕실 기사라는 '증거'를 만들어 낸 것이었다. 왕궁 내부가 미로처럼 복잡하고 표지판 또한 엉망진창이라서 처음 왕실에 들어온 사람들은 그 속에서 미아가 되고 만다는 끔찍한 현실은 왕실 사람만 알고 있는 사실이다(실제 본궁으로 가는 표지판을 계속 따라가다 보면 결국 막다른 벽이 나오고, 누가 그 벽에 '처음 왔던 자리로 돌아가시오'라고 친절하게 써 놨다. 우리 왕궁에 단 한 번도 자객이 찾아오지 못한 이유도 이것 때문인 것 같다).

어쨌든 내가 왕실 기사라는 걸 알게 된 턱수염의 남자는 무척이나 조심스럽게 내 귀에 대고 속삭였다.

"지금 왕실이 난리요. 아직 공개적으로 발표하지는 않았지만 왕자님과 공주님이 악투르 놈들에게 납치되었소."

그는 그 이후에도 뭐라고 더 말하는 것 같았지만 내 귀에는 더이상 아무것도 들어오지 않았다. 덜컹덜컹거리는 규칙적인 열차 소음만 이상토록 커다랗게 머리를 울렸다.

어째서 예상하지 못한 거지. 왕족이 경호도 없이 쏜살같이 달리는 마차 안에 타고 있을 경우는 딱 하나뿐인 것이다. 그는 계속 푸념 섞인 말을 토해 내고 있었다.

"대체 경호를 어떻게 했기에 이 나라 한복판에서 왕족이 납치

될……."

나는 어떤 힘에 이끌린 듯이 창가로 달려가 손을 뻗었다. 곧 내 손에 굵직한 줄이 잡혔다. 직접 차장한테 가서 열차를 멈추라고 말할 시간이 없다. 나는 생각할 것도 없이 긴급 제동장치를 힘껏 당겼다.

"지, 지금 뭐하는 짓…… 우아아악!"

순식간에 열차가 급정차하며 불꽃을 뿜는 바퀴에서 격렬한 굉음이 터졌다. 뒤틀린 관성이 식당 칸 주방에 쌓여 있던 수많은 접시들을 단번에 바닥으로 집어던졌다. 통로에 있던 기사들은 사방으로 쓰러졌고, 고상한 귀족 나리들 역시 비명을 지르며 바닥을 굴러야 했다.

나는 뭐라고 소리치는 기사를 뒤로한 채 곧바로 통로를 뛰어 화물칸으로 달렸다.

"여기는 출입 금지입니다!"

화물칸을 지키던 승무원이 나를 가로막았다. 값비싼 말들은 열차로 운송하기 마련이다. 이곳에도 말 서너 필이 고이 모셔져 있었다. 나는 비장한 표정으로 승무원에게 외쳤다.

"나는 임무를 수행 중인 왕실 기사입니다! 지금 전시체제에 준(準)하는 긴급 상황이 발령(發令)되어 왕실 특별 명령 4호에 의거(依據), 이곳에 있는 준마(駿馬)를 군마(軍馬)로써 징발(徵發)합니다!"

"특별 명령 4호! 그런 말 들어 본 적도 없는데!"

당연하지! 지금 내가 지어 낸 말이니까! 에이이! 노닥거릴 시
간 없어요!

나는 공권력을 빙자한 사기에 당황하는 승무원을 놔두고 말을
묶어 둔 줄을 푼 뒤에 화물칸의 문을 열었다. 가까스로 정신을
차린 승무원이 말에 올라타는 나를 제지했다.

"아, 안 됩니다! 그 말은 백작께서 끔찍이 아끼시는 고귀한 혈
통의 말입니다!"

시끄러워요! 지금은 고귀한 혈통의 인간이 납치된 상황이라
고!

"그건 이 말이 빠르다는 의미겠죠?"

"물론 빠르죠. 경주마니까."

"백작께 전해 주세요! 이 나라를 구하는 데 큰 도움이 되셨다
고!"

"잠깐만!"

나는 곧바로 박차를 가하며 열차에서 뛰어내렸다.

"백작 나리께서 알면 죽이려고 들 겁니다! 이름이라도 알려
주세요!"

"키스 세자르!"

나는 그렇게 소리치며 떠나온 도시를 향해 달리기 시작했다.

6.

이름 모를 백작의 애마는 '카론 주니어' 만큼은 아니지만 그래도 엄청난 빠르기로 10여 분 만에 나를 도시로 데려다 주었다. 도시는 라크르와 님의 은퇴 소식 외에는 아무런 관심도 없는 것 같았다.

나는 '결혼 취소해라!' 라는 피켓을 들고 시위하는 군중들 사이를 헤집고 겨우 텔레마코스 센터에 도착할 수 있었다. 나는 감색 제복의 텔레레이디 앞에서 두 손을 탕 내리치며 숨 가쁜 목소리로 외쳤다.

"당장 왕실과 연결해 주세요! 요금은 수신자 부담!"

"……그런 것, 안 되는데요."

나는 경계 섞인 얼굴로 나를 바라보고 있는 센터 주인을 향해 능숙한 미소를 보였다.

"그렇다면 돈 주고도 못 사는 혈통 좋은 백마에는 관심이 있으신가요?"

7.

"왕실에 접속하겠습니다."

그 백작 누군지 모르겠지만, 왕족 납치 사건 해결에 크나큰 공헌을 한 것으로 표창을 받게 되리라. 그러니까 일단 왕자님과 공주님을 구하고 나서!

내가 그녀와 손을 잡자 왕실과의 핫라인이 곧바로 이어졌다. 연결된 곳은 헬스트 나이츠 본부였다. 연결이 되자마자 나는 다급한 목소리로 외쳤다.

『카론 경을 바꿔 주세요!』

이런 사태가 터졌을 때 가장 믿을 수 있고 또 가장 빠르게 사건을 추리할 수 있는 사람이 바로 카론 경이라는 것은 지당한 사실이다. 하지만 이번에도 문제는 그 단계였다.

『넌 스왈로우 나이츠? 지금은 카론 경과 연락할 상황이 아니다! 귀찮게 하지 말고 끊어!』

『왕족 납치에 대한 중요한 정보가 있는데도 말입니까?』

커다랗게 소리치던 우락부락한 기사 녀석은 내 말에 곧바로 입을 다물었다. 그리고 의심 가득한 표정으로 말했다.

『네 녀석이 납치 사건에 대해 어떻게 알고 있는 거지?』

『지금 그게 중요한 게 아니에요! 당장 카론 경을 바꿔 줘요!』

『너 수상한데, 혹시 납치 사건에 가담한 거 아냐?』

울컥! 그 우둔한 머리로 뭔가 추리하려고 하지 마!

『아무튼 당장 왕실로 귀환해. 하고 싶은 말이 있으면 정식으로 보고서를 작성해서 올려라. 네놈은 그런 기본적인 절차도 모르는 거냐!』

그 짧은 말은 꽤 오래 버틸 줄 알았던 내 인내심을 단번에 고

갈시켜 버렸다.

『보고서 따위가 납치범을 잡을 수 있을 리가 없잖아! 30분 전 이곳에서 검은 마차에 납치되어 있는 제냐 공주님을 봤단 말야! 지금 관문 봉쇄 명령을 내리면 잡을 수 있어! 닥치고 카론 경이나 바꿔! 이 머저리!』

『뭐? 네놈이 공주님을 봤다고? 그걸 어떻게 믿어!』

『그걸 어떻게 의심해!』

『흥. 공을 세우려고 있지도 않은 말을 지껄이는군. 왕자님과 공주님은 이미 납치되어 악투르 왕국에 있다는 명확한 분석을 내렸다. 거기 있을 리가 없잖아!』

『틀린 분석이야! 아직 이 나라 안에 있다고!』

『스왈로우 나이츠의 말은 신용할 수 없다.』

나는 입술을 꽉 깨물었다. 확실한 현장 정보보다도 그 근원을 알 수 없는 분석이 우선이라는 말인가?

『그 명확한 분석, 출처가 어디지?』

『네놈에게 알려 줄 이유는 없다!』

나는 불행하게도 아이히만 대공이나 위고르 공이 해외 출국 중이라는 사실을 기억해 냈다. 그러니까 나머지 잘난 관료들이 테이블에 모여 앉아 자기들끼리 주먹구구식으로 내린 결론일 것이 뻔하다. '음, 역시 지금쯤 악투르에 있지 않을까?' 라는 뜬구름 잡는 말 따위를 꺼내 놓고는 '명확한' 이라고 표현하는 것이다. 나는 비장의 카드를 썼다.

『만약 내 말을 무시해서 문제가 생기면 모조리 네 녀석 책임이라고 할 거야. 감봉 정도로는 끝나지 않을 거라고!』

『무, 무슨 협박을 하는 거냐!』

공무원들은 '책임'이라는 단어를 '해고'라는 단어 다음으로 싫어한다. 그가 뒤로 물러서자 나는 곧바로 한 걸음 다가섰다.

『그러니까 당장 카론 경을 바꾸라고!』

『카론 경은 지금 이곳에 없다. 사건 수사 때문에 왕실 밖으로……』

나는 눈을 꽉 감았다. 그럼 그렇다고 일찍 말하란 말이야! 화가 치밀어서 가슴이 불타 버리는 것 같았다. 지금 왕실은 편한 곳에 앉아 탁상공론을 늘어놓고 있고 카론 경은 없다.

『아무튼 당장 왕실로 귀환해! 납치 사건에 대해 알고 있는 게 정말 수상해. 내가 직접 너를 심문해서……』

나는 짜내듯이 말했다.

『한 가지만 묻자.』

『뭐?』

『구하고 싶은 생각이 있긴 있는 거냐!』

나는 커다랗게 소리친 뒤에 텔레마코싱을 끊었다. 첫 단추부터 엉망진창이자 나는 뭐라고 투덜거리며 테이블에 머리를 콩콩 때렸다.

카론 경이 없다. 이런 사태가 벌어졌을 때 왕실에서 유일하게 의지할 수 있는 사람과 연결이 안 되는 것이다. 그때 내가 너무 꽉 잡은 탓에 자국이 남은 손을 매만지고 있던 텔레레이디가 말했다.

"정말로…… 지금 왕자님과 공주님이 납치된 거예요?"

"저도 믿고 싶지 않지만 사실입니다. 게다가 왕실은 완전히 헛다리 짚고 있고요. 카론 경은 없고……."

"마차가 어디로 갔는데요?"

"몰라요. 남쪽으로 갔다는 것밖에는. 남쪽이라면 곧바로 악투르로 넘어가겠죠."

당연한 일이다. 납치범들이 베르스에 온 김에 관광이라도 하려는 게 아니라면 곧바로 국경을 넘어 악투르로 갔겠지. 알다시피 악투르 왕국은 '적진'이기 때문에 그곳으로 가 버리면 일단 손 쓸 방법이 없어진다. 그러니까 구할 기회는 지금뿐인데, 왕실은 '이미 넘어갔어.'라는 생각이나 하고 있다니!

그때 텔레레이디가 너무도 태연한 목소리로 말했다.

"아닐걸요?"

나는 천천히 고개를 들어 그녀를 바라봤다. 그녀가 말했다.

"제가 이곳 사람이라서 잘 아는데, 악투르 왕국으로 가는 건 낮에는 감시 때문에 힘들어요. 국경을 넘는 건, 밤에 이뤄지거든요."

"계속 말해 주세요."

"그래서 몰래 악투르로 넘어갈 사람들은 일단 그 부근의 작은 도시에 머물게 되죠."

"거기가 어디죠?"

"모르그덴. 여기보다 남쪽에 있는 도시는 그곳 하나예요."

모르그덴…… 나는 표정 잃은 얼굴로 그 이름을 중얼거렸다.

8.

그녀에게 들은 남쪽 끝의 도시 모르그덴은 지도에는 없는 곳이었다. 말하자면 정식으로 관리나 영주가 있는 통치 구역이 아니라 자생적으로 발생한 일종의 군락(群落) 같은 곳.

대관절 무슨 필요충분조건 때문에 그런 곳이 생겼냐 하면, 밀수, 밀매나 불법적인 노예 거래 따위를 좀 더 체계적으로 하고 싶은 부지런한 범죄자들의 욕망 때문이리라.

아무리 음식점도 서로 모여 있는 곳이 더 잘 되기 마련이라지만, 뻔뻔하게시리 범죄자들의 연합체라니! 그럼 앞집 이웃은 은행 강도, 옆집 청년은 탈옥수, 뒷집 아줌마는 사기꾼, 자신은 밀수범 정도 되는 곳이라는 의미잖아! 허허, '그것 참 보기 좋게들 옹기종기 모여 사시네요……' 라는 말은 때려죽여도 못 하겠어!

모르그덴은 정말이지 이 나라의 치안이 얼마나 황송한 수준인지 알 수 있는 극명한 증거였다.

"이 타락의 성전 어디에 왕자님과 공주님이 잡혀 있담."

센터 주인에게 사정한 끝에 돌려받은 예의 백마를 타고 모르그덴에 도착한 나는 주변의 심란한 풍경을 두리번거렸다. 이곳의 풍경은 어째서 '모르그덴에 온 것을 환영합니다'라는 흔해 빠진 표지판 하나 없는 거지, 라고 궁금해할 만한 수준이 아니었다.

당장이라도 무너질 것 같은 건물들은 마치 뒷마당에 제멋대로 자라난 버섯들처럼 듬성듬성 솟아 있어 애당초 도로라는 건 존재하지도 않았고, 그 틈바구니를 돌아다니는 사람들은 대낮부터 술에 취한 부랑자거나, 소녀에 가까운 여자들을 줄로 묶고 끌고 다니는 포주거나, 한 패거리씩 몰려다니는 질 나쁜 건달들이거나, 돈만 주면 아무나 죽여 줄 것 같은 칼잡이들이거나 그것도 아니라면 퀭한 눈으로 상자를 들고 다니는 노예들이 전부였다.

이 세상의 끝은 지옥과 연결되어 있다는 말이 있는데, 그렇다면 그 끝은 여기가 아닐까 하는 생각마저 들었다.

'세상에, 이런 곳이 우리나라에 있을 줄은.'

그리고 지금 이곳에 왕자님과 공주님이 잡혀 있다니!

그때 히히힝거리며 등 뒤의 백마가 우는 소리가 들렸다. 깜짝 놀라 돌아보니까 어떤 시커먼 놈이 내가 타고 온 말에 올라타서는 자기 것인 양 달리고 있는 것이 아닌가!

"거기 서!"

라고 바람처럼 달리는 백마의 뒤꽁무니를 향해 외치는 짓도 바보 같아서 나는 고개를 꺾으며 중얼거렸다.

"……백작 나리, 미안해요."

백작이 이 사실을 알면 죽이려고 들겠구나…… 그러니까 키스
경을.

나는 문득 멍하니 하늘을 바라봤다. 지금 키스 경이 옆에 있으
면 정말 든든할 텐데.

"에이이이! 쓸데없는 넋두리!"

나는 세차게 도리질 쳤다. 어차피 그 인간은 지금도 자고 있을
거 아냐! 하루 18시간을 잠들어야 겨우겨우 기운이 나는 효율
빵점의 코알라한테 뭘 기대를 하겠어!

나는 괜히 화가 나서는 지도에도 없는 도시, 모르그덴으로 걸
어 들어갔다.

9.

아니, 들어가려고 했다. 그런데 이 축축한 도시로 몇 발자국
들어서자마자 곧바로 어슬렁거리던 녀석들이 사방에서 모여드
는 것이 아닌가. 꼭 식충식물에 갇혀 버린 기분이다. 적어도 내
가 온 것을 환영하기 위한 도시의 홍보 도우미들은 아니리라.

'젠장! 이런 실수를!'

너무 급박한 상황이라서 중대한 사항을 깜빡하다니. 엉덩이까
지 오는 내 긴 금발과 하얀 피부와 가느다란 이목구비와 고급스
러워 보이는 옷. 모조리 다 이곳에서는 '제발 날 잡아잡수' 라는

광고판이나 다름없다는 걸 잊고 있었던 것이다.

그들은 도토리에 반응한 다람쥐처럼 내 주변으로 몰려들었다, 라고 표현한다면 조금은 이 험악한 상황이 귀엽게 보일라나?

그들은 기분 나쁘게 이죽거리며 사방에서 나를 훑어봤다.

"여어, 이거 너무 눈 부셔서 똑바로 바라볼 수가 없는데?"

그럼 감고 있어!

"이런 아리따운 여인께서 여긴 어인 일로 오셨나?"

"나, 남자입니다만!"

"큭큭. 그런 말도 안 되는 소리로 둘러대면 우리가 물러갈 거라 생각했어? 귀엽기도 하지."

이런 망할! 어두침침한 곳에 모여 살다 보니까 시력이 퇴화해 버린 거냐!

"하늘이 우릴 불쌍히 여겨 일용할 양식을 보내주셨군. 감사히 먹겠습니다."

이것들은 대책 없이 착각하고 있었다. 제길. 이곳에 오자마자 30초 간격으로 두 번이나 실수를 하다니. 뭐, 내 성별을 어떻게 판단하든 그건 지금 아무래도 좋아. 나는 일부러 무방비로 서 있었다. 그래야 칼을 뽑지 않을 테니까. 예전 카론 경에게 들은 말이 있는데, 프로와 아마추어의 차이 중 하나는 자신의 무기를 얼마나 소중히 여기는가, 라고 한다. 만약 카론 경의 검을 빼앗으려고 한다면 곧바로 목이 날아가겠지만, 이 녀석들은 칼집을 덜렁거리며 주머니에 손을 꽂은 채 설렁설렁 다가오는 꼴을 보니까 원숭이도 빼앗을 수 있을 것 같았다.

'일단 칼을 빼앗고 당황하는 사이에 팔을 꺾어 제압한 뒤 곧바로…….'

도주로 확보!

나는 슬쩍 좁은 골목길을 봐 뒀다. 저 어둡고 좁은 곳으로 도망치면 절대로 뒤쫓아 올 수가…….

그때 웬 길 가던 노무자들이 그 도주로 앞에 주저앉아 담배를 물어 피우는 게 아닌가!

'망할! 거기서 노닥거리지 마!'

도주로 봉쇄…… 이래 봬도 명색이 주인공인데 어쩌자고 이렇게 꼬이기만 하는 거냐고.

"호오, 안색이 창백한데? 우리가 죽이기라도 할 것 같아?"

그들은 이미 너무 바짝 다가온 상태였다. 나는 긴장된 표정으로 그들을 바라봤다. 누군가 뒤에서 나를 잡고 험악하게 넘어트렸다. 나는 곧바로 백주 대낮 길바닥에 위에 드러눕고 말았다. 내 위에 올라탄 녀석이 '오랜만의 만찬'이라는 기분 나쁜 눈빛으로 중얼거렸다.

"흐흐. 그럼 나부터 시작해 볼까나."

뭐, 뭘 시작하겠다는 거냐! 그것도 길 한복판에서!

"으이구! 난 남자라니까!"

"속이고 싶으면 조금은 그럴싸한 변명을 늘어놓지그래?"

사실이 그렇다는 건데 더 이상 어쩌라고! 다른 녀석들도 초롱

초롱한 눈빛으로 나를 지켜보고 있었고 심지어는 길 가던 사람들 역시 도와주기는커녕 '간만에 구경거리!' 라는 표정으로 내 모습을 빤히 지켜보는 것이었다.

그리고 침을 꿀꺽 삼킨 사내놈이 거친 손놀림으로 내 셔츠를 찢었고 투둑 단추가 끊어지며 이놈들이 그렇게도 착각하던 내 성별이 만천하에 공개되었다. 그리고 그 즉시 건달이 내 멱살을 잡아챘다.

"이 빌어먹을 자식! 사내놈이잖아!"

"그러니까 아까부터 그렇다고 말했잖아!"

"감히 날 속이다니! 배짱 한번 좋구나!"

"가슴에 손을 얹고 생각해 봐! 내가 속인 건지 댁이 멋대로 속은 건지!"

'관중'들 역시 지 멋대로 격분해서는 나를 때려죽일 것 같은 기세로 몰려오고 있었다. 어째서 내가 이런 꼴을 당해야 하는 거야! 그때 새로운 목소리가 끼어들었다.

"야! 꺼져!"

엉? 나는 뒤를 돌아봤다. 이 추운 날씨에도 민소매 셔츠 하나만 입은 건장한 사내가 다가오고 있었고, 그의 손은 놀랍게도 아까 도둑맞은 백마를 끌고 있었다. 건달들 역시 그를 알아보고는 고개를 숙이는 것이었다. 건달 두목쯤 되는 건가?

"아! 형님. 오랜만입니다."

"오랜만이고 나발이고 꺼지라니까."

"하지만 이 자식이 우리를 속여서……."

이게, 끝까지 우기네!

뺨에서 어깨까지 이어지는 긴 문신이 무시무시한 그 사내는 두 번 말하고 싶지 않다는 표정으로 으르렁거렸다. 여기 완전 정글이로군.

"제발 꺼져 주세요. 뒈지고 싶지 않으면요."

"아, 알겠습니다."

그들은 얼굴을 잔뜩 찌푸린 채 근처 술집으로 들어갔다. 이제 여섯 명이 한 명으로 줄어서 다행이야. 난이도는 더 올라간 것 같지만.

나는 가슴을 여미며 내 허리만 한 팔뚝을 가진 사내를 떨떠름한 표정으로 바라봤다. 그리고 그 역시도 떨떠름한 표정으로 나를 바라보고 있었다.

저 표정으로 보건데, 대충 무슨 대사가 나올지 짐작이 간다.

"너…… 남자였냐?"

"착각할 때가 좋았죠?"

그는 손바닥으로 얼굴을 가린 채 바닥에 쪼그려 앉았다. 그가 중얼거렸다.

"으이구, 이제야 결혼하나 했더니만."

"당신…… 대체 어디까지 생각하고 있었던 겁니까!"

지나치게 앞서 간다고! 그는 내게 말고삐를 건네주며 입을 쩝쩝 다셨다.

"무슨 용건으로 이런 곳까지 왔는지는 모르겠지만 그런 모습으로 이런 쫙 빠진 말을 타고 다녔다간 오늘 중으로 가진 거 다 털리고 내일이면 악투르로 가는 노예 마차 안에 타고 있을 거다. 그리고 모레부터는 신나는 새 인생이 열릴 테고. 굳이 확인해 보고 싶지 않다면 당장 여길 떠. 그리고 그 머리 잘라라. 나같이 불쌍한 총각 착각하게 만들지 말고!"

내게 백마를 돌려준 그는 '아아, 정말 결혼해야 하는데…….' 라는 우울한 투정을 부리면서 어슬렁 걸어가는 것이었다.

뭔가 내게 엉뚱한 실망감을 품고 있는 것 같지만 그래도 이런 곳에서 도둑맞은 물건을 찾아준다는 것 자체가 제법 믿음이 가는 사람이다. 그 생각을 하는 순간 나는 턱하고 그를 잡았다. 그가 심드렁한 얼굴로 뒤돌아봤다.

"또 뭐?"

그러다가 그는 내 애절한 표정을 보고는 민망한 듯 말했다.

"내가 아무리 애인이 없기로서니, 남자한테는 관심 없어."

"그게 아냐!"

이 작자는 대체 뭘 생각하고 있는 거야.

당연한 말이지만 이곳에서 나는 뗏목을 타고 망망대해를 표류하는 외로운 선장이다. 나침반 하나 없는 데다가 주변에는 상어들이 득실거려서 왕자님과 공주님이라는 조난자를 찾기도 전에 내가 먼저 침몰할 상황인 것이다.

나는 어떻게든 이 사내라는 전함에 옮겨 탈 필요가 있었다. 그렇다고 이 와중에 내가 왕족을 뒤쫓는 기사라고 밝혀 봐야 머리 어딘가에 결함이 있는 사람 정도로 취급받겠지. 나는 두 손을 곱게 모으며 최대한 간절한 목소리로 말했다.

"저는 사실 이곳으로 잡혀 온 제 소중한 동생을 찾기 위해 온……."

"싫어."

"아, 아직 말 다 안 끝났는데."

아까와는 태도가 너무 다르잖아!

"보나 마나 납치범들한테 잡힌 인질을 되찾겠다 이거겠지?"

"맞아요."

자주 벌어지는 일인지 그는 귀찮다는 듯이 건성건성 말하고 있었다.

"돈은 가져왔냐?"

"예?"

"인질과 교환하려면 몸값이 있어야 할 거 아니야. 좀 비싼 인질이냐?"

그렇고말고. 왜냐하면 왕족이거든! 적어도 내 주머닛돈과 교환이 가능한 인질은 아니라고!

"얼굴을 보아하니 몸값이 없는 모양이군. 아무튼 거절이야. 알아서 해결해. 내가 무슨 힘이 썩어나서 본 적도 없는 인질을 구해 주겠냐?"

"그렇게 도와 달라는 것이 아닙니다! 단지……."

"단지?"

"이 도시에서 가장 정보가 빠른 사람과 만나게만 해 주세요."

어디를 가도 꼭 정보통은 하나씩 있기 마련이다. 이런 아수라장 같은 곳에서 일일이 왕자님과 공주님을 찾아 봐야 카론 경도 아닌 내가 발견할 수 있을 리가 없다. 범죄자의 도움을 받고 싶진 않지만 지금은 찬밥 더운밥 가릴 때가 아닌 것이다.

하지만 그는 냉큼 고개를 저었다.

"싫어."

"이, 이건 위험한 부탁도 아니잖아요!"

"귀찮아서 싫어. 내가 뭐 얻는 게 있다고 널 도와줘?"

"아까는 내 말도 되찾아 줬으면서!"

"그건 네가 여자였을 때 얘기지."

"……."

아주 여자에 한이 맺히셨군. 나는 이제는 전가의 보도가 되어 버린 내 말을 가리켰다.

"그렇다면 백작이 세상에서 가장 아끼는 이 경주마는 어떤가요. 참고로 이놈은 암컷입니다."

그러자 그가 창백한 표정으로 중얼거렸다.

"너, 너 미쳤구나. 내가 아무리 여자가 없기로서니, 어떻게 짐승과……."

"그게 아니라니까!"

우어어어! 말귀 좀 알아들엇!

"이 말을 드리겠다는 의미입니다."

"뭐? 정말?"

그는 눈이 휘둥그레졌다.

"이거 엄청 비싸 보이는 말인데, 날 주겠다고?"

"정보통을 만나게 해 주는 조건이라면 그리 아깝지 않습니다."

게다가 원래 내 것도 아니고.

"맙소사. 준다니까 받기는 하겠다만, 너 정말 이상한 녀석이구나."

"하하. 얼마든지 챙길 수 있었던 이 말을 제게 돌려준 당신도 이상한 사람 아닌가요?"

"그러니까 그건 네가 여자였을 때 얘기라니까."

"……."

꼭 좋은 여자에게 시집가라고 나는 진심으로 기원했다.

10.

이름을 아심이라고 밝힌 그 노총각은 나를 모르그덴 최고의 정보통에게로 데려갔다. 그런데 그는 다름 아닌 아심의 두목이자 이 도시에서 가장 큰 밀수업자였다. 그는 아심만큼이나 커다란 덩치에 머리에는 좀 우스꽝스럽게 생긴 가죽 모자까지 두르고 있었다.

"뭐? 납치된 남매?"

"예. 오빠는 열세 살로 금발의 곱슬머리, 파란 눈에 굉장히 귀엽게 생겼고 여동생은 열한 살, 생머리에 인형 같고 고집스럽게 생겼습니다."

"으음. 얼굴 보고 잡아왔나 보군. 하지만 이곳에 온 애들이 좀 많아야 말이지. 그것만으로는 어디 있는지 알 수가 없어. 하지만 노예 시장 쪽에 가 보면 찾을 수 있지 않을까? 그렇게 잡힌 애들은 경매에 나갈 때가 많거든."

"노예로 팔리지는 않을 겁니다."

"응? 그걸 어떻게 장담하지?"

"아, 아무튼 확실합니다."

기껏 납치한 일국의 왕족을 노예로 팔 리가 없지. 아심의 간곡한 부탁으로 겨우 나와 만나 준 두목은 그래서야 찾을 수 없다며 혀를 찼다.

"그리고 오늘 세 시간 전에 검은 마차를 타고 이곳에 도착했습니다."

"그래? 그건 좀 도움이 되는군."

그리고 두목은 두꺼운 장부를 훑어봤다. 아니, 장부로 만들 정도로 많은 납치가 이뤄지고 있단 말이야? 나는 치가 떨렸지만 꾹 참은 채 그를 바라봤다. 장부를 다 살펴본 그는 고개를 갸웃했다.

"이상한데…… 세 시간 전에 이 도시로 들어온 건 아무것도 없어. 정확히 세 시간 전인가?"

"예. 정확합니다."

"뭔가 착각한 거 아냐? 이 도시를 오가는 거래품은 모두 여기 기록되게 되어 있어."

"확실합니다. 그분들은 분명 세 시간 전에 이곳으로 납치되어 왔습니다."

그는 확신에 찬 표정으로 말하는 나를 지그시 바라봤다.

"그분?"

아차!

"워, 워낙에 소중한 동생들이라서…… 아하하."

그는 양가죽으로 몇 번이나 덧댄 묵직한 장부를 턱하고 덮었다. 그리고 소파에 천천히 기대며 말했다.

"네 말이 맞는다면 그 남매는 지금쯤 이 도시 어딘가에 있을 거야."

"어디 있는지 알 수는 없는 건가요."

그는 고개를 저으며 말했다.

"이곳에서 가장 큰 조직을 운영하는 이 이미르조차도 알 수 없는 경우가 딱 하나 있지."

"그, 그게 뭡니까?"

"악투르 왕실 녀석들이 직접 움직일 때. 그것만은 나도 알 수가 없어."

역시 그랬다. 이 납치는 악투르 놈들이 처음부터 국가 차원에서 계획하고 벌인 범죄였다. 이 도시의 최대의 정보통은 자신도 모르는 인질과 관련 있는 나를 뚫어져라 바라봤다. 그리고 말했다.

"그 납치된 남매, 보통 사람 아니지?"

이미르 두목은 이 바닥에서 잔뼈가 굵은 사람답게 단번에 진상을 간파했다. 나는 부정하려고 했다. 범죄자를 믿어도 되는가? 이런 자에게 정체를 밝혀 봐야 도리어 돈을 노리고 해코지를 할 수도 있다. 나는 잠시 생각한 끝에 그에게 말했다.

"그분들은 바로 페르난데스 라스팔마스 왕자님과 제냐 라스팔마스 공주님이십니다."

시종일관 반쯤 감고 있던 이미르의 눈이 확 뜨였다. 나는 모험수를 던져야 했다. 이대로는 아무것도 안 된다. 악투르로 넘어가기 전에 되찾아야만 한다. 그러기 위해서는 이미르 같은 거물의 힘이 필요했다.

나는 주먹을 불끈 쥐며 목청 높여 그를 설득했다.

"이미르 님이 사회의 어두운 쪽에 몸담고 있는 분이라는 건 잘 알고 있습니다. 하지만 지금은 잔인한 악투르 무리들에게 이 나라를 이어 나갈 왕자님과 공주님께서 납치된 긴박한 상황! 신분과 직업을 따질 때가 아닙니다. 만약 이미르 님이 도와주신다면 국왕 전하께서도 큰 포상을 내리실 것이 분명합니다! 그리고 무엇보다 당신도 이 나라 사람이지 않습니까!"

그러자 내 웅변에 감명을 받은 이미르가 떨리는 목소리로 대답했다.

"나…… 악투르 사람인데."

두둥! 머릿속에서 '망했습니다!' 라는 혼성 3중창 코러스가 장엄하게 울려 퍼졌다. 나는 온몸으로 좌절했다. 신이시여, 이젠 제가 잘 풀리는 상황도 좀 보고 싶지 않으십니까?

"왜, 왜 울고 있나."

"그냥…… 제 인생이 좀 슬퍼서요."

왕실은 삽질하고 카론 경은 없고 키스 경은 자고 있고 두목은 악투르 사람…… 왕자님, 공주님, 정말 죄송합니다. 이 상황은 너무 소인의 힘에 부치옵니다.

"으음. 왕자와 공주가 악투르에 납치되었다, 이건가? 이거 엄청난 사건이군. 그런데 이런 일에 왜 너 혼자 온 거냐. 왕실에 사람이 그렇게 없어?"

"거기에는 가슴 아픈 사연이 있습죠."

이미르는 이리저리 머리를 굴리다가 입을 열었다.

"난 아무것도 듣지 못했다."

"네?"

"널 잡아다가다가 악투르에 넘기면 푼돈을 좀 받을 수 있을지도 모르지만 이런 일로 그 끔찍한 악투르 왕실과 엮이고 싶지 않아. 그렇다고 그 녀석들을 적으로 돌리면서까지 널 도와줄 생각도 없어. 그러니까 나는 아무것도 못 들었고 널 만난 적도 없다,

이거야. 나가 봐라."

도움을 받는 것에는 실패했지만 그나마 다행이라면 다행이었다. 이미르가 좀 더 '애국심'이 투철한 사람이었다면 나를 죽이거나 악투르 왕실로 보냈을지도 모를 일이었다.

하긴, 악투르 사람들은 천성이 거칠고 모질어서 강한 병사를 보유하고는 있지만 본래 여러 부족들이 모여 만든 나라라서 그런지 잘 융합이 안 된다. 그래서 우리나라와 앙숙이라고는 해도 조직적으로 침공한 적은 거의 없고 대부분 소규모 부대가 산발적으로 국경을 넘어와 약탈하는 정도다.

그건 우리나라에겐 천만다행이었다. 만약 악투르가 제대로 된 체계를 가지고 있었다면 어쩌면 우리나라는……

'잠깐.'

나는 문득 이상한 생각이 들었다. 그런 나라가 베르스의 왕족을 납치했다?

일단 우리나라 한복판에서 왕족을 감쪽같이 납치한다는 것은 힘으로 밀어붙인다고 될 일이 아니다. 악투르는 예전에 이멜렌 님을 납치한 적도 있지만, 왕족 납치란 그것과 전혀 다른 차원의 문제인 것이다. 철저한 사전 준비와 막대한 자금, 치밀한 작전이 필요하다는 것쯤은 납치에 문외한인 나도 안다.

그런데 머리보다는 몸 쓰는 걸 좋아하는 악투르가 이런 고차원적인 납치극을 저질렀다고 보기에는 그 방식이 너무나 깔끔했다.

'혹시 여기에 또 다른 비밀이 도사리고 있는 게 아닐까?'

헤에, 내가 여기까지 추리하다니. 이제 나도 제법 카론 경 흉내를 내는데? 여기까지 생각한 나는 다시 한숨을 내쉬었다.

'그럼 뭐하누. 어디 잡혀 있는지 찾지도 못하고 있는걸.'

나는 힘없는 발걸음으로 아심과 함께 방을 나왔다.

11.

나와 두목의 대화를 들었던 아심은 방을 나오자마자 곧바로 나를 구석으로 잡아끌었다.

"우아앗! 왜 그래요! 아파아!"

"너 아까 한 말 진짜야?"

그는 너무 긴장해서 목소리마저 떨리고 있었다. 나는 그가 꽉 잡았던 팔목을 매만지며 입술을 삐죽 내밀었다.

"그럼 여기까지 와서 농담하려고 명마 한 마리를 통째로 넘겼겠어요?"

"그런 일이라면, 나한테 말했어야지!"

"엥?"

"내, 내가 도울게! 돕게 해 줘!"

"에엥?"

뭡니까, 이 극단적인 변화는.

나는 아까 전까지만 해도 세상만사 귀찮아 죽을 것 같았던 그의 반응이 폭발적인 걸 보고 의아해했다. 혹시 내 웅변에 감명받아 개과천선한 것은…… 절대 아닐 테고. 아무튼(일단 육체적으로) 든든한 아심이 도와준다는 건 생각지도 못한 수확이었다.

"그럼 납치된 곳을 찾을 수 있어요?"

"그, 그거야 모르지."

"……."

역시 육체적으로만 든든한 쪽이었군. 사실 나는 아까 전에 방에서 나오면서 찾을 방법 하나가 퍼뜩 떠올랐다. 단지 그걸 실행할 수가 없어서 고민이었는데, 아심이 도와준다면 가능한 일이었다.

"정말 도와준다고 했죠?"

"그렇다니까."

"그럼 두목의 장부를 훔쳐 와 주세요."

"뭐어?"

그는 기가 찬 얼굴로 나를 바라봤다.

"그건 목숨 걸고 해야 하는 일이야!"

난 눈을 흘겼다.

"이게 지금 목숨 아껴 가면서 도울 일이라고 생각하나요?"

"아, 알았어. 해 볼게. 그런데 그 장부는 왜? 거기에는 아무 기록도 없다고 두목이 말했잖아."

"그리고 자기가 이 도시에서 모르는 일은 악투르 왕국과 연관

된 것뿐이라는 말도 했죠."

내가 회심의 미소를 지으며 바라보자 그는 뺨에 얼룩진 문신을 긁적거리며 대답했다.

"그게 뭐 어쨌다는 건데."

"그러니까 장부에는 악투르 왕국의 것을 제외한 모든 것이 기록되어 있을 테고, 이 도시에는 있지만 장부에는 없는 곳이 바로 납치된 곳일 테죠. 답이 아닌 나머지를 모두 제외하고 남은 것이 답, 이라는 방법이라고나 할까요."

"그래. 그렇다고 치자. 어쨌든 내가 장부를 가져오면 되는 거지?"

"······그래요."

이해하고 싶은 욕구 자체가 없는 사람 같군. 아무튼 이론이 그렇다는 거고, 현실은 애매하겠지만 그래도 이 정도면 아까보다는 훨씬 더 납치된 곳까지 접근한 셈이었다. 일단 한숨을 돌리고 나서, 나는 아심에게 물었다.

"그런데 갑자기 무슨 바람이 불어서 도와주겠다는 거죠? 혹시 왕국을 위해 이 한 몸 불사르고 싶은 애국자······."

"결혼할 수 있잖아."

"네?"

뭐, 뭔가 이해할 수 없는 말이지만, 그의 표정에서는 장중한 비장미마저 느껴졌다.

"경찰만 보면 나도 모르게 도망쳐야 하는 나 같은 놈하고 누가 결혼하고 싶겠어. 하지만 왕자와 공주를 구해 낸 용사가 되면, 할 수 있잖아. 그렇지?"

"어, 언제 거기까지 계산하신 겁니까."

이상한 쪽으로만 두뇌 회전이 빠르군. 아니, 그보다 모든 결론이 죄다 결혼이라니, 혹시 올해 안에 결혼 못 하면 시름시름 앓다가 죽게 되는 특이 체질인가?

"너는 모를 거야. 우리 같은 전과자들도 애 낳아서 행복하고 평범하게 살고 싶어 한다는 걸. 하지만 우리에게 가장 힘든 게 평범하게 사는 거야. 평범한 결혼조차 여간해선 꿈도 못 꿔. 너희처럼 사회의 중심에 있는 사람들은 변두리에 있는 우리들 심정을 몰라."

그는 빠른 목소리로 중얼거렸다. 왕족을 구하는 거창한 일이라도 저지르지 않으면 평범한 결혼도 못 한다는 것, 그건 결코 웃기는 농담 따위가 아니었다. 그제야 그의 심정이 이해가 갔다. 나는 방긋 웃으며 대답했다.

"꼭 좋은 여자 만날 거예요!"

"네가 여자였다면 좋았을 텐데……."

"쓰, 쓸데없는 말 하지 말고 장부나 찾아와요!"

역시 이상한 사람이야!

12.

나는 아심이 마련해 준 허름한 창고에서 그를 기다리며 생각에 잠겨 있었다. 예의 텔레레이디의 말에 의하면 악투르로 국경을 넘는 것은 해가 진 뒤, 대충 저녁 식사를 마치고 시작된다고 한다. 일단 월경(越境)을 시작하면 국경 수비대의 눈을 피해 한 번도 쉬지 않고 안전한 곳까지 이동하는 것이다.

아직까지도 국경 수비를 강화한다는 왕실의 명령은 들리지 않았다. 여전히 왕자님과 공주님이 이미 악투르에 잡혀 있다고 생각하나 보다. 그때였다.

"장부…… 가져왔어."

소중한 보물처럼 장부를 꼭 껴안은 아심이 문을 밀치며 들어왔다. 그런데 문제는…….

"괜찮아요?"

그 활화산 같은 덩치가 이리저리 비틀거리고 있다는 것이다. 입가에는 피까지 고여 있었다.

"무, 무슨 일이 있었던 거예요?"

"일은 무슨…… 그냥 운동 좀 했어."

그는 내게 장부를 던져 주고는 바닥에 벌렁 드러누우며 넋두리를 늘어놨다.

"아이고, 머리야 목이야 팔이야 다리야 삭신이야. 살아 있는 게 실감이 안 나. 엄마가 날 단단하게 낳아 준 걸 지금만큼 고마 위해 본 적이 없네."

"혹시 훔치다 들켰어요?"

"뭐?"

"들켜서 싸운 거 아니냐고요."

"어차피 쳐들어가서 빼앗아 온 건데 들키고 자시고가 어디 있어."

"다, 당당하게 쳐들어갔다고요?"

나는 두 가지 면에서 어이가 없었다. 하나는 무식 찬란하게 정면 돌파를 선택했다는 점이고, 두 번째는 그러고도 성공했다는 점이다. 그야말로 불끈불끈 솟아오르는 뚝심과 파워의 화신이었다. 이거, 왠지 무라사 씨의 축소판 같군.

그는 통증에 찡그린 피곤한 표정으로 나를 바라보며 말했다.

"오늘 밤까지 구해야 한다면서 언제 몰래 들어가서 훔쳐. 어차피 두목은 장부와 떨어져 있을 때가 없으니까 뚫고 들어가서 뚫고 나오는 것밖에는 방법이 없어. 이제 나 이 바닥에서 살기 글렀으니까 책임져라."

"아하하하. 무, 물론이죠."

나는 그에게 새삼 감동했다. 아무리 목숨을 아끼지 않는다고는 하지만, 수많은 건달들이 지키고 있는 장부를 혼자 싸워서 가져오겠다는 결심은 단순한 혈기로 할 수 있는 것이 아니었다. 게다가 아심은 지금 자기 조직까지 버렸다. 이제 다시는 돌아갈 수가 없는 것이다.

그는 아득한 천장을 올려다보며 중얼거렸다.

"어차피 거기에 있어 봐야 천천히 썩어 갈 뿐이니까…… 썩을 바엔 온몸을 던지는 게 나아."

생각보다 굉장한 사람이다. 아까까지만 해도 나는 진짜 운이 나쁘다고 투덜거렸는데, 지금 생각해 보니까 역시 나는 운이 좋다. 이런 음습한 곳에서 아심을 만나게 되었다는 것만으로도 나는 대단한 행운아다.

"하지만, 정말로 괜찮겠어요? 움직이기도 힘든 상황인 것 같은데……."

"괜찮아. 손자만 볼 수 있으면."

"……"

"손녀도 좋고."

"벌써 거기까지 상상하고 계신 겁니까."

이 양반의 결혼에 대한 집착은 일종의 광기로군. 무엇보다 피투성이가 돼서도 그런 말을 개그가 아니라 진지하게 하고 있다는 것이 두려웠다.

아무튼 이런 시시한 일로 노닥거릴 시간 따위 없으니까, 왕실을 버린 나와 조직을 버린 아심은 즉시 장부를 펼치고 이 흉악 범죄 '해님달님 납치 사건'을 해결하기 위한 첫 단추를 끼웠다.

13.

해가 막 떨어졌을 때가 되어서야 우리는 솎아 내고 솎아 낸 끝에 의심스러운 한 곳을 잡아낼 수 있었다. 정말 장부에 적혀 있지 않은 곳은 여기밖에 없었고, 이미르 두목의 손이 닿지 않는 곳도 이곳뿐이었다. 하지만 문제가 생겼다.

"미온. 이, 이곳은 아닌 것 같은데."

"글쎄요."

하지만 그곳을 바라보고 있는 우리는 확실한 증거가 있는데도 그 앞에서 주저할 수밖에 없었다.

정말 여기에 왕자님과 공주님이 납치되어 있는 걸까? 나는 혼란스러웠다. 왜냐하면 이곳은 바로 베르스 왕국의 관문 경비대 본부였던 것이다.

새하얗고 육중한 건물이 마치 가혹한 위정자처럼 우뚝 서 있었고, 그 주변의 방책들은 꼭 백상아리의 송곳니 같았다. 관문을 통과하는 자들을 감시하는 곳이니까 '많이 애용해 주세요' 라는 친절하고 상냥한 이미지를 만들 필요가 없겠지. 문제는 이런 국가기관에 왕자님과 공주님이 납치되어 있다는 확신은 차마 하기가 힘들었다는 거다.

아심이 사마귀 앞의 무당벌레처럼 커다란 덩치를 움츠리며 말했다.

"만약 여기 있다고 쳐도 말이지, 난 여기 들어갈 수가 없어.

지은 죄가 좀 있어서 들어가자마자 잡힐 게 뻔해. 몰래 숨어 들어갈 수 있을 만큼 만만한 곳도 아니고."

아심 말이 옳았다. 조직원이었던 아심이 출입할 만한 곳은 아니었던 것이다. 물론 나 역시도 아무런 이유도 없이 들어갔다간 쫓겨날 가능성이 높았다. 나는 두터운 철문 앞에 쓰여 있는 '관계자 외 출입 엄금'이라는 경고문을 심란한 표정으로 바라봤다.

그는 두터운 팔짱을 끼고는 욕설을 퍼부었다.

"에이 쌍. 눈앞까지 와서 또 일단 정지로군. 들어갈 수가 있어야 있는지 없는지 찾아보기라도 할 거 아냐. 씨부럴. 생고생해 놓고 뭐 이런 개 같은 경우가……."

거참. 말투가 그러니까 여자와 멀어지는 거라고요.

그 순간 나는 험악한 그의 표정과 문신을 보고는 고개를 갸웃했다.

"어쩌면 들어갈 방법이 있을지도 모르겠어요."

14.

그리고 우리는 당당하게 경비대 정문으로 들어갔다. 아니나 다를까, 초소 경비병들이 곧바로 창을 들이댔다.

"정지! 이곳은 통제구역이다! 신원을 밝혀!"

"왕실 기사 엔디미온 키리안."

"용무는?"

"국경을 몰래 넘으려던 이 녀석을 우연히 발견해서 체포했다. 이 죄인을 이곳에 넘기러 왔다."

"횃불 앞까지 걸어 와라."

꽤 훈련이 잘 되어 있는 그들은 경계의 눈초리를 풀지 않고 우리를 겨눈 채로 말했다. 나는 밧줄에 묶여 있는 아심을 끌고 다가왔다. 그들의 눈빛이 커졌다.

"아심! 네놈이로구나! 언젠가는 잡힐 줄 알았지! 이 망할 자식!"

당신, 정말 저지른 일이 많은가 보군요. 나는 그에게 속삭였다.

"군인들이 왜 저렇게 이를 가는 건가요?"

"예전에 저놈들 면상을 몇 대 갈겨 준 적이 있거든. 하도 거만하게 굴기에 홧김에……."

"저 녀석들한테 넘기면 곱게 가두진 않을 것 같네요."

"말했잖아. 예쁜 마누라만 얻을 수 있으면 상관없다고. 이런 짓까지 했는데 정말 결혼할 수 있겠지?"

"물론입니다. 왕실 브랜드를 믿으세요."

그리고 나는 군인들에게 그를 넘겼다. 아심이라는 선물을 들고 온 덕분에 그들은 경계를 푼 것 같았다.

"이 무지막지한 놈을 어떻게 잡은 겁니까?"

내 호리호리한 몸을 훑어보는 그들은 믿기지 않는다는 표정이었다. 나는 씨익 웃으며 내 머리를 가리켰다.

"머리를 쓰면 됩니다."

경비대 입성 성공!

15.

본부 내부는 생각보다 안락했다. '대흉악범 아심'을 잡은 공로로 응접실로 초대받은 나는 먼저 그곳에 와 있던 두 명을 볼 수 있었다. 한 명은 이곳에 순시를 나온 하급 치안 장교였고, 나머지 한 명은…….

"네놈이 왜 여기 온 거냐!"

나를 보고 대번에 못마땅한 표정을 짓는 콧수염의 사내는, 한참 잊고 있었지만 바로 헬스트 나이츠의 블리히 경이었다. 기사단장 자리에서 밀려난 다음부터 영 보이질 않더니 하필 이럴 때 이런 곳에서 만나게 될 줄은 몰랐다.

"블리히 경이야말로 여기는 무슨 일입니까?"

"네놈이 상관할 바가 아냐!"

음, 아무래도 의심스러워. 날로 먹는 것 좋아하는 블리히 경이 좌천된 다음부터 성실하게 살겠다고 마음먹고 이 먼 곳까지 와서 업무를 본다는 것은 왕실 공무원들의 유구한 복지부동 정신에 비춰 볼 때 있을 수 없는 일이었고, 무엇보다 지금 헬스트 나이츠는 납치 사건 수사로 정신이 없어야 하는데 왜 이런데서 노닥거리고 있는 거지?

'설마 블리히 경이…….'

왕족 납치를 저지르려면 사전에 누군가를 매수했을 가능성도 충분했다. 그렇다면 혹시 블리히 경이 매수된 것이 아닐까!

그때 문이 열리며 중년의 남자가 들어왔다. 전형적인 군인처럼 생긴 자였다.

"엔디미온 경이시오? 본관은 이 지역 관문을 책임지고 있는 어니스트외다. 왕실 기사가 죄인을 손수 잡아오다니 영광이오. 내 정말 감사드리오."

말은 좋았지만 그의 얼굴은 영 탐탁찮아 보였다. 귀찮으니까 빨리 사라져 줘, 라는 표정이랄까.

나는 그를 면밀하게 관찰했다. 만약 이곳에 왕자님과 공주님이 납치되어 있다면 분명 그는 매수된 것이다. 어니스트는 의자에 앉아 있는 블리히 경에게 다가갔다.

"경께서도 매번 이런 누추한 곳을 찾아 주셔서 무척 노고가 크시오. 이건 약소하나마……."

그는 그렇게 말하면서 품속에서 묵직한 주머니를 꺼내서는 블리히 경에게 건네주는 게 아닌가! 설마 저 안에 들어 있는 게 영양만점의 강낭콩은 아닐 테지. 블리히 경은 그걸 잽싸게 집어넣으며 느끼한 미소를 보였다.

"허허, 뭐 이런 걸 매번…… 국왕 전하께서도 항상 귀관의 성실함을 높게 평가하고 있소."

믿을 수가 없어. 이럴 때까지 뇌물을 받아먹고 다닐 줄이야. 같은 기사라는 게 창피해 죽겠어!

옆에서 서류를 훑어보던 통통한 치안 장교는 이 뻔뻔한 광경이 불쾌한 듯 헛기침을 했지만 곧 모른 체하고 서류만 바라봤다. 왕실 기사를 질책해 봐야 자기만 피해 보기 때문이리라.

어니스트는 너 줄 돈까지는 없어, 라는 눈치로 힐끔 나를 보더니 '차 한 잔 즐기고 가시오. 본관은 바빠서 이만' 이라고 말하고는 밖으로 나갔다.

군인들이 준비하는 음식 냄새가 문밖에서부터 풍겨왔다. 슬슬 저녁 시간, 이제 '국경을 몰래 넘을 시간' 에 가까워지고 있었다.

나는 생각을 정리하기 위해 자리에 앉았다. 어려 보이는 당번 병이 가져온 홍차를 마시려던 찰나, 갑자기 블리히 경의 커다란 손이 내 어깨를 거칠게 잡았다.

"이런 경솔한 놈! 뻔뻔하구나!"

"뭐?"

나는 깜짝 놀라 블리히를 바라봤다. 왜 광분하는 거야!

"지금 시기가 어느 땐데 이런 곳에서 딴짓하고 있는 거냐! 근무 태만에도 정도가 있다!"

내가 해 주고 싶은 말은 모조리 먼저 해 버려서 난 더 이상 할 말이 없었다. 나는 너무도 어처구니가 없어서 입을 벌린 채 멍하니 그를 바라봤다. 뇌물 먹었으면 곱게 좀 사라져 줘! 제발 방해하지 말라고!

그러나 그는 나하고 전생에 무슨 원한이 있는지 끈덕지게 호통을 치는 것이었다.

"이 수치스러운 녀석! 느긋하게 차나 마시는 꼴을 도저히 봐줄 수가 없군! 따라 나와! 네놈에게 기사의 근본이 어떤 건지 가르쳐 주겠다!"

나는 환장할 것 같았다. 생각지도 못한 복병이다. 만약 왕자님과 공주님에게 무슨 일이 생기면 다 네놈 책임이야!

하지만 그는 결국 그 우악스러운 힘으로 나를 끌고 밖으로 나왔다.

16.

응접실 근처에 있는 빈방까지 끌려온 나는 결국 참지 못하고 눈을 치켜 올렸다.

"대체 왜 이러는 거예요! 내가 당신이 뇌물 먹은 걸 왕실에 보고할까 봐 그러는 겁니까?"

당번병의 침실 정도로 쓰이는지 몇 개의 야전침대가 놓여 있는 이곳은 해질녘의 어스름한 빛에 물들어 있었다. 그는 성큼성큼 창문 쪽으로 걸어가 커튼까지 닫았다. 이제는 겨우 서로의 윤곽만 보였다.

"무, 무슨 짓입니까?"

그의 목소리가 어둔 방을 울렸다.

"여긴 왜 왔냐."

난 그가 매수되었을 가능성을 다시 한 번 떠올렸다. 마침 테이블에는 제식 검 한 자루가 놓여 있었다. 나는 그쪽으로 슬쩍 다가가면서 대답했다.

"국경을 넘으려던 흉악범을 잡아서 왔다고 아까 듣지 않았습니까?"

블리히도 검을 차고 있다. 여차하면 선공으로 베어 버린다. 그런 각오를 품었다. 그가 말했다.

"진짜 여기 왜 왔냐?"

"……."

나는 점점 어둠에 적응한 눈으로 그를 바라봤다. 지금까지 수도 없이 그를 보아 왔지만 지금처럼 진지한 모습은 본 적이 없다. 나는 빠르게 생각한 끝에, 일종의 암호를 던졌다.

"잃어버린 물건을 찾기 위해 왔습니다. 아주 소중한 거라서……."

그는 창가로 걸어가 커튼 사이로 슬쩍 밖을 훑어본 후에 말했다.

"나도 같은 이유야."

"……!"

커튼 사이로 흘러들어온 황혼이 블리히 경의 얼굴을 훑었다.

아무리 폼 잡아도 결코 멋져 보이진 않았지만, 분명 몹시 긴장한 모습이었다.

설마 블리히 경도 이곳에 왕자님과 공주님이 납치되어 있다는 추리를 한 건가? 설마!(무시하자는 건 아니지만) 그렇게 똑똑했어?

"어째서 제게 그런 말을 하는 거죠?"

그가 중얼거렸다.

"넌 분명히 골칫덩어리지만 적어도 악투르에 매수될 녀석은 아니니까. 난 누가 매수될 사람이고 아닌 사람인지 확실히 구분할 수 있지!"

멋진 말이라고 하기엔 대단히 민망했다. 호걸이 호걸을 알아본다고, 결국 자기 자신부터 뇌물을 주고받는 데 능통하다 보니까 매수가 통할 사람과 아닐 사람을 알아본다는 거잖아. 그건 정말 블리히 경만이 가지고 있는 고유한 육감이라고 할 수 있었다.

어쨌든 이제 와 한 가지 확실한 건 블리히는 지금 매수되어 있지 않다는 것이다. 매수된 사람이면 굳이 그런 말 할 리가 없으니까. 그는 빠르게 말을 이었다.

"헬렌, 그 여자한테 기사단장 자리를 빼앗긴 다음부터 난 기사단 내에서도 철저하게 무시당했어. 그리고 지금 이 납치 사건 수사에도 끼워 주지 않았지."

그럴 만도 할 것이다. 블리히 경은 인덕이 좋아서 기사단장까지 오른 것이 아니니까 직책이 사라지면 기사들이 무시하고 깔보는 건 당연했다.

"어떻게든 이 사건을 내가 해결해서 다시 기사단장 자리에 오르고 싶은데 수사에 끼지도 못해서야 방법이 없지 않은가. 그러던 차에 카론 군이 나갔다는 말을 듣고 몰래 그의 집무실에 들어갔네. 참고할 단서가 없을까 찾아보려고. 그 녀석은 도무지 융통성은 없지만 그래도 수사 능력이 뛰어난 건 사실이니까."

뻔뻔해! 남의 자료를 멋대로 훔치려고 하다니. 하지만 그걸 따질 때는 아니라서 나는 잠자코 듣기만 했다.

"카론 군의 책상에는 추리한 것을 적어 놓은 종이들이 있더군. 다른 건 뭔 소린지 알아듣지 못했지만 그 끝에 이곳의 이름이 적혀 있는 건 알 수 있었지. 그리고 여기로 왔네."

역시 여기를 찾은 건 카론 경의 추리 덕분이었군. 블리히 경은 굵은 눈썹을 잔뜩 찡그리며 말을 이었다.

"이곳은 확실히 수상해. 아까 그 어니스트라는 작자, 매수된 게 분명해!"

"어, 어떻게 그렇게 단정을……."

"왜냐하면 내게 평소처럼 뇌물을 줬기 때문이야."

나는 어안이 벙벙했다. 무슨 소리인지 알 수가 없었다. 뭔가 지금 말을 잘못했거나 너무 고차원적인 추리거나, 둘 중 하나일 것이다.

"그게 어쨌다는 거죠? 평소처럼 뇌물을 준 게 뭐가 잘못된 건지……."

"자네 참 답답하군! 예전까지는 내가 기사단장이었으니까 뇌물을 줬지만 지금은 좌천되었는데 뭐 얻을 게 있다고 주겠나. 어림도 없지! 그건 공무원 사회의 기본 중 기본이야."

기본까지는 아닌 것 같습니다만.

"하지만 자네가 봤듯이 어니스트는 내가 말도 안 했는데 전보다도 많이 줬어."

"그, 그게 뭘 의미하죠?"

"빨리 먹고 꺼지라는 의미지. 콩고물 먹으러 온 놈은 그거 주기 전까지는 계속 눈치를 주면서 뭉그적거리거든. 말하자면, 오늘 왕실 기사가 이곳에 있는 게 싫은 거지."

"……!"

이럴 수가. 맨날 콩고물만 바라는 타락한 마음을 이 정도 추리로까지 승화시키다니! 놀라워. 대단해. '부패 탐정 블리히'라고 소설 하나 만들어도 되겠어. 이건 정말 카론 경도 할 수 없는 블리히 경만의 추리 스타일이었다.

나는 내가 가진 정보도 제공하기로 결심했다.

"그렇다면 왕자님과 공주님은 이곳 어딘가 잡혀 있는 게 분명하고 잠시 후에 해가 완전히 떨어지면 악투르로 넘어갈 겁니다."

"어, 어째서?"

역시 뇌물 쪽을 제외하면 영 수사력이 떨어지는군.

"당연하잖아요. 엄청나게 느긋한 성격의 납치범들이 아닌 이상에야 한시바삐 목적지까지 가고 싶을 거 아닙니까. 일단 이곳 관문만 넘어가면 납치는 성공한 거고, 관문 책임자 어니스트가 매수되었다면 국경을 넘는 건 일도 아니겠죠."

"그렇군! 그럼 당장 막아야 해! 여기서 놓치면 내 출셋길이, 아니, 왕자님과 공주님을 구할 길이 막막해진다!"

나는 무겁게 고개를 끄덕였다. 내가 블리히 경과 호흡을 맞추게 될 줄은 꿈에도 몰랐지만 동병상련이라고 왕실에서 무시당한 우리들은 서로 철저하게 상부상조할 수밖에 없었다. 나는 왕자님과 공주님을 위해, 블리히 경은 출세를 위해, 그리고 아심은 결혼을 위해…… 에이이! 이러니까 하나도 비장해 보이지 않는군!

"그런데 납치범들이 원하는 게 뭘까요? 요구할 게 있어서 납치했을 텐데…… 역시 돈인가?"

"자네 아직 모르고 있었나?"

"예?"

블리히 경은 상상하기도 어려운 충격적인 말을 꺼냈다.

"지금 악투르가 왕실에 말한 요구 조건은 우리나라 남쪽의 도시 여섯 개를 내놓으라는 거야. 이런 날강도 같은 놈들 같으니라고!"

"도, 도시 여섯 개? 그런 게 가능할 리가 없잖아요!"

일단 그 규모 자체가 너무 크고, 남부의 도시들은 모두 악투르의 침입을 막기 위해 만든 변방 도시들이다. 그런 거점들을 집어

삼킨다면 악투르는 단번에 왕도 아스말까지 밀고 들어올 수 있
는 발판이 생기는 거였다. 나라를 내주는 것과 다를 바가 없었
다.

"그래서 왕실은 지금도 대책을 강구하고 있는 중이야."

"모여서 한숨만 내쉬고 있을 바엔 한시라도 빨리 구하는 게
더 현명해요."

"당연하지! 그래야 나도 다시 출세할 수 있고!"

"모, 목적이 확실해서 보기 좋군요."

나는 떨떠름하게 웃은 뒤에 말했다.

"그럼 가셔서 어니스트를 붙잡아 두세요. 어떻게든."

"음, 그건 어렵지 않아. 좀 더 내놓으라고 행패를 부리면 되겠
지?"

"……아, 네. 그건 뭐 알아서 하시고, 저는 그 사이에 납치된
곳을 찾겠습니다. 분명 관문과 가까운 곳에 있을 테니까."

나는 테이블에 있는 검을 집어 들었다. 밖으로 나가려던 내게
블리히 경이 말을 던졌다.

"난 네놈이 싫다."

"새, 새삼스럽게 뭘……."

"네가 날 싫어하는 것도 안다. 나는 카론 군처럼 청렴결백하
게 사는 건 생각해 본 적도 없어. 솔직히 말해서 노력하지 않고
편하게 살고 싶다. 하지만 뭐가 더 중요한 건지는 알고 있어. 돈
때문에 나라를 팔 정도로 썩진 않았다. 이래 봬도 난 명문가의

기사니까."

블리히 경은 긴장감 때문에 몸이 굳어 있었지만 그래도 제법 근엄한 표정을 지었다. 항상 영웅일 수는 없어도 적어도 항상 인간일 수는 있다, 그 점에 대해서는 카론 경과 블리히 경이 똑같다는 생각이 들었다.

17.

일반 병사들까지 매수할 수야 없는 노릇이니까 지나치다 마주친 병사들은 아무도 나를 막지 않았다. 귀빈으로 착각하고 경례까지 붙이는 녀석도 있었다.

'어디쯤에 있을까.'

감옥? 아니, 그건 병사들 눈에도 띄는 곳이므로 패스.

그럼 창고? 험악한 사람들이 못 들어가게 지키고 있다면 자연스럽지 못하니까 이곳도 패스.

그곳도 아니라면 어니스트의 집무실? 일일이 이곳까지 끌고 왔다가 다시 데려갈 리도 없으니까 패스.

그럼 답은 딱 하나다.

'계속 마차 안에 잡아 뒀겠군.'

나는 그렇게 생각하며 본부 뒤로 나가 관문 쪽의 도로로 향했다. 그 도로는 특별한 일이 있을 때만 어니스트의 명령으로 관문을 열고 나갈 수 있게 만든 곳이었고, 또한 관문 너머는 악투르 왕국의 영역이었다.

태양이 자취를 감춘 관문 앞은 무서울 정도로 적막했다. 경비병들마저 없었다. 아마 은밀하게 관문을 통과하기 위해 이곳에 있는 병사 모두를(무슨 이유를 붙여서) 치워 둔 것이리라. 빌어먹을, 관문을 지키는 자가 악투르와 내통하는 배신자였다니! 화가나기 이전에 이 나라의 국경이 얼마나 허술한지 한심한 기분마저 들었다.

그때 내가 찾아낸 것은 낮에 도시에서 나를 치어 죽일 뻔했던 바로 그 검은 마차였다. 이제 모든 것은 확실했다. 나는 소리 없이 검을 뽑아 칼집을 바닥에 살짝 내려놓은 뒤에 천천히 그곳에 다가갔다. 주변에는 아무도 없었고, 있다면 마차 안에 있을 감시원 정도일 것이다.

'필요하다면 죽인다!'

당연한 말이지만, 난 태어나서 사람을 죽여 본 적이 없다. 그리고 카론 경이나 키스 경처럼 필요하면 냉정하게 상대의 목숨을 끊을 수 있는 성격도 아니다. 하지만 지금만큼은 왕자님과 공주님을 구하기 위해 상대의 심장을 일격에 찌를 결심이 필요했다.

그 뒤에 마차를 몰아 단숨에 이곳을 빠져나간다. 다른 놈들이 오기 전에 끝내야만 했다. 블리히 경이 어니스트를 잡아 두는 데에도 한계가 있으니까, 시간은 별로 없다.

긴장한 탓인지 쌀쌀한 날씨인데도 식은땀이 뚝뚝 떨어졌다. 나는 검을 꽉 쥔 채로 몸을 숙이고 마차로 다가갔다. 그리고 천천히 손을 뻗어 마차의 문고리를 잡았다.

'하나, 둘…… 셋!'

곧바로 문을 열어젖힌 나는 비호처럼 뛰어들었다. 감시원 같은 건 없었다. 그러나 왕자님과 공주님도 없었다. 이게 대체 어떻게 된 거지! 그때 등 뒤에서 기분 나쁜 목소리가 들려왔다.

"큭큭. 내 그럴 줄 알았지."

나는 굳은 표정으로 몸을 돌려 자세를 취했다. 나를 바라보며 웃고 있는 통통한 남자는 바로 아까 블리히 경 옆에서 서류를 검토하던 하급 장교였다. 블리히에게만 신경이 쓰여서 신경도 못 쓴 녀석인데 하필이면 저놈이! 어둠 속에 숨어 있던 자들이 하나둘씩 모습을 드러내기 시작했다.

"쥐새끼 한 마리가 다 된 밥에 재 뿌려서야 곤란하지."

"배신자는 어니스트가 아니라 네놈이었냐!"

"어니스트? 그 우둔한 친구 말이로군. 매수되긴 했지. 다만 이 마차를 타고 악투르로 갈 사람이 왕족이라는 것은 꿈에도 모르고 있었지만. 과거형으로 말하는 이유는 지금은 저세상으로 갔기 때문이야. 참고로 말하자면 나 말고도 매수된 자들은 많아. 가령 예를 들자면…… 왕자와 공주를 경호했던 근위대 대장이랄까? 와하하하!"

"더러운 놈!"

그때 관문 식당에서 불길이 오르며 요란한 굉음들이 들려오기 시작했다. 칼과 비명 소리, 폭발음, 기습이라고 고함치는 소리. 식사 중이던 경비대 병사들이 학살당하고 있었다.

나는 파랗게 질린 얼굴로 그쪽을 바라봤다. 매수된 장교는 그 불길을 지켜보며 입꼬리를 올렸다.

"뭐 불쌍하긴 하지만 확실한 게 좋은 거니까."

"얼마에 매수된 거냐, 이 매국노!"

"얼마? 내가 고작 돈 몇 푼 때문에 이 일에 끼어들었다고 생각하나?"

"그게 뭐든 간에 이런 짓을 정당화시킬 수는 없어!"

그는 죄책감 같은 건 털끝만큼도 없는지 연신 히죽거리며 말을 이었다. 구역질이 나는 놈이었다.

"왕자와 공주를 되돌려 받는 조건으로 남부의 도시 여섯 개를 내준다. 너라면 응하겠나?"

"절대! 그건 결코 들어줄 수 없는 요구다!"

그건 나라를 내주는 것과 다름이 없으니까. 아무리 무능한 왕실 관료라도 그쯤은 알고 있을 것이다.

"그렇지. 불가능하지. 심장을 내놓는 것과 같거든."

나는 당연하다는 듯이 말하는 그를 굳은 표정으로 바라봤다. 이 일에는 분명 어떤 끔찍한 내막이 있었다. 그리고 그는 자랑스러운 듯 그것을 말해 주고 있었다.

"그럼 이제 어떻게 될 것 같나. 응?"

"그건…… 전쟁?"

베르스의 선택은 그것밖에 없었다. 악투르 왕국과의 전면전쟁, 승산이 없는 것도 아니고 왕족이 잡혀갔다면 명분 또한 확실하다.

"그래, 전쟁이야. 이미 에스테반 테시테리오 남작이 이끄는 부대가 이곳으로 남하하고 있으니까. 지금쯤 모든 영지에 징집 명령이 떨어졌겠군."

"건방 떨지 마! 베르스와 전면전을 붙어서 이길 것 같아? 노략질밖에 못 하는 녀석들 주제에!"

솔직히 반쯤은 허세였다. 한 번도 싸워 본 적이 없는 우리나라가 어떻게 될지는 나도 알 수가 없다. 하지만 사태가 이렇게 되면 싸우는 방법 외엔 없고, 싸운다면 결코 지면 안 되는 것이었다.

"한 마디 더 해 줄까? 방금 전 이오타 왕국이 이 나라에 군사 원조를 하기로 결정했다."

"……!"

군사력 차이가 우리나라의 백배 이상인 이오타가 우리를 지원한다면 당연히 악투르 왕국에는 아무런 승산도 없다. 그런데 그게 뭐가 즐거워서 히죽거리고 있는 건지, 알 수가 없었다.

"빠르기로 소문난 이오타 기병대가 국경선을 넘어 이곳에 내려올 때까지 사나흘이면 충분하겠지. 알다시피 최강의 전투력을 지닌 부대야."

"흥! 그럼 네 녀석들의 목숨도 이제 사나흘밖에 안 남았다는 의미로구나! 그게 뭐 신나서 웃고 있…….."

나는 말을 흐렸다. 눈이 흐려지고 표정이 창백해져 갔다. 그가 뭘 말하고자 하는지 알 것 같았다. 인정하고 싶지 않지만 그가 이런 상황을 기뻐할 이유는 단 하나뿐이었다.

"이제 베르스는 국경을 열고 정말 고맙다면서 이오타의 군대를 받아들이겠지. 이오타의 대군은 왕도 아스말까지 아무런 저항도 없이 갈 수 있을 거고. 그런데 그들이 갑자기 생각을 바꿔 베르스를 치기로 마음먹는다면? 몸속에 들어간 폭탄이 터진 것과 같아. 하루도 못 버텨. 큭큭큭."

나는 떨리는 목소리로 말했다.

"이 납치 사건의 배후에 있는 게…… 이오타 왕국이었나."

그는 대답 대신 커다랗게 웃었다. 그리고 말했다.

"이오타가 단숨에 베르스의 숨통을 끊고 우리 악투르가 침공해서 베르스를 삼키면, 나는 그 대가로 이 지역의 영주가 되기로 약속받았다. 어때, 이 정도면 충분히 배신할 만한 가치가 있지?"

"하지만 어째서…… 이오타는 평화 회담에도 참석한 우리 우방인데."

"너는 태어나서 한 번도 친구에게 배신당한 적이 없나 보지?"

"이오타에게 우리나라 정도는 보잘것없이 작은데, 어째서 악투르와 손잡으면서까지 이러는 거냐!"

생각할 것도 없다. 어린애 사탕 하나 빼앗으려고 총을 뽑아드는 꼴이었다. 쇼메의 말마따나 이런 작은 나라는 원하면 다 사버려도 되는 수준이다. 납치같이 치졸한 짓은 프라이드가 강한 쇼메의 스타일이 아닐뿐더러 이런 짓을 저지르면서까지 탐을 낼 이유도 없는 것이다.

"악투르는 베르스를 먹는 조건으로 이오타에게 충성을 맹세했다. 말하자면 악투르와 이오타는 한 나라가 되는 셈이지. 간단한 지리 공부 하나 해 볼까? 악투르 밑에는 어떤 나라가 있지?"

나는 힘없는 목소리로 중얼거렸다.

"……콘스탄트."

"이오타의 군대는 곧바로 북부 콘스탄트를 칠 것이다! 그곳의 군대는 남부 콘스탄트와 내전을 하느라고 북쪽에는 수비군이 별로 없으니까, 등을 찔린 기분이 들 테지. 말하자면 베르스는 북부 콘스탄트를 치기 위한 교두보가 되는 셈이야! 하하하!"

그는 자기가 이오타의 국왕 빌헬름이라도 된 양 미친 듯이 웃고 있었다. 나는 이 납치가 세계적인 분쟁의 씨앗임을 알았다.

이오타의 군대는 베르스와 악투르만 통과하면 곧바로 북부 콘스탄트 국경선에 도착한다. 타국 군대가 자기 나라 통과하는 걸 눈 뜨고 지켜볼 국왕은 아무도 없지만, 지금 같은 상황이라면 이야기가 다른 것이다. 이오타의 대군은 일주일 안에 북부 콘스탄트를 공략할 준비를 마칠 수 있다.

그 순간 불길한 생각이 뇌리를 스쳤다.

"설마, 남부 콘스탄트도 이오타와 손잡고 있는 건가."

이오타와 남부 콘스탄트가 손을 잡고 남북에서 공격해 들어오면 북부 콘스탄트는(아무리 키르케 님이 있다고 하더라도) 오래 버틸 수가 없을 것이다.

그렇게 북부 콘스탄트가 멸망하고 이오타와 남부 콘스탄트가 연합을 하면 마키시온 제국과 대적할 수 있을 정도로 거대해진다. 그건 세계대전을 의미했다.

"생각이 많은 놈이로군. 뭐, 어차피 죽을 놈이 머리 써서 뭐하겠어. 처리해."

그가 턱으로 날 가리키자 악투르의 특수 부대쯤으로 보이는 녀석들이 내게 다가왔다. 특히 그중에도 오른쪽 눈을 거친 상흔이 대신하고 있는 외안의 남자는 보는 것만으로도 오싹한 살기가 느껴졌다.

잔인한 미소를 띤 그들은 내 머리칼을 잡아챘다. 그러고는 커다란 주먹이 내 복부에 꽂혔다.

"아악!"

배가 뚫리는 것 같은 고통이 몰려왔다. 눈앞이 흐려지며 다리가 풀렸다. 하지만 그들은 날 억지로 일으켜 세우고는 계속 주먹을 날렸다.

나는 비명을 지르기가 싫어서 입술을 깨물었다. 본능적으로 눈물이 맺혔다. 그들은 전리품이라도 얻은 양 내 머리칼을 잡아 올리며 그런 내 모습을 즐기고 있었다.

"하하! 이런 게 기사라니, 역시 베르스의 놈들은 약해 빠졌구나!"

"시간 없어. 그만 장난치고 죽여 버려."

배신한 장교는 목을 긋는 시늉을 했다. 나는 그를 죽일 듯이 쏘아봤다. 그때 예의 오른쪽 눈을 잃은 사내가 말했다.

"이 자식, 악투르로 데려갈 거요."

"보르츠! 무슨 소리야!"

"내 영주가 이런 곱상한 놈을 좋아해서 말이지. 뭐, 여기 온 기념품 정도랄까."

혼미한 정신 속에서 그들의 말이 윙윙거리며 귓가를 울리고 있었다.

"넌 이 일을 진지하게 생각하긴 하는 거냐! 당장 죽여!"

"나한테 명령하지 마! 돈에 조국을 배신한 돼지 새끼. 목적이 같아서 돕기는 하지만, 우리 용맹한 악투르 전사들은 너 같은 썩어 빠진 종자들을 가장 경멸한다. 모가지 따 버리기 전에 아가리 닥치고 있어!"

보르츠라는 이상한 이름의 남자는 질색이라는 듯이 침을 뱉고 있었다.

"젠장! 맘대로 해! 싸움밖에 모르는 무식한 것들!"

하하…… 살았네. 이거 내가 기뻐해야 하나.

너무도 분한 맘에 눈에서 눈물이 떨어지고 있었다. 그때 빠른 발소리가 들려왔다. 누군가 다가와서는 다급하게 보고했다.

"무, 문제가 생겼습니다."

"뭐야?"

"베르스 왕실이 이오타의 군대를 받아들이는 것을 거절했습니다. 남하하던 에스테반 남작의 부대가 회군하여 이오타 국경선 쪽으로 전속 진군하고 있습니다."

"말도 안 돼. 우둔한 왕실 놈들이 어떻게 그런 예측을……."

"아이히만 대공이 돌아왔습니다."

"……!"

"지금 그가 진두지휘를 하고 있습니다. 빨리 이곳을 떠야 합니다!"

"빌어먹을! 어쨌든 예정대로 왕자와 공주를 악투르로 데려간다!"

정말 다행이야, 고마워요, 철혈 할아범…….

나는 고개를 꺾은 채 희미한 미소를 지었다. 곧 뒷머리에 둔탁한 충격을 느꼈고 나는 정신을 잃었다.

18.

하루? 혹은 이틀? 얼마 동안 정신을 잃었던 것일까. 아심은 괜찮을까? 블리히 경은? 아심은 그 아수라장에서 어찌 보면 가장 안전한 감옥 안에 있었으니까 안전할 것 같고, 블리히 경은 몸보신에 일가견이 있는 사람이라서 왠지 무사히 도망쳤을 것 같다.

그럼 왕자님은? 공주님은? 단편적인 상념들이 이리저리 떠다닌다.

머릿속은 오랫동안 치우지 않은 방처럼 눅눅하고 어지러웠다. 줄곧 묶여 있었나 보다. 망치로 얻어맞은 것 같은 통증이 온몸에 달라붙어 있었다. 뒤로 꺾여 결박된 두 팔은 움직일 줄 몰랐다. 나는 조금씩 눈을 떴다. 강렬한 햇빛이 눈을 찔렀다.

"아으으윽."

가슴이며 어깨가 너무나 아파서 신음 소리를 뱉어내며 몸을 떨었다. 공기가 건조했다. 베르스에서는 맡아 본 적이 없는 느낌이다. 악투르에 온 것일까. 바닥은 메마른 지푸라기로 가득했고 눈앞은 두터운 철장이 세로 줄을 긋고 있었다. 감옥이었다.

"정신이 드나."

"누, 누구?"

갑작스러운 목소리에 나는 깜짝 놀라 고개를 돌렸다. 그는 벽에 기대어 있었다.

"카론 경!"

평소와 달리 헝클어진 머리에 찢기고 피에 물든 제복이 초췌해 보였지만 표정만큼은 언제나 그렇듯이 차갑고 이지적인 인상 그대로였다.

"카론 경도 잡힌 건가요?"

"잡힌 게 아니라 잡혀 준 거다."

그는 자존심이 상한 듯이 곧바로 내 말을 정정했다. 다른 사람이었다면 괜한 허세라고 생각했을지 몰라도 그는 정말 무슨 계획이 있어서 이렇게 잡힌 것 같았다.

나는 너무도 생소한 주변을 두리번거렸다. 감옥 안에는 우리뿐이었다.

"그런데 여기는…… 어디죠?"

"악투르 왕국. 요새 도시 우르콰르트."

"역시 악투르까지 왔군요."

나는 한숨을 내쉬며 중얼거리다가 눈이 번쩍 뜨여 카론 경을 바라봤다. 우르콰르트는 분명히 납치된 이멜렌 님을 카론 경이 구출했던 그 도시? 이놈들은 납치했다면 모조리 이곳으로 데려오는 거야? 아니, 그보다 카론 경은 이곳에 온 게 두 번째일 테니까—꽤 운명이 얄궂다는 생각이 들었다.

그런데 그때 이멜렌 님을 구한 사람은 카론 경과 또 한 명의…… 나는 조심스럽게 물었다.

"카론 경. 지금 물을 말은 아닌 것 같지만, 예전 키릭스 경이라는……."

"지금 물을 말이 아니면 묻지 마라."

그의 단호한 목소리에 나는 찔끔했다. 그는 싸늘한 시선으로 정면만 응시하고 있었다. 어째서 자신을 도와준 사람에 대해 저리도 차갑게 입을 다무는 걸까.

카론 경은 다친 몸이 아파 오는지 묶인 몸을 움직여 좀 더 벽에 기대어 허리를 폈다. 표정과 숨소리에는 변화도 없었다. 이렇게 감옥에 잡혀 있는데도 그의 모습은 완벽하게 정련된 칼날처럼 날이 서 있었다. 굉장한 정신력이다.

"카론 경, 이 일에는 매수된 자들이……."

"알고 있다. 이오타의 계산도. 왕실을 떠나기 전부터 예측하고 있었어."

역시 블리히 경이 집무실에서 봤던 기록들이 그것이었다. 보나 마나 왕실의 관료들은 카론 경의 추리를 믿지 않았을 것이다. 우방국 이오타가 자신들을 버렸다는 것은 절대로 인정하기 싫었을 테니까. 하지만 안 믿는다고 사라질 일이 아니지 않은가!

"아이히만 대공이 이오타의 계획을 저지하고 있어요."

"역시 노련하군. 덕분에 시간을 벌었다."

그는 정면을 응시하며 말을 이었다.

"악투르는 왕자님과 공주님을 해치지 못해. 이곳 어딘가에 감금되어 있을 것이다. 다행히도 나는 이 지역의 지리를 잘 알고 있고, 이제 기회가 닿으면 탈출해서 그분들을 구하겠다."

나는 진지한 표정으로 그를 바라봤다.

"엔디미온 경."

"예?"

"만약 내게 문제가 생긴다면 자네가 그분들과 함께 이곳을 탈출해라."

"하, 하지만!"

"반대의 경우에는 내가 그렇게 할 것이다. 명심해라."

"……네."

지금은 결코 녹록한 상황이 아니다. 왕실은 저 멀리 있고 왕자님과 공주님을 구할 유일한 희망은 적 도시 한복판에 잡혀 있는 두 명의 기사뿐이다. 도와줄 사람은 없다.

마른침을 꿀꺽 삼켰다. 예전부터 내가 원하던 '정의의 기사'가 된 것이지만 기쁘다기보다는 말 못 할 중압감이 가슴을 짓눌렀다. 도무지 카론 경처럼 냉정하고 침착하게 있을 수가 없었다.

불안감에 몸을 꼼지락거리는 나를 슬쩍 본 카론 경이 중얼거렸다.

"목표로 가는 과정에 지옥이 있다면 어떻게 할 건가."

"돌아서 갈 방법은 없나요?"

"없다. 포기하고 돌아가든가 뚫고 나가든가 둘 중 하나라면."

"그럼…… 지옥을 건너겠습니다."

절대로 포기할 수 없는 목표가 있다면 방법이 없지 않은가. 그가 말했다.

"이곳은 적어도 지옥보다는 낫다. 안심해라."

그 무뚝뚝한 말이 내겐 굉장한 격려가 되었다. 그의 확고한 의지를 조금은 수혈받은 기분이었다.

손대면 얼어붙어 버릴 것 같은 표정으로 그렇게 말한 카론 경을 보면서 감탄스럽다가, 곧 웃음이 나왔다.

참 묘한 배려심이지 않은가.

"호오오, 그거 지금 절 격려해 주신 말인가요? 그런 무서운 표정으로?"

"그, 그냥 생각나서 한 말이다. 내가 뭣 하러 자넬 격려하나!"

"헤헤. 격려 감사합니다아. 엄청 자상하시네요오."

"큭! 키스 밑에서 이상한 것만 배워서는!"

그는 빨개진 얼굴을 돌렸다. 헤에. 의외로 이 사람한테도 귀여운 면이 있어. 아무튼 항상 느끼는 거지만 저 절대영도의 벽에 금을 가게 만드는 위크 포인트는 키스 경이로군.

그때 시끄럽게 떠드는 소리와 함께 서너 명의 무리들이 이곳으로 몰려왔다. 그들의 손에는 거친 음식들이 아무렇게나 올려져 있는 쟁반 두 개가 들려 있었다.

그들이 문을 열고 들어왔다. 나는 사나운 눈빛으로 그들을 노려봤지만 카론 경은 여전히 아무런 표정도 없었다.

"맛있게 먹어 두는 편이 좋을 거야. 오늘이 지나면 너희들은 사자 밥이 될 테니까."

그 말에 나도 모르게 움찔했지만 카론 경은 들은 척도 안 하는 것 같았다. 정말 저 배짱, 무서울 정도야.

세상에는 안전할 때만 강해지는 사람이 있는 법이다. 그들은 구둣발로 묶여 있는 카론 경의 어깨를 짓밟았다. 옆에 있어서 잘 못 봤는데, 카론 경의 왼쪽 어깨에는 칼에 베인 심한 상처가 있었다. 그걸 밟고 비벼 대고 있었다.

"너 같은 놈이 예전 이곳에 와서 보르츠의 한쪽 눈을 찢어 버렸다는 게 믿기질 않는군. 정말 그런 가느다란 몸으로 싸움을 할 수는 있는 거냐?"

보르츠라면(그러니까 영주인가 하는 놈한테 넘기려고) 나를 여기로 잡아왔던 애꾸눈? 반쯤 미친 것 같은 과격한 놈이었는데—이멜렌 님을 구하기 위해 왔을 때 그의 눈을 그 꼴로 만든 사람이 바로 카론 경이었던 것이다. 말을 들어보니까 여기서는 상당한 역량을 가진 전사인 것 같았다(악투르에서는 기사 대신 전사라고 부른다).

지그시 눈을 감고 있던 카론 경은 빈정거리는 놈들에게 일일이 대응하고 싶지도 않은지 천천히 눈을 치뜨며 새파란 빛이 서린 눈동자로 그들을 바라봤다. 특별히 쏘아본 것이 아닌데도 그들은 움찔하며 뒤로 물러섰다. 솔직히 옆에서 보고 있던 나도 좀 오싹했다.

묶여 있는 상대의 기에 눌린 그들은 스스로도 창피한지 인상을 찡그렸다.

"흥. 보기보다 눈이 사나운 놈이로군. 조만간 그 눈에서 자비를 바라는 눈물이 흐를 거다! 보르츠가 널 으깨 버리려고 벼르고 있어!"

그때였다. 호랑이도 제 말 하면 온다고 잔뜩 성질이 오른 보르츠가 철창문을 덜컥 걷어차며 들어왔다. 눈가를 일자로 긋고 있는 거친 상흔이나 바짝 깎은 머리, 흉터투성이의 근육질 몸은 완전 카론 경과는 정반대의 인간이었다. 공통점이라면 둘 다 무서운 검술의 소유자라는 것일 테지.

보르츠가 들어오자 다른 자들은 곰을 만난 족제비들처럼 슬금슬금 감옥 밖으로 나갔다. 그는 내게는 전혀 관심도 없었고 단지 카론 경 앞에 놓여 있던 식사를 내려다보다가 으르렁거렸다.

"먹어."

그는 카론 경을 본 것만으로도 화가 치밀어 오른 듯했다.

"여기 잡혀 와서 한 끼도 안 먹었군. 당장 먹어. 난 네가 최상의 상태일 때 결투하고 싶다."

뭐? 결투?

"내일 오전, 이곳 콜로세움에서 너와 일대일로 싸우기로 결정했다. 모두가 지켜보는 앞에서 널 죽이고 내가 최강이라는 걸 증명하겠다."

상식 밖의 말이라서 나는 놀란 얼굴로 그를 바라봤다. 보르츠는 상처 입은 오른쪽 눈을 손으로 가린 채 야수처럼 카론 경을 노려보고 있었다.

"그때 네놈이 날 이겼다는 것, 나는 절대 인정 못 해. 제대로 다시 한 번 싸워 보자. 약속하지. 네가 이기면 널 풀어 주겠다."

엄청난 투쟁심이었지만, 카론 경은 그 광기에 휘말리지 않고 무표정한 얼굴로 그를 올려다보며 말했다.

"날 풀어 주면 네 입장이 곤란해질 텐데?"

"흥! 여전히 건방지군! 어차피 넌 내 손에 죽을 테니까 그런 걱정 할 필요 없어. 네놈과 싸우는 것은 아무도 방해 못 해! 그때는 그 빨간 눈동자의 악마 놈이 네 옆에 있어서 당했지만 지금은 아니지. 네놈 혼자 날 이기는 건 절대 불가능해."

빨간 눈동자라니, 설마 그 '악마'는 키릭스 세자르를 의미하는 것일까. 문득 키스 경의 모습이 스쳐 지나갔다. 물론 그에게 악마라는 섬뜩한 칭호는 조금도 어울리지 않지만. 머리가 복잡했다. 카론 경은 엉뚱한 말을 했다.

"그분들은 잘 계시나?"

"잘났군! 끝까지 구해 보겠다 이거냐? 이런 적진 한복판에서 그게 가능할 것 같아?"

"해 보면 알겠지."

카론 경은 눈앞의 음식을 발로 밀며 읊조렸다.

"계속 날 무시할 생각이냐. 네 아내를 욕보인 장본인이 바로 난데도?"

나는 순간 몸이 굳었다. 그는 비웃음을 보이며 집요하게 카론 경을 도발하고 있었다. 카론 경은 대답 없이 고개를 숙여 바닥을 바라봤다. 긴 흑발이 비단처럼 흘러내렸다.

"네놈이 싸울 생각이 있든 없든 그건 알 바 아냐! 내일 오전, 난 네 녀석을 죽여 버리고 명예를 되찾을 것이다. 죽을 준비를 해라!"

보르츠는 그렇게 쏘아붙인 뒤에 밖으로 나갔다. 카론 경은 한참 동안 말이 없었다. 나는 조심스럽게 고개를 숙이고 있는 그를 봤다. 뭐라도 위로해 주고 싶었다.

"카론 경. 어쩌다 저런 흉포한 녀석과……."

나는 말을 흐렸다. 카론 경의 눈빛은 정말 무섭게 달아올라 있었다. 그 모습은 시리도록 차가웠지만 눈앞에 누가 있더라도 태워 버릴 것처럼 격렬했다. 저토록 분노한 모습을 보는 것은 처음이라서 나는 뭐라고 할 말을 찾지 못해 경직된 상태로 가슴만 두근거렸다.

"엔디미온 경."

"아, 네."

"내게도…… 감정이라는 것이 있다."

그는 자기 분노를 추스르는 주문처럼 그렇게 중얼거렸고, 두 눈동자 속눈썹 밑에 맺혀 있는 시린 살기는 천천히 슬픈 빛으로 변해 가다가 이내 평소처럼 돌아왔다. 그는 겨우겨우 억눌렀다.

자기 아내를 범한 자가 눈앞에 있다는 건 그 자체만으로도 이성을 잃을 일이다. 죽여 버리고 싶었을 것이다. 카론 경은 단지 왕자님과 공주님을 구해야 하는 기사라는 입장 때문에 그 격한 분노를 강제로 다스려야 했다.

19.

밤이 찾아온 뒤에도 카론 경은 전혀 식사를 하지 않았다. 사실 무척이나 배가 고팠던 나는 조심스럽게 그에게 말했다.

"그런데 카론 경, 정말 한 끼도 안 드실 거예요?"

"먹고 싶으면 먹어라."

그는 여전히 먹을 생각이 없는지 창밖을 바라보며 구출할 생각에만 몰두하고 있었다.

확실히 이렇게 몸이 묶인 상태로 저걸 먹어야 한다는 것은 굴욕이다. 짐승처럼 직접 입을 대고 먹는 수밖에 없는 것이다. 카론 경처럼 프라이드가 강한 사람이 그런 짓을 할 리가 없었다, 그래서 안 먹는 거라고 생각했다.

그때 그가 조금 불만 섞인 목소리로 말했다.

"당근은 토끼나 먹는 음식이야."

"엥?"

나는 의외의 말에 눈을 깜빡거리며 쟁반을 바라봤다. 정말 악투르 특산 매운 당근이 한가득이었다. 다시 카론 경을 바라봤다. 그는 쓸쓸한 표정으로 계속 창밖만 바라보고 있었다.

"……."

"……."

그거 알아요? 당신, 지금 굉장히 치졸해 보여!

"결국, 당근 때문이었습니까?"

"싫고 좋고의 문제가 아니야. 당근은 사람이 먹을 수 있는 게 아니다. 이상한 맛이 나."

그는 아무런 논리도 없는 말을 엄청 단호하게 말하고 있었다.

"저, 저도 사람입니다만."

"흥. 그런 걸 먹으면 기분만 나빠진다."

"편식이 심하시군요."

위크 포인트 하나 추가. 악투르산 매운 당근. 카론 경을 묶어 놓고 강제로 당근 스프를 먹이는 키스 경의 '냐하하하' 웃음소리가 머릿속에서 빠르게 지나갔다. 이거 웃어야 할지 애도를 표해야 할지…….

"충분히 자 둬라. 내일 움직인다."

그는 그렇게 말하고는 벽에 기대어 눈을 감았다. 나는 당근 요리가 전부인 쟁반을 한참 동안 노려보며 저걸 먹어 말아, 라고 계속 고민하다가, 왠지 카론 경의 말을 듣고 나니까 나도 당근이 꼴도 보기 싫어져서 곧 드러누워 눈을 감았다.

이런 상황에서도 졸음이 온다는 것은 나도 꽤 대담해졌다는 증거일 것이다.

이곳, 우르콰르트에 있다 보니까 나는 왠지 더 생생하게 예전 카론 경이 이멜렌 님을 구했을 때의 모습을 상상할 수 있었다. 그때 카론 경은 막 이십 대였을 테고, 옆에는 나 대신 키릭스 세자르가 있었을 것이다.

그 광기 어린 보르츠조차도 치를 떨던 그 위험한 자는 대체 누구일까. 키스와 같은 성, 그리고 붉은 눈…… 그를 상상하자 왠지 모르게 섬뜩한 기분이 들어 나는 생각을 멈추고 잠을 청했다. 그리고 눈을 감은 채 말했다.

"카론 경."

"……."

"그 보르츠라는 작자와 정말 싸울 생각이세요?"

"……."

그는 대답하지 않았다.

"예전에도 이겼으니까 지금도 이기는 건 어렵지 않을 테죠?"

카론 경이 슬쩍 몸을 움직이는 소리가 들려왔다. 잠시 후 그의 목소리가 들렸다.

"나 혼자였다면 그때 보르츠를 이길 수 없었을 거다."

나는 적잖게 놀랐다. 그렇게 강하단 말인가? 정말 키릭스라는 '악마'가 있었기 때문에 물리쳤던 걸까. 그는 더 이상 말이 없었고 나는 몸을 웅크렸다. 악투르의 밤공기는 푸석푸석했다.

20.

"엔디미온 경, 일어나라."

카론 경의 목소리에 흠칫 놀라 잠에서 깨어났다. 맙소사, 나는 내 몸에 칭칭 휘감겨 있는 긴 금발을 보며 허망한 표정을 지었다. 어떻게 이런 상황(적진에 잡혀 있는 데다가 몸까지 묶여 있는 상황)에서까지 이리도 자유분방한 잠버릇을 구사할 수 있단 말인가.

'대체 어떻게 하면 묶일 수가 있지?' 라고 끙끙거리며 꼼지락 꼼지락 머리를 풀고 있는 나를 카론 경도 떨떠름한 표정으로 지켜봤다. 아이고, 이거 대단히 민망하네.

그때 예의 악투르 녀석들이 보르츠와 함께 몰려오는 소리가 들렸다.

"야! 죽을 시간이다!"

상큼한 아침 인사와 함께 감옥에 들어온 그들은 나와 카론 경을 거칠게 일으켰다. 굳어 있던 다리에서 격통이 몰려왔다. 보르츠는 이미 갑옷까지 입은 상태였고 얼굴은 희열과 투지에 얼룩져 있었다. 그는 악인이라기보다는 광인이었다.

"카론, 너도 갑옷을 입겠나?"

"필요 없다."

"오늘이 네놈의 마지막 날이다. 깨끗한 옷으로 갈아입혀 줄 용의는 있다."

"필요 없다."

카론 경은 항상 똑같은 답을 도출하는 기계장치처럼 차갑게 거절했다. 카론 경 스스로도 혼자서는 이길 수 없었다고 말했던 보르츠라는 전사는 뜨거운 숨을 내쉬고는 앞장서서 나갔다. 인간의 것이 아닌 듯한 근육이 꿈틀거렸다.

"투기장(鬪技場)으로 가자! 한시도 낭비하기 싫다!"

그때 부하가 나를 가리키며 말했다.

"그런데 이놈은 어쩌죠?"

"거기 내버려 둬. 영주한테 선물로 줄 녀석이다."

보르츠는 귀찮은 듯이 대꾸했다. 나는 곧바로 외쳤다.

"나도 지켜보게 해 주세요!"

"뭐?"

발걸음을 멈춘 보르츠는 몸을 돌려 어이가 없다는 듯이 나를 바라봤다.

"너 같은 놈이 전사들의 결투를 이해할 수나 있겠나! 닥치고 거기 있어."

"흥! 당신 같은 고깃덩이가 은의 기사를 이길 수 있을까요?"

"감히 이 새끼가……."

그의 모습은 당장이라도 날 찢어죽일 것 같았지만 나는 계속 건방진 표정으로 비웃음을 보였다.

"보나 마나 비겁한 수법을 준비했겠죠. 왜냐하면 당신은 절대로 정정당당하게 카론 경을 이길 수 없으니까!"

"지금 나보고 비겁하다고 지껄였냐!"

그의 무서운 고함 소리가 용의 포효처럼 감옥을 울렸다. 나는 그의 역린을 건드렸다.

"좋아! 저놈도 데려와! 네놈의 눈으로 카론이 내 앞에 무릎 꿇는 모습을 똑똑히 확인시켜 주마! 그걸 보여 준 뒤에 네놈도 내가 씹어 먹어 주겠다!"

"하하하. 기대되네요!"

배짱 좋게 웃었지만 내 등에서는 식은땀이 흘러내리고 있었

다. 이건 정말 살인 곰을 약 올리고도 살아남길 바라는 짓거리로
군.

하지만 어떻게 해서든 혼자 감옥 안에 남아 있을 수는 없었다.
경기장으로 끌려가면서 카론 경이 심란한 목소리로 속삭였다.

"엔디미온 경, 쓸데없는 도발은 자제해라. 안 그래도 벅찬 상
대다."

"영주의 선물 세트가 되는 것보다는 낫잖아요."

21.

악투르 인들의 기질을 단적으로 보여 주는 것이 바로 투기장
이다. 이 나라의 필수 건축물 중의 하나로, 심지어 '마누라 없이
는 살아도 콜로세움 없이는 못 산다' 라는 농담 같지 않은 농담
까지 존재한다.

물론 우리 베르스에도 투기장이 있긴 하지만(나도 관람하는 것
을 좋아하지만) 이곳처럼 상대가 죽을 때까지 싸우는 무규칙 사투
는 아니다.

악투르 인들은 진정한 명예란 오직 목숨을 건 결투에서 얻는
것이라고 믿는 자들이었다.

투기장으로 향하는 어둑한 지하 통로에까지 관중들의 거친 환
호성이 울리고 있었다. 개폐식 철망으로 막혀 있는 통로 끝에 서

자 보르츠의 이름을 외치는 그 열광의 함성에서 전쟁터나 다름 없는 열기가 느껴졌다. 나는 나도 모르게 위축되었다. 피를 원하는 맹수들 같았다.

묵묵히 걸어가던 카론 경이 처음으로 입을 열었다.

"많이 모였나 보군."

보르츠는 입꼬리를 올렸다. 목소리는 폭력에 상기되어 있었다.

"물론이지! 한 명에게라도 더 네놈이 내 발밑에 무릎 꿇는 모습을 보여 주고 싶으니까. 그동안 얼마나 기다렸던 순간인가. 오늘로서 나는 내 명예를 되찾는 거다."

그는 이미 승리를 음미하고 있었다. 철문이 진동하며 천천히 열리고 있었다. 빛이 쏟아져 들어왔고 수천 관중의 환호가 우리의 몸을 뒤흔들었다. 카론 경은 싸늘하리만큼 침착한 모습 그대로 말했다.

"그렇다면 경비병들도 다 여기에 모여 있겠군."

"그래, 모두 소집했다."

"그거 다행이군."

그와 함께 카론 경은(방금 전 풀어 둔 것 같은) 포승을 바닥에 떨어트렸다. 보르츠는 소스라치게 놀랐다. 나는 카론 경이 격투에도 상당히 실력이 있다는 것을 지금 처음 알았다.

그와 함께 몸을 빙글 돌린 그는 팔꿈치로 옆에 있던 거한의 턱을 날렸고 긴 다리가 회전하며 당황하던 다른 녀석의 관자놀이를 찍었다. 둔탁한 소리와 함께 산사태가 난 것처럼 그들의 몸이 무너졌다.

'세상에!'

나는 그의 움직임을 제대로 쫓아갈 수도 없었다. 카론 경은 곧바로 쓰러진 자의 검을 뽑았고, 그 즉시 제대로 칼을 뽑아 들지 못한 다른 두 명의 목이 날아갔다. 그리고 몸을 돌려 나를 묶고 있던 밧줄만 정확하게 잘랐다.

마치 마술과도 같았다. 아마도 카론 경은 어제부터 이 상황을 계속 머릿속에서 연습하고 있었을 것이다.

"카, 카론 경."

"뭐하고 있나. 검을 잡아라."

그는 그렇게 말하며 왔던 길로 달리기 시작했다. 보르츠는 괴물로 변신이라도 할 것처럼 격렬하게 몸을 떨며 소리쳤다.

"카론! 네가 그러고도 전사냐!"

카론 경은 문득 발을 멈추고 그를 돌아봤다. 긴 흑발 사이로 보이는 그의 눈매에는 예의 시린 살기가 맺혀 있었다.

"보르츠, 나는 기사다. 주군을 지키는 것만이 내가 검을 쓰는 유일한 이유다. 너의 하찮은 유희에 일일이 동참할 생각은 처음부터 없었다."

"하찮다고!"

"하지만 잊지 마라. 넌 내가 죽인다. 지금이 아닐 뿐이다."

그리고 카론 경은 다시 달렸다. 보르츠의 성난 포효가 계속 들려왔지만 그는 뒤돌아보지 않았다. 지금 가장 싸우고 싶은 사람은 바로 카론 경일 것이다. 아내에게 몹쓸 짓을 한 보르츠를 처단하고 조금이라도 그녀의 비극을 달래고 싶을 것이다.

나는 그가 그녀를 얼마나 사랑하는지 잘 알고 있다.

하지만 그는 차가운 시선만을 앞으로 향한 채 왕자님과 공주님이 있을 곳으로 말없이 달리고 있었다.

22.

역시 카론 경은 10여 년 전 이곳, 우르콰르트를 침투했을 때의 기억을 완벽하게 떠올리고 있었다. 그의 뛰어난 두뇌는 이 거대한 성의 구조를 정확하게 꿰뚫고 있었고, 왕자님과 공주님이 납치되었을 곳을 향해 한 치의 오차도 없이 달리고 있었다. 나라면(설령 지도를 들고 있다고 해도) 이렇게 빠르게 움직일 수는 없었을 것이다.

"여기에서 왼쪽!"

"네!"

나는 그 바람 같은 속도에 뒤처지지 않기 위해 죽을힘을 다해야 했다. 성 전체에 비상을 알리는 격렬한 타종이 울리고 있었다.

"누, 누구냐!"

보르츠의 말대로 병사 대부분은 지금 콜로세움에 있었다. 얼마 남지 않은 경비병들은 카론 경을 단 한 번도 막지 못한 채 쓰러졌다. 자신의 검이 아님에도 불구하고 그의 검술은 충분히 치명적이었다.

카론 경이 예측한 곳은 나선 계단 꼭대기에 있는 첨탑 위의 밀실이었다. 문 앞에 도착해 경비병을 처치한 그가 뺨에 묻은 피를 닦으며 말했다.

"예전 이멜렌을 가둔 곳도 여기였어."

그렇게 말하는 눈빛에는 희미한 안타까움이 엿보였다. 그때, 조금만 더 빨리 구했더라면 그녀가 그런 일을 당하지도 않았을 텐데.

카론 경은 두꺼운 나무 문을 십자로 그었고 날카로운 검술이 단숨에 장벽을 무너트렸다.

그 문 뒤에는 떼어 낸 의자 다리를 들고 우리를 노려보는 페르난데스 왕자님과 그 뒤에서 몸을 떨고 있는 제냐 공주님이 있었다. 초췌한 모습의 왕자님은 믿기지 않는다는 얼굴로 나무 방망이를 떨어트리며 중얼거렸다.

"카, 카론 경. 엔디미온 경!"

너무 반가워서 눈물이 쏟아질 것 같았다. 제냐 공주님은 얼마나 두려움에 떨었는지 우리를 보자마자 카론 경에게 달려가 다리를 껴안고는 커다랗게 울기 시작했다. 왕자님은 곧 평정을 찾으며 반짝거리는 눈으로 말했다.

"고맙소. 모두들."

카론 경은 공주님을 들며 입을 열었다.

"전하, 무례를 용서하십시오. 예의는 이후에 갖추겠습니다."

그리고 나는 왕자님을 업었다. 본래 체구가 작은 데다가 납치의 고초를 겪어서 그런지 별로 무게를 못 느낄 만큼 가벼웠다. 우리는 카론 경이 이끄는 대로 도주용 마차가 있는 곳으로 달리기 시작했다.

23.

예상대로 우르콰르트의 내성(內城) 바깥, 그러니까 말과 마차가 있는 곳에는 이미 적들이 몰려들고 있었다.

"여길 지켜라! 보르츠가 올 때까지 버텨!"

야외로 나오자마자 화살이 장대비처럼 쏟아졌다. 제냐 공주님을 업은 카론 경은 그걸 검으로 다 튕겨 내며 혈로를 개척하고 있었다. 서너 명이 동시에 달려들자 그의 몸이 먼저 튕겨 나갔다.

"공주님, 눈을 감아 주십시오."

카론 경이 착지하는 순간 그들의 손발이 날아가며 피가 터졌다. 이렇게 말하니까 나는 아무것도 안 한 것 같지만 실은 나도 배후에서 몰려오는 자들을 젖 먹던 힘을 뽑아 막아 내고 있었다.

이래 봬도 상대방의 검을 끊는 기술 하나만은 확실하니까.

이런 일을 처음 겪어 보는 왕자님은 굉장한 것이라도 목격한 듯이 감탄했다.

"대단하오! 엔디미온 경의 검술이 이토록 훌륭한 줄은 몰랐소."

"헤헤. 명주작님의 비공식 수제자니까요."

"경들과 같은 사람이 우리나라에 있어서 정말 다행이오."

왕자님. 우리나라에는 저와 카론 경만 있는 것이 아니라 사회로부터 버림받은 전과자임에도 목숨을 걸었던 아심도 있고, 빠른 판단으로 이오타의 계략을 간파한 아이히만 대공도 있고, 자신이 기사라는 사실만큼은 끝까지 지킨 블리히 경도 있습니다. 그렇게 호락호락 당할 나라가 아닙니다. 심려치 마시길.

카론 경의 활약으로 우리는 더 많은 적들이 모여들기 전에 마차를 확보할 수 있었다. 얄궂게도 그건 왕자님과 공주님이 납치당했던 바로 그 마차였다.

"타십시오. 그리고 엔디미온 경이 마차를 몰아라."

"카론 경은요?"

그는 대답 대신 성문 옆의 개폐 가동 장치를 향해 달려갔다. 나는 마차 앞에 타서 고삐를 잡았다. 서서히 도개교(跳開橋)가 내려오며 문이 열리고 있었다.

"카론 경! 어서 타세요!"

그때 거친 함성과 함께 엄청난 수의 전사들이 통로 밖으로 쏟아져 나오기 시작했다. 그들은 말을 잡아탄 뒤 활시위를 당겼다.

쿠웅!

소리를 내며 다리가 완전히 내려와 쭉 뻗은 길을 만들어 냈다. 나는 조급하게 소리쳤다.

"카론 경! 어서요!"

하지만 그는 타지 않았다. 대신 그 시린 눈동자로 몰려오는 자들을 향해 걸어가며 검을 들어 올릴 뿐이었다. 나는 직감했다. 그의 무섭도록 담담한 목소리가 들려왔다.

"악투르의 기병은 빠르다. 마차로 따돌릴 수 있는 수준이 아니야. 여긴 내가 막고 있겠다. 먼저 가라."

"카론 경!"

"약속하지 않았나. 내게 문제가 생기면 자네가 그분들을 지키겠다고."

카론 경은 처음부터 이럴 거라는 걸 알고 있었던 것이다. 나한테는 한 마디도 하지 않고 혼자 저 많은 병력을 막겠다고 결심했다. 아무리 카론 경이라도 막아 낼 수가 없는 병력이다. 잘해 봐야 10분 혹은 5분? 그 시간만 벌 수 있으면 충분하다면서 태연하게 홀로 문 앞을 막아섰다.

"가서 키스에게 전해라. 그녀를 부탁한다고."

"지, 직접 하세요!"

그는 맹수처럼 몰려오는 적들을 눈에 담으며 혼잣말처럼 말했다.

"나도 그러고 싶다."

그의 목소리가 귀를 울렸다. 그리고 마차가 출발했고, 수천의 병력이 카론 경을 향해 달려들었다.

24.

눈물이 계속 터져서 앞이 잘 보이지 않았다. 나는 쉴 새 없이 북쪽을 향해 채찍질을 했다. 화가 나고 얄미웠다. 처음부터 이럴 거라는 걸 알고 있었으면서 내색 한 번 하지 않는다.

엔디미온 경. 내게도 감정이라는 것이 있다.

웃고 싶은 거, 화가 나는 거, 오래오래 행복하게 살고 싶은 거, 주저 없이 포기하고 딱 하나의 임무와 맞바꿔 버렸다. 훌륭하고 멋진 사람이라고 말하기에는 욕을 하고 싶을 만큼 화가 치밀어 올랐다. 이성과 감성이 납득의 유무를 놓고 머릿속에서 격렬하게 뒤엉켜 버렸다.

그때 등 뒤의 창문을 연 페르난데스 왕자님이 말했다.

"엔디미온 경, 마차를 돌리시오."

"예?"

나는 왕자님을 돌아보았다. 그는 눈물을 흘리지 않았다. 도리어 이런 상황이라고는 믿기지 않을 만큼 침착한 모습이었다.

"마차를 돌려 주시오. 부탁이오."

"하지만……."

"나는 나를 지켜 주는 사람을 버릴 생각이 없소."

"이, 이대로 돌아가면 정말 위험합니다. 죽을 수도…… 있습니다."

나는 짜내듯이 말했다. 왕자님도 이 상황을 몰라서 하는 말이 아니었다. 그는 나를 똑바로 바라보며 또박또박 말했다.

"목숨을 건 것은 경들도 마찬가지였잖소."

나는 말없이 그를 바라봤다. 곱슬머리의 작은 소년이었다. 왕족으로 태어나지 않았다면 그리 특별할 것도 없는 인생을 살았을 사람이었다. 하지만 왕족으로 태어났기에 지금 자신이 무엇을 해야 하는지 정확히 알고 있는 총명한 소년이었다.

"아까 나와 내 동생을 도와줄 수 있는 사람이 경들밖에 없었던 것처럼, 지금 카론 경을 도울 수 있는 사람은 우리밖에 없소. 그걸 주저할 수는 없는 거요."

"돌아간다고 해도 큰 도움은 되지 않을 겁니다."

"하지만 작은 도움은 될 거요. 물론 나는 죽고 싶지 않소. 하지만 그건 카론 경도 마찬가지일 거요. 그 마음은 모두가 다 똑같은 거요."

"……왕자님."

"우리는 죽으려고 돌아가려는 것이 아니라 돕기 위해 돌아가

려는 거요. 마차를 돌려 주시오. 엔디미온 경도 그러길 바라고
있지 않소?"

"……!"

그의 표정은 확신에 차 있었다. 나는 어째서 마라넬로 황제마
저 이 자그마한 소년에게 질투심을 느꼈는지 이해할 수 있을 것
같았다. 나는 말고삐를 잡아끌었다.

25.

이런 일이 또 있을까? 바보처럼, 다시 적진으로 달린 내게는
일말의 후회도 없었다. 그가 우리를 구한 것처럼 우리도 그를 구
한다! 이것은 지금까지 왕자님과 공주님을 구하기 위해 목숨을
걸었던 많은 일들의 당연한 연장이다. 아아아! 이 얼마나 뿌듯한
기사의 의무란 말인가!

"……잘났구나. 그래서 돌아온 건가."

내 옆에 앉아 있는 카론 경의 목소리에는 화를 참는 기색이 역
력했다. 하느님이 보우하사, 수많은 상처를 입고 적들에게 둘러
싸인 카론 경에게 뛰어들어 그를 낚아챌 수 있었던 것은 천우신
조였다.

그리고 우리는 죽을힘을 다해 북으로 도주하는 중이다.

보통 이런 부분은 아주 긴 페이지에 걸쳐 감동적으로 묘사해

야 하지만, 그러기에는 카론 경의 기분이 워낙에 심드렁해서 몇 줄로 끝낼 수밖에 없었다. 본래 감동받아서 눈물을 펑펑 흘릴 거라고는 생각도 안 했지만 그래도 노골적으로 기분 잡친 표정 보일 것까지는 없잖아요!

카론 경은(장시간 전력으로 싸우면 안 된다는 주치의의 권고를 무시한 탓으로) 이미 시력을 잃은 상태였다. 그는 눈을 꽉 감은 채 나보고 구제불능이라는 듯이 투덜거렸다.

"대체 정신이 있는 건가. 왕자님과 공주님을 위험에 노출시키는 일을 어째서 저지른 거냐."

"헤헤. 이유는 이미 카론 경이 알고 계실 텐데요."

"흥! 모른다!"

그는 고개를 획 돌렸다. 하여간 저놈의 성격…….

"카론 경도 내가 그런 일을 당했으면 다시 와 줬을 거 같아요."

"내, 내가 어째서!"

"그 이유 역시 이미 잘 알고 계실 겁니다아."

"큭!"

그는 우리가 다시 온 것이 어지간히 마음에 안 드는 모양이었다. 여기가 왕실이었다면 나를 무릎 꿇려 놓고 '기사란 어떻게 행동해야 하는가!'에 대해서 반나절쯤 설교를 늘어놨을 것이다. 뭐, 사실 그럴 만도 하다.

나는 심란한 표정으로 마차 뒤를 바라봤다.

"거기 서라! 이놈들! 죽여 버릴 테다!"

악투르의 기병들이 벌떼처럼 뒤쫓아 오고 있었다. 나는 난감한 표정으로 말했다.

"카론 경, 이제 어쩌죠? 점잖게 타이른다고 물러갈 분위기는 아닌데요."

"내가 알 게 뭔가! 알아서 해결해!"

"삐, 삐치신 겁니까."

이 장엄한 대서사시의 클라이맥스를 꼭 그렇게 치졸하게 장식해야겠습니까!

26.

뭐 어린애처럼 토라져 버린 카론 경 때문에 나도 입술을 삐죽 내밀긴 했지만, 확실히 지금 상황은 아슬아슬하고 역시 마차로는 기병들에게 곧 따라잡힐 것이 분명했다. 카론 경이 눈을 감은 채로 말했다.

"적들과의 거리는?"

"10분 안에 따라잡힐 거리입니다."

카론 경은 '그러게 왜 돌아온 거야!' 라는 표정을 집요하게도 드러내면서 다시 물었다.

"앞에 굽은 길이 있나?"

"예. 저 앞에 있습니다."

지금 가는 코스 끝자락에 커브길이 하나 있었다. 단숨에 꺾이는 길이라서 속도를 줄여야만 했다.

"그곳에 진입하면 잠시 적들 시야 밖으로 사라지겠지?"

"예. 한 10초 정도."

커브길 주변에는 높은 나무들이 빽빽해서 따라오는 자들의 시선 밖으로 나갈 수 있었다.

"충분하다."

"뭐가요?"

"마차를 버린다."

"네에?"

카론 경은 곧 왕자님과 공주님에게 준비해 달라는 말을 전했다.

27.

지축을 울리는 말발굽 소리가 우렁차게 울렸다.

"우아아아! 전속력으로 쫓아라! 이제 금방 따라잡을 수 있어!"

우리는 수풀 속에 숨어서 그들이 빈 마차를 따라가는 모습을 지켜보고 있었다. 방법은 아주 간단했다. 커브를 도는 순간 재빠르게 마차를 멈추고 뛰어내린 다음 빈 마차만 출발시켜 기병을 따돌린다.

이건 카론 경이 고안한 오리지널도 아니고 사실 수많은 도망자들이 써먹었던 '원숭이도 할 수 있는 추적자 따돌리기' 베스트 텐 안에 들어가는 방법이다.

하지만 역시 문제는 타이밍이라서, 적들은 미처 예상치 못하고 텅텅 비어 있는 마차를 있는 힘껏 뒤쫓아 가 버렸다. 마차가 비어 있다는 걸 발견했을 때 그들의 표정을 못 보는 것이 참으로 안타깝다.

그들이 눈앞으로 사라지자 나는 그제야 바닥에 털썩 주저앉았다.

"하아, 다행이다. 죽는 줄 알았답니다아아."

"갈 길이 멀다. 출발하자."

인정머리라고는 콩알만큼도 없는 카론 경은 차갑게 날 쏘아붙이며 공주님을 업었다. 지금 눈이 안 보인다는 사실을 믿기 힘들 정도로 거침없는 움직임이었다. 제냐 공주님이 울먹거리는 목소리로 말했다.

"카론, 너무 아플 거 같아. 피가 많이 나."

"괜찮습니다. 더 심한 일도 많이 겪어 봤습니다."

아무튼 저 '어여쁜' 얼굴만 봐서는 도저히 짐작도 못 할 과거가 넘실거리는 사람이라니까. 키스 경이나 카론 경 중 한 명만 있어도 지옥에서도 되돌아올 수 있을 것 같은 기분에 '정말 대단한 사람이야' 라고 중얼거리며 자리에서 일어났다.

이제는 걸어서 국경까지 가야 한다. 일단 추적을 따돌렸다고
는 하지만 곧 우리가 다른 쪽으로 도망쳤다는 것을 알게 될 것이
다. 즉, 포장된 도로를 걸어 관문을 통과하는 건 자살행위니까
우리는 험준한 숲길을 따라 한참을 걸어야 했다.

하지만 설마 이 고생을 했는데 '그들은 배고픔과 추위를 견디
지 못하고 모두 죽었답니다' 라는 결말로 끝내진 않겠지?

28.

그러나 우리는 배고픔과 추위에 시달리고 있었다.

"오오오. 미치겠어. 이건 대체……."

'이거 판타지인데 이렇게까지 리얼할 필요 없잖아!' 라고 알
수 없는 투정을 부리며 나는 몸을 바들바들 떨었다.

어스름한 달빛밖에 없는 산중이었다. 불을 피우려고도 해 봤
지만 카론 경은 눈에 띌 수가 있다면서 막았다. 보온을 위해서
제냐 공주님은 카론 경 품속에서 잠들어 있었고 나는 왕자님을
껴안고 있었다.

"……."

이런 말 하면 안 되겠지만, 이거 뭔가 불공평하다.

"카론 경, 조금이라도 더 걷는 편이 좋지 않을까요."

그러나 카론 경은 고개를 저은 것 같았다(이렇게 말하는 이유는

코앞도 잘 안 보일 정도로 어둡기 때문이다).

"밤에는 방향감각을 잃기 쉽고 체력 소모도 크다. 바람이 없는 곳에서 최대한 체력을 보존하는 것이 현명해."

그는 꼭 야전 사령관 같았다. 나는 부스럭거리면서 낮에 옷 속에 모아 두었던 버섯들을 꺼냈다. 이놈의 악질적인 산은 어떻게 된 게 그 흔한 과실이나 견과류, 알뿌리 하나 찾기 힘들어서 있는 것이라고는 버섯이 전부다.

나름대로 책에서 본 기억을 되살려서 속주름이 하얗고 울퉁불퉁하게 생긴 녀석들만 골라서 모으긴 했는데(식용버섯의 일반적 특징이란다) 그렇다고 확실하게 독버섯이 아니라는 걸 확신할 수 있는 전문가는 아니라서 무턱대고 왕자님과 공주님께 드릴 수는 없었다.

이런 상황에서 독버섯을 먹고 환각에 빠져 꺄하하하, 하고 산을 뛰어다니게 된다면 그 얼마나 비참한 결말이란 말인가!

"어쩐다……."

그렇다고 달리 먹을 것도 없는 상황이고 물고기든 동물이든 잡아 봐야 불에 굽지도 못한다. 앞으로 사나흘은 더 걸어야 할 텐데!

"에라 모르겠다!"

한참을 고민하던 나는 버섯을 찢어 입에 넣고 씹었다. 왕자의 음식에 독이 있는지 확인하는 것은 당연한 기사의 의무!까지는 아니지만 어떻게든 이 한 몸 불살라서라도 확인은 해 봐야 할 거

아닌가? 이걸 먹고 눈앞의 카론 경이 요정이 되어 하늘로 날아
가는 걸 본다면 분명 독버섯이다.

일단은 제법 먹을 만했다. 그리고 한 시간 정도 후.

"왕자님! 공주님! 이거 드세요! 아무 문제 없네요!"

나는 기쁘게 말했다. 배도 안 아프고 카론 경이 요정으로 변하
지도 않았다. 만세!

그러자 카론 경이 조용히 대꾸했다.

"엔디미온 경, 보통 독버섯의 중독 증세는 반나절 후에 나타
난다."

"……."

되는 일이 하나도 없었다. 뭐 아침이면 알 수 있겠지. 독버섯
이 이렇게 맛있을 리는 없으니까 아무 문제없을 거야, 라는 신통
찮은 위안을 하며 조금씩 몸을 떨고 있는 왕자님을 껴안았다. 왕
자님은 소리 없이 울고 있었다. 나는 아무런 말도 꺼내지 않았
다.

29.

아침이 되었다.

"버섯 드세요!"

좋아! 아무런 문제도 없어! 식량 문제 해결! 하지만 공주님은

거짓말 조금 보태 자기 머리만 한 버섯을 들고는 울상을 짓고 있었다.

"이런 거 싫어! 바닐라 맛 푸딩 먹고 싶어!"

무, 무리입니다.

"이런 못생긴 건 사람이 먹을 수 있는 게 아니야!"

그러자 카론 경이 조용히 공주님을 타일렀다.

"제냐 공주님, 버섯은 맛있는 음식입니다."

"정말?"

"예. 사람이 먹을 수 없는 음식이란 없습니다. 당근 빼고."

"……."

뭔가 설득력이 없습니다만. 페르난데스 왕자님도 자상한 표정으로 거들었다.

"제냐, 버섯은 영양분이 많아."

"정말?"

"응. 맛은 없지만."

"……."

왕자님은 버섯을 싫어하시는군요. 헤헤. 총명한 분인 줄 알았는데 의외로 편식도……가 중요한 게 아니라, 다들 설득할 생각이 있긴 있는 겁니까!

장시간에 걸친 네고시에이션 끝에 우리는 제냐 공주님의 버섯에 대한 호감도를 높이는 데 간신히 성공할 수 있었다.

공주님은 눈을 꽉 감은 채 버섯을 꽉 물었다. 그리고 잠시 후,

보관 중이던 버섯의 사분의 일을 모조리 공주님이 소비해 버렸다.

30.

한시라도 빨리 왕실로 돌아가려는 왕자님의 의지는 실로 대단해서 우리는 예정보다 하루 더 빠르게 국경 근처까지 도착할 수 있었다.

악투르 왕국과 우리나라의 국경을 가로지르는 두터운 산맥은 항상 그곳을 타고 들어오는 도적들 때문에 골치였지만 이번만큼은 우리의 좋은 도주로가 되어 주었다. 산 속을 돌아다니는 적 수색대를 몇 번이나 아주 가까운 거리에서 스쳐 지나간 적도 있었지만, 카론 경의 감각이라는 것은 실로 초인적이라서 우리는 한 차례도 그들과 불행한 조우를 하지 않았다.

카론 경의 시력은 여전히 돌아오지 않았지만 상황을 정확하게 예측하는 판단력은 여전히 날카로웠다. 그가 말했다.

"산등성이를 내려간다."

"어? 산맥을 타고 넘는 게 아니었어요?"

"보르츠는 바보가 아니다. 그런 가장 확실한 루트는 지금쯤 철저하게 봉쇄시켜 놨을 거야."

카론 경은 역시 한발 앞서 생각하고 있었다. 우리는 완만한 능선을 따라 밑으로 내려왔다. 그리고 그곳에서 의외의 장면을 목격했다.

"관문이 함락되었어?"

악투르의 국경 관문 하나가 뚫려 있었던 것이다. 방책들은 부서져 제 기능을 못하고 있었고 주변에는 악투르 군의 시체들마저 산지사방에 널려 있었다. 나는 그 광경에 신음 소리를 냈다.

"우리나라가 공격해 들어왔나 봐요."

"국경을 두고 전투가 벌어져도 이상할 것이 없는 상황이다."

눈을 감고 있는 카론 경은 풍겨오는 피비린내만으로도 지금 이 모습을 충분히 상상할 수 있는 것 같았다. 만약 그 전투 탓에 지키는 적병이 없다면 다행이고 베르스 병사들이 주둔하고 있다면 더욱 다행이다.

우리는 조심스럽게 그곳으로 접근했다. 그때 요새 근처에 있던 첨병 하나가 우리를 발견하고는 소리쳤다.

"누구냐!"

이인일조의 외곽 경계병이었다. 두 병사는 그렇게 외치고는 수풀 속에서 뛰쳐나왔다. 우리나라 군복을 입고 있었다.

"설마 왕자님이십니까!"

그들은 페르난데스 왕자님과 제냐 공주님을 확인하자마자 곧바로 무릎을 꿇었다. 왕자님이 말했다.

"이게 어떻게 된 거요?"

"정예 대대를 투입하여 이곳을 함락시켰습니다! 내일 중으로 저하를 구출하기 위해 부대를 투입할 예정이었습니다."

왕실도 꽤 이것저것 하고 있구나, 하는 생각에 조금 감탄했다. 우리는 그들의 안내로 요새 안으로 들어갔다.

31.

이 요새를 함락시킨 지휘관이 한걸음에 왕자님 앞으로 달려왔다. 그는 마침 식사 중이었나 본데, 얼마나 헐레벌떡 달려왔는지 입가에는 기름기가 그대로였다.

"그 얼마나 고초가 많으셨습니까! 이제는 걱정하실 것이 없사옵니다. 소관을 따라오십시오. 따뜻한 식사와 뜨거운 목욕물을 준비했사옵니다."

기분 탓인지 그 말에서 엷은 이질감이 느껴졌다. 왕자님과 공주님이 반가운 표정으로 걸음을 옮기려던 찰나, 카론 경이 말했다.

"자네 이름이 뭔가."

"예? 소관은 보거스 핀치벡입니다."

"음. 수고했네, 보거스."

"가, 감사합니다!"

"하지만 우르콰르트에서 우리를 추격하던 적들이 아직까지 신경 쓰이는군."

"이런! 그런 걱정하실 필요는 없습니다. 그들은 이미 추적을 중단했……."

파아앙!

무언가 터지는 소리와 함께 보거스의 목이 스르르 바닥에 떨어졌다. 왕자님이 깜짝 놀라서는 다시 검을 집어넣는 카론 경에게 외쳤다.

"지금 무슨 짓인가!"

"우리가 추적당한 걸 알고 있다면 적어도 아군은 아닙니다."

"……!"

"죄송합니다. 제 판단이 미숙해서 함정에 걸려든 것 같습니다."

카론 경의 그 말과 함께 사방에서 무기를 든 병사들이 나타났다. 우리 군복을 입고 있었지만 결코 우리를 도와줄 사람으로 보이진 않았다.

그때 귀에 익은(그리고 다시 듣고 싶지 않았던) 목소리가 들려왔다.

"큭큭, 대단해. 역시 은의 기사인가. 왕자를 떼어 놓으려고 했더니만……."

그는 바로 보르츠였다. 그리고 그 옆에는 예전 관문에서 아주 불유쾌한 상견례를 했던 배신한 치안 장교도 함께 있었다.

"너희들을 끌어들이려고 이런 같잖은 연극까지 한 게 헛짓은 아니었군."

이 치 떨리는 작전을 구상한 자가 바로 그 배신자인 듯, 보르츠는 옆에 있던 퉁퉁한 장교를 바라보며 말했다. 보르츠는 거대한 곡도를 들고 우리들 앞으로 걸어왔다.

"검을 뽑아라, 카론. 승부를 내자!"

집요하고도 광기 어린 놈이었다. 카론 경은 눈을 감은 채 서 있었다.

"내가 이기면 우리를 풀어 줄 텐가?"

"크하하! 네가 날 이길 수 있다고 생각하나! 그때도 그 붉은 눈의 악마 덕에 겨우 살았던 놈이?"

"다시 묻겠다. 내가 이기면 모두를 풀어 줘라. 그게 결투의 조건이다."

"흐흐흐. 좋아! 들어주지! 대신 내가 이기면 죽기 전까지 내 발을 핥아라. 그리고 '내게 패배했다! 이 보르츠야말로 이 세상 최강이다!' 라고 모두가 들을 수 있도록 외쳐라!"

"뭐든 들어주지."

그리고 카론 경은 천천히 손을 옮겨 검을 뽑았다. 고요한 황혼의 정적 속에서 검 뽑히는 그 차가운 소리만이 유독 커다랗게 들려왔다.

나는 승리를 장담할 수가 없었다. 아니, 솔직히 이건 카론 경에게 너무도 불리했다. 그냥 싸워도 벅찬 상대인데, 지금 그는 지쳤고 눈이 보이지 않는다. 공정한 결투가 아니었다.

"덤벼라! 카론! 네놈의 무력함을 알려 주마!"

남은 한쪽 눈을 괴물처럼 일그러트린 보르츠는 그 덩치로는 믿기지 않는 속도로 달려왔다. 마치 산 정상에서 거대한 쇳덩이를 굴리는 것 같았다.

황혼을 등진 카론 경의 긴 그림자는 그 모습 그대로 고요했다. 그건 바람도 정지시킬 것 같은 모습이었다. 그리고 어느 순간, 그러니까 보르츠의 검날이 카론 경의 목과 닿는 순간, 그림자가 몸을 일으켰다. 아니, 정말 그렇게 보였다.

"무, 무슨!"

카론 경을 지나친 보르츠의 몸이 중력을 무시한 채 공중으로 부웅 떠올랐다. 잘려 나간 그의 두 팔이 허공을 빙글빙글 돌더니 몸뚱이와 함께 바닥에 떨어졌다. 카론 경은 여전히 미동도 없이 그 자리에 서 있었다. 단 일 합이었다.

"어째서…… 어째서……."

두 팔을 잃은 보르츠는 고통도 분노도 아닌 혼돈에 잠식된 얼굴로 몸을 꿈틀거리며 카론 경을 바라봤다. 카론 경의 모습은 차라리 얼어붙은 칼날에 가까웠다.

"내가…… 어째서…… 패배한……."

간절히 답을 원하는 보르츠의 웅얼거림에 카론 경이 차갑게 대꾸했다.

"연습 부족이다."

그리고 보르츠는 고개를 꺾었다.

아아아, 정말 반할 것 같은 승리 대사야……라고는 입이 찢어져도 말 못 하겠어! 멋대가리라고는 눈을 씻고 찾아봐도 없는 사람 같으니라고! 방금 전까지는 진짜 멋있었는데, 왜 하필이면 그대사입니까아아아!

카론 경은 그런 거 아무래도 좋다는 표정으로 말했다.

"자, 이제 약속을 지켜라."

"약속? 무슨 약속?"

카론 경의 말에 뚱뚱 배신자는 귀를 후벼 파며 이죽거렸다. 화도 안 난다. 나라까지 팔아먹는 놈에게 성실한 약속 이행을 기대하는 것 자체가 무리니까! 카론 경도 그럴 줄 알았다는 듯이 다시 검을 들었다.

"호오, 끝까지 해 보시겠다 이거요? 후후, 훌륭하오. 그래야 은의 기사지. 이건 당신의 장례식으로 부족함이 없을 거요!"

그와 함께 실로 절망적인 숫자의 악투르 군대가 사방에서 조여들어 오기 시작했다.

나는 검을 뽑았다. 이상하게도 정신이 맑았다. 내 생명이 허락하는 순간까지 왕자님과 공주님을 지키겠다는 의지만 남고 나머지는 모두 몸 밖으로 흘러나간 것 같았다. 하지만 하나 아쉬운 것은…….

'키스 경이 있었다면.'

지금 세상에서 내게 가장 필요한 사람을 단 한 명 소환할 수 있다면 주저 없이 키스를 선택할 것이다. 몇 번이나 내 목숨을 구해줬던가. 그러니까…… 염치없지만, 그러니까 이번에도 나타나 줬으면 좋겠어!

하지만 물론 이것이 헛웃음이 나올 만큼 뜬금없는 바람이라는 건 나도 알고 있다. 나는 왕자님 앞에 서며 검을 꽉 쥐었다.

우리는 겹겹이 둘러싸여 있었다. 그 배신자는 이 상황을 너무도 즐거운 듯이 지켜보다가 입을 열었다.

"왕자와 공주만 빼고 다 죽여 버려!"

그 순간 사방에서 그들이 몰려들었다.

나는 가장 먼저 달려든 녀석의 심장을 찌르는 데 성공했다.

하지만 곧바로 막을 수 없는 숫자의 칼날이 들이닥쳤고, 내 몸이 꿰뚫리는 걸 느끼면서도 커다란 기합 소리를 내지르며 검을 들어 다른 한 명을 깊게 찔렀다.

입 밖으로 피가 쏟아졌다. 공주님의 비명 소리가 희미하게 들려온다.

점점 더 내 몸이 의지의 통제를 벗어났고 악의적인 땅바닥이 내 발목을 잡아 놔주질 않는 것 같았……라는 진행일 줄 알았던 나는 그들이 제자리에 멈춰 있자 의아한 표정으로 주변을 두리번거렸다.

"얼레. 왜들 이래? 갑자기 살생에 환멸이라도 느낀 거야?"

그들은 모두 한 지점을 바라보고 있었다. 그러니까 그건 내 등 뒤의 어딘가였다.

내 뒤에는 카론 경이 있는데? 나는 고개를 돌려 보다가 순간 검을 떨어트렸다. 기적이라면 기적인데 너무 무지막지해서 어디서부터 누구에게 감사해야 할지 알 수가 없었다.

"맙소사…… 진짜 라이오라 씨잖아."

세상에는 단 네 명, 단신으로 국가를 멸망시킬 수 있는 자들이 존재한다. 그리고 그중에서도 가장 빠른 속도로 그걸 해낼 수 있는 자가 바로 마키시온 제국의 진청룡 라이오라 란다마이저였다. 그러나 아무리 생각해 봐도 저 무서운 사람이 우리를 도와줄 이유는 떠오르지 않았다.

어떻게 나타났는지 그건 그에게 별로 중요한 문제가 아닐 것이다. 창연한 금발이 황혼빛에 젖은 그는 카론 경 앞에 아무 말도 없이 서 있었다(대체 얼마나 충격적인 등장 신을 선보였기에 이 많은 군대가 멈춰 버린 것인지는 도무지 모르겠다).

프론티어 뱅가드의 제복을 입은 금발의 사내가 누구인지 전혀 모르는 불행한 배신자는 떨떠름한 목소리로 말했다.

"너, 넌 누구냐!"

"말해도 안 믿을걸?"

라이오라 씨는 피식 웃었다. 그리고 그 말이 배신자의 자존심을 긁어 놓은 것 같았다.

"고작 한 명 더 늘어난 거다! 다 죽여! 악투르의 군대는 최강이지 않나!"

그러나 세상에는 단 한 명과 수천 명을 저울질했을 때 전자로 저울이 기우는 경우도 가끔 발생하는 것이다. 물러서는 것을 죽음보다 싫어한다는 악투르의 병사들은 다시 전의를 불태우며 뛰어들었고, 그 순간 접근하는 모든 적에게 재앙이 내렸다.

다른 표현이 생각나지 않아 재앙이라고 말하긴 했지만, 다가오는 자들의 온몸이 회색 먼지로 변해 소멸하는 장면을 재앙이 아니라면 뭐라고 부를 수 있을까.

게다가 육신이 재로 변하는 그 순간 그들의 몸에서 뽑혀 나온 자색의 빛무리들이 이지러진 선으로 늘어지며 라이오라 씨의 몸속으로 빨려 들어가고 있었다.

그건 꼭 깊은 나락의 입구 안으로 빨려 들어가는 망령처럼 섬뜩했다.

학살이라고조차 할 수 없는 이것은—지상에 강림한 사신이 그 거대한 낫으로 인간들의 영혼을 토막 내는 광경이었다. 두 눈으로 보고 있으면서도 믿을 수가 없었다.

"지, 진청룡이다! 저건 분명히 아신이야!"

정체를 알게 된 악투르의 병사들은 새파랗게 질린 표정으로 뒤로 물러서거나 너무도 놀라 바닥에 그대로 주저앉았다. 나라도 그랬을 것이다.

방금 전까지 우리를 죽이려던 병사들의 몸이 뿌연 먼지가 되어 소리 없는 비명처럼 주변을 떠다니고 있었다. 예전 키스 경과 싸울 때보다도 훨씬 무자비했지만 라이오라 씨의 표정은 그대로였다. 몇몇 병사들은 덜덜 떨리는 몸으로도 굉장한 용기를 발휘하고 있었다.

"우, 우, 우리 악투르 군은 상대가 아신이라도 절대 물러서지 않는다!"

그런 그를 물끄러미 바라보던 라이오라 씨가 무덤덤한 목소리로 대답했다.

"난 물러서란 말 한 기억이 없는데?"

무서워. 저 사람, 진짜 무서워!

하지만 라이오라 씨도 더 이상 무의미한 살상 따위는 하고 싶지 않은지 곧바로 그 배신자를 바라봤다. 그가 떨리는 목소리로 말했다.

"우, 우리는 마키시온 제국의 심기를 거스른 적이 없소!"

라이오라 씨는 냉엄한 목소리로 자신이 온 이유를 밝혔다.

"황폐 폐하께서는 이런 어쭙잖은 장난질로 자신의 대결을 방해받는 것을 원치 않으신다."

"대, 대결이라니! 무슨!"

그는 이해하지 못하겠다며 몸서리를 쳤지만, 나는 그게 무슨 의미인지 알 수 있었다. 역시 아직까지 왕자님을 염두에 두고 있었군.

나는 저 멀리서도 이런 일이 벌어지고 있다는 걸 알고 라이오라 씨를 보낸 그 빠른 정보력에 감탄할 수밖에 없었다.

그 순간 지금보다도 더 예상치 못한 장면을 목격했다. 하늘에서 눈부신 빛줄기가 쏟아졌고 그 광선이 곧바로 라이오라 씨를 때린 것이다.

귀가 멀어 버릴 것 같은 꿍음과 새파란 섬광이 온 천지를 뒤덮었다. 꼭 유성이 떨어진 것 같았다. 나를 포함한 사람들은 충격파 때문에 날아가거나 바닥에 쓰러져야만 했다.

"너는⋯⋯."

순간적으로 검을 뽑아 막긴 했지만 수십 미터를 밀려 나간 라이오라 씨가 눈매를 매섭게 좁혔다. 감히 진청룡에게 그 정도의 타격을 준 자는 바로 명주작 알테어 님이었다.

"아, 알테어 님⋯⋯."

어째서 여기 오신 거예요.

새하얀 광채의 두 날개를 접은 그녀는 너무도 괴로운 표정이었다. 일부러 나를 바라보지 않는 알테어 님은 입을 꽉 다문 채로 그 거대한 빛의 검을 들었다. 아까까지 덜덜 떨던 배신자는 신의 사도라도 만난 듯이 손뼉을 치며 기뻐했다.

"후하하! 역시 교황청에서 와 줬구나! 꼴좋다, 진청룡! 너와 같은 아신이다! 아까처럼 설쳐 보시지!"

라이오라 씨가 중얼거렸다.

"역시 남부 콘스탄트도 개입하고 있었군. 하지만 명주작을 동원할 줄은 몰랐는걸."

"⋯⋯."

알테어 님을 바라보는 라이오라 씨의 황금빛 눈동자에 기이한 기운이 올랐다. 곧 엄청난 중압감이 휘몰아쳐 숨조차 쉴 수 없었다. 그는 점점 더 힘을 개방하고 있었다.

"알테어 엔시스, 아신끼리 싸운다는 것이 무엇을 의미하는지 알고 있겠지. 물러간다면 나도 싸우고 싶지는 않다. 하지만 싸우 겠다면…….”

나는 심장이 덜컥 내려앉았다. 수많은 사람들의 공통된 소원 중 하나가 바로 아신들의 신성한 대결을 직접 보는 것이리라.

그래, 분명 굉장할 것이다. 산이 깨지고 강이 말라 버리고 땅 이 둘로 갈라져 하나의 힘이 완전히 소멸하기 전까지 끝나지 않 을 것이다.

하지만 그렇기 때문에 결코 싸워서는 안 된다. 이대로라면 누 군가 한 명은 죽을 것이고—특히 알테어 님이 죽는 것은 절대로 보고 싶지 않아! 저렇게 싸우고 싶지 않은 표정인데!

눈물이 흘러내렸다. 다들 자신의 굴레 때문에 슬픈 일만 강요 당하고 있었다. 더 이상 아무도 싸우지 말아요, 제발! 그러나 알 테어 님은 힘없는 목소리로 입을 열었다.

“이건 교황 성하의 명령이에요.”

“그런가. 그럼 어쩔 수 없군…….”

라이오라 씨가 고개를 끄덕였다. 나는 세상이 무너지는 것 같 았다.

“알테어 님! 싸우면 안 돼요! 이런 싸움은 할 필요 없어요!”

“……미안해, 미온 군.”

그녀는 당장이라도 울어 버릴 것 같은 표정이었다. 라이오라 씨는 그녀에게 걸어가고 있었다. 접근하는 모든 것의 생명을 앗 아가는 그 절대력에 둘러싸인 채로.

그리고 그는 그녀를 향해 걸어가서, 또 그녀를 지나쳤고……
얼레?

라이오라 씨는 계속 걸었다. 사람들은 표정을 잃은 얼굴로 그를 바라봤다. 그리고 그는 결국 내 앞에 섰다. 나는 라이오라 씨를 올려다보았다. 그가 오라에 휘감긴 흑검을 내 목에 대고 태연하게 말했다.

"명주작, 계속 싸우겠다면 이 녀석을 죽이겠다."

지, 지금 이게 무슨 상황입니까!

"내 미온 군에게 손대지 마!"

"뭐, 계속 싸우겠다면 이 방법밖에 없지."

나는 식은땀을 흘리며 라이오라 씨를 바라봤다. 아아, 당신이란 사람은 정말이지…….

"항복해라, 알테어. 너에게 승산은 없다!"

"비, 비겁해! 진청룡! 미온 군을 죽이지 마!"

이거 뭔가 대단히 한심해!

카론 경은 이 경악의 인질극에 조금도 관여하고 싶지 않은 듯이 딴 곳을 바라보고 있었다. 울상이 되어 몸을 떨던 알테어 님이 항복을 선언했다.

"돌아갈게! 지금 갈 테니까! 미온 군을 놔 줘!"

"후후. 역시 현명하군."

이건 현명하고 아니고의 문제가 아닌 것 같습니다만!

(여러 가지 의미로) 엄청난 능력을 발휘해서 명주작 알테어 님

을 상처 하나 없이 물리친 라이오라 씨는 역시 세계 최강이라는 명성에 걸맞은 자였다……일 리가 있겠냐! 에이이이! 이게 뭐가 신성한 아신의 대결이야! 엄청 치졸하구만!

알테어 님은 날개를 팔랑거리며 내게 날아왔다.

"미온, 괜찮아?"

"괘, 괜찮습니다만, 기분은 왠지 무지하게 비참하네요."

"고마워."

"네?"

"너를 보니까 역시 싸우지 말아야겠다는 생각이 들었어."

그리고 알테어 님은(허공에서) 손을 뻗어 나를 껴안고는 기습적으로 입을 맞췄다. 지금은 이런 애정 표현에 적합한 장소도 아니고 그녀는 분명 교황의 비정한 명령을 수행하러 온 것이었지만—어쨌든 꼭 눈을 감은 그녀의 빨간 얼굴이 너무도 귀여웠다. 정말 그녀는 이대로 있는 것이 가장 보기 좋다는 생각이 들었다.

32.

알테어 님이 언제 왔냐는 듯이 휭하게 날아가 버리자 예의 배신자는 지옥 끝에 선 듯한 심경으로 소리쳤다.

"싸, 싸우지도 않고 그냥 가 버리다니! 어떻게 이런 황당한 일이!"

솔직히 나도 조금은 그 심정을 이해한다.

"안 돼! 절대로 용납 못 해! 나는 곧 이 지역의 영주가 될 몸인데!"

라고까지 말했을 때 라이오라 씨가 그를 바라봤고 그의 몸이 퍽 소리를 내며 먼지로 뒤바뀌었다.

"……시끄럽군."

그리고 그는 다시 고개를 돌려 나를 바라봤다.

"어쨌든 네가 명주작을 구한 거다. 나름대로 쓰임새가 많군."

"지나치게 다용도로 쓰이는 중입니다."

나는 여전히 뿌루퉁해서는 그렇게 대답했다. 하지만 내심으로는 라이오라 씨에게 감탄하고 있었다.(그 방법이 치졸해서 그렇지) 누구도 피할 필요가 없는 세계 최강의 아신이 불필요한 싸움을 막기 위해 다른 방법을 모색한다는 것은 그의 마음이 인간답다는 증거였다. 비록 육체는 이미 죽어 있는 존재라 해도 말이다.

왕자님은 그런 그에게 스스럼없이 고개를 숙였다.

"도와줘서 고맙소. 그리고 마라넬로 황제에게도 감사를 전해주시오."

"알겠습니다."

라이오라 씨는 제법 의외라는 눈빛으로 우리의 작은 왕자님을 바라봤다. 어쨌든 황제와 라이오라 씨는 자신을 해치려고 했던 자다(왕자님은 그게 시험이었다는 사실을 모르고 있다). 그런데도 묵은 감정 없이 고맙다고 말한 것이다. 과연 황제가 대결을 생각해 볼 만도 했다.

한편 카론 경은 라이오라 씨가 다가오자 눈을 감은 채 입을 열었다.

"황제도 균형이 깨지는 것이 싫었던 모양이군."

"폐하는 아직 때가 아니라고 생각하시니까."

역시 그렇구나. 만약 이 일이 이오타의 뜻대로 돼서 베르스와 악투르가 이오타의 남부 침공 루트로 자리 잡게 되는 건 마키시온 제국으로서도 좌시할 수 없는 일이었던 것이다. 그렇다고 군대를 보내기에는 너무도 먼 거리라서 마라넬로 황제는 라이오라 씨를 보낸 것이다. 물론 자신이 인정한 페르난데스 왕자님이 이런 일에 어이없이 이용당하는 것도 보고 싶지 않았겠지만.

라이오라 씨는 악투르 군이 물러가서 황망하기만 한 관문 요새를 둘러보며 기운 빠진 듯이 말했다.

"여기까지 걸어와서 이런 일만 하고 돌아간다는 게 좀 쓸쓸하긴 하군."

그 대단한 진청룡의 이동수단이 고작 '도보(徒步)'라는 것에 나는 꽤 놀랐다.

"정말 걸어오신 거예요?"

"음. 내 걸음이 적어도 말보다 빠르긴 하지만 그렇다고 명주작처럼 하늘을 날아다니거나 적현무처럼 그림자 속을 흘러가거나 견백호처럼…… 발정난 개처럼 뛰어다닐 수는 없으니까."

"마, 마지막 비유가 참 인상적이네요."

하긴, 나라도 시도 때도 없이 '이번엔 이기겠다!' 라면서 달려 드는 사람이 있다면 엄청 짜증 날 것이다.

그때 소란스러운 소리가 저 너머에서부터 들려오기 시작했다. '또 적이냐!' 라는 생각으로 고개를 돌렸더니, 그들은 바로(지금 까지 뭐하고 계셨는지 알 도리가 없는) 헬스트 나이츠였다. 그들을 본 라이오라 씨가 말했다.

"이제 나는 퇴장해야 할 시간이로군. 이건 마키시온 제국의 비공식 지원이니까 되도록 나에 대한 말을 삼가 주면 고맙겠어. 그리고 하나 더……."

또 뭐가 있지?

"아까부터 이상한 마성(魔性)이 느껴진다."

"마성? 마성 그 자체인 네가 그런 말을 하나."

"모르겠군. 아무튼 방심하지 말도록."

그리고 라이오라 씨는 순식간에 눈앞에서 사라졌다. 그러니까 '걸어서' 말이다.

그 이후 헬스트 나이츠가 말을 몰고 우리들 앞에 도착했고, 선 두에 있던 헬렌 카민스키 기사단장과 기사들이 왕자님과 공주님 을 보자마자 말에서 내려 무릎을 꿇었다.

"옥체 강녕하심을 뵈오니 눈물이 앞을 가리옵니다!"

헬렌 경이 선창하자 기사들도 그 말을 따라했다. 물론 눈물은 안 흘리고 있었다.

"이토록 고생하심은 제 부덕함 때문이옵니다!"

이번에도 혼성 2중창이 이어졌다. 쳇, 항상 말은 그렇게 하시지요.

"이 헬렌, 이 죄를 스스로 물어 기사 작위를 반납하겠사옵니다. 저보다는 카론 샤펜투스 경이야말로 저하를 모실 적임자이옵니다."

이번에는 아무도 그녀를 따라하지 않았다. 다른 기사들은 '당신 미쳤어!' 라는 멍한 표정으로 헬렌 경을 흘낏 흘낏 쳐다봤다. 하지만 고개를 숙이고 있는 헬렌 경의 표정은 정말 자신의 죄를 통감하고 있는 것 같았다.

그녀도 정말 이리저리 괴로워하고 있었구나. 하지만 왕자님은 고개를 저었다.

"죄가 아니라 실수일 뿐이오. 실수는 더 노력해서 극복하면 되는 거요. 자세한 말은 왕실에 가서 합시다."

헬렌 경은 바닥에 닿을 정도로 고개를 숙인 채 눈물을 흘리고 있었다.

33.

국경을 넘어 왕실로 돌아가는 마차는 정말 꿈만 같았다. 달리는 마차 안에는 왕자님과 공주님, 나와 카론 경, 그리고 헬렌 경이 타고 있었고 주변은 기사들이 엄호하고 있었다. 헬렌 경은 그녀의 성격대로 **빽빽**하게 기록된 서류철을 들고 왕자님께 보고 중이었다.

"매수된 무리들 대부분은 잡아 두었습니다. 일주일 안에 왕실 최고위 재판을 열어 처벌할 예정이옵니다."

그녀는 서류를 넘기며 말을 이었다.

"이오타 왕국은 현재 이 사태에 공식적인 입장을 표명하지 않고 있사옵니다. 그러나 앞으로도 침공 계획에 대해서는 인정하지 않을 것 같으며, 지금 쇼메 왕자가 왕실을 방문해 불행한 오해에서 비롯된 일임을 해명하고 있는 중이옵니다."

나는 쇼메의 이름이 나오자 표정을 찡그렸다.

"쇼메 왕자가 이 일의 배후에 있는지도 몰라요."

납치는 쇼메의 미학이 아니지만 그렇다고 자신의 야망을 실현하기 위해 수단을 가릴 사람도 아니었다. 그러나 왕자님은 쓴웃음을 지으며 내 말에 반대했다.

"그건 아닐 거요."

"예?"

"쇼메 왕자는 최근 우리나라와의 무역에 좀 더 투자를 하려고 진행 중이었소. 우리나라의 사업들을 자신의 영향력 아래에 둬서 조종하려는 의도는 알겠지만 그렇다고 침략이라는 과격한 수를 쓸 리는 없을 거요. 그리고 무엇보다 아무리 왕세자라고 할지라도 군대의 통수권은 엄연히 국왕의 것이라 단독으로 이런 일을 벌일 수는 없소."

그래서 얼마 전에도 그 일로 쇼메가 이 나라에 온 것이었나. 분명히 옆에 외무대신이 있었던 기억이 난다.

나는 어쩌면 쇼메에 대해 지나치게 나쁘게 생각하는 것이 아닌가, 하는 창피함에 머리를 긁적거렸다. 그리고 단번에 논리정연하게 말을 정리한 왕자님의 판단력에 또 감탄했다.

그런데 이오타 왕국이 이런 음모를 진행했다는 것은 어쩌면 이자벨 님도…… 그때 문득 잊고 있던 생각이 떠올라 와앗 소리를 질렀다.

"왜, 왜 그러시오, 엔디미온 경."

"아심을 풀어 줘야 해요!"

"아심이…… 누구요?"

"결론부터 말하자면 전과자입니다. 제가 겪어 봐서 아는데 우리나라는 전과자도 일자리를 얻고 결혼을 할 수 있는 제도를 만들어야 합니다. 아, 아니 이게 아니라……!"

나는 마구잡이로 쏟아져 나오는 말을 황급히 막고 정리해서 아심의 공헌에 대해 왕자님께 자세히 설명했다. 초롱초롱한 눈으로 내 말을 경청하던 왕자님이 웃는 얼굴로 고개를 끄덕였다.

"고마운 사람이오. 나도 힘닿는 데까지 돕겠소."

"감사합니다!"

나는 이제야 편안한 마음으로 한숨을 돌렸다. 지금쯤 아심은 '정말 그 녀석이 나를 잊지 않았을까?' 라는 불안한 표정으로 고개를 갸웃거리며 감옥 안을 서성거리고 있겠지. 걱정 말아요. 절대로 당신을 잊지 않으니까. ……물론 조금 전까지는 아주아주 살짝 깜빡하고 있었지만.

"아! 그리고 블리히 경도 왕자님을 구하기 위해 많은 노력을 다했습니다!"

"하하. 그렇소?"

나는 고개를 끄덕이다 문득 불안한 기분이 들었다. 블리히 경은 정말 탈출에 성공했을까? 옆에 있던 헬렌 경이 내 말을 이어받았다.

"엔디미온 경의 보고대로 블리히 경도 큰 공헌을 했사옵니다."

얼레? 헬렌 경이 그걸 어떻게 알지?

"저희가 이곳을 찾을 수 있었던 것도 모두 왕실로 귀환한 블리히 경이 놀라운 판단력으로 이 사건을 추리했기 때문입니다. 소인도 블리히 경을 다시 봤사옵니다."

역시 블리히 경은 살아 있었다. 게다가 왕실로 돌아가서 나와 카론 경이 했던 추리를 모조리 자기가 생각한 것으로 보고했던 것이다. 뭐 그 덕분에 왕실이 뒤늦게라도 정신을 차리고 빨리 움직일 수 있었지만, 그래도 정이 안 간다니까! 잠자코 앉아 있던 카론 경도 감은 눈을 조금 꿈틀했다.

"하아. 아무튼 여러 가지 의미로 대단한 사람……."

나는 말을 마칠 수가 없었다. 크게 흔들린 몸이 붕 떠올랐다. 나만 그런 것이 아니었다. 보이지 않는 벽에 걸린 마차가 공중으로 치솟은 것 같았다. 왕자님은 반사적으로 공주님을 껴안았고, 카론 경은 또 그런 그들을 감쌌다.

"이, 이게 무슨 일이야!"

창밖에서 비명이 터졌고 시뻘건 피가 창에 뿌려졌다. 마차가 수없이 구르면서 땅에 내동댕이쳐졌고 주변의 모든 것이 산산조각 나는 충격과 함께 정신이 끊어졌다.

34.

"으으으……."

나는 몸을 일으키며 눈을 떴다. 마차는 완전히 부서져 우리는 밖으로 튕겨났고 말들 역시 온몸이 비틀려 길가에 널브러져 있었다. 이마에서는 피가 흘러내렸다.

흙먼지가 가득한 밤길 한복판에서 나는 몸을 반쯤 일으켜 주변을 두리번거렸다. 뭔가 단단한 것과 충돌한 건가? 아니야. 분명 비명이 들렸고…….

"맙소사……."

나는 주변에 널려 있는 덩어리들이 무엇인지 확인하는 순간 숨이 멎는 줄 알았다. 그건 우리를 호위하던 기사들의 주검이었다. 아니, 정확하게는 주검의 조각이었다. 세 조각 네 조각 난 몸뚱이들이 지옥도처럼 사방에 널려 있었던 것이다.

검이 아니라면 이렇게 해치울 수가 없었다. 하지만 검으로는 이렇게 빨리 해치울 수도 없었다.

다행히도 마차 안에 있던 왕자님은 공주님을 꽉 껴안은 채 정신을 잃고 쓰러져 있었다. 헬렌 경도 마찬가지였다.

"카론 경……."

그는 비틀거리며 상체를 일으켰다.

"괜찮아요?"

"조용히 해라."

그는 무언가를 느낀 것 같았다. 그리고 우리 앞에서 발소리가 들려왔다. 어둑한 밤의 장막이 시야를 극단적으로 좁혀 놨지만, 그건 분명 단 한 사람의 것이었다.

(이 일을 저지른 장본인이 분명한) 그는 피의 융단이 깔린 시체들 사이를 저벅저벅 걸어오고 있었다.

'누구?'

이곳은 베르스의 영토다. 악투르가 또 납치를 시도한 것은 아니리라. 아신도 아니다. 그럼 누구? 기묘한 두 개의 광채가 그의 손끝에서 번뜩거리고 있었다.

나는 천천히 고개를 들었다. 그리고 서서히 그의 모습이 내 시야 안에 들어왔다. 그는 나를 내려다보고 있었다. 그를 보자 내 모든 사고는 정지하고 말았다.

"당신……."

두 손에 매달린 그 광채는 바로 들고 있던 두 자루의 장검이었다. 그 끝에서 막 기사들을 도륙한 핏물이 소리도 없이 바닥에 떨어지고 있었다.

"당신은……."

붉은 눈동자가 내 몸을 옭아맸다. 그 표정은 웃고 있었지만 그건 웃음이 아니었다. 몸이 떨려 왔다. 왜냐하면 그 얼굴은 항상 내 곁에 있던 사람의 것이었기 때문이다.

그런데 그 사람이 아니었다. 나는 나도 모르게 몸을 떨며 눈물을 흘렸다. 라이오라 씨가 말했던 마성이 무색무취의 광폭함으로써 내 온몸을 찢어 버리고 있었다. 어쩌면 나는 처음부터 그가 이런 사람이라는 걸 짐작하면서도 무시했던 것일지도 모른다. 내 입술을 타고 그의 이름이 흘러나왔다.

"키릭스…… 세자르……."

그는 그렇게 말하는 나를 향해 신기한 동물을 본 듯이 고개를 기울이며 소리 없이 웃었다. 그의 목소리는, 아니 모든 것은 소름 끼칠 만큼 키스와 닮았지만 또 정반대였다.

"재미있는 녀석이네. 예전에도 우리 만난 적이 있지?"

전에 나를 만났다고? 웃음 섞인 말을 꺼내는 그의 목소리가 폐부를 찔렀다. 기억에는 없지만, 어디서 만났는지 짐작할 수 있을 것 같았다.

서서히 카론 경이 눈을 뜨고 있었다. 새파랗게 타오르는 그의 동공이 키릭스를 노렸다. 달빛에 얼룩진 그의 창백한 표정은 당장이라도 깨져 버릴 것 같은 새하얀 조각이었다.

카론 경의 빠른 심장 소리가 내 귓가를 때리는 것 같았다. 카론 경을 바라본 키릭스가 가느다란 눈웃음을 보였다.

"오랜만이야. 카론. 키가 꽤 컸네?"

순간 검이 뽑히는 섬광과 함께 그의 몸이 키릭스를 향해 튀어나갔다.

35.

언제부터 눈을 뜨고 있었던 것일까. 내 의식은 술잔 속의 얼음처럼 조금씩 현실로 녹아들었다. 난 하얀 천장을 바라보고 있었다. 신선한 빛이 쏟아져 들어와 흐릿한 시야를 일깨운다.

"여긴……."

부스스 침대에서 몸을 일으킨 나는 곧 이 고요한 장소가 왕실 의료원이라는 것을 알 수 있었다. 예전 카론 경도 입원한 적이 있는 환자실로 사실 나는 들어올 신분이 안 되는 곳이다. 무엇보다 가벼운 두통과 타박상이 있기는 해도 입원할 정도의 부상은 아닌데? 나는 얼떨떨한 표정으로 몸을 매만졌다.

"정신이 들었나."

작은 목소리에 놀라 시선을 돌리자 카론 경이 나를 바라보고 있었다. 나는 그의 모습에 다시 한 번 놀라야 했다.

"괘, 괜찮으세요?"

그는 힘없이 고개를 끄덕이는 것으로 대답을 대신했지만, 이 자리에 누워 있어야 할 사람은 내가 아니라 카론 경이었다. 환자복 위에 제복 외투를 걸치고 있는 그는 서 있는 것이, 아니 아직 정신을 잃지 않았다는 사실 자체가 신기할 지경이었다.

군이 그 모습을 묘사할 것도 없이 격하게 떨리는 숨소리와 검은 머리칼이 하얀 피부 위에 엉킬 지경으로 흘러내리는 식은땀만으로도 지금 카론 경은 잔뜩 금이 가서 깨지기 일보직전의 육체라는 것을 말해 주었다. 그 무서운 정신력을 그러모아 가까스로 추스르고 있는 것이다.

어째서 그렇게까지 하면서 나를 바라보고 있는 것일까. 그는 뭐라 말하려고 달싹거리던 입술을 몇 번이나 다물었다. 항상 단호한 카론 경이지만, 지금은 결심의 방향을 쉽사리 찾지 못하고 있었다.

그런 그가 눈을 꽉 감으며 입을 열었다.

"엔디미온 경, 일전의 사건은……."

"죄송하지만 아무런 기억도 나지 않아요."

내 말에 그는 입을 다물었다.

"마차가 뒤집힌 것까지는 알겠는데, 그 다음에 무슨 일이 벌어진 건지……."

"기억이 없는 건가."

그는 나를 바라보며 힘겹게 말했다. 나는 무엇보다 그가 한시라도 빨리 안정을 취하길 원했다.

"그것보다 카론 경, 빨리 누우세요!"

"괜찮다."

괜한 고집에는 설득력이 없었다. 창백하게 떨리는 숨소리 하나만으로도 지금 그의 위태로움이 느껴졌다. 강한 사람이지만 그렇기 때문에 누구보다 아슬아슬한 사람이기도 하다. 그런데도 그는 아직 내게 할 말이 남았는지 쓰러질 것 같은 안색을 어렵사리 숨기며 벽에 기댄 채 나를 바라보고 있었다.

차가운 소독약 냄새가 묘하게 도드라진다. 불안한 정적이 우리 둘 사이를 지나갔다. 그 속에 끼어든 건 청명한 노크 소리였다.

"들어가겠습니다아."

키스 경, 덜컥 문이 열리며 그가 우리 사이에 들어왔다. 손에는 태연히 꽃다발이 들려 있었다.

"아아, 둘이 무슨 은밀한 대화를 나누고 계셨습니까아?"

키스는 그 빨간 눈동자에 웃음을 담아 나를 바라봤다. 그 순간 나는 흠칫 놀라 뒤로 물러섰다. 마치 유령을 본 사람처럼.

"왜 그래요, 미온 경?"

"아, 아무것도 아니에요."

난 뭐라고 대답하는지도 모르게 황급히 둘러대며 고개를 돌려 그의 시선을 피했다. 삽시간에 내 몸을 뒤덮은 식은땀이 지금 나를 장악한 감정을 말해 주고 있었다.

사실 나는 기억하고 있었다. 그 얼굴도 그 음성도 그 마성도 피비린내까지 모조리.

36.

어둠을 끊는 카론 경의 외침은 어느 때보다도 격렬했다.

"키릭스!"

거칠게 충돌한 두 칼날이 섬광을 터트렸다. 뒤엉킨 검을 사이에 둔 둘의 표정이 눈에 들어왔다. 훨씬 더 차가운 쪽은 키릭스였다.

"헤에. 너무 기뻐서 어쩔 줄 모르는 거야?"

"능청 떨지 마! 이 자식!"

카론 경이 좀 더 욕을 잘 하는 사람이었다면 지금 자기 기분을 훨씬 정직하게 표현했으리라.

나는 그의 그런 표정을 처음 봤다. 감정을 숨기던 껍질이 산산이 깨져 버린 채 역류하는 마음, 속마음이 그대로 드러난 얼굴을. 안경 너머 차가운 시선으로 눈썹을 찡그리는 정도가 고작이었던 평소의 그는 온데간데없었다.

하지만 그에 대한 키릭스의 대응은 지나치게 능숙했고 또 치가 떨릴 만큼 여유로웠다.

"사람들이 너를 은의 기사라고 부른다며? 소원대로 긍지 높은 히어로가 되셨네. 고귀하고 용맹해. 어울려."

조롱인지 칭찬인지도 모를 말이 키스의 목소리를 빌려 얼어붙은 공기를 울렸다. 그 새빨간 눈동자는 얼마든지 세상에 홀로 존재할 것만 같은 터무니없는 자신감으로 번뜩이고 있었다.

그 시선에 조금도 물러서지 않은 채 검을 마주하던 카론 경이 말했다.

"오래전부터 생각해 왔다."

"응? 뭘?"

"너를 멈추게 하려면 어떻게 해야 할지."

"하하. 친절하네."

간지러운 웃음소리가 귓가를 울렸다. 그 웃음을 보며 카론 경은 뒤로 물러섰다. 그러고는 그의 얼굴을 향해 검을 들어 올렸다.

저, 저건 분명히 결투를 신청하는 모습?

"역시 너를 쓰러트리는 길밖에 없어."

키릭스의 미소에 엷은 살기가 서렸다.

"어라? 잘못 들은 건가?"

나는 심장이 멈추는 것 같았다. 카론 경이 강하다는 것쯤은 알고 있다. 하지만 저 키릭스라는 자는 악투르를 뚫고 나오느라 이미 지칠 대로 지쳐 있는 카론 경에게는 비참할 만큼 압도적이었다. 방금 전만 해도 전력을 다한 카론 경의 일격을 장난처럼 막아내지 않았던가! 그런데 결투라니. 그건 자살과 다름없는…….

그 순간 핏줄기가 터졌다. 순식간에 서로를 스치고 지나간 것이다. 검술에 무지한 나로서는 보고 있으면서도 대체 누가 어떻게 움직였는지조차 파악할 수 없었다. 단지 찰나의 순간 둘의 몸이 뒤섞이며 서로의 위치를 교환했을 뿐이다.

"……!"

또다시 찾아온 정적 속에서 나는 침을 꿀꺽 삼켰다. 피가 흐르는 쪽은 바로 키릭스였다.

"너, 정말 엄청나게 연습했구나. 목이 잘릴 뻔했는걸?"

난공불락 같던 키릭스의 목 언저리에서 적잖은 피가 흐르고 있었다. 정말 조금만 더 깊게 들어갔으면(예를 들어 카론 경의 컨디션이 최상이었다면) 치명상이 되었을 것이 분명했다.

예전 연무장에서 홀로 연습하던 카론 경의 모습이 떠올랐다. 어쩌면 그는 지금을 위해 계속 준비해 오고 있었는지도 모른다.

나는 카론 경이 키릭스를 쓰러트릴지도 모른다는 기대를 품었다. 하지만 키릭스는 예상 밖이었다.

"이렇게까지 날 싫어해서야 어쩔 수가 없지. 나를 찔러."

난 눈을 의심했다. 두 자루의 검을 땅에 꽂은 키릭스가 팔을 벌리며 가슴을 드러냈던 것이다. 그는 웃고 있었다. 도발이라고 하기에도 너무 상식 밖이었다. 종잡을 수가 없었다. 하지만 더 알 수 없는 건 카론 경 쪽이었다.

"……"

그는 키릭스를 무섭게 쏘아보고 있었지만 키릭스가 다가올 때마다 뒤로 물러섰다. 한 걸음에 심장을 꿰뚫을 거리였건만 카론 경은 입술을 깨물며 뒷걸음질 칠 뿐이었다. 키릭스는 정말 재미있다는 듯이 커다랗게 웃었다.

"못 죽이겠지? 내가 죽으면 그 녀석도 죽으니까."

내 얼굴에도 카론 경과 똑같은 낭패의 빛이 서렸다. 정말 키릭스는 키스일까? 어째서 카론 경이 주저하고 있는 것인지, 또 키릭스가 어째서 저런 말을 꺼냈는지, 혼란에 가득 찬 내 머리는 아무런 답도 내지 못했다.

"이런, 이런. 기껏 기회를 줘도 소용이 없네. 그럼 이제 내 차롄가?"

그 속삭임과 함께 키릭스가 다시 검을 들었다. 그리고 그 순간 그의 두 칼날이 소리 없이 움직였다.

착시겠지만, 일그러진 빛무리가 키릭스의 검 끝을 마치 악령처럼 따라다니고 있었다. 두 자루의 검이 기이한 궤적을 그리며 일시에 카론 경을 뚫고 지나갔다.

그것은 너무도 압도적이었다. 그 일격은 검을 놓친 은의 기사를 공중으로 날려 보낸 뒤에 바닥에 내동댕이쳤다. 반격은커녕 방어조차 생각할 수 없는 수준이었다.

"카, 카론 경!"

나는 나도 모르게 비명을 내질렀다. 이미 죽었을지도 모른다는 공포심마저 들었다. 그런데도 키릭스는 아무렇지도 않은 표정으로 만신창이가 되어 쓰러져 있는 카론 경에게 걸어갔다.

"카론, 나와 함께 가지 않겠어? 네가 필요하거든."

간신히 숨을 내쉬는 것이 고작인 카론 경의 어깨를 짓밟은 키릭스가 무서울 정도로 키스와 똑같은 목소리로 말했다. 나는 몸서리 쳤다. 모든 것이 아주 실감나는 악몽처럼 느껴졌다.

"다, 닥쳐……."

어떻게든 몸을 일으키려는 카론 경을 무심히 바라보던 키릭스가 그를 밟던 다리에 힘을 줬다. 곧바로 어깨가 부스러지는 섬뜩한 소리가 터졌다.

"아아악!"

카론 경의 눈동자가 고통으로 커졌다.

"네 녀석의 그 대단한 긍지, 어디까지 부숴 버려야 좀 고분고분해지려나."

그러고는 가느다랗게 떨리는 가슴으로 발을 옮겼다.

"사실 너는 세상에서 가장 검과 어울리지 않는 착한 녀석이라는 걸 잘 알고 있어. 원래는 은의 기사는커녕 마음껏 책이나 읽는 것에 행복해할 그런 얌전한 녀석이었지."

키릭스는 가슴을 누른 발끝에 천천히 힘을 주며 말을 이었다.

"네 어머니가 그런 식으로만 죽지 않았다면 말이지."

키릭스의 발밑에서부터 조금씩 늑골이 부서지는 소리가 들려왔다. 카론 경은 뭐라고 소리치려는 것 같았지만 그것은 힘겨운 신음 소리가 되어 입 밖으로 나올 뿐이었다.

"네가 어째서 기사가 되었는지 잘 생각해 봐. 나와 같은 이유라는 걸 알고 있을 거야."

"……머, 멋대로 말하지 마라."

"가짜와 놀아나면서 그걸 다 잊어버린 거야?"

계속 힘을 더하는 그의 발끝에서 투둑 하는 소리가 들렸다. 갈색의 곱슬머리 사이로 드러난 귀화(鬼火)에 젖은 눈동자가 숨을 쉬지 못해 가느다랗게 헐떡이는 카론 경의 표정을 무감정하게 바라보고 있었다.

"제발 너를 다른 무가치한 존재들과 똑같이 보지 않게 해 줘."

"아…… 아으으윽."

"부탁이야."

파각 하며 잘려 나간 뼈들이 폐부를 찌르는 끔찍한 소리에 나는 반사적으로 몸을 일으켰다.

나는 시체들 속에 있던 기사의 검을 뽑아 키릭스를 겨눴다. 공포를 뒤덮는 분노가 나를 움직이고 있었다.

"그만해! 그만두라고! 이 미친!"

키릭스는 천천히 나를 바라봤다. 난 너무도 친숙한 그 얼굴을 마주 보고 있는 것만으로도 피가 역류할 것만 같았다. 그가 반가운 목소리로 말했다.

"많이 용감해졌네. 그때보다 훨씬 나아졌어."

"날 아는 척하지 마!"

나는 그 불길한 기운을 떨쳐버리기 위해 커다랗게 소리쳤다.

"너는…… 키스 경이 아니지?"

"글쎄."

그는 키스와 똑같은 웃음을 보이며 말했다.

"그럴지도, 아닐지도."

"넌 절대 키스가 아냐! 그럴 리가 없어! 그렇다고 말해!"

"만약 내가 아니라고 하면 믿을 거야? 또 그렇다고 한다면 믿을 거야?"

나는 입술을 꽉 깨물며 그를 향해 검을 다잡았다.

"어이, 내가 키스가 아니라고 확신해?"

"물론! 키스라면 카론 경을 해칠 리가 없어!"

그 말을 들은 키릭스의 입가에 예의 차가운 조소가 스몄다.

"그럼 증명해 봐."

"뭐?"

"내가 키스가 아니라고 확신한다면 얼마든지 나를 찌를 수 있겠네? 자, 네게도 기회를 줄게. 네 의지를 구경하고 싶어."

"조, 조롱하지 마! 찌르겠어!"

피가 흐를 정도로 검을 꽉 쥐고 있는 내 두 팔이 창피할 정도로 떨렸다. 결국 그는 내 속을 꿰뚫어 보고 있었다. 나는 키릭스는 키스가 아니라고 확신할 수 없었다. 단지 인정하고 싶지 않았던 것뿐이다.

내 꼴을 본 그가 실망스러운 목소리로 말했다.

"스스로의 판단조차 믿지 못해? 나약하네. 그러니까 넌 지금까지 아무도 지키지 못한 거야."

순간 머릿속에 '그녀'가 스쳐 지나갔다. 그 오래된 죄책감이 폭주하며 증오가 목 끝까지 차올랐다. 나는 순순히 키릭스가 권한 분노를 집어삼켰다.

"입 닥쳐!"

고함 소리와 함께 길게 내지른 검을 키릭스는 너무도 가볍게 피했다. 곧바로 내 머리칼을 낚아 챈 그가 감상하듯 내 얼굴을 훑었다.

"하하. 아까보다 훨씬 좋은 표정이네. 방금 넌 정말 날 죽이려고 했어. 남을 미워한다면 최소한 이 정도는 해야 해. 알겠어?"

"하아, 하아……."

내 마음은 이미 탈진해 계속 가쁜 숨이 끓어올랐다. 토악질을 할 것만 같았다. 악마에게 마음대로 유린당하는 것 같은 그런 굴욕감 또는 무력감. 다리가 떨려 이대로 쓰러질 것 같았지만 키릭스는 나를 놓지 않았다.

"놔, 놔줘."

키릭스는 키스의 눈동자로, 혹은 키스가 키릭스의 눈동자로 울고 있는 내 얼굴을 바라보고 있었다. 사람들의 이런 표정을 너무도 많이 봐 왔는지 아무런 감흥도 없이, 그냥 피고 지는 잡초를 보듯이.

이 잡초를 뽑아 버릴지, 아니면 귀찮으니까 그냥 지나갈지 생각하고 있는 것일까? 나는 그런 그의 차가운 눈을 도저히 직시할 수 없었다.

"키릭스, 변한 건 너다."

난 번쩍 고개를 들었다. 비틀거리며 몸을 일으킨 카론 경이 서 있었다. 창백한 얼굴에 피를 흘리는 입가를 꽉 다물고 있었지만 키릭스를 똑바로 쏘아보는 두 눈동자만은 새파랗게 타오르고 있었다.

키릭스는 몸을 돌리며 너무도 잔혹한 웃음을 보였다.

"카론, 변하지 않는 건 타락이래."

"누구도 세상을 재단할 권리는 없어. 그건 어떤 변명으로도 미화되지 않아."

카론 경은 만신창이가 되면서도 절대로 의지를 굽히지 않았다. 그런 그를 바라보던 키릭스는 고개를 절레절레 흔들며 혀를 찼다.

"아아, 옛날 생각 나네. 예전에도 넌 그런 엄청나게 진지한 표정으로 몇백 번이고 나한테 덤볐지. 하하, 이제 좀 지친다."

키릭스는 천천히 그를 훑어보며 말했다.

"사실 내가 온 건 저 꼬마 왕자님을 죽이라는 명령을 받았기 때문이지만 그건 영 마음에 안 들어서 그냥 너와 함께 돌아가려고 했어. 그런데 바람맞은 기분이야. 여자한테도 한 번 차인 적이 없는데, 이것 참 볼썽사납네."

그렇게 이기적인 넋두리를 늘어놓던 키릭스의 눈빛이 달라졌다.

"카론, 지금부터 내가 편안하게 죽일 거라고는 기대하지 마."

키릭스의 붉은 눈동자는 마치 공허한 진공의 공간처럼 아무것도 잡히질 않았다. 그가 들고 있는 두 자루의 검은 당장이라도 상대를 찢어 버릴 송곳니처럼 곤두서 있었다.

나는 더 이상 카론 경에게 피할 힘이 없다는 것을 알고 있다. 그러나 항복하지 않으리라는 것도 알고 있다. 그런 사람이니까.

난 키릭스의 등을 봤다. 내게는 관심조차 없다. 조금 달려가 검으로 찌르면 심장을 꿰뚫을 거리.

하지만 그때 카론 경이 차가운 목소리로 말했다.

"엔디미온 경. 이건, 자네 일이 아니야."

나는 원망스러운 표정으로 그를 바라봤다. 문득, 평생 책을 좋아하는 평민으로 평화롭게 살았을 사람이 어째서 모든 것을 다 그만두고 지금 이 자리에 피투성이가 되어 서 있어야 하는지 알고 싶었다. 신이 내 앞에 있다면 마구 멱살을 잡고 제발 조금은 세심하게 당신의 피조물에게 신경을 써 달라고 소리치고 싶었다.

그때 나는(굳이 신은 아니라도) 그와 비슷한 파동을 보았다. 그러니까 숲 너머에서부터 말이다. 그건 빛을 집어삼키며 밀려오는 초자연적인 해일이었다.

그걸 느낀 키릭스가 뒤로 물러서며 중얼거렸다.

"이런, 결투는 다음으로 미뤄야겠네."

"설마……."

"아주 무서운 분이 여기로 오고 있으니까."

그리고 그 순간 숲을 범람한 그 암흑의 짐승이 키릭스를 덮쳤다.

그 충격에 튕겨 나간 내 몸은 한참 동안 바닥을 굴러야 했다. 고개를 드니 눈앞에 보이는 모든 풀과 나무들이 중력과 시간을 무시한 채 뿌리째 뽑혀 나가며 재로 변하고 있었다.

저런 절대력의 소유자는 세상에 단 한 명뿐이다. 그 힘의 주인이 가공할 혼돈 속에서 입을 열었다.

"누군지는 모르겠지만, 싸울 상대를 원한다면 서 있기도 힘든 부상자보다는 좀 더 어울리는 상대를 찾는 게 좋을 것 같군."

"라이오라 씨!"

자욱한 회색 먼지 속에서 모습을 드러낸 장본인은 그 섬뜩한 흑색의 검을 들고 있는 진청룡 라이오라 씨였다.

낌새를 느끼고 돌아온 것일까. 사신과 같은 그 위압감은 여전히 무섭지만, 지금은 그만큼 안도감을 느끼는 힘도 없었다. 이런 말 하긴 그렇지만, 카론 경을 구하는 데 적어도 나보다는 천만 배는 더 도움이 될 사람이니까.

놀란 건 카론 경도 마찬가지였다.

"라, 라이오라. 어째서 온 거냐!"

"명령 이외의 행동을 하는 건 폐하게 죄스러운 일지만, 아무래도 저 마성의 정체가 신경 쓰여서…… 아무래도 제거하는 편이 좋을 것 같군."

그렇게 말하던 라이오라 씨는 눈앞의 사내를 확인하며 말을 흐렸다. 흔적도 없이 소멸시켜 버렸을 자신의 일 합을 막아냈기 때문만은 아닌 것 같았다. 조금도 밀려나지 않은 키릭스는 몸을 막고 있던 두 자루의 검을 풀며 그를 바라봤다.

"와아. 여전히 무시무시하네, 라이오라."

"너는……."

키릭스는 찡그린 얼굴로 어깨를 매만지며 중얼거렸다.

"물론 당신이 불사신이라는 것은 내게 검술을 가르쳐 줄 때부터 알고 있었지만. 하하."

무, 무슨 말이야? 라이오라 씨가 키릭스의 검술 선생?

키릭스는 짓궂게 웃으며 라이오라 씨를 바라봤다.

"지금 무척이나 혼란스럽지? 네 주인에게 어떻게 보고해야 할지?"

라이오라 씨의 표정은 어느 때보다도 굳어 있었다. 한편 키릭스는 카론 경과 라이오라 씨를 바라보며 귀찮다는 듯 미간을 찡그렸다.

"아아, 이걸 어쩐다. 한 명은 죽이기 싫고 한 명은 죽일 수 없네."

카론 경은 급히 내 이름을 외쳤다. 나는 그것이 무엇을 의미하는지 알고 있었다. 난 빠르게 정신을 잃은 왕자님과 공주님을 안고 뒤로 빠졌다.

키릭스가 라이오라 씨를 바라보며 말했다.

"뭐, 그리고 곧 날 모시게 될 사람과 싸우는 것도 현명하지 못한 행동일 테지."

나는 키릭스가 한 말의 의미를 알 수 없었다. 어째서 라이오라 씨가 자신을 모신다는 거야! 하지만 라이오라 씨는 단번에 부정하지 않은 채 무서운 눈빛으로 키릭스를 바라볼 뿐이었다.

"하지만 이대로 헤어지는 건 섭섭하니까 오랜만에 내 검술을 한번 시험해 줘."

내 기억은 여기까지였다. 나는 키릭스와 라이오라 씨의 검이 충돌하는 것을 보았고, 그 순간 대지가 뒤엎어지는 것 같은 충격 끝에 정신을 잃었다.

37.

"미온 경, 왜 그렇게 얼이 빠져 있습니까아?"

"아?"

나는 키스 경이 나를 빤히 바라보고 있다는 것을 알았다. 나는 마른침을 삼켰다.

"모, 몰라요. 말 시키지 마세요."

난 어찌할 줄 몰라서 한심한 말을 늘어놓고는 침대에 누워 몸을 돌렸다. 마치 내가 큰 잘못을 저지른 것 같기도 하고 더할 나위 없이 억울하기도 한, 기묘하고 불유쾌한 기분이었다.

"키스."

등 뒤에서 카론 경의 가라앉은 목소리가 들렸다.

"나는 당분간 왕궁을 떠나 알아볼 것이……."

"그런 픽 쓰러질 것 같은 몸으로 어딜 또 쏘다니겠다는 건가요오?"

"무, 무슨 짓이냐! 이거 놔라!"

갑작스러운 옥신각신에 나는 슬쩍 고개를 돌려 그들을 바라봤다. 키스는(항상 그렇지만 그 말 못 할 괴력으로) 카론 경을 들고는 침대로 데려가 패대기쳤다.

엄청난 통증과 당혹감으로 몸을 일으키려는 카론 경을 내리누른 키스가 단호한 목소리로 말했다.

"얌전히 좀 계세요. 지지리도 말 안 듣는 불량 기사는 저 하나로도 족합니다아."

"그걸 말이라고 하나! 놓지 못하겠나!"

"하아. 결혼까지 하셨으면 이제 철 좀 드세요!"

"네 녀석에게 그런 말 듣고 싶지 않아! 큭! 힘만 세서는!"

바둥거리는 카론 경의 이마를 손가락 하나로 쿡 찍어 누르고 있던 키스는 서글픈 목소리로 중얼거렸다.

"카론 경, 계속 발버둥 칠 생각이십니까아?"

"그, 그만둬! 아프단 말이야!"

키스 경은 품속에서 아주 익숙해 보이는 것을 꺼냈다. 설마, 저것은!

그리고 잠시 후 매우 청명한 타격음이 들리고는 삽시간에 병실은 쥐 죽은 듯이 고요해졌다. 아니 이거, 정말 누군가 죽은 것 같구면. '그야말로 깔끔한 마무리!' 라고는 농담이라도 말 못하겠군.

"……맙소사!"

키스 경은 눈물을 훔치며 내게로 돌아와 들고 있던 부지깽이를 바닥에 던졌다. 한참 동안 키스를 바라보던 내가 힘없이 중얼거렸다.

"댁은 매사에 이런 식이시오?"

"환자의 안정을 위해서는 어쩔 수 없는 선택이었습니다아."

"웃기지 마! 겨우 살아난 카론 경을 죽일 셈이냐!"

"안 죽어요. 지금까지 한 번도 죽은 일이 없는걸요."

"당신 그러다 언젠간 천벌 받아."

"친구의 절대안정을 위해 결단을 내린 제게 그 무슨 폭언입니까아!"

"카론 경 깨어나면 도망칠 준비나 하시지."

"안 그래도 짐 싸려던 참이었답니다아."

키스 경은 피식 웃으며 아까의 카론 경처럼 문가에 기대어 날 바라봤다. 키릭스와 똑같은 빨간 눈인데, 웃고 있는 모습은 정말로 투명했다.

간호원이고 의사고 단체로 피크닉이라도 나갔는지 병실은 놀라울 만큼 고요했고 숨소리는 모처럼의 햇살에 따뜻하게 녹아 있었다. 우리는 그 속에서 한동안 서로를 바라봤다.

키스는 천천히 손가락을 들어 자신의 목 언저리를 가리켰다.

"믿어 줄 거죠?"

나는 많은 판단을 할 수 있었지만 어떤 판단도 하지 않았다. 나는 곧 대답했다.

"믿어요."

키스 경은 소리 없이 웃었다. 그리고 곧 문을 열고 밖으로 나갔다.

나는 침대 끝자락에 기대어 그가 나간 자리를 묵묵히 바라봤다. 새하얀 벽에는 그의 그림자가 남아 있는 것 같았다. 그의 존재란 처음부터 환상일지도 모른다는 엉뚱한 생각이 들었다.

38.

왕자님, 공주님과 헬스트 나이츠가 대규모로 '의문의 습격'을 받은 사건은 악투르 왕국의 습격으로 발표되었고, 그것은 한동안 베르스 국민들을 분노로 들끓게 했다.

기사단의 장례식은 성대한 국장(國葬)으로 치러졌으며 그곳에 모습을 드러낸 건강한 왕자님과 공주님께 존경을 표하기 위해 어느 때보다 수많은 인파가 수도로 몰려들었다.

이오타 왕국은 입막음의 표시로 적잖은 황금을 무상으로 보내왔지만, 어째서인지 국왕 전하는 그 좋아하는 것을 모두 되돌려 보내며 정중한 친필 서한을 이오타의 빌헬름 국왕에게 보냈다고 한다. 쇼메 왕자는 한동안 베르스와 북부 콘스탄트 왕국에 자주 모습을 드러냈다.

카론 경과 블리히 경을 비롯한 기사들은 공로를 인정받아 국왕 전하로부터 1급 애국 훈장을 받았으며, 특히 카론 경은 또다시 우르콰르트에서 보여 준 용맹으로 그의 무용담이 음유시인들의 목소리를 타고 왕국 전체로 퍼져 나갔다.

현재 천여 명의 배우들이 카론 경을 연기하며 전국의 무대에서 그때의 일을 재현하고 있다고 한다. 물론 그 대본에 당근은 빠져 있겠지만 말이다.

"……내 얘기는 하나도 없네."

나는 침대에 누워 신문을 뒤적거리며 입술을 삐죽거렸다. 동화 밖의 세계에서는 목숨을 거는 희생에도 신분의 제약이 있는 법이다. 얼굴로 먹고 사는 스왈로우 나이츠의 멤버가 왕족을 구했다는 것은 별로 보기 좋은 일은 아니라서 그런지 아무리 눈을 부릅뜨고 신문을 훑어봐도 내 이름은 전혀 없다. 흥. 그런 속물적인 격려는 내 쪽에서 사양이야, 쳇.

'하아. 뭐 어쨌든 상관없지만.'

나는 슬쩍 눈길을 돌려 테이블에 올려져 있는 꽃다발과 쪽지와 편지지를 바라봤다. 왕자님과 공주님이 친히 문병을 오셔서 받은 꽃다발이었다. 게다가 공주님이 직접 만든 것이고. 이런 선물은 건국 이래 나 외에는 아무도 하사받은 적이 없을 것이다.

그리고 '정말로 고마워요, 엔디미온 님'이라고 쓰여 있는 쪽지는 카론 경을 간병하러 온 이멜렌 님이 선물한 것이다. 이쯤 되면 아름다운 레이디의 찬사를 받은 그럴듯한 기사가 된 것 같은 기분이 든다. 비록 내 레이디는 아니라고 해도…… 뭐.

또 가끔 청소의 요정으로 컴백한 키스 경이 와서 나와 카론 경의 병실을 정리해 주고는 하는데, 내가 보기엔 근무시간에 빠져나와 농땡이 피우는 것으로밖에는…… 아니, 무엇보다 올 때마다 카론 경의 상태가 악화되고 있다는 기분이 드는데 말이지.

그리고 마지막으로 저 편지지는…….

'빠르기도 해라.'

아심이 보낸 청첩장이었다. 정성스럽게도 그 서툰 손으로 일일이 색을 칠한 청첩장. 굉장하지 않은가? 그야말로 광속으로 결혼에 골인이라니.

상대는 결국 오래전부터 고백하지 못하고 맴돌던 짝사랑이라고 한다. 감옥에서 살아 나오자마자 한걸음에 그녀에게 뛰어가서 쩌렁쩌렁한 목소리로 프러포즈했단다. 아, 뭐 그럼 처음부터 기사가 되는 건 아무 상관 없던 거였잖아!

나는 우후후 하고 웃으며 그걸 바라보다가 눈을 감았다. 병실 안은 막 개화하기 시작한 장미향으로 가득했다. 슬슬 봄이었다.

『Swallow Knights Tales』 6권에서 계속

한 귀로 듣고 한 귀로 흘리는 제멋대로 프로파일

키르케 밀러스 편

Swallow Knights Tales

■ 한 귀로 듣고 한 귀로 흘리는 제멋대로 프로파일
키르케 밀러스(Kirke Millers) 편

키 힐을 신으면 키스와도 눈높이가 같아지는 장신으로, 싫어도 상대를 위압하게 된다.

눈 깊은 갈색. 특별히 눈에서 광선이 나가는 건 아니지만 누구라도 계속 보고 있기가 좀 무서울 것이다.

머리 길고 검은 머리칼. 사무 중에는 움직이기 편하게 틀어 올릴 때도 있지만 대부분의 경우 길게 늘어트린다.

외모 분명 고풍스러운 미녀지만 거의 하루 종일 트레이드마크인 무장전투여단의 검은 제복을 입고 있기 때문에 쉽사리 그 미모에 반하기에는 너무나도 인상이 강렬하다.

하지만 그 뇌쇄적인 몸매와 차가운 제복의 부조화를 선호하는 취향도 있는 편이라서, 북부 콘스탄트의 군인들 중 몰래 그녀를 흠모하는 자들도 꽤 있다. 물론 그걸 감히 입 밖으로 꺼낼 만큼 간 큰 남자는 아직까지 없었다. 그리고 때로는 아가씨들의 추파를 받기도 해서 북부 콘스탄트가 의외로 자유분방한 나라라는 걸 보여 주기도 한다. 키르케는 여성들에게는 친절한 편이다.

키르케의 지력은 매우 뛰어나서 인트라 무로스 국장 이자벨 크리스탄센과 비견될 정도이며 통솔력과 부하들의 신임 또한 최고로 높은 빈틈없는 여자의 전형이다. 세상 물정에도 아주 밝아서 단점이라고는 없어 보이지만 쇼메 이상으로 불같은 성질 덕에 주변 사람들을 공포로 몰아넣고 있다.

'선혈의 마녀'라는 별명처럼 키르케를 적으로 만난다는 것은 최악의 재앙이며 반대로 아군이라면 가장 확실한 수호자가 될 수 있다. 국왕 바쉐론 콘스탄틴의 최고 측근인 그녀는 북부 콘스탄트 사람들에게는 여신으로, 남부 콘스탄트 사람들에게는 마녀라고 불리고 있다.

1. 단도직입적으로 묻겠습니다. 절친한 친구 사이였던 명주작 알테어와 어째서 서로 원수가 된 겁니까?

—왜냐하면 그 계집애가 내 남자 친구를 빼앗았기 때문이야.

노, 농담이시겠죠.

—당연히 농담이지. 알테어에게 그럴 주변머리가 있을 것 같아?

알 게 뭡니까.

2. 미남 킬러로 알고 있습니다. 그 소문이 사실입니까?

─무슨 소문? 하룻밤 동안 남자 열 명을 로테이션으로 상대한다는 소문? 아니면 반반한 병사들을 카테고리별로 구분해 두고 요일별로 골라 먹는다는 소문?

아하하. 해, 해 본 듯이 실감나게 말씀하시는군요.

─후후후. 소문이란 원래 과장되기 마련이란다.

역시 헛소문이었군요.

─헛소문이라고는 안 했는데?

…….

3. 미온은 당신에게 어떤 존재입니까?

─그거야 귀여운 남동생 정도?

이런. 의외로 인자하신 면이.

─키워 먹으면 맛있어.

……식용이었습니까?

4. 당신은 아신 중에서도 가장 강력하다는 말이 있습니다. 정말 진청룡을 상대할 수 있습니까?

─밤에 싸운다면 가능해.

그런데 왜 명주작에게 패한 적이 있나요?

─낮에 싸웠기 때문이야.

다, 단순하군요.

(실제로 빛의 명주작과 어둠의 적현무는 서로 상극이라서 어떤 곳에서 어떻게 싸우느냐에 따라서 승패가 갈라진다. 이 점은 견백호와 진청룡도 비슷하게 적용된다. 물론 진청룡이 쓰러진 적은 단 한 번도 없지만.)

5. 왜 그렇게 이자벨을 싫어하시는 거죠?

─곧 알게 될 거야.

뭐, 뭔가 의미심장한 말씀이시군요.

6. 지금은 바쉐론 국왕을 주군으로 모시고 있습니다만, 만약 주군을 바꿔야 한다면 누구를 선택하시겠습니까.

—글쎄다. 미온에게 가서 그 녀석을 베르스의 왕으로 만들어 주는 것도 재밌겠네.

아마 미온 쪽에서 먼저 도망칠 것 같습니다만.

7. 아신이 안 되었으면 무슨 일을 하셨을 것 같나요?

—원래 여기사가 되고 싶었는데, 이미 부모님을 살해한 놈에게 복수한 뒤라서 나라로부터 쫓기고 있었고…… 그대로 갔다간 아마 산적이나 해적들의 우두머리쯤 되지 않았을까? 뭐 그렇게 평범하게 살았겠지.

어느 부분이 평범한 건지 좀 말해 주세요.

8. 어떤 무기를 쓰시나요? 검? 도끼? 채찍?

—그림자.

(그녀는 실제 검과 각종 무기류의 달인이기도 하지만 그림자를 수족처럼 부리는 능력이 있기 때문에 가끔 부하들과 대련해 줄 때나 도검을 쥔다. 물론 아신의 능력을 쓰지 않아도 그녀를 이길 자는 거의 없다.)

9. 전쟁이 끝난 뒤에는 무슨 일을 하실 건가요?

—글쎄. 한 십 년 정도 아무 생각 없이 세상을 둘러보고 싶구나.

아, 그거 괜찮은 계획이네요.

—응. 하지만 평생 그러지는 못할 거야.

왜요?

—전쟁이 끝나는 일은 결코 없기 때문이란다.

10. 자 그럼, 마지막 질문! 노래 잘 하세요?

—군가 불러 줄까?

…….

또 다른 시선 하나

키릭스 세자르 『꿈의 자전』

1.

내가 황제의 아들이라는 것을 말했을 때 카론은 전혀 놀라지 않았다. 그냥 열대지방 어떤 나라에서 자라는 꽃의 학명을 들었을 때처럼 '그렇군.' 이라고 대꾸했을 뿐이었다.

그건 그가 다른 얼간이들처럼 호들갑 떠는 속물이 아니라는 증거다. 난 이 녀석의 이런 점이 좋다.

"안 믿는 거냐?"

"믿어. 네가 그런 시시한 거짓말을 할 리는 없겠지."

"그렇다면 조금은 놀라 주길 바랐는데……."

"실망시켜 미안하군."

이 녀석은 오염되지 않은 얼음 덩어리랄까. 이 무뚝뚝한 녀석의 말도 잘 들어 보면 제법 재치가 있다. 엉터리들과는 농담으로도 친해질 수 없는 성격이라는 것을 스스로 잘 알고 있기 때문에 그런 시시껄렁한 세상의 추파를 튕겨 내는 말재주를 터득한 것이다.

이래 봬도 나는 이 녀석과 통하는 점이 있었다. 어느 쪽이냐 하면, 세상과 타협하지 않는다는 점에서.

여기는 식당이었다. 그것도 기사나 귀족이 아니면 들어올 수 없는 더럽게 고상한 식당.

이런 곳에서 아무렇지도 않게 자기 검을 꺼내 손질하고 있는 저 녀석은 주변의 떫은 시선을 한 몸에 받고 있었다. 그런데도 아랑곳하지 않는 저 무신경한 모습에는 꽤 대범한 나도 좀 기가 질렸다.

"이제 소원대로 기사도 됐겠다, 뭘 하실 건가, 카론 경?"

"출세해야지."

그는 기계적으로 검을 닦으며 무덤덤하게 말했다.

출세? 나는 피식 웃었다. 누가 들으면 귀한 집에서 태어나 정해진 인생을 걸어가는 도련님인 줄 알겠군.

하지만 같이 작위를 받은 귀족 집안 돼지들이 당연하다는 듯 한자리씩 꿰찼을 때, 이 녀석만은 지금까지도 왕실로부터 말직 하나 못 받고 있다는 것을 알고 있다. 평민이 성공할 기회 따위는 애당초 주기 싫은 거다. 뭐 하나라도 이루기 위해서는 죽을힘을 다해 싸워야 하는 녀석이었다.

이 세상 최강의 권력자인 아버지를 부숴 버리기 위해 이런 곳으로 가출한 나와 어떻게든 권력을 잡기 위해 악의적인 세상의 멸시를 온몸으로 견뎌 내는 이 녀석 중에 누가 더 미친 것인지는 도무지 모르겠다.

한 가지 확실한 것은 이 녀석은 내 목표에 도움이 될 녀석이라는 것이다. 그러니까 황제의 숨통을 끊는 일, 말이다.

"그러는 너는 이제 무슨 일을 할 생각이지, 황태자 씨?"

저 녀석은 남을 비꼬는 데 재능이 없다. 비아냥거림의 기본은 천박할 만큼 가벼운 감정에서 시작되는데, 저 검은 머리칼의 미남은 매사에 너무 진지하기 때문이다. 그래서야 비꼬는 쪽이 도리어 얼굴을 붉힐 일이다.

"아아, 뭘 할까나. 아버지의 목을 따고 그 잘난 옥좌나 가로채 볼까?"

"못 들은 걸로 하겠다."

"에이, 재미없긴. 농담이라고."

"농담처럼 들리지는 않는군."

그래, 진담이야. 대신 난 그 더러운 옥좌에 앉을 생각은 없어. 보란 듯이 산산이 부숴 버리고 그 조각들을 아버지의 시체 위에 뿌려 줄 거야. 권력 속을 허우적거리던 영욕(榮辱)의 종말을 장식하는 데 그 이상의 방법은 없을 테지.

한시라도 빨리 내 계획을 이 목석같은 친구와 같이하고 싶은 기분에 나답지 않은 조급함이 몰려왔다. 하지만 모든 일에는 순서가 있는 법이고, 당장은 나 스스로 해야 할 일이 너무도 많았기 때문에 지금은 작별을 말할 수밖에 없었다.

"나는 부르는 곳이 있어서 오늘 중으로 이 나라를 뜰 생각이야."

"부르는 곳? 너라면 여기에서도 얼마든지 큰 자리를 맡을 수……."

그는 말을 흐리고는 다시 자기 검으로 시선을 옮겼다. 괜한 참견이라고 생각한 모양이다.

"다시 돌아오겠지만 당장은 혼자 해야 할 일이 있어서 말이지."

"위험하게 들리는군."

"위험하지. 매력적이기도 하고. 세상을 위하는 길이기도 해."

"아까부터 계속 말을 돌리는군. 하고 싶은 말이 뭔가."

내가 이 녀석을 좋아하는 이유는 바로 이런 부분 때문이다. 언뜻 보기에는 눈치라고는 전혀 없는 애늙은이 같지만 실상은 항상 세심하게 상대의 속뜻을 살피고 있다.

이 친구가 웨이터가 되었다면 묵묵히 손님들을 지켜보다가 절묘한 순간에 다음 코스 요리를 내주는 그런 품위 있고 세련된 웨이터가 되었을 것이다. 팁이나 바라며 침도 안 바르고 아부 따위를 늘어놓는 쓰레기들과는 질적으로 다르다.

나는 남을 평가하는 데 엄격한 편이지만 이 녀석에게는 두 손

들고 말았다. 비단 나뿐만이 아니라 제대로 정신이 박힌 인간이라면 누구라도 탐낼 보물이지 않은가. 물론 난 뺏기는 것은 질색이었다.

나는 되물었다.

"넌 출세해서 뭐할 거지?"

"무슨 의미지?"

"그러니까 출세하면 뭔가 하고 싶은 게 있을 거 아니야. 부자가 된다든가 권력의 정점에 선다든가, 하다못해 이름도 다 못 외울 정도로 많은 하인을 부리고 싶다든가."

이제는 제법 길게 자란 머리칼이 보기 좋은 검은 눈의 청년은 능청 떨며 말하는 나를 잠시 바라보다가 입을 열었다. 소리친 것은 아니지만 그만한 열기가 느껴지는 단호한 말투였다.

"바꾸겠다."

"뭘?"

"모든 것을."

"어떻게?"

"어떻게든 지금보다는 좋게."

낭만이라고는 눈 씻고 찾아봐도 없는 이 완고한 녀석은 이런 면에 있어서는 어린아이 같았다. 남들이라면 창피해서라도 차마 말 못 할 순수한 꿈을 진지하게 말하는 것이다. 적어도 내 앞에서는 그랬다.

물론 말만 그럴싸하게 늘어놓는 녀석이었다면 난 물어보지도 않았을 것이다. 아니, 애당초 그 수준 낮은 견습기사 놈들 속에서 죽든 모욕을 당하든 상관도 안 했을 것이다.

그러니까 그의 의지를 물어본 것은 일종의 '재확인'이었다. 나는 일부러 매몰차게 평가했다.

"멋진 목표야. 하지만 너 혼자서는 바꿀 수 없어."

"……."

"평민 출신 기사가 바꿀 수 있는 것에는 한계가 있지. 그게 현실이야."

그는 화가 난 기색으로 나를 바라봤지만 특별히 뭐라고 말하지는 않았다.

딱 한 번 이 녀석과 술을 마셔 본 적이 있었다. 그것도 내가 반강제로 먹인 것이긴 하지만, 나는 술 취한 기색을 보여 주지 않으려고 발버둥 치며 말하는 그의 모습에서 분명한 증오를 보았다.

그 증오는 유치한 어리광도 아니고 밑도 끝도 없는 불만도 아닌, 소년의 것이라고 하기에는 너무도 예리하고 섬세한 그런 깨끗한 증오였다. 그건 내 증오와는 꽤 다른 모양을 하고 있었지만 성분은 같았다. 이 까다로운 친구에게 관심이 생긴 것은 그때부터였다.

내가 시원한 음성으로 말했다.

"좀 더 큰 것을 바꿀 수 있게 해 준다면 받아들일 거냐?"

카론은 이런 말에 일일이 화를 내거나 경계할 정도로 배짱 없

는 녀석은 아니지만 그렇다고 쉽사리 고개를 끄덕일 정도로 순
진하지도 않다.

"그건 꼭 악마가 하는 유혹 같군."

"악마도 마음에 들어 하는 녀석에겐 순수한 호의를 베풀 때가
있어."

그는 마치 저항이라도 하는 것처럼 나를 바라보고만 있었다.
이 녀석이 내게 질투와 경쟁심을 품고 있다는 것은 예전부터 알
고 있었지만, 솔직히 이 녀석의 기분 같은 건 아무래도 상관없었
다. 중요한 건 내가 매력을 느꼈다는 사실이다.

물론 성적인 매력은 아니지만, 내게 필요한 존재라는 것을 느
낀 순간부터 나는 이 녀석이 어떻게 나오든 포기할 생각은 추호
도 없었다. 이것에 대해서는 좀 치졸한 방법을 동원해도 상관없
었다.

그때 엉뚱한 불청객이 끼어들었다.

"기사 카론 샤펜투스인가."

너저분한 향수 냄새만 맡아 봐도 줏대가 없는 놈이었다. 자신
을 꽤 멋쟁이라고 굳게 착각하고 있는 중년의 남자는 대뜸 우리
테이블로 오더니 카론을 향해 그렇게 말했다. 일부러 '경' 칭호
를 붙이지 않는 것에서부터 속물적인 성격이 그대로 드러나는
그런 버러지만도 못한 자식이었다.

"예, 그렇습니다."

대꾸하는 흑발 청년의 미성에서는 어떤 호의도 위축도 없었

다. 한편 그를 바라보는 놈팡이 녀석은 카론의 앳된 얼굴이나 가녀려 보이는 체구를 노골적으로 미덥지 않아 하는 기색이었다. 외모만 보고 모든 것을 지레짐작하는 전형적인 무능력자였다.

나는 은색의 포크를 만지작거리면서 역겨운 저치의 눈을 파버리고 싶은 욕구를 간신히 억눌러야만 했다. 어느 나라 왕궁을 가 봐도 귀족들이 사육하는 저딴 돼지들은 썩어 날 만큼 많다.

"이 몸은 노르펜스트 공작가의 명으로 너를 찾아온 공작 대리인이다. 예를 갖춰라!"

나는 나도 모르게 실소했다. 예를 갖추라니. 땅에 머리를 박고 절이라도 하라는 소린가?

그러나 막 작위를 딴 20세의 기사는 조용히 일어나 그 잘난 명령을 기다렸다. 귀족들이란 아랫사람에게는 언제 어느 때 어떤 명령이라도 내릴 자격이 있다고 확신하는 족속들이다.

"공녀 이멜렌 노르펜스트 영양(令孃)께서 악투르의 흉악한 무리들에게 납치되었다는 끔찍한 사고에 대해서 알고 있으리라 믿는다."

"예, 들은 바가 있습니다."

"허면 조속한 구원이 필요한 처녀를 구출해 내는 것이야말로 기사의 의무이자 명예가 아니고 무엇이겠는가! 이에 영명하신 공작께서는 그 영광스러운 기회를 미천한 자네에게 내려 주기로 결정하셨다. 자네 또한 자네에게 내려 준 이 놀라운 은총에 더할 나위 없이 감격했을 것이다."

저 우렁찬 개소리를 요약하자면, 공녀를 구하자니 손해가 커서 싫지만 또 체면상 모른 체할 수도 없으니까 죽어도 아쉬울 것 없는 기사 한 명 달랑 보낸 뒤에 생색을 내겠다는 수작이다. 사실 이건 갓난아이도 알 만한 사실이다.

나는 만지작거리던 포크를 내려놓았다. 계속 들고 있다간 개같이 짖어 대는 저놈의 목구멍을 찔러 버렸을 것 같았고, 나름대로 이것도 내게 기회라는 생각이 들었기 때문이다.

카론은 말하자면 오갈 데 없는 신세였다. 이대로는 왕실은커녕 어떤 귀족도 써 주지 않는 개점휴업 신세로 구역질 나는 변태들이 벌이는 지하 검투 도박 따위에나 나가는 것으로 일생에 단 한 번뿐인 기사의 전성기를 끝마쳐야 할 것이다.

물론 그러려고 기사된 것은 아니겠지만 현실이라는 것이 참 녹록치 않아서 아주 뾰족한 계기가 없이는 귀족들이 평민을 자기들 밥그릇에 끼워 줄 리가 없었다. 그나마 이것은 그에게 찾아온 마지막일지도 모르는 기회였다.

'너무나도 과분한 은총'에 주변에 있는 기사들의 입에서 비웃음이 터져 나오고 있었다. 그리고 카론은 항상 그래왔듯이 그 시궁창 속에 서 있었다.

가진 것이라고는 아무것도 없는 흑발의 청년은 곧 새파랗게 달아오른 눈동자로 그 돼지를 바라봤다. 그건 정말 적을 향한 눈빛이었다.

"그 명 받들겠습니다."

어이, 카론. 그건 죽겠다는 말이야. 혼자서 그 야만적인 악투르를 뚫고 들어가서 한 번도 본 적 없는 여자를 구해 와? 이 세상 어떤 잘난 기사도 도리질 칠걸? 군대를 동원해도 성공은 희박하다고.

하지만 나는 그를 말리지 않았다. 오히려 저 녀석이 그 조건에 응한 것을 기뻐했다.

"음! 좋소! 그럼 오늘 중으로 채비를 갖추고 떠나시오!"

공작 대리인은 그렇게만 말한 뒤에 카론의 마음이 바뀔세라 재빠르게 자리를 떴다. 성공한 다음에 어떻게 해 주겠다는 둥 하는 말은 하지도 않았다. 저놈들 스스로도 성공할 가능성이 없다는 점을 잘 알고 있는 것이다.

그만큼 이멜렌인가 하는 여자를 구해 낸다면 카론의 입지는 삼단 도약해서 왕국 최고의 명예로운 기사로 우뚝 서겠지만, 솔직히 말해서 이것은 그냥 자살행위의 완곡한 표현일 뿐이었다.

차갑게 제련된 증오심을 품은 이 앳된 기사는 사형선고를 받고도 아무렇지도 않게 자리에 앉아 손질하던 검으로 다시 손을 옮겼다.

하지만 나는 이 녀석의 마음속이 훤히 보인다. 그건 맨손으로 흉포한 거인과 싸워야만 하는 심정, 절망이다. 비로소 '악마의 순수한 호의'가 필요한 마음이 된 것이다.

나는 일부러 너스레를 떨며 말했다.

"와아, 카론 경. 축하해. 정말 멋진 기회가 아니고 뭐겠어? 여자 하나만 구하면 네 인생도 완전히 뒤바뀌는 거야. 출셋길이야. 엄청난 행운이라고."

"……."

내 놀림에도 그의 손은 기계적으로 움직일 뿐 아무런 대답도 없었다. 나는 그 옆모습을 훑으며 유혹하듯이 말했다.

"내가 말했지? 평민 기사가 혼자 바꿀 수 있는 것에는 한계가 있다고."

그는 나를 바라보지도 않고 있었지만 숨길 수 없는 곤혹의 빛이 거울 같은 그의 칼날에 반사되고 있었다.

나는 미소를 참을 수 없었다. 나는 확실히 집요한 구석이 있는 남자다. 되도록 대범한 것이 좋지만 중요한 일이라면 좀 치졸해져도 상관없는 것이다.

"하하, 걱정하지 마. 난 네 그림자야. 모든 공은 너만의 것이 될 테니까."

"키, 키릭스. 또 네 멋대로 결정을……."

"자아, 그럼 영광스러운 기사의 임무를 즐겨 볼까."

나는 간만에 설레는 기분에 젖어 두 자루의 검을 들며 자리에서 일어났다.

2.

나는 어느 날 카론을 떠났다.

우유 많이 먹어. 키 좀 더 크게.

이별의 쪽지로는 이 정도가 적당할 것이다. 뭐, 직접 떠나겠다고 말했어도 붙잡을 녀석은 아니었지만. 어쨌든 그 녀석은 성장할 만큼 했고 나는 나대로 할 일이 있으니까 마냥 붙어 있을 수만은 없는 것이다.

일단 내 목표의 마지막 단계라면 황제 그 자식의 목을 치는 것이겠지만 모든 일에는 단계가 있는 법이고 필요한 단계라면 그게 귀찮고 재미없는 일이라도 해야만 한다.

나는 이오타의 도움을 받아 그 단계를 실천해 나가고 있었다. 아니, 정확하게 말하자면 이자벨 크리스탄센이라는 여자의 도움이었다.

그녀는 나와 함께 신의 불공평성에 대해 증명해 주는 여자다. 머리가 무척이나 비상한 데다가 야망도 있고 그 야망을 뒷받침해 주는 냉철한 판단력까지 있다. 게다가 예술 감각도 높고 아름답기까지 하니 주사위를 열 번 굴려 모두 6이 나온 것과 다를 바 없는 '조물주의 편애'가 아니면 뭐란 말인가.

단지 사소한 문제, 남녀관계에 대해 결벽이 심하다는 점과 때때로 찾아오는 지적 우울, 만성 두통 정도가 있긴 하지만 그거야 그녀가 받은 혜택에 비하면 간지러울 정도의 문제다. 뭐랄까, 자기는 평범하게 살고 싶어도 세상이 그렇게 놔두질 않는 여자였다. 만약 나와 목적이 같지 않았다면 서로 가장 먼저 제거하려 했을 것이다.

물론 내가 인트라 무로스에서 일한 것은 아니다. 그런 착실하고 모범적인 단체보다는 훨씬 은밀하고 위험천만한 곳이랄까.

내 특기가 특기인지라 내가 주로 하는 일들은 '도저히 죽일 수 없을 것 같은 녀석'을 쥐도 새도 모르게 살해한다든가 그 암살을 다른 녀석이 저지른 것처럼 위장한다든가 그렇게 속아 넘어가서 어리둥절해하는 녀석들까지 제거해 버리는 일이 대부분이었다. 지령은 이자벨의 몫이었고 실행은 나의 몫이었다.

그렇다고 아신을 죽이라는 임무 같은 것은 없기 때문에 이건 사실 지나치게 쉽고 짜증이 날 정도로 지루한 반복 노동이었다. 자신들이 성스럽고 고귀한 족속이라고 믿어 의심치 않는 돼지들은 실제 자기가 죽지도 않을 거라는 이상야릇한 자신감 따위를 가지고 있고, 나는 그 빈틈을 찔러 주기만 하면 그만이었다. 솔직히 카론과 있을 때가 훨씬 신나고 보람도 있었다.

이건 정말이지…… 상대의 패를 다 아는 상황에서 카드 게임을 하는 것처럼 시시했다.

그런데 가끔은 다른 임무도 있었다. 임무라기보다는 실험이라고 해야 할까. 아무튼 괴상한 짓이었다.

3.

"복제?"

이자벨은 고개를 끄덕였다. 그러니까 그녀의 말은 고대의 기술을 응용해 한 인간을 둘로 만들 수 있다는 것이었다. 나는 막 십수 명을 죽이고 온 뒤라 좀 피곤하기도 했고, 그런 꿈같은 동화에 흥분할 나이도 아니었기 때문에 하품을 하며 대꾸했다.

"이봐. 이래 봬도 난 상식인이야. 너만큼 과학 공부를 열심히 한 것은 아니지만 최소한 갑자기 하나가 두 개로 늘어날 수는 없다는 것쯤은 알고 있다고. 대체 그런 뜬구름 잡는 소리를 어떻게 진지하게 들어 주길 바라는 거지? 너야말로 언제부터 그딴 신비주의에 심취해 있던 거야?"

난 별로 혹독한 면박이라고 생각하지 않았다. 오히려 불쾌한 건 내 쪽이었다. 그딴 말을 믿을 녀석은 시간이 넘쳐흘러 불로불사 따위에나 몰두하는 얼치기 귀족 놈들밖엔 없을 것이다.

하지만 이자벨은 놀라울 만큼 진지했다. 그녀는 머리 회전이 뛰어난 만큼이나 말재주도 좋은 편이었다.

"이 세상의 상식이라는 것은 권력자들이 만들어 낸 담론의 부산물일 뿐이야."

"……."

나는 싸움에 능하지만, 그녀와의 지적 싸움에서 승리할 자신은 없었으므로 잠자코 듣기로 했다.

"예를 들어 세계의 크기."

"크기?"

"남쪽 끝에서 북쪽 끝까지 정확한 거리를 산출한 적이 있어. 그리고 동일 경도상에 위치한 두 지역에서의 그림자를 측정한 결과 실제의 세계는 우리가 알고 있는 세계보다 월등히 넓어. 족히 몇십 배는 넘지."

나는 별로 놀라지 않았다. 사실 아는 사람들은 알고 있는 사실이다. 단지 공개적으로 저 사실에 대해 연구하거나 의심하는 것은 국가 권력에 대한 모독으로 간주해 금지되어 있고, 거의 대부분의 사람들은 저런 것을 궁금해하거나 측정할 기회조차 없기 때문에 잘 알려져 있지 않은 것일 뿐.

가끔 권력의 눈을 피해 저것에 대해 파고드는 학자들은(나와 같은 사람들에 의해) 쥐도 새도 모르게 제거되고는 한다. 말하자면 권력자들은 대중들이 저것에 대해 알기를 원치 않는 것이다. 좋게 말하자면 사회질서 유지였고 나쁘게 말하자면 과학 발전의 역행이었다.

"사실 네 어머니도 세계 밖에서 온 여자잖아?"

"어이, 부탁인데 그 얘기는 접어 둬."

나는 불편한 목소리로 손을 저었다. 나도 카론도 누가 어머니에 대해 늘어놓는 것은 원치 않는다. 그 녀석은 나보다 한술 더 떠서, 무심코 그의 어머니를 모욕했던 견습기사 하나를 완전히 죽음 직전까지 몰고 갔을 정도다. 나와 그의 증오의 근원이 같은 부분에서 시작되었다는 점은 꽤 흥미로운 사실이었다.

"아신위도 그렇고 텔레레이디도 마찬가지야. 고대로부터 내려온 잔재라는 것 외에는 별로 밝혀진 바가 없어. 공식적으로는 마나열차 같은 시시한 일에나 그 힘이 이용되지만. 너도 알겠지만, 사실 우리 이오타도 콘스탄트도 마키시온도 고대 기술의 복원에는 엄청난 연구비를 투자하고 있어. 특히 마키시온의 대아카데미 소드람의 연구 성과는 실로 엄청나. 그리고 지금 이 복제 실험도 그 연구 끝에 밝혀진 기술 중 하나야."

만약 다른 사람이 이런 말을 했다면 더 들을 것도 없이 나는 내 방으로 돌아가서 잠들었을 것이다. 문제는 이게 세계에서 가장 똑똑하고 이지적인 여자가 꺼낸 말이라는 것이다.

내가 말했다.

"그래, 알겠어. 그런데 그걸 왜 내게 설명해 주는 거지?"

"단도직입적으로 말할게. 네가 실험체가 되어 줬으면 좋겠어."

"날 써야 할 정도로 지원자가 그렇게 없어?"

"그건 아니지만, 이 실험에는 마나 열차를 움직이는 것과는 비교도 안 되는 엄청난 양의 인간 생체 에너지가 필요한 만큼 실험 횟수가 제한될 수밖에 없어."

"아아, 그래서 셀른을……."

"아이히만 대공의 도움이 아니었다면 그 정도로 많은 에너지원을 단번에 구할 수는 없었겠지."

나는 눈썹을 찡그렸다. 태연하게 인간을 에너지원이라고 부를 수 있는 여자다. 내가 실험 중에 죽든 말든 상관도 안 할 여자라는 기분이 들었다.

이것 참, 나도 꽤 이 녀석들의 도구로 충실히 이용당하고 있는 것 같군. 뭐, 내게도 목적이 있으니 상관없지만.

"기왕 복제를 한다면 가장 훌륭한 샘플인 너를 늘리는 게 좋지 않을까?"

"나 같은 놈이 또 생긴다고? 그러면 황제 자식을 죽이기 위한 기간이 짧아지긴 하겠지만, 그거 영 불쾌한데?"

"네가 둘로 늘어난다면 아신도 죽일 수 있어."

"그거 재미있네. 하지만 무리일걸? 특히 진청룡은⋯⋯."

내 검술선생이기도 했던 그 불사신과 정면에서 싸운다는 건 내가 생각해도 지독한 바보짓이다. 그보다 라이오라는 내 밑으로 오게 만들 거야, 라는 말은 나름대로 계획이 있어서 꺼내지 않았다.

"그래. 그렇게까지 말하는데, 기꺼이 이 한 몸 바쳐 주지. 대신 조건이 하나 있는데."

"뭐지?"

나는 대답 대신 자리에서 일어나 그녀에게 걸어갔다. 여성으로서의 매력이라고는 손톱만큼도 없음에도 불구하고 금발과 안경, 검은 슈트가 묘한 흥분을 불러일으킨다.

나는 그녀를 잡아 의자에 앉힌 뒤에 안경을 벗겼다. 그녀는 꽤

한 몸부림 같은 건 하지 않았다. 단지 모든 것을 정보와 도구로만 해석하는 그 파란 눈동자가 날 올려다보고 있을 뿐이었다.

"죽을지도 모르는 실험을 자청하는 대가로 이 정도는 해 줘야 하지 않겠어?"

"망나니 같군. 좋아, 허락하지."

"원래 잘난 아버지를 둔 아들은 성격이 나쁘대."

그렇게 읊조리며, 나는 서서히 그녀의 얼굴을 핥았다.

4.

복제 실험, 그러니까 근원을 알 수 없는 그 도깨비놀음에 대해서는 애당초 내가 해석할 수 있는 범위 밖이니까 진지하게 설명하고 싶은 기분조차 들지 않는다.

처음부터 나는 내 눈동자처럼 새빨간 액체가 담긴 욕조 속에서 마취되었으니까 내 몸에 무슨 짓을 했는지는 알 도리가 없고, 확실한 것은 나는 열흘쯤 후에 깨어났다는 것이다.

마치 한 백 년쯤 빛 한 줄기 없는 감옥 안에 처박혀 있다가 풀려난 기분이랄까, 내가 좀 더 성격이 나쁜 인간이었다면 깨어나자마자 내게 이 짓을 시킨 녀석들의 숨통을 모조리 끊어 버렸을 만큼 지독한 불쾌감이었다. 아니, 불쾌감이라기보다는 뭐랄까, 상실감? 무언가 내 몸의 일부가 잘려 나간 것만 같은 그런 공허한 통증이 사라지질 않았다.

"……이것 참."

나는 쉽사리 놀라지 않는 편이다. 사실 마지막으로 놀랐을 때가 언제였는지 기억조차 나지 않을 정도다. 그런데도 나는 이 실험의 결과물을 감상하며 놀라움에 잠긴 내 표정을 숨길 수가 없었다.

지금 내가 바라보고 있는 실험실 침대 위에는 '내'가 누워 있었다. 음산할 정도로 낮은 실내 온도 탓인지 아니면 도저히 쓰임새를 알 길이 없는 각종 실험 도구들 때문인지, 그것도 아니면 나와 똑같은 저 복제품 때문인지 아무튼 지금 이것이 현실이라는 실감은 도무지 들지 않았다.

이 실험을 총지휘한 이자벨이 내게 다가왔다. 하얀 가운이 그녀의 차가운 인상을 더욱 도드라지게 만들고 있었다.

"어때?"

"엿 같군."

"기분이? 아니면 이 복제 인간?"

"둘 다."

나는 최대한 상냥하게 말하려고 했지만, 내 기분이 도저히 그걸 허락하지 않았다. 누구라도 눈앞에 자신과 똑같은 녀석이 잠들어 있는 것을 본다면 당장에 없애 버리고 싶은 불쾌감을 참을 수 없을 것이다.

게다가 이 통증은 도대체—팔, 다리 어디를 둘러봐도 멀쩡한

데 어디라고 콕 집어 말할 수 없는 내 어딘가는 끝없이 고통을 호소하고 있었다. 내출혈이라도 일어난 것일까.

지금 실험실에는 나와 이자벨과 또 다른 나뿐이었다. 연애하기에는 적절한 공간이 아니었으므로 나는 다른 쪽의 조급함에 대해 물었다.

"결론부터 말해 줘. 실험은 성공이야?"

이자벨은 뜸을 들였다. 그녀는 마치 자신의 피조물을 감상하는 것처럼 나와 똑같은 저 녀석의 몸을 훑어보고 있었다.

굳이 내 기분을 상하게 하려고 저러는 건 아니겠지만, 저런 짓은 내가 나간 뒤에 좀 했으면 좋으련만.

"결론 정도는 듣고 싶은데? 성공이든 실패든 어차피 이제는 되돌릴 수 없을 테니까."

그러자 그녀는 침대에 걸터앉아 나를 바라봤다. 나는 그녀의 도톰한 입술을 주시하고 있었다.

"실패야."

"……."

"미안."

"조금도 미안해하는 표정이 아닌걸?"

너무나 아무렇지도 않게 말하는 그녀를 보고 있자니 화도 나지 않았다. 저런 위험천만한 여자에게 매력을 느낀 나도 참 대책 없는 녀석이로군. 만약 내가 실험 도중에 죽었어도 이자벨은 똑같은 표정이었을 것이다.

그런데 어떤 부분이 실패라는 것일까. 워낙 종류의 가짓수가 많아서 도무지 짐작도 가지 않았다. 나는 대충 저 복제가 깨어나지 못하는 인형이 되어 버렸다는 의미로 해석했다. 하지만 그런 단순한 문제가 아니었다.

"이 녀석은 곧 깨어날 거야. 이름을 뭐로 할까?"

"이름이 중요한 게 아니라 어떤 부분이 실패냐고 묻고 있잖아."

"일단 이 녀석을 지칭할 수 있는 단어가 필요해. 네게 선택권을 줄게."

"대충 키스라고 해 두지."

"성의 없는 이름이군."

"어차피 복제잖아? 그럼 실패한 부분에 대해서나 말해 주실까."

난 조금 짜증을 섞어 되물었다. 그녀는 나를 보고 입꼬리를 올렸다. 내 초조함이 그녀를 기쁘게 했다니 황송하기 짝이 없군!

"이 복제, 그러니까 키스는 네 능력의 약 80퍼센트 정도를 발휘할 수 있어. 물론 복제라도 엄연한 인간이기 때문에 키스의 가능성을 단정 지을 수야 없겠지만, 굳이 수치화시키자면 그렇다는 거야. 그리고 키스는 너와 똑같은 기억을 공유하고 있을 테고 목소리도 너와 똑같아. 하지만 기술적인 한계상 수명은 아마 짧을 거야."

"얼마쯤?"

"10년에서 15년 사이?"

"자기 늙어 가는 꼴 안 보고 죽어서 좋겠군."

저 키스라는 녀석이 깨어나면 꼭 이 악담을 한 번 더 해 줘야지.

그런데 그 정도로 실패라는 말을 할 수는 없는 것 아닌가? 내 능력의 80퍼센트라면 꽤 채산성이 있어 보이는데. 그녀가 말을 이었다.

"문제는 사실 저 복제는 복제가 아니라는 거야."

이건 마치 선문답 같았다. 대꾸할 기분도 안 났다.

"키스는 네 절반이야. 키릭스."

"좀 쉽게 설명해 주겠어?"

"육체는 준비한 재료를 통해 만들 수 있었지만 다른 부분에 대해서는 대체할 수 있는 재료가 없어."

"그래서?"

"즉, 육체를 제외한 다른 부분은 키스가 네게서 가져간 거야."

"예를 들면?"

"감정 그리고 영혼. 싫어하는 표현이지만 달리 마땅한 단어가 없으니까 영혼이라고 해두지."

"이제는 철학에서 신학으로 넘어가셨군."

나는 한숨을 내쉬었다. 이건 꼭 된통 바가지를 쓴 느낌이지 않은가.

"잘 들어둬. 너와 키스는 영혼을 절반씩 공유해. 그게 뭘 의미하느냐 하면…… 네가 죽으면 키스도 죽고 키스가 죽으면 너도 죽어."

"그거 굉장히 흥미로운 과학 상식이로군. 이게 내 얘기만 아니었다면 말이지!"

"감정도 마찬가지야. 키스는 네 감정의 절반을 가져갔어. 아니, 정확하게 말하자면 지금 가져가고 있는 중이야. 곧 눈을 뜨게 된다면 너와 키스는 정확히 절반씩 감정을 나누게 되겠지. 말하자면 삼투압 같은 거야."

이제야 내가 느끼는 통증의 근원을 알 수 있었다. 이 빌어먹을 실험이 내 마음과 영혼의 절반을 가져가 버린 것이다. 맙소사! 나름대로 빈틈없이 살아왔다고 자부했는데 이런 엄청난 도둑질을 당할 줄은 꿈에도 몰랐다.

"당연한 말이겠지만, 처음으로 되돌리는 건 불가능하지?"

"물론, 불가능해."

나는 별로 절망 같은 것은 느끼지 않았다. 단지 멋대로 잘려나간 내 마음의 표면이 너무나 쓰라렸을 뿐이다. 눈을 감고 귀를 기울이면 절반으로 잘린 내 영혼의 핏방울 소리가 또렷하게 들릴 것만 같았다. 나는 문득 생각이 나서 물었다.

"아까 저 녀석, 그러니까 키스의 수명이 15년 정도라고 말했지?"

"10년에서 15년."

"그럼 나도 마찬가지라는 거네? 저 녀석이 죽으면 나도 죽을 테니까."

"이해가 빠르군."

나는 한참 동안 그녀를 바라봤다. 분노 따위를 느껴서가 아니었다. 그보다 좀 더 차가운 영역에서 나는 생각했다. 그리고 결론 내렸다.

"너, 처음부터 이럴 줄 알았던 거지?"

그녀는 지금까지 수많은 적들을 모살시켰던 새파란 눈동자로 날 바라보고만 있었다. 그것은 긍정을 의미했다.

"난 지금 널 죽일 수도 있어."

"아니, 넌 날 못 죽여. 네 목적을 이루기 위해서는 내가 필요하니까."

그녀의 말대로였다. 나는 나를 이렇게 만든 이자벨을 죽일 수가 없었다.

"이런. 아버지가 지껄인 말 중에 맞는 말도 있었군."

"……."

"여자란 남자를 낳는 신성한 존재고 남자에게 힘을 주는 고마운 존재고 나아가 남자를 잡아먹는 위험한 존재라고. 게다가 불 끄고 껴안으면 여자든 남자든 결국 다 똑같기 때문에 특별히 여자를 더 존중해 줄 이유는 하나도 없는 거라고."

이딴 시시한 소리를 분노랍시고 지껄이고 있는 나 자신이 다 한심하구만. 역시 그녀는 '위험'했다.

"세상에는 두 종류의 여자가 있어. 남자에게 이용당하는 여자와 남자를 이용하는 여자. 난 적어도 전자는 아니야."

그녀는 얼음 같은 미소를 남기고 실험실 밖으로 나갔다.

나는 불현듯 웃음이 나왔다. 황제 자식을 거꾸러트리고 이 세상을 지금보다는 좋게 만들려고 여기까지 왔는데, 지금 나는 여기서 뭘 하고 있는 것일까, 라는 방향감각의 상실이 나를 조금 취한 감정으로 인도하고 있었던 것이다.

만약 예전의 나였다면 이성적으로 판단하고 이자벨을 포함한 이 기괴한 조직을 모조리 파괴한 뒤에 아무렇지도 않게 카론에게 돌아가 좀 더 안전한 방향을 모색했을지도 모른다.

그런데 감정이 절반밖에 남지 않은 지금의 나는 이것도 좋아, 라고 말하고 있었다. 나는 내 잃어버린 감정의 절반이 무엇인지 도무지 기억나지 않았다. 그럼에도 이런 상황에서 즐거움을 느낀다는 것은 꼭 지옥 끝의 유희 같았다. 나는 내게 점점 더 어색함을 느끼고 있었다.

'그래, 이것도 좋아. 어차피 살아간다는 것은 무언가가 결핍되어 가는 과정이니까.'

나는 그렇게 흥얼거리며 차가운 침대 위에 누워 있는 내 절반에게 다가갔다. 키스라고 했지. 이럴 줄 알았으면 좀 더 생각해서 이름을 지어 줄 걸 그랬나.

"어이, 들려? 우리 실패했대."

대답은 침묵으로 돌아왔다. 나는 곧 아주 커다랗게 웃었다. 그

리고 벽과 충돌한 그 웃음은 이 실험만큼이나 어리석음으로 굴
절되어 나를 때렸다.

5.

이자벨로부터 받은 지시는 아주 간단한 것이지만 또한 불편한
임무였다.

> 세계 밖에서 온 사람은 네 어머니만 있는 것이 아니야. 어
> 떤 소녀가 있어. 그녀는 아주 중요한 연구 소재니까 꼭 온전
> 한 상태로 데려와.

북으로는 마키시온 제국령의 험준한 산맥 너머, 동과 서, 남
으로는 끝도 없이 펼쳐진 바다 너머의 어딘가를 의미하는 '세계
의 밖'은 공식적으로는 존재하지 않는 지역이다. 아버지를 포함
한 권력자들은 결코 사람들이 그것에 대해 알기를 원치 않았고,
그것에 대해서 파고드는 자들은 초법적인 방법을 동원해서 입을
막았다.

모든 아카데미의 천문, 지리학 연구에는 국가의 승인이 필요
하며, 허가 받은 소수만이 교육을 받을 수 있고 관련 서적의 배
포 역시 철저하게 국가가 관리한다. 이건 어느 강대국이나 마찬

가지다. 그 바깥에 대해 입을 다무는 것은 세계 권력자들의 암묵적인 합의인 것이다.

그런데 그게 시시한 것이라면 이토록 최선을 다해서 막을 리가 있을까? 종교에서는 그 세계 밖을 '아직 조물주가 만들고 있는 미완성의 공터'라고만 정의해 두고 있는데, 장담하건대 그건 새빨간 거짓말이다. 왜냐하면 그 '공터'에서 온 사람이 바로 내 어머니였기 때문이다.

'그런데 또 있다고? 알고 보면 단체로 이민이라도 오고 있는 거 아냐?'

역시 어머니에 관련된 모든 것은 나를 불편하게 만든다. 내 감정이 키스와 나눠지고 난 뒤에는 더욱더. 지금 잡으러 가는 그 소녀는 본래 연구실에 있다가 도망쳐 나왔다고 한다.

그 이후 계속 변화를 지켜보면서 감시만 하고 있었는데 슬슬 그녀가 필요하게 되었다는 것이다. 누군지 모르겠지만 이자벨의 연구 재료가 되었다니 참으로 불쌍한 여자다. 그리고 이자벨은 또 다른 지시도 내렸다.

그 소녀와 같이 있는 소년은 죽이지 마. 절대로.

이건 또 무슨 소리인가. 나는 무관한 사람을 재미 삼아 죽일 정도로 미친 녀석은 아니지만 만약 목격자라면 어쩔 수가 없다. 그런데도 절대로 죽이지 말라니, 꽤 까다로운 주문이로군.

"오늘은 특별히 검을 쓸 일이 없을 것 같군요."

나와 동행한 녀석이 말했다. 청년이라기보다는 소년에 가까운 외모, 이름이 리젤이라고 했던가. 항상 웃음을 머금은 모습은 보기 좋다만 (이자벨 주변에 있는 사람들이 다 그렇듯이) 다른 인간에게는 당연히 있는 무언가가 결핍된 녀석이었다. 말하자면 나무를 벨 때나 사람을 벨 때나 똑같은 표정을 짓는 그런 녀석이라서 난 이 금발의 소년이 귀엽다는 생각은 조금도 들지 않았다. 무엇보다 이 녀석은 날 감시하기 위한 이자벨의 심복이지 않은가.

"여긴가?"

새벽이었다. 그런데도 아직 불이 켜져 있는 이 작은 집은 꼭 동화책 속에서 튀어나온 것 같았다. 좋게 말하자면 낭만적이었고 나쁘게 말하자면 생활력이 없어 보였다.

나와 리젤은 어설프지만 꽤 정성스럽게 만든 울타리를 넘어 문 앞으로 들어갔다. 그 와중에 꽃밭을 밟은 것은 정말로 미안했다.

"계세요?"

리젤은 뭐가 그렇게 즐거운지 밝은 목소리로 문을 두드리고 있었다.

이봐, 우리 지금 납치하러 온 거야. 나는 꽤 오감이 발달된 편이고 청력 또한 그렇다. 들려오는 작은 소리만으로도 집 안에서 벌어지는 일을 짐작할 수 있었는데, 지금 방 안에서는 작은 체구의 사람 한 명이 어디론가 숨으려고 분주하게 움직이는 중이었다.

"비켜."

나는 리젤을 밀치며 문고리를 돌렸다. 그 즉시 자물쇠가 부서져 버리는 소리와 함께 문이 열렸다. 나를 따라 들어온 리젤이 덜렁거리는 문을 돌아보고는 혀를 찼다.

"하아, 키릭스 씨는 항상 거칠군요."

"수리비라도 놓고 나갈 테니까 그만 좀 투덜거려."

실은 나는 지금까지도 계속 잘려 나간 영혼의 통증에 시달리고 있는 중이었기 때문에 꽤 기분이 곤두서 있었다. 솔직히 말해서 정말 견디기 힘들었다.

"이자벨이 그러는데 연구실로 돌아와 달라더군."

나는 그렇게 외치며 그 소녀가 숨은 곳을 찾았다. 아니, 특별히 찾을 것도 없었다. 벌벌 떨고 있는 그녀는 그냥 비어 있는 욕조 속에서 웅크리고 있었을 뿐이니까.

"흐음, 너로구나. 걷기 힘들다면 업고 갈게."

나는 나름대로 납치범이 베풀 수 있는 최대한의 배려를 한 것이다. 그런데도 그녀는 땀에 흠뻑 젖은 잠옷 차림 그대로 욕조에서 나올 생각이 없는 듯했다.

어린애라고 하기에는 제법 성숙해 보이는 편이었지만, 길고 하얀 머리칼과 부서질 것처럼 갸름한 턱, 신기할 정도로 하늘에 가까운 눈동자는 청초하기보다는 신비로웠다. 내 어머니도 이랬을까? 하지만 어머니에 대해서는 아무런 기억조차 없다.

어쨌든 위험해 보이기는커녕 납치하는 입장에서 죄스러울 정도로 가녀린 소녀였다. 감정을 온전히 갖춘 예전의 나였다면 세상을 정화하는 데 어째서 이런 연약한 소녀가 필요한 것인지에 대해 당연한 의문을 품었을 것이다.

"그럼 가 볼까."

나는 욕조 안의 소녀를 번쩍 들었다. 놀랄 정도로 체중이 가벼웠다.

이 소녀는 특별히 저항하지 않았다. 아니, 애당초 몸을 떨고 있는 것은 다른 이유 때문인 것 같았다. 두려움에 흔들리는 그녀의 눈동자를 바라보며 나는 이 소녀가 나에 대해 제대로 인식조차 못 하고 있다는 것을 눈치챘다.

두려움의 이유는 다른 데 있었다. 겁에 질린 채 누군가를 애타게 기다리는 것만 같았다. 그때 리젤이 말했다.

"그 여자는 때때로 기억이 엉킵니다. 말하자면 지금은 반무의식 상태예요. 정신이 돌아올 때까지 극도의 혼란과 공포 속에 있는 겁니다. 아무튼 불완전한 정신을 가지고 있는 여자입니다."

"그게 뭐야."

"자신의 재능이 도리어 자기 몸을 망친 경우랄까요. 불쌍한 여자예요."

"나처럼 말이군."

나는 자조의 웃음을 보이며 '뭐 어떠랴, 이 세상에 온전한 정신을 가지고 있는 놈들은 어차피 거의 없는데 말이지'라는 시시껄렁한 자기합리화를 읊조렸다.

묘하게 이 여자에게 동정심을 느꼈다. 이자벨이 이 여자를 대체 어디다 쓸 것인지는 도무지 알 수가 없지만 말이다.

그녀를 데리고 문밖으로 나갔다. 아니, 나가려고 했다. 문 앞에 누가 서 있지만 않았다면 말이다.

"누, 누구세요……."

처음에는 계집애인 줄 알았다. 저렇게 긴 금발 머리를 한 사내 녀석은 본 적이 없었던 것이다. 하지만 나는 곧 저 아이가 이자벨이 죽이지 말라고 그렇게 신신당부했던 그 소년이라는 것을 알았다. 소년은 당장이라도 주저앉을 것처럼 겁에 질려 있었다. 내가 물었다.

"이 여자애 이름이 뭐지?"

"……베아트리체."

녀석은 넋이 나간 얼굴로 중얼거렸다.

"네 이름은?"

"에, 엔디미온. 제발 그녀를 놔주세요. 부탁……."

"미안해, 엔디미온. 나도 사정이 있어서 그건 어렵겠는데."

"제발……."

그가 울고 있는 모습을 보며 나는 묘한 기분이 들었다. 그와 거의 동갑으로 보이는 리젤은 똑같은 나이에 나를 따라다니며 태연하게 검을 휘두르는데 저 녀석은 여자를 지키는 법을 터득하지 못해 납치범 앞에서 눈물만 흘리고 있다는 것, 전자도 좀 문제가 있지만 후자도 세상 사는 데 꽤 문제가 많아 보이지 않는가.

나는 바쁜 몸이었지만, 조금은 도움을 주고 싶었다.

나는 소녀를 내려놓고 그에게 다가갔다. 내 붉은 눈을 올려보고 있는 엔디미온이라는 소년은 완전히 얼어 있었다. 동정이 갈 정도의 겁쟁이였다.

"엔디미온, 내 이름은 키릭스다. 지금 널 죽이지 않는 것은 이자벨의 지시 때문이야."

"이, 이자벨 님이? 어째서……."

더욱더 커져 버린 그의 자색 눈동자에서는 투명한 물방울이 계속 떨어지고 있었다. 나는 손가락으로 그 눈물을 닦아 주며 말을 이었다.

"이렇게 대책 없이 울기만 한다면 너는 앞으로도 개미 새끼 한 마리 못 지켜. 내게는 카론이라는 친구가 하나 있어. 너와는 열 살 차이도 안 나. 그리고 너처럼 평민이지. 그런데 그 녀석은 이미 이 나라 최고의 기사야. 반면 너는 이렇게 눈앞에서 자기 여자를 빼앗기고도 어찌할 줄도 모르는 한심하고 시시한 겁쟁이로 평생을 살다가 뒈져 버릴 테지."

내 말을 제대로 이해하고 있는지도 모를 정도로 이 녀석은 떨고 있었다. 나는 한숨을 내쉬었다. 길 가다가 검을 찬 사람만 봐도 이럴 것 같았다.

"자아, 네 인생을 선택할 기회를 주마. 내 얼굴을 똑똑히 봐.

내 이름을 잘 기억해. 그리고 날 증오하고 복수해. 15년 정도는 기다려 줄 수 있어. 증오심이라는 것은 때로는 자기 인생을 발전시킬 꽤 훌륭한 연료가 되기도 하거든. 대신……."

나는 품속에서 물약을 하나 꺼내 그의 손에 쥐여 주었다.

"증오하는 것조차 겁이 난다면 다 집어치우고 이 물약을 마셔라. 지금 이 아픈 기억을 모조리 지워 줄 거다. 그러면 너는 두려움과 고통에서 해방되겠지만 나에게 복수할 수 있는 기회는 영영 사라진다. 무슨 말인지 알겠지? 증오와 도망 중에서 하나를 택해라."

나는 그의 머리를 쓰다듬은 뒤에 베아트리체라는 소녀를 안고 나갔다. 이 소녀는 뒤엉킨 정신 속에서도 마지막 의식을 그러모아 저 엔디미온이라는 소년을 향해 손을 뻗고 있었다. 새소리 같은 울음소리와 눈물이 그녀를 안은 내 어깨를 적셨다.

"뭘 구경하고 있어, 리젤. 가자."

"과연 저 친구가 물약을 마실까요?"

리젤이 날 뒤따라 나오면서 물었다. 정말로 궁금하다는 표정이었다. 내가 말했다.

"너라면 마실 테냐?"

"으으음. 글쎄요."

"고민할 것도 없어. 만약 저 소년이 너였다면 난 당장 죽였을 거다."

"우아아! 너무하네요!"

이런 집요하고 독한 녀석이 눈물을 흘릴 리가 없고 그러면 애당초 내가 동정심을 품을 이유도 없지 않은가. 리젤이 드문 말을 꺼냈다.

"왠지, 좀 미안하네요. 다음에 만나게 되면 잘해 줘야겠어요."

자기가 죽인 사람 숫자도 기억 못 하는 녀석의 입에서 나왔다고 하기에는 좀 터무니없는 위선이라서 난 떨떠름한 얼굴로 리젤을 바라봤다.

"다시 만날 일은 없을 거다. 없는 편이 좋을 테고."

어떻게 보면 저 엔디미온이라는 소년의 눈물이라는 것은 나름대로의 생존 본능에서 나온 것일지도 모를 일이다. 체력도 검술도 용기도 만용조차 없는 자의 선택이랄까.

하지만 그건 먹이사슬 최하위의 동물에게나 어울릴 뿐, 인간 남자의 것이라고 하기에는 어지간히 볼품없어 보인다는 게 문제다. 한시라도 빨리 다른 것으로 바꾸는 편이 언젠가 시시한 승냥이 따위에게 뜯어 먹히지 않는 길이리라.

'과연 저 녀석은 어떻게 세상을 살아갈지…….'

뭐, 남 걱정할 때는 아니다만, 나와는 전혀 관련 없는 생물에 대한 순수한 호기심이 일었다. 단지 그를 죽이지 말라고 지시한 이자벨의 그녀답지 않은 판단이 좀 신경 쓰였다.

'의외로 취향이 그런 쪽이었군. 그래서 나한테 그토록 쌀쌀맞았던 건가.'

사실 그런 건 아무래도 좋지만. 그런 여자에게 사랑받는 건 어떤 의미에서 미움받는 것보다도 더 오싹하니까.

그것보다는 이 통증, 벌어진 상처가 곪아 가는 것만 같은 이 해괴한 고통만은 어떻게든 처리하고 싶다. 영혼의 통증이라니, 이딴 것에는 진통제도 없을 것 아닌가.

6.

나는 자주 키스를 보러 갔다. 그것은 내 잃어버린 감정의 절반을 돌려받고픈 부질없는 욕구였다. 어쩌면 그 실험 이후 키릭스 세자르라는 존재는 나와 키스로 나눠져 버린 것인지도 모른다.

언제부터인가 나는 내가 소중하게 여겼던 감정이 무엇이었는지 도무지 기억이 나질 않는다. 아마도 그것은 지금 키스가 가지고 있을 것이다. 우리 둘이 키릭스 세자르의 부서진 감정과 부서진 영혼을 나눠 가지고 있다는 것은, 나 역시도 이제는 더 이상 키릭스가 아니라는 의미였다.

항상 나 자신이라고 생각한 나는 이젠 이 세상에 없었다. 그리고 그걸 눈치채지 못하고 있던 건 나 혼자뿐인지도 모른다.

"어이, 내가 세상에서 가장 죽이고 싶은 놈은 내 아버지였지만, 지금은 바로 네가 됐어."

나는 그의 등에 그런 말을 던졌다. 나와 똑같이 보기 좋게 발달된 등이다. 노을에 젖어 있는 키스는 창가에 붙어 있었다.

역시 나와 똑같은 일을 마치고 돌아와 샤워로 피를 지운 단정한 그는 하얀 타월 차림이었다. 그 붉은 눈동자는 창 너머 하늘과 같은 성분이었다. 살의를 억누르기 힘들었다.

"그런데 네가 죽으면 나도 죽어 버리기 때문에 살려 둬야 한다는 건 참으로 괴로운 일이야."

나는 거울을 향해 말하고 있었다. 키스에게 던진 살의는 그대로 내게 돌아왔다.

"당신은 악의에 찬 인간 같군요."

"당연하지. 악의를 제외한 다른 감정은 네 녀석이 다 가져가 버렸으니까."

"고맙다고 기뻐해야 하나요?"

이건 정말 내가 겪어 본 모든 일 중에서도 가장 해괴한 경험이었다. 나와 똑같은 또 다른 내가 나와는 정반대의 감정을 가진 채로 한 방 안에 있다는 것은 정말이지…… 나를 미치게 만들었다.

"당신은 당신의 아버지와 어머니와 이 뒤틀린 세계 때문에 괴로워하지요."

"……."

"하지만 나는 그런 당신의 기억 때문에 괴로워하고 있어요."

똑같은 기억을 공유한다는 것은 정말 개 같은 일이다.

"내 머릿속에 좋은 기억은 별로 없어서 미안하군."

"그런데 카론이라는 사내는 누굽니까."

"너 따위 가짜가 신경 쓸 이름이 아니야."

내 목소리는 신경질적이었다. 그는 창을 등지며 천천히 나를 돌아봤다. 석양에 잠긴 그의 모습은 나조차도 나와 구별할 수 없었다.

"이제는 당신도 나도 모두 가짜야."

키스의 텅 빈 웃음을 보며 저 녀석도 나처럼 반쪽짜리 감정에 고통 받는 것을 알았다. 처음부터 하나로 존재해야 하는 인간이 강제로 둘로 분열되었다는 것은, 둘 다 채워지지 않는 결핍의 극단으로 치달아 소멸하게 된다는 것을 의미하는 것일까.

하지만 결국 내 부서진 감정과 부서진 영혼은 '그것도 괜찮아. 그것도 괜찮아' 라고 속삭이기 시작했다.

"언젠가는 네 녀석과 서로의 심장을 찌를지도 모르겠어."

"그것도 괜찮아."

우리는 중얼거렸다.

또 다른 시선 둘

키스 세자르 『36.5』

1.

나는 무시무시할 정도로 새카맣게 말라붙은 냄비를 바라보며 혀를 찼다.

"어이, 카론. 이거 안 그래도 힘든 시험이야. 굳이 이런 짓까지 해서 난이도를 높일 필요는 없잖아?"

"일부러 그런 게 아니다."

"와아, 뻔뻔해라. 하루 치 식량을 모조리 날려 놓고 어쩜 그렇게 당당할 수 있어?"

"어, 어쩔 수가 없잖아! 난 너처럼 요리 같은 거 못하니까! 이럴 줄 알았다면 처음부터 키릭스, 네가 했으면 되는 거잖아!"

"이게 그래도 끝까지 잘했대."

나는 어디를 어떻게 봐도 스튜라기보다는 숯 검댕에 가까운 냄비를 뻥 차 버리고는 모닥불 쪽에 돌아누웠다. 카론은 자기도 화가 났다는 듯이 반대편 모포로 가서는 드러누웠다. 우리는 항상 이 모양이었다.

지금 이것은 견습기사라면 꼭 통과해야 하는 테스트다. 삼인 일조로 일주일 분의 식량과 지도 한 장만 달랑 가지고 산맥을 뚫고 나가 정해진 목적지까지 도달해야 하는 생존 시험. 물론 일주일 안에 도착하지 못하면 탈락, 중도에 기권해도 탈락이다.

누구와 조를 짜든 자유라서 견습기사들은 친한 녀석들끼리 알아서 뭉쳤지만, (당연한 말이지만)그 이름도 찬란한 평민 카론을 파티에 넣어 줄 마음씨 좋은 귀족은 아무도 없었다. 그렇다고 혼자 하는 것도 안 된다.

기사가 되기 위해서는 어떻게든 팀을 구성해서 이 시험을 통과해야만 했던 검은 머리칼의 소년은 결국 죽고 싶은 표정으로 내게 찾아왔다.

나는 이래 봬도 꽤 인자한 편이라서 나와 미레일은 아무런 조건도 없이 카론을 받아 주었다. 그런데 그 은혜도 모르고 왜 자기가 화딱지를 낸단 말인가!

'맙소사. 불 조절조차 못 하다니, 이건 기사이기 이전에 인간으로서 문제가 있는 거 아냐? 떨어지는 낙엽을 검으로 네 조각을 만드는 녀석이 어째서 당근을 자를 때는 밤낮 손을 다치는 걸

까. 미치겠어, 정말.'

식사 당번은 아침은 나, 점심은 미레일, 저녁은 카론으로 결정되었다. 덕분에 우리는 항상 저녁을 굶어야 했다.

그래, 여기까지는 참았다. 애써 싸움을 말리는 미레일의 얼굴을 봐서라도 말이지. 그러나 결국 오늘, 하루 치 식량을 모조리 투입한 '카론 스튜'가 날 돌아 버리게 만들었던 것이다. 악마조차도 그걸 먹었다간 즉사했을 거다! 내가 조금 더 성격이 나쁜 녀석이었다면 살인이 일어났을지도 모를 일이었다.

묵묵히 냄비를 닦고 있는 미레일의 표정이 저토록 우울해 보이는 것도 처음이로군. 배고파. 눈 감고도 끝낼 수 있는 이딴 시험을 어째서 굶어 가면서 헤쳐 나가야 해?

'게다가……'

나는 쓸모없어진 지도를 모닥불에 집어 던졌다. 사실 이 시험은 그리 위험하지는 않다. 귀한 집 자제들을 정말로 첩첩산중에 내던져서 살아 돌아오게 만들 정도로 훈련에 열성일 리는 없는 것이다.

그래서 지도를 보면서 안전한 루트를 따라가다 보면 일주일 안에 별 무리 없이 목적지에 도착할 수 있도록 미리 길을 닦아 놓았다. 말하자면 교육받은 대로만 하면 아무리 조난당하고 싶어도 그럴 수가 없는 것이다.

그런데 우리는 어떤 녀석 덕분에 식량이 급속도로 줄어든 결과 하루라도 빨리 도착하지 않으면 아사할 운명이었기 때문에 결국 지도에도 없는 지름길을 선택해야만 했다.

문제는 정해진 루트가 아니라면 산행(山行)이란 무척이나 위험하다는 것이다. 그러니까 어떤 부분이 위험하냐 하면…….

"고, 곰이다!"

미레일이 깜짝 놀라서는 벌떡 일어났다. 우리 눈앞에는 콧김을 뿜으며 침을 흘리고 있는 집채만 한 야생 곰이 당장이라도 몸을 일으켜 포효할 기세로 눈을 부라리고 있었다. 나는 심란한 표정으로 한숨을 내쉬었다.

"이래서 지름길은 위험하다니까."

카론 역시 자리에서 일어나서는 검을 뽑으며 뒷걸음질 쳤다. 창백해진 저 녀석의 얼굴을 보니까 조금은 내 뒤틀린 기분이 풀리는 것 같군. 물론 나는 일어나지 않은 채 비스듬히 누워 초대형 식인곰을 지켜보고 있었다.

미레일이 다급하게 말했다.

"키, 키릭스 씨. 도와주셔야겠는데요."

"싫습니다만?"

나는 코웃음을 치며 고개를 저었다. 물론 곰의 위험성이라는 것은 아주 잘 알고 있다. 숲에서 만날 수 있는 오만가지 위험 중에 가장 수위가 높은 것 중 하나가 바로 허기진 곰과의 조우다.

저 굵직한 팔에 한 대라도 얻어맞았다간 팔이나 목이 날아가고 갑옷조차도 찢겨져 나간다. 게다가 바위 덩어리 같은 몸뚱이는 어지간해서는 칼날도 안 들어간다. 그렇다고 느리냐고 하면,

세 명이 서로 다른 방향으로 도망쳐도 세 명 모두 뒤쫓아 차례대로 숨통을 끊어 놓을 정도로 빠르다.

나무 위로 올라가도 따라오고 죽은 척해 봐야…… 정말로 죽게 된다. 즉, 곰은 영악하고 포악한 최종 포식자였다. 차라리 늑대나 호랑이를 만나는 편이 생존 확률이 높을 정도다.

나도 그걸 모르는 바는 아니다. 내가 그 거대한 살인 병기를 바라보며 히죽 웃었다.

"그런데 곰 고기는 맛있을까?"

그 말을 알아들었는지 어쨌는지 저 검은 곰이 몸을 일으키며 포효했다. 땅이 다 울릴 정도였다. 우리를 다 잡아먹지 않고서는 성에 차지 않을 것처럼 배고파 보였다.

그런데 그건 우리도 마찬가지거든. 카론의 엄청난 요리 실력 덕에 우리도 죽을 지경이라고.

"카론, 아까의 실수를 만회할 기회야. 저놈을 요리해 줘."

내 말에 카론이 나를 쏘아봤다.

"지금 장난칠 때가 아니야!"

"도와주고 싶어도 배가 고파서 힘이 없네요."

나는 느릿느릿 말하며 하품을 했다. 그러고는 한쪽 눈을 찡긋 감았다.

"정 원한다면, 내가 잡아 줄 수는 있지만…… 넌 혼자서는 곰 한 마리도 못 잡아?"

카론은 곧바로 울컥한 표정을 지었다. 역시 괴롭히는 맛이 나는 녀석이야.

그는 검을 꽉 다잡으며 당장이라도 돌진해 올 것 같은 곰을 노려보았다. 살짝 다리가 떨리는 것이 보였지만 도망칠 생각은 없는 것 같았다. 분명 미레일은 혼자서도 상대할 수 있을 것이다. 하지만 카론은 아직 모르겠다. 나는 저런 것 잡는 데도 일일이 남의 도움이 필요한 녀석이라면 그냥 여기서 죽어도 상관없겠다는 그런 고약한 기분이 들었던 것이다.

미레일이 기가 찬 목소리로 말했다.

"키릭스 씨, 이건 연습용 검입니다! 이걸로 곰을 잡는 것은 무리……."

그 순간 시커먼 맹수가 카론에게 달려들었다. 카론의 살기를 감지한 탓이다. 저런 거대한 근육덩어리를 찌를 때는 일격이 아니면 곤란하다. 뭉쳐진 근육이 검을 뽑는 것을 방해하기 때문에 즉사시키지 못한다면 승산은 없었다.

바람을 가르는 소리와 함께 칼날 같은 발톱이 카론의 머리를 향해 날아들었고 그 순간 카론은 몸을 숙였다. 잘려 나간 그의 머리칼이 흩날렸다. 그와 함께 그 탄력 있는 작은 몸이 용수철처럼 튀어 나갔다.

'실력이 또 늘었군.'

나는 꿰뚫린 곰의 가슴에서 피가 쏟아져 나오는 것을 보며 중얼거렸다. 정확히 심장이 뚫렸다. 마치 술통에 구멍이 난 것 같았다. 여기까지도 쏴아아아 하는 소리가 들려올 정도였다.

구릿빛이 될 가망이 없는 그 새하얀 피부에 인간과 똑같은 새빨간 피를 흠뻑 뒤집어쓴 카론은 달아오른 눈동자로 계속 곰을 노려보고 있었다.

나는 저 녀석이 앞으로 내게 필요한 녀석이라는 생각을 굳혔다. 비록 요리 실력은 형편없지만 말이다.

"좋아. 이것으로 식량 해결."

나는 그렇게 말하고는 돌아누웠다. 이제 사람만 죽이면 되겠네, 라는 말은 꺼내지 않았다. 견습기사 중에 사람을 죽인다는 것을 실감하며 작위를 받는 녀석은 거의 없다. 물론 그중 대부분은 진짜 기사가 될 생각조차 없다.

하지만 귀부인이나 꼬드기는 엉터리가 아닌, 임무를 받고 전쟁에 나가는 진짜 기사가 된다면 그때는 죽고 죽이는 것을 피해 갈 수 없다.

카론은 그걸 각오하고 있을까? 각오가 되었다면 나와 같은 길을 가도 좋아.

나는 거대한 곰의 시체에 깔려 가쁜 숨을 몰아쉬는 평민 소년을 바라보면서 생각에 잠겼다.

'적어도 죽는 쪽보다는 죽이는 쪽이 나으니까.'

나는 될 대로 되겠지, 라는 심정으로 중얼거렸다.

2.

이후에는 또 이런 일도 있었다. 그러니까 대충 17살 때였을 것이다. 곧 18살이 되면 1년간 지정된 영지로 가서 실제 기사의 시종이 되는 '실습'을 하기 때문에 이곳에서 할 수 있는 수업은 거의 끝난 한가한 때, 그런데도 카론은 어느 때보다도 심각했다.

본래 매사에 심각한 녀석이긴 하지만, 내가 툭툭 건드려도 예전 같은 격렬한 거부반응도 없고, 항상 몰두하던 검술 연습도 안 하고, 하루 종일 뭔가를 골똘히 고민하는 것 같았다. 일종의 우울증이랄까? 이제 실습을 떠나면 그렇게 괴롭히던 지긋지긋한 머저리들과도 이별이기 때문에 도리어 기뻐해야 할 텐데 왜 저러는지, 눈치가 빠른 나로서도 도저히 짐작할 길이 없었다.

'아아, 궁금해.'

긁기 힘든 부위가 가려울 때처럼 호기심을 억누르기 힘들었던 (그보다 달리 할 일이 없어서 대단히 심심했던) 나는 한참 머리를 굴려 봤지만, 과묵한 17세 소년을 저토록 우울하게 만든 사건이 무엇일지는 끝까지 떠오르지 않았다.

다른 녀석이었다면 십중팔구 이성 문제였겠지만, 이성에게 절망적일 정도로 무관심한 카론이라는 생물에게는 통용되지 않는 화제였기 때문에 나는 도무지 실마리를 잡을 길이 없었다.

미레일에게 물어봐도 '하하, 글쎄요. 혹시 사춘기가 아닐까요?'라는 영 신통찮은 대답밖엔 들을 수 없었다. 결국 내키지는 않지만 내 쪽에서 직접 접근하는 수밖에 없었다. 혼자 해결할 수 없는 문제라면 내가 도와줄 마음마저 있었다.

"어이, 카론."

"……."

역시 좀 이상하다. 예전에는 등 뒤에서 다가가기만 해도 전력으로 달려들 기세로 경계했는데, 지금은 풀이 죽은 눈빛으로 날 바라보기만 했다. 내일이면 노예로 팔려 갈 찢어지게 가난한 집 장녀가 저런 표정이지 않을까.

"술 마실래?"

"꺼져."

으음, 이건 너무 어른스러운 접근법이었군. 남의 숨은 아픔을 상냥하게 다독거려 주는 건 내 전공이 아니었으므로 나는 머리를 긁적거리며 '대체 왜 이러는 거야.'라고 푸념을 늘어놓을 뿐이었다.

그런데 의외로 먼저 입을 연 건 카론 쪽이었다.

"저어. 키릭스. 상의할 것이 있는데……."

"으응?"

난 두 가지 이유 때문에 깜짝 놀랐다. 첫 번째는 카론이 내게 고민을 털어 놓는 건 지금이 최초였다는 것이고, 두 번째는 내게 말을 거는 그의 목소리가 떨리고 있었다는 것이다. 곰도 때려잡은 녀석이 엄청나게 절실한 괴로움에 시달리고 있었던 것이다.

난 간섭하는 것도 간섭받는 것도 싫어하는 성격이지만 지금만큼은 정말로 이 불쌍한 친구를 돕고 싶다는 동정심이 우러나왔다.

"뭔데. 말해 봐."

나는 드문 친절을 베풀며 그의 옆에 앉았다. 한참을 고민하던 그가 고개를 숙인 채 자신의 고민을 아주 조그만 목소리로 꺼냈다. 카론의 표정은 거의 절망적이었다.

"난…… 변성기가 찾아오지 않는 걸까?"

순간 눈앞이 흑백으로 보였다. 지금 제대로 들은 건가? 내 청력에 문제가 생긴 걸까. 나는 헛기침을 하며 되물었다.

"저어, 그러니까 지금 말한 변성기라 함은 목소리가 굵어지는 그거?"

"그거 말고 다른 변성기도 있어?"

"설마 그게 고민의 전부?"

"난 심각해!"

나도 심각했다. 나는 간만에 살의를 느꼈고 그것을 겨우겨우 억누르고는 비틀거리며 자리에서 일어났다. 나는 맥 빠진 목소리로 중얼거렸다.

"아아, 그럼 계속 심각하셔. 난 가 볼 테니까."

죽어 버려! 변성긴지 발정긴지 내가 알 게 뭐야! 견습기사 생활이 되게 즐거운가 보지? 그딴 시시껄렁한 고민 할 여유도 있고!

카론이 빨개진 얼굴로 일어나 외쳤다.

"비, 비웃지 마! 다른 녀석들은 다 지났는데 어째서 나만 아직 변성기가 안 오는 거야. 이러다간 나는 평생…….'"

겁에 질린 그의 얼굴 앞에서 해 줄 말은 이것뿐이었다.

"에이이! 그걸 낸들 알아? 네가 여잔가 보지!"

아차, 실수. 해서는 안 될 말을! 발끈한 그가 부웅 휘두른 칼을 피한 나는 뒤로 물러서며 말했다.

"미안, 미안. 알았어. 네가 왜 변성기가 안 찾아오는지 알려 줄게."

"뭐, 뭔데?"

그의 표정은 절실하기 짝이 없었다. 나는 진지한 얼굴로 대답했다.

"왜냐하면 그건 바로 네가…… 동정이기 때문이야."

자, 덤벼라! 나도 이제 더 이상 진지하고 싶지 않아! 몸을 부들부들 떨던 카론은 검을 집어 던지고는 나한테 달려들었다. 나는 나대로 화가 치밀어 오른 상태였다.

"으이구! 잠시라도 너 같은 녀석을 걱정해 준 내가 다 한심해! 평생 계집애 같은 목소리나 가지고 있어라!"

"네놈 걱정 따윈 필요 없어! 금방 너보다도 훨씬 멋진 목소리를 가지게 될 테니까!"

내가 왜 그딴 걸로 질투당해야 해! 짜증이 솟구친 나는 카론의 면상을 후려갈겼고 카론은 곧바로 맞받아쳤다. 결국 이건 주먹 싸움으로 발전하고 말았다.

그날 밤, 기숙사 주방에서 저녁 식사를 준비하던 미레일은 눈가에 멍이 든 나를 발견하고는 들고 있던 국자를 까닥거렸다.

"아? 키릭스 씨도 맞고 다닐 때가 있나요?"

"당분간 카론 녀석에게 접근하지 마라."

"예?"

"발정기야. 사나워."

"네?"

　　나는 투덜거리며 테이블 앞에 놓여 있던 당근을 들어 아무렇게나 씹었다. 목소리 따위 아무려면 어떻단 말인가. 그 망할 놈의 콤플렉스. 그리고 얼마 지나지 않아 카론과 미레일은 기사 실습을 위해 지정된 각 영지로 흩어졌다(나야 뭐 대충 얼버무린 뒤 수도에서 1년 동안 놀았지만……은 거짓말이고 몰래 이오타에 있었다).

　　서임식을 위해 다시 돌아왔을 때 카론은 그토록 바라던 변성기가 지난 뒤였다. 그는 내가 그걸 눈치채 주길 무척이나 바라는 기색이었지만 난 시큰둥하게 반응했다. 왜냐하면 내가 듣기엔 별로 달라진 것도 없었던 것이다.

3.

　　'……카론이라.'

살짝 잠들어 있던 나는 서서히 눈을 떴다. 내 머리는 그를 아주 친한 친구로서 기억하고 있었지만 사실 나는 그를 만난 적이 한 번도 없었다.

"키스 세자르."

나는 키릭스가 던져 준 내 이름을 틈이 날 때마다 읊조렸다. 그럼에도 이 이름이 어색한 이유는 나 스스로 나의 존재를 실감하지 못하기 때문일까.

타인의 기억을 이식받은 내 마음은 까칠까칠하고 인공적인 맛이 났다. 내가 지니고 있는 것은 키릭스의 기억과 그가 가진 절반의 감정과 절반의 영혼이 전부였다. 그중에 내 것이라고는 하나도 없었다.

"후훗."

그 고집 센 검은 머리칼의 친구를 떠올리자 또 웃음이 나왔다. 키릭스의 수많은 기억 중에서 재미있는 부분이라고는 그것이 전부였다. 때로는 내가 직접 겪은 일이라는 생각이 들 정도로 구분할 수 없이 명확했다.

그것이 내 것이라면 좋겠다는 생각이 들었는데, 나는 분명히 키릭스가 아닌 키스였다. 기억과 실제가 다르다는 이 부조리는 마치 잘 뭉쳐지지 않는 반죽처럼 계속 겉돌아 나를 외롭게 만들었다.

"키스 씨, 크리스탄센 국장님이 부르십니다."

등 뒤에서 리젤의 목소리를 들었다. 또 임무다. 나는 사육되고 있다는 기분이 들었다.

4.

스트라이프 슈트를 입은 늘씬한 몸으로 고급스러운 가죽 의자에 걸터앉아 서류를 넘기는 이자벨의 모습에 나는 찌릿한 기분이 들었다. 내 머릿속에 들어 있는 키릭스의 기억이 반사적으로 그녀의 하얀 나신을 끄집어낸 것이다. 이건 정말 창피할 정도로 생생한 기억이라서 나는 본능적으로 반응할 수밖에 없었다.

"이리 와서 앉아, 키스."

그녀의 은은한 목소리가 들렸다. 이 조직의 고위 간부이자 나와 키릭스의 직속상관인 그녀가 내게 사적으로 접근하는 일은 없었고, 도리어 싸늘할 정도로 차가운 쪽이었다.

그녀는 임무가 적혀 있는 서류를 내게 보여 주었다. 이번 임무도 암살이다. 나는 이미 키릭스의 분신으로서 열 번 정도의 암살 임무를 성공적으로 끝마친 적이 있었다.

확실히 키릭스의 재능은 천재적이다. 나는 단 한 번 읽는 것만으로도 세 장에 달하는 명령서를 완벽하게 암기할 수 있었다. 그녀는 그 서류를 벽난로에 넣어 소각한 뒤에 다시 입을 열었다.

"그리고 부탁이 하나 더 있는데."

"부탁?"

그녀의 입에서 '명령'이 아닌 다른 단어가 나온 건 처음이었
다.

"혼자 지내기 외롭지?"

"특별히 그렇지는 않습니다만."

바꿔 말하자면, 나는 누구와 같이 있어도 외로울 것이다.

"여자가 한 명 있는데 16살 정도야. 너와 같이 사는 게 어
때?"

뜬금없는 말이었다. 내가 아는 이자벨은 내 외로움을 걱정해
서 여자를 소개시켜 주는 성격이 아니다. 그런 자상한 사람이었
다면 처음부터 나를 암살만 전문으로 하는 장기말로 사육시키지
도 않았을 것이다.

"어떤 여자입니까?"

"우리에게 필요한 여자."

그녀는 대답해 줄 필요는 없다는 말을 부드럽게 바꿔 그렇게
말한 뒤에 말을 이었다.

"골치 아픈 여자는 아니야. 정신이 뒤엉켜 있긴 하지만."

"정신이 뒤엉켰다?"

나처럼 말인가?

"어차피 우리와 오래 같이 있어야 할 여자라서, 너와 같이 지
내면 좋을 것 같아. 서로 같이 식사도 하고 말이야."

그녀는 나를 그 여자의 감시역으로 쓰려는 것이었다. 솔직히
흥미는 없었지만 그렇다고 거절해야 할 이유도 없었다.

"알겠습니다."
나는 짧게 대답하며 자리에서 일어났다.

5.

마치 오래된 도자기 같은 마을이었다. 기가 찰 만큼 낡았음에도 불구하고 예술적 가치라고는 하나도 찾아볼 길 없는 그런 을씨년스러운 퇴물, 다 허물어져 가는 집 몇 채가 고작인 이런 폐촌(廢村)에 그나마 변변한 것이라고는 이유 없이 돌아가는 풍차가 고작이었다.

밤이 찾아오고 나니까 이건 그 자체로 거대한 무덤이었다.

이런 곳을 일부러 찾아올 인간은 지저분한 정치적 뒷거래 끝에 몸을 숨기려는 정치가와 그를 제거하기 위해 뒤쫓아 온 나 같은 녀석 외엔 없을 것이다. 창고에 앞 풀숲에 몸을 숨긴 나는 최대한 소리를 죽이며 검을 뽑았다. 그리고 거칠게 불어 대는 바람에 몸을 실었다.

"누, 누구!"

커다란 창고 앞에 서 있던 경호원이 비명을 입에 문 채 바닥을 굴렀다. 막 검을 뽑으려던 그의 몸은 흉한 꼴로 경직되어 있었다. 나는 곧바로 걸어가 창고 문을 찔렀다.

"으아아아악!"

묵직한 감촉이 느껴진다. 창고 안, 문가에 기대어 있던 놈의 심장이 단번에 뚫렸다. 검을 뽑자 빨간 핏물이 흘러나왔고 창고 안은 고함소리로 가득 차기 시작했다. 이런 곳에 숨어서 숨바꼭질이나 하고 있다니, 타락한 정치인이란 하나같이 유치한 법이다. 난 단숨에 문을 열고 들어갔다.

"이, 이오타에서 보낸 거냐!"

날 노려보는 녀석들 속에서 단번에 타깃을 찾을 수 있었다. 늙은 도사견처럼 생긴 뚱보 녀석은 솔직히 나라도 단번에 두 조각 낼 수 있을지 의문스러울 만큼 비대했다. 역겨움이라는 것이 뭔지 온몸으로 보여 주는 개자식이었다⋯⋯라는 생각이 드는 것은 분명 키릭스가 준 성격 탓이겠지?

"엄밀하게 말하자면 이오타는 이 일에 아무런 관련도 없어. 공식적으로는 말이지."

나는 그렇게 말하며 목표를 향해 걸어갔다. 그들의 인상이 일그러지고 있었다.

"이거 뭐야. 설마 너 혼자 온 거냐?"

그럼 성대하게 군대라도 몰려올 줄 알았던 거냐?

"장난치나! 너 혼자 우리 전부를 해치우겠다고!"

"나야 목표만 제거하면 되지만 그렇다고 목격자를 살려 둘 수도 없으니까⋯⋯."

그렇게 말하던 나는 피로를 느끼며 말을 흐렸다. 이 피로감은 십수 명이 넘는 놈들을 혼자 상대해야 하기 때문이 아니라 좀 더

본질적인 것. 이런 일의 반복이 가져오는 그런 환멸감 때문이었다.

나는 이들이 왜 나한테 죽어야 하는지도 모르고 이들을 죽임으로써 이자벨에게 어떤 이익이 생길지도 모른다. 이건 마치 어디에 쓰이는지도 모를 거대한 기계의 나사를 끝도 없이 조이고 있는 그런 기분이었다.

"죽여!"

내 눈앞에서 춤추는 칼끝의 궤적에 나는 기꺼이 따라 주었다. 내 몸을 간발의 차이로 스쳐 지나가는 칼날들은 목표를 잃고 동료를 찌르는 추태까지 보여 줬다. 이런 좁은 곳에서 저렇게 검을 크게 휘두르다니, 이런 오합지졸의 용병들을 고용한 저 정치인도 별 볼 일 없는 녀석이라는 걸 짐작할 수 있었다. 사실 가장 중요한 암살 타깃들은 키릭스가 직접 처리하는 편이다.

"어, 어째서 찌르지 못하는 거야!"

나는 키릭스와 똑같은 이 몸을 마음껏 굴렸다. 사방에서 밀려드는 검들은 예민하게 발달된 감각과 극도로 단련된 유연한 육체의 탄력 속에서 번번이 흩어져 나갔다. 방어에만 집중한다면 아신의 일격조차도 피할 수 있을 것만 같다.

그런데 고속으로 회전하는 부서진 감정이 나를 계속 폭주로 몰아넣고 있었다. 이건 내가 제어할 수가 없었다.

"끄으으윽!"

칼날의 파도 속을 헤치던 나는 그 비좁은 공백을 포착했다. 그리고 나도 모르게 몸이 나갔다. 어느새 내 칼끝은 상대의 목을 뚫고 있었고 그걸 본 순간 마음속의 폭주가 나를 뒤덮었다.

양옆에 있는 녀석의 팔과 다리를 잘라 버린 나는 곧바로 공세로 바꿔 당황하는 적들의 급소를 본능적으로 뜯어내기 시작했다.

마치 수백 년 전부터 이런 일을 해 왔던 것처럼, 이 일은 내게 끔찍할 만큼 익숙하게 느껴진다. 키릭스가 내게 심어 놓은 증오는 강제로 나를 취하게 만들었다. 새로 형성된 내 가느다란 마음이 항체처럼 그 증오의 덩어리를 몰아내려고 했지만 결국 당해 낼 수 없었다.

지금 이 공간에서 나를 제외한 모두는 아주 느린 속도로 움직이는 것처럼 보였다. 이들을 살육하며 나는 쾌감과 불쾌감을 동시에 느껴야만 했다.

"하악. 하악."

내 거친 숨소리가 휘몰아치는 강풍과 함께 이 허술한 창고를 통째로 날려 버릴 것처럼 뒤흔들고 있었다. 냉정을 잃고 극한까지 몸을 움직인 탓이다.

참을 수 없는 굴욕감에 얼굴이 달아올랐다. 보이지 않는 사슬들이 내 팔다리를 제 마음대로 움직이고 있는 것만 같았다. 지금 내가 키스인지 키릭스인지조차 구분할 수 없었다. 당장이라도 쓰러질 것 같은 마음의 현기증이 나를 때렸다. 나는 나도 모르게 검을 놓쳤다.

"크윽!"

평소였다면 눈치챘을 것이다. 몰래 내게 다가온 용병 놈이 입속에 품고 있던 가루 같은 걸 뿜었고, 그 가루가 무방비로 서 있던 내 얼굴을 덮쳤다.

순간 눈앞이 캄캄해지면서 몸이 굳어 왔다. 어처구니없는 잔재주에 당한 나는 그대로 바닥에 주저앉았다.

'마비 독······?'

"뭐야, 이 자식. 아까는 귀신같더니, 별것도 아니잖아!"

조롱과 함께 강한 충격이 턱에 느껴졌다. 얼굴을 걷어차인 나는 바닥에 쓰러졌다. 돌처럼 굳어 버린 몸은 조금도 움직여 주지 않았다. 눈을 뜨고 있는데도 앞이 어두컴컴했다.

"이 개자식! 내 부하들을 모조리 죽여? 앞으로 한 시간 정도는 꼼짝도 못 할 거다. 그리고 그 시간 동안 네놈은 잊지 못할 고통 속에서 죽어 갈 거야."

고통 속에서 죽어 가는 것보다 고통 속에서 살아가는 쪽이 훨씬 힘들어, 솔직히 그것이 내 기분이었다.

칼을 뽑는 소리가 들렸다. 배를 가르고 내장이라도 꺼내려나? 두려움은 없었다. 오히려 수치스럽지만 이렇게 죽는 게 마음은 편할 것 같다는 패배적인 상념을 지울 수 없었다. 그때 그 정치인이 끼어들었다.

"잠깐. 죽이지는 마."

"뭐요?"

"저놈, 그 이자벨 년이 보낸 암살자가 분명해. 내가 그년 밑에 있었기 때문에 들은 적이 있어. 엄청난 암살자가 있다고."

"이게 엄청난 걸로 보이슈? 이놈, 완전 정신이 나갔어!"

"아무튼 이놈을 산 채로 콘스탄트에 바치면 망명하려는 내겐 좋은 선물이 될 거야. 힘줄만 다 끊어 둬. 죽이지는 말고."

"큭큭. 이 녀석 진짜 불쌍하게 됐구먼."

나는 그 소리를 듣고만 있을 수밖에 없었다. 차라리 죽이는 편이 좋은데…… 파멸적인 아쉬움이 마비된 몸을 적셨다. 눈앞은 계속 캄캄한 암흑뿐이었다.

그때 누군가가 이 피비린내 가득한 창고 안으로 들어왔다. 뚜벅거리는 발자국 소리는 들리는데 아무도 말이 없었다. 잠시 후 내 힘줄을 잘라 내려던 용병의 입에서 흔들거리는 목소리가 터져 나왔다.

"너, 너는 뭐야. 어째서 이놈과 똑같이 생긴……."

"어이, 키스. 네가 죽으면 나도 죽어. 그러니까 네 목숨, 조금은 소중하게 다뤄 줄래?"

키릭스였다. 캄캄한 어둠 속에서 들려오는 그의 조롱은 나를 후벼 파는 것 같았다. 그리고 그 용병이 움직이는 소리가 들리는가 싶더니 곧바로 무언가 단단한 것이 콱 뚫려 버리는 굉음이 터졌다. 핏방울이 떨어지는 소리가 창고를 가득 메웠다.

"야, 쓰레기. 지금 나한테 뭘 뱉으려고 한 거야?"

분명 키릭스가 찌른 검이 그의 입을 뚫고 밀고 들어가 머리가 두 쪽 났을 것이다. 쿵 소리와 함께 용병이 바닥에 쓰러지는 소리를 들었다.

정치인은 다가오는 키릭스를 피해 뒷걸음질 치고 있었다. 눈도 몸도 정지된 나는 소리만으로 이 참혹극을 또렷하게 느끼고 있었다.

"잠깐! 제발 살려줘! 도, 돈을 얼마든지, 으아아악!"

무언가가 끊어지는 소리가 들렸다. 그의 추한 목소리는 알아듣기 힘들 정도로 떨리고 있었다.

"나, 나는 죄가 없어. 도리어 너희들이 날 이용해 놓고는 이제 와서……."

키릭스의 대답은 항상 같았다.

"죄가 있어서 죽는 인간이 세상에 얼마나 될 것 같아? 넌 그냥 부주의해서 죽는 거야."

칼날이 몸을 찢는 소리가 수차례나 귀를 때렸다. 나는 정말 이대로 증발해 버릴 것만 같은 지독한 외로움을 느꼈다. 그리고 곧이어 리젤의 목소리가 들려왔다.

"아이고, 이거 일일이 피를 지우려고 했다간 밤샘을 해야 할지도 모르겠네요. 철야는 질색이니까 다 태워 버리는 쪽으로 하죠."

리젤이 주로 맡는 일은 나나 키릭스가 처리한 시체들을 이 세상에서 완전히 소거하고 그 증거를 인멸 혹은 조작하는 일이다. 이제 고작 16살 소년이 가진 직업치고는 꽤나 터무니없었다. 그는 내게 다가와 말했다.

"이런, 키스 씨. 이런 시시한 신경 독에 걸려들다니요. 당신답지 않네요."

리젤은 내게 무엇인가를 주사했고, 잠시 후 심연 밑바닥에서 곧바로 낚여 올려지는 기분과 함께 몸과 시력이 회복되기 시작했다.

가쁜 숨을 몰아쉬는 나를 키릭스가 내려다보고 있었다. 요요(妖妖)와 요요(寥寥) 사이에서 빛나는 그 빨간 눈동자는 내가 봐도 인간의 것과는 거리가 멀었다.

"이런 곳에서 두드려 맞고 있으면 기분이 좀 나아지냐?"

"……."

"세상은 영원한 외로움이야. 왜 그걸 의심해?"

나는 고개를 숙인 채 대꾸하지 않았다. 그가 두려웠다. 저것은 폭력과 공허로만 창조된 광기의 집합체였다. 그는 허물어져 가는 자신의 감정을 도리어 즐기고 있었다. 외로움도 절망도 돌이킬 수 없는 파멸도 그에게는 유희였다.

그런데 그것이 내게는 또 다른 마음의 유혹처럼 느껴져서 견딜 수가 없었다. 조금이라도 방심하면 그 공허의 나락 속으로 휘말려 들어갈 것만 같아서, 그것이 두려웠다.

6.

나는 임무 외에는 검을 잡고 싶지 않다. 이유야 보통 사람들과 똑같이, 기분이 흉해지기 때문이었다. 이것 역시 키릭스의 감정 때문이라면 원래 그도 그다지 검을 좋아하는 성격은 아니었을 것이다.

덕분에 이번에도 리젤에게 검을 맡기고 숙소로 돌아온 내 손에는 야채와 찬거리 같은 것이 잔뜩 들려 있었다. 얼굴은 반창고 투성이에 목에는 붕대까지 감은 주제에 무와 당근, 아티초크 따위를 들고 집에 들어오는 모습은 내가 생각해도 웃기지만 병원에는 가기 싫고 배는 고프니까 방법이 없다.

나는 숙소로 쓰는 작은 집에 들어와서는 언제나처럼 야채를 던져 놓고 옷을 벗었다. 그런데 막 셔츠를 벗어 던지려는 찰나, 나는 그대로 굳어 버려야 했다.

"……."

누가 지금 날 봤다면 아마 놀란 토끼 눈이라는 진부한 비유를 꺼냈을 것이다. 내 빨간 눈은 침실 문 틈으로 살짝 고개를 내밀고 있는 소녀를 향해 있었다.

'아, 이자벨이 말했던 여자가 바로…….'

인형처럼 작은 얼굴에 파란 눈동자가 도드라진 그녀는 빤히 나를 바라보기만 했다. 머쓱해진 나는 다시 옷을 입고는 주변에 아무렇게나 널려 있는 속옷들을 주섬주섬 치우기 시작했다. 혼자 사는 남자 집이라는 것은 그게 일국의 왕자든 복제품에 암살자든 하나같이 난장판인 법이다.

그녀는 세탁물이며 검이며 굴러다니는 야채들을 구석에다가 처박아 두고 있는 나를 말없이 바라보고만 있었다. 이건 꼭 내가 감시당하는 것 같잖아! 그저께부터 한 끼도 먹지 못했던 배에서는 꼬르륵 소리까지 났다.

"……밥 먹을래?"

나는 이 난데없는 방문객에 대해 별로 호의는 없었기 때문에 서로의 이름을 나누며 티파티를 즐길 기분은 전혀 생기지 않았다. 하지만 2인분의 샐러드를 만들 용의는 있었다.

그러나 그녀는 고개를 끄덕이기는커녕 아무런 대꾸도 없이 침실로 쏙 들어가 버렸다. 나이에 비해 지나치게 어린애 같은 여자였다.

"미안한데, 난 술래잡기 놀이하기엔 너무 피곤해서……."

나는 한숨을 내쉬며 침실로 들어갔다. 그러다 문득 멈춰 섰다. 그녀는 어둑한 침대 한편에서 몸을 떨고 있었다. 대체 내가 무슨 잘못을 한 거지? 수많은 여자들로 점철된 키릭스의 기억 속에도 저런 패턴은 없었으므로 나는 뭘 어찌해야 할지 몰라서 머뭇거렸다.

"내 이름은 키스야."

대답도 없었다.

"뭣 때문에 겁을 먹었는지는 모르겠지만, 난 식사할 거다. 그러니까 배고프면……."

나는 말을 흐렸다. 그녀의 눈에 드러난 공포를 본 것이다. 그건 나를 향한 것이 아니었다. 마치 지옥을 보고 온 사람 같았다.

나는 조심스럽게 그녀에게 다가갔다. 누굴 달래는 건 자신 없지만, 내 침대 위에서 난생처음 보는 여자가 떨고 있는데도 태연하게 식사할 수 있을 정도로 무신경한 인간은 아니니까.

"있잖아. 왜 그러는지는 모르겠지만…… 큭!"

얼굴에 따끔한 감촉이 느껴졌다. 뺨을 닦자 피가 묻어났다. 맙소사, 날 할퀸 것이다.

"미치겠군!"

난 침대를 걷어차고는 거실로 나갔다. 이자벨! 이게 어디가 골치 아픈 여자가 아니야? 차라리 포악한 도둑고양이를 주워 와 키우는 편이 낫겠어!

난 당장 이자벨에게 가서 저 위험천만한 여자를 '반송' 하겠다고 말할 작정으로 성큼성큼 걸어갔다. 그때 책상 위에 놓여 있는 쪽지를 발견했다.

너와 같은 여자야. 잘 지내 봐.

—이자벨

'나와 같은 여자?'

나는 이 의미를 알 수 없는 전언을 읽고는 눈썹을 찡그렸다.

어디가 같다는 걸까. 정신이 불안하다는 것? 둘 다 눈동자가 이상한 색이라는 것? 아니면 무슨 짓을 할지 알 수가 없다는 거?

난 뾰루퉁한 표정으로 쪽지를 구겼다. 왠지 이제 와서 이자벨에게 필요 없다고 소리쳐도 소용없을 것 같았고, 나와 같다는 것이 무슨 의미인지 호기심도 생겼다. 더 이상 날 할퀴거나 물지만 않는다면 같이 있어도 별 상관 없겠지, 하는 무책임한 기분도 들었다.

'그럼 며칠 정도 지켜보기로 할까.'

나는 그렇게 생각하며 주방으로 갔다. 키릭스로부터 받은 기억 중에 딱 하나 고마운 것이 있다면 그의 요리 실력이 엄청나다는 것이다. 덕분에 어떤 식재료를 봐도 그것으로 만들 수 있는 수많은 음식들이 떠올랐다.

자기 아버지를 죽이는 것이 유일한 목적인 그런 놈의 취미가 요리라니, 이건 나름대로 악취미였다.

나는 능숙하게 아티초크의 밑동을 잘랐다. 그리고 은은한 향기가 나는 꽃받침을 찜통에 넣어 삶았다. 달궈진 팬 위에 설탕을 녹이면서 다른 손으로는 그것에 오렌지를 짜 넣었다. 연둣빛 치커리를 능숙하게 한입 크기로 자른 뒤에 빠른 손놀림으로 갈색 거품을 부글거리는 설탕물에 신선한 향유를 부었다.

키릭스의 기억도 기억이지만 나도 요리 외에는 별다른 취미거리가 없었으므로 이 작은 집의 주방은 의외로 충실했다. 수십 명을 불러 파티를 열어도 책임질 수 있는 양의 음식들을 만들 수 있었다. 물론 아직까지 누구에게 무언가를 만들어 준 적은 없지만 말이다.

나는 조금 고민하다가 2인분을 만들기로 결심했다.

"……."

나는 인기척에 몸을 돌렸다. 어느새 침실에서 나온 그녀가 나를 바라보고 있었다. 게다가 그녀는 멋대로 내 침대 시트를 찢은 천 조각을 손에 들고 있었다. 대체 무슨 생각을 하는지 알 수가 없는 여자였다.

"하아, 이번에는 그걸로 날 목 졸라 죽이려고?"

나는 칼등으로 내 머리를 톡톡 치며 한숨을 내쉬었다. 이제는 집에서도 긴장을 늦출 수가 없게 되었군. 그런데 그녀는 무언가 하려는 게 있는지 내게 팔을 들어 올리며 발돋움을 하고 있었고 나는 의아한 표정으로 몸을 숙였다. 그러자 그녀가 그 천으로 내 얼굴을 감았다.

"이게 무슨……."

나는 서툰 손놀림으로 내 얼굴을 감는 그녀를 말없이 바라보았다. 그리고 그것이 자기가 할퀸 내 뺨의 상처를 치료해 주려는 행동이라는 것을 뒤늦게 깨달았다. 덕분에 내 얼굴은 침대 시트 조각으로 장식되어 버렸다.

"고맙기는 하지만 이래서야……."

반창고 쓰는 법 모르나? 정말 지능이 극도로 낮은 것인지 아니면 태어나서 교육이라는 것을 한 번도 받아 본 적이 없는 것인지 알 길이 없었다.

하지만 그녀는 이제 됐다는 듯이 희미한 미소를 지으며 내 뺨을 만지고는 다시 침실로 들어가는 것이었다. 나는 복잡한 표정으로 의자에 걸터앉았다.

그녀의 이름이 베아트리체이고 얼마 전 키릭스에게 납치되었으며 그 날부터 계속 저런 상태라는 것을 알게 된 것은 얼마 후의 일이었다.

나는 찜통에서는 흘러나오는 하얀 증기를 멍하니 바라보며 중얼거렸다.

"……나와 같은 여자라고?"

7.

6개월 후.

"이, 이 괴물 자식! 너도 언젠가는 비참하게 뒈지게 될 거다! 저 세상에서도 저주하겠어!"

내 손에 죽는 상대에게 좋은 말 듣길 기대한다면 바보겠지만 그래도 내 '비참한 최후' 라는 걸 멋대로 운명 지어 버리는 저주는 좀 너무했다. 아닌 게 아니라 나 스스로도 편안한 마지막을 장식할 거라는 상상은 전혀 들지 않는다. 어차피 내 수명은 15년도 안 되는 데다가 그 기간 중에도 암살에 실패해서 죽든지 아니면 이성을 잃은 키릭스와 함께 동반자살하든지 둘 중 하나일 것 같으니까.

이런 것조차 담담하게 받아들이는 내가 둔감해진 건지 아니면 염세주의에 심취한 건지 도무지 알 길이 없었다. 내 결말이야 내가 두려워하지 않아도 어차피 언젠가는 어떤 형태로든 찾아올 것이고, 내게 중요한 건 지금 내가 느끼는 감정뿐이었다.

그러니까 나는 빨리 집에 돌아가 그녀를 보고 싶었다. 새벽에 음식을 만들어 놓고 오긴 했는데 제대로 먹었을지 영 불안한 마음이었다.

"네가 바로 키릭스냐?"

'누구지?'

갑작스럽게 들려오는 여자의 음성에 나는 자세를 다잡으며 몸을 돌렸다. 그러나 그 목소리의 주인공은 어디에도 없었다.

순간 나는 이 여자의 정체를 직감했다. 시체들이 만들어 낸 그림자 속에서 검은 가죽 제복의 여자가 서서히 올라오기 시작했다. 강대한 중압감이 가슴을 때렸다. 그건 정말 명계(冥界)에서부터 소환된 암흑의 사도 같았다.

"키르케…… 밀러스."

"어머나. 우리 초면인데 내 이름을 알고 있네? 영광인데?"

그녀의 허스키한 목소리는 매력적이었지만 또한 위협적이었다.

"4대 아신 중 적현무. 어떻게 모를 수가 있을까."

"후후. 마음에 드는 아이인걸?"

아신을 실제로 본 것은 이번이 처음이다. 그러나 4대 아신위에 대해서는 귀에 못이 박히도록 들어왔다. 교황청의 명주작 알테어 엔시스와 행방이 묘연한 견백호 무라사 랑시, 키릭스의 검술 스승이자 최강 최악의 수호신 진청룡 라이오라 란다마이저, 그리고 나머지 한 명이 선혈의 마녀 키르케 밀러스, 바로 저 위험천만한 여자였다.

나는 그녀 주변의 그림자들이 살아 움직이는 것처럼 꿈틀거리는 것을 보며 침을 삼켰다. 키릭스였다면 비웃었을까? 하지만 나는 공격 범위조차 짐작할 수 없는 아신 앞에서 극도의 긴장감을 느낄 수밖에 없었다. 만약 저 아신과 싸우게 된다면 어떻게 해야 할지 나는 주변 모두를 시야에 담으며 계산했다.

그녀가 그런 내 표정을 즐기며 조금씩 다가왔다. 그림자 위를 떠다니는 그 모습은 정말 악몽 같았다.

"대답해. 네가 황제의 숨겨 둔 아들 키릭스냐?"

"비슷하기는 하지만……."

그녀는 아직 키릭스와 내가 나눠졌다는 것까지는 모르고 있었다. 그렇다고 일일이 그 실험에 대해 늘어놓고 내가 키스라고 소개할 정도로 친절하고 싶지는 않았기 때문에 나는 말을 흐리며 고개를 끄덕였다. 그녀의 입가에 만족스러운 미소가 퍼졌다.

"귀엽게 생겼네. 착한 눈동자야. 그 미친 늙은이와는 닮은 데가 하나도 없어."

만약 키릭스를 봤더라도 저렇게 말했을까? 아니, 그의 광기 어린 눈빛은 분명 다른 평가를 내리게 했을 것이다. 착하다는 말에는 동의할 수 없지만 미치지 않았다는 말은 좀 고마웠다.

그보다…… 지금 적현무와 싸운다면 승산이 있을까? 나는 도주로를 살폈다.

"겁먹지 마라. 황제의 피를 이어받은 아이야. 나도 이 배신자들을 처리하러 온 거니까."

그녀는 깊은 갈색의 눈동자로 내가 죽인 시체들을 둘러봤다.

"네가 귀찮은 일을 대신 해 줘서 어쨌든 고마워. 지금 널 찢어 버려도 내가 손해 볼 건 없지만, 그 예쁜 얼굴을 보니까 굳이 죽일 마음은 안 생기는구나."

"고, 고맙군."

아신은 다 저렇게 악취미인가? 이걸 뭐라고 해야 하나. 훌륭한 원판을 넘겨준 키릭스에게 고마워해야 할까?

"하지만 다음에 만났을 때는 나와 적이 아니길 기도해야 할 거야. 계속 이자벨 밑에 있다가는 언젠가는 너도 내 그림자의 먹이가 될 테니까."

키르케는 그 말을 남기며 그림자 속으로 사라졌다. 나는 쿵쾅거리는 심장을 가다듬으며 검을 집어넣었다. 지독한 존재감이었다. 그리고 숨어 있던 리젤이 슬며시 나타났다.

"헤에. 엄청난 분이 왔다 가셨군요."

"……."

나는 뒤처리 담당인 리젤이 숨어 있던 이유를 알고 있다. 내가 죽으면 이 시체들과 함께 내 시체도 역시 인멸해 버리기 위해 대기 중이었던 것이다. 얄밉지만, 그게 그의 임무였다. 그는 어쨌든 임무를 마친 내 검을 넘겨받으며 말했다.

"어때요? 다시 만나면 적현무를 이길 수 있을 것 같아요?"

남의 일이라고 엄청 쉽게 말하는군!

"다시 안 만나길 기도해야지. 만난다면 또 미인계를 써서 넘어가든가."

나는 팔자에도 없는 농담을 지껄이며 자리를 떴다. 그녀가 좋아하는 음식이 뭔지 이제 대충 알고 있기 때문에 머릿속은 시장에서 사야 할 목록을 뽑아내고 있었다. 별로 결정할 것도 고민할 것도 없는 내 단순한 인생에서 베아트리체는 꽤 여러 가지로 날 생각하도록 만들어 주는 존재였다. 제발 할퀴지만 않는다면 말이지.

"베아트리체?"

집에 돌아오자 그녀는 불안한 표정으로 계속 집 안을 돌아다니고 있었다.

"지, 지금 뭘 찾고 있는 거야?"

그녀는 내가 옆에 있는 것조차 모르는 것 같았다. 나는 그녀를 뒤쫓았다. 그녀는 온 방 안을 이리저리 돌아다니며 절실히 무언가를 찾고 있었다.

"어디 있어? 어디 있어?"

당장이라도 울어 버릴 것 같은 표정으로 그녀는 가느다란 새소리를 내며 주변을 두리번거리고 있었다. 그녀는 지칠 때까지 그것을 반복했다. 나는 그녀가 찾는 것이 무엇인지 나중에야 알 수 있었다.

8.

그리고 또 1년이 흘렀다.

"다녀왔어."

"……키이스."

창가 쪽 의자에 앉아 있던 베아트리체는 내 이름을 길게 늘여 부르면서 희미하게 웃었다. 아직 정신이 완전히 돌아온 것은 아니지만 적어도 그녀는 더 이상 나를 물거나 이유를 알 수 없는 두려움에 떨지는 않았다.

음식을 만들겠다며 멋대로 야채를 썰다가 손가락을 베였을 때는 좀 화가 나기도 했지만, 1년 반이라는 시간 동안 나는 그녀와 대화 없이 교감하는 법을 제법 능숙하게 터득해 나갔다. 그녀는 피 냄새를 씻은 뒤에 안아 주면 좋아했고, 가끔 몰래 같이 산책을 나갈 때는 꽃이며 하늘 같은 것을 지치지도 않고 바라보며 빠져들기도 했다(사실 그녀는 원칙적으로 이 집 밖으로 나가서는 안 되지만 그런 식으로 계속 감금되어 있다가는 멀쩡한 여자도 미쳐 버릴 것이다).

나는 그녀가 두 손에 들고 있던 식어 버린 찻잔을 살며시 빼서
는 주방으로 갔다. 끓는 물에 새로운 찻잎을 넣자 그녀는 말없이
다가와 향기를 맡았다. 빙글빙글 돌아가는 찻잎을 바라보는 그
녀의 하늘색 눈동자는 항상 무언가를 회상하는 모습이었다.

난 그 대상이 무엇인지 알고 있었다. 그녀가 납치되었을 때 같
이 있던 소년이 있었다고 한다. 베아트리체는 그 이름조차 알려
주지 않았지만 가끔씩 그녀는 혼미한 정신으로 집 안을 돌아다
니며 이제는 곁에 없는 그 소년을 애타게 찾고는 했다. 그 녀석
은 그녀와 현실을 연결해 주는 유일한 끈이었다.

난 그게 싫었다. 싫다기보다는 한 번도 본 적 없는 그 소년에
게 화가 치밀어 올랐다.

'대체 어떤 녀석이지.'

그 녀석이 있다면 베아트리체의 정신이 돌아올 수도 있다는
생각까지 들자 내 불쾌감은 질투로 발전하고 있었다. 맘 같아서
는 그놈을 눈앞에 두고 형편없는 녀석이라고 사정없이 몰아붙이
고 싶었다. 자기 여자를 놓치고 지금 이렇게까지 만든 건 다 그
놈이 못났기 때문이라는 치기 어린 질투심이 들었다.

임무와 관련된 모든 기록에 대해서는 절대 발설하면 안 되기
때문에 그에 대해 알아낼 길도 없었다. 아니, 이제 와 알아낸다
고 해도 내가 한 방 후려쳐 주는 것 외엔 뭐가 달라지는 것도 없
겠지만.

나는 예전 정신이 온전할 때의 베아트리체를 상상하고는 했다. 분명히 순진하고 상냥한 성격이었을 것이다. 묘한 조급함이 몰려왔다.

이건 어디까지나 여담이지만 나는 최근 이자벨이 베아트리체를 싫어하고 있다는 것을 알았다. 나나 키릭스가 죽어도 눈 하나 깜짝하지 않을 것 같은 그 냉정한 여자가 말이다!

"배고파?"

그녀는 고개를 끄덕였다.

"조금만 기다려."

샤워를 마치고 온 나는 수건으로 머리를 닦으며 주방으로 향했다. 분위기 좋게 술을 마시기는커녕 밖에 나가 근사한 저녁을 먹을 수도, 연극을 보러 갈 수도 없는 우리 사이에서 그녀와 함께할 수 있는 시간이라고는 고작해야 같이 식사를 하거나 책을 읽을 때가 전부였다.

여자라면 이골이 난 키릭스라도 두 손 두 발 들었을 정도로 엄청 삭막한 상황이라는 것은 인정하지만, 그나마 현실적으로 내가 짜낼 수 있는 최선의 방법은 항상 다른 요리를 만들어 주는 것이다. 게다가 그녀는 고기를 전혀 먹지 못하기 때문에 졸지에 나까지 채식주의자가 되어 가고 있었다.

"맛있어."

최근 들어 혼자 포크를 쓸 수 있게 된 그녀는 상점 주인에게 부탁해서 구해 온 마키시온산 죽순을 서툰 손동작으로 먹고 있었다.

"웃어. 보기 좋아."

"응?"

갑작스러운 말에 나는 달칵 나이프를 내려놓고는 그녀를 바라봤다. 갑자기 웃으라니? 그러고 보면 난 웃은 적이 한 번도 없다. 그야 사람 죽일 때 웃고 있었다간 미친놈 취급받기 십상이고, 하는 일이 그것밖에 없으니 웃을 일도 없었다. 아니, 커다랗게 웃는 게 어떤 건지 짐작도 가질 않는다.

그녀는 물기 어린 하늘색 눈동자로 날 바라보며 말했다. 어눌한 목소리였지만 확실히 알아들을 수 있었다.

"그 사람도 항상 웃었어. 그런데 키스는 슬퍼 보여. 키스도 행복했으면 좋겠어."

덥혀 놓은 물이 다 식어 버릴 때까지 욕조 안에 들어가 있던 나는 슬머시 거울로 걸어갔다. 거울 속에서 나를 노려보는 저 새빨간 눈동자는 도통 웃음과는 어울리지 않는 흉안이었다.

하긴, 내 머릿속에서의 키릭스는 때때로 매력적인 웃음을 보였다. 여자를 꼬드길 때라든가, 흥미로운 이야기를 들었을 때, 카론이나 미레일 속을 긁어 놓으며 장난칠 때…… 그 웃음의 감정은 내게 온 것일까 아니면 키릭스에게 간 것일까.

나는 어색한 표정으로 거울을 바라보며 조금씩 웃어 봤다. 이건 정말 창피하고 진땀 빠지는 훈련이었다.

"하. 하. 하."

"후. 후. 후."

"허. 허. 허."

제기랄. 이런다고 웃음이 터질 리가 없지. 이건 난생처음 보는 복잡한 기계를 어떻게 작동시키는지 몰라서 쩔쩔 매는 꼴이었다.

연습을 하면 할수록 내 얼굴은 무섭게 굳어 갔다. 도무지 발전이 없는 얼굴을 한참 동안 바라보던 나는 곧 고개를 숙이며 한숨을 내쉬었다.

"젠장, 이제 됐어. 웃는 것 따위 알게 뭐람."

나는 투덜거리며 욕실을 나왔다. 게다가 나오면서 문 앞을 굴러다니던 커다란 무를 밟고 부웅 날아올라 거창하게 엎어지기까지 해서 내 기분은 최악이 되었다.

"헤헤헤, 키스는 재미있어."

촛불 앞에서 책을 읽고 있던 그녀는 뒷머리를 부여잡은 나를 보며 웃고 있었다.

"뭐, 뭐가 재미있다는 거야! 나는 아파 죽을 것 같……."

나는 바닥에 주저앉은 채 웃고 있는 그녀를 바라봤다. 나도 모르게 처음으로 입가에 맺힌 웃음은 정말 어색했지만 이상하게도 멈춰지질 않았다.

9.

그리고 우리 위로 또 1년이 흘렀다. 키릭스가 건네준 불완전한 영혼과 불완전한 감정 속에서 나의 새로운 인격은 그녀를 통해 만들어져 갔다. 마치 싹이 돋은 담쟁이가 오래된 건물을 감싸는 것처럼 내 마음속에 심어진 그 격렬한 증오는 새로 태어난 감정들에 감싸 안겼다.

이자벨이 나를 부른 건 저녁 무렵이었다. 그녀는 결코 악한 여자는 아니다. 하지만 악하지 않아도 얼마든지 잔인해질 수 있다는 것을 보여 주는 여자이기도 했다.

"베아트리체를 데려오라고요?"

"응. 잘 지내고 있나 궁금하기도 하고, 모처럼 같이 식사라도 할까 해서."

차가운 눈매와 고혹적인 입술을 가진 그녀는 엷게 웃으며 그렇게 말했다. 나는 고개를 끄덕였다.

"예, 그러죠. 식사는 제가 준비하겠습니다."

"아, 그래. 키릭스와 함께 준비하면 재미있겠네."

"……"

"미안. 놀릴 생각은 아니었어."

나는 그녀의 집무실 밖을 나서서 숙소로 향했다. 나는 굳은 표정으로 문을 열었다.

"키스? 왔어?"

내 옷들을 널고 있던 베아트리체가 즐거운 목소리로 나를 반겼다. 이제 그녀는 내게 요리도 제법 배워서, 주방에서는 그녀가 만든 야채 스프가 끓고 있었다.

"키스, 왜 그래?"

나는 대답하지 않았다. 곧바로 그녀의 방을 열고 들어가 가방을 꺼냈다. 뒤따라 들어온 베아트리체의 당황한 목소리가 등을 때렸다.

"왜, 왜 그래? 내가 잘못한 거 있어?"

나는 빠른 손놀림으로 가방을 열고 그녀의 옷을 아무렇게나 집어넣고 있었다.

"옷이 그리 많이 필요하진 않을 거야."

"뭐?"

"지금 여길 떠날 거야."

"키스, 왜 그러는 거야."

"널 도와줄 녀석이 하나 있어. 그 녀석이 있는 데까지 데려갈게."

"키스!"

나는 오늘 중으로 그녀가 어떤 실험에 끌려간다는 것을 알고 있었다. 그리고 그 실험이 완료되면 그녀는 결코 원래대로 돌아오지 못한다는 것도 알고 있었다. 나와 키릭스가 그랬던 것처럼 말이다.

그 실험이 이 세계에 무슨 도움이 될지는 쥐뿔도 관심 없다.

사실 나는 1년 전부터 지금 상황을 아무도 모르게 대비해 오고 있었다.

나는 그녀의 팔을 잡았다.

"시간 없어. 가자."

"키, 키스! 멋대로 이런 짓 하지 마!"

"갑작스러워서 미안하지만 설명할 시간 없어."

"난 가지 않아! 이거 놔!"

그녀가 고함을 친 건 이번이 처음이다. 그리고 나도 처음으로 소리쳤다.

"네 기억 돌아온 거, 다 알고 있어!"

그녀는 아무 말도 없었다.

"아닌 척해도 다 기억하고 있는 거 알아. 그리고 그 녀석 때문에 도망치지 못한다는 것도 알고 있어. 네가 도망치면 그 녀석이 피해를 볼까 봐 어떤 요구도 다 들어준다는 거 알아."

"아, 아니야. 그건……."

"지금 물어보고 있는 거 아니야. 네 마음 정돈 확실히 알고 있으니까."

결국 베아트리체는 아직까지도 그 소년과 이어져 있었다. 그리고 그 사실이 나를 정말 화나게 만들었다.

"그딴 녀석 알 바 아냐!"

나는 아주 커다랗게 외쳤다.

처음으로 그녀에게 소리치고 말았다.

"널 지키기는커녕 다시는 만나지도 못하는 주제에 네 인생만 망치는 그런 머저리 따위, 뒈지든 말든 신경 쓰고 싶지 않아. 네가 날 좋아하지 않아도 좋아. 미워해도 상관없으니까 제발 지금만큼은 내가 널 도울 수 있는 기회를 달라고!"

그녀는 눈물을 흘리며 나를 바라보기만 했다. 만약 이 여자와 관계가 끝날 때가 온다면 최대한 부드럽고 낭만적으로 장식하고 싶었는데, 결국 덧없는 바람이었다. 나는 그녀의 팔을 잡아끌었다.

10.

나는 나름대로 면밀하게 준비했다. 감시를 피해 인적이 드문 변두리 건물 앞에 도착했을 때, 우리는 미리 텔레마코스 센터를 통해 연락해 둔 친구를 만날 수 있었다. 큰 키의 그는 긴 코트를 입은 채로 말에서 내려 나를 기다리고 있었다. 나를 본 그가 다가왔다.

"키릭스. 아니 키스."

"미레일."

내 머릿속에 있던 키릭스의 기억 중에서 내가 도움을 받을 수 있는 사람은 거의 없었다. 1년 전 나는 이오타의 기사가 된 미레일을 몰래 만나 모든 일을 말했고 그에게 부탁했다. 때가 되면 베아트리체를 숨겨 달라고.

지금이 바로 그때였다.

"키스, 정말 괜찮겠어?"

"난 상관없어. 그보다 베아트리체를 이자벨의 정보망이 닿지 않는 곳으로 숨겨 줘."

"아무리 그녀라고 해도 전지전능한 것은 아니니까 숨을 곳은 있지만…… 이제 너는."

모든 것을 잃게 돼, 그는 그렇게 중얼거렸다.

"난 신경 쓸 것 없어. 처음부터 아무것도 없었는데, 뭘."

"……이성적이지 못하군."

"괜찮아. 사람은 때로 비이성적인 행동을 하기도 하니까. 어차피 내가 애당초 그리 이성적인 녀석도 아니었고. 너야말로 조심해. 이 사실이 밝혀지면 키릭스는 가장 먼저 널 그냥 두지 않을 거야."

미레일은 말없이 그녀를 넘겨받았다. 그는 선생처럼 착한 성격 이면에 꽤 남자다운 면이 있는 녀석이다. 고작 복제에 지나지 않는 나를 돕기 위해 키릭스를 놓기로 결심한 그는 더 이상 아무것도 묻지 않은 채 내 부탁을 받아들였다.

"어디에 숨길 건지 알려 줄까?"

"모르는 편이 좋아."

나는 그렇게 말한 뒤에 그녀를 바라봤다.

"키스. 키스. 왜 나한테……."

눈물에 얼룩진 그 얼굴을 바라보며 불현듯 그녀가 그렇게 바라던 웃음이 나왔다. 말도 안 되는 생각이지만, 행복하다는 기분이 들었다.

"그럼 안녕."

11.

"와아. 대단하네. 내 절반이 그런 짓을 하리라고는 짐작도 못했어. 나도 예전에는 꽤 낭만적인 녀석이었나 보구나, 라는 생각이 들어."

사슬에 묶여 있는 내 머리채를 잡아 올리며 키릭스가 웃었다. 처음부터 도망칠 생각은 없었다. 이자벨을 피해 도망친다는 것은 거의 불가능한 일인 데다가, 잡힌다고 해도 그녀가 숨은 곳따위 애당초 모르니까 이젠 잡혀도 상관없는 것이다. 게다가 도망친다고 달리 갈 곳이 있는 것도 아니었다.

"덕분에 널 죽이고 싶은 이유가 하나 더 늘어났네."

"큭!"

내 턱을 잡아챈 키릭스의 얼굴에는 결핍의 그늘이 그대로 드러났다. 잘려 나간 감정이 그때 이후 계속 허물어져 그 속에서 뒤틀린 증오심만이 벌건 속살을 드러내고 있었다.

더 이상 그가 두렵지 않았다. 도리어 느껴지는 건 동정심이었다. 뒤에 있던 이자벨이 말했다.

"이제 와 베아트리체가 숨은 곳을 말하라고 한들 말할 너도 아닐 테고. 뭐, 어쩔 수 없네. 처음부터 다시 찾는 수밖에는. 그리 오랜 시간이 걸리진 않을 거야."

그렇게 말하며 미소를 보이는 그녀의 얼굴은 자신감에 차 있었다. 조물주라도 죽일 수 있을 것 같은 그런 기세였다. 정말 미레일이 잘해 줬으면 좋겠다. 그녀의 거미줄을 피할 수 있는 곳은 세상에도 거의 남아 있지 않을 테니까.

그리고 나도 알고 있는 사내가 들어왔다. 그의 이름은 모스, 거인을 연상시키는 체구의 모스는 자신의 근육질을 사랑하는 시시한 나르시스트였다. 예전 내 앞에서 그녀를 비아냥거리다가 화가 치밀어 오른 내게 된통 당한 적이 있었는데, 말하자면 이자벨의 장기말 중에서 졸에 해당하는 진화가 덜 된 머저리였다.

그는 들어오자마자 내 얼굴을 때렸다. 커다란 소리와 함께 곧바로 입 안에 피가 고였다. 키릭스가 말했다.

"미안, 미안. 내가 직접 상대해 주는 게 예의지만, 내가 손을 댔다간 널 정말 죽일 것 같거든."

물론 저 괴물 같은 키릭스보다야 이 모스란 놈이 육체적으로는 훨씬 덜 괴로울 것 같지만, 아무튼 이놈도 내게는 좋은 감정이 없는 것 같았다.

"꼴좋구나, 키스!"

곧바로 새로운 펀치가 겨드랑이를 강타했다. 사슬에 두 팔이 묶여 있는 나는 아주 손쉬운 표적이었다.

신음 소리를 뱉는 내 얼굴을 모스가 이마로 내리찍자 나는 그대로 무릎을 꿇어야 했다. 찢긴 눈가에서 피가 흐르기 시작했다. 그는 시시껄렁한 복수심에 흥분하고 있었다.

"네가 나에게 이런 꼴 당하리라고는 생각도 못 했지? 응?"

나는 고개를 들며 히죽 웃었다.

"아아, 정말 생각도 안 해 봤어. 상상력 낭비니까."

사실이 그랬다. 그때 살려 달라고 애원하는 모스를 절벽 밑으로 던져 버린 다음부터 지금까지 이 녀석이 생각난 적은 한 번도 없었다. 그런데 모스는 그런 내 태도가 영 거슬렸나 보다.

그는 날 잡아 올려 몇 번이나 복부를 후려쳤다. 그러고는 내 오른 팔목을 잡아 힘껏 부러트렸다. 감전된 것 같은 고통이 온몸을 뒤덮었다.

"아악!"

"기분이 어때? 이제 시작이니까 아직 기절하면 곤란하지."

앞으로 쓰러지는 나를 안은 그가 속삭였다. 나는 입술을 꽉 깨물며 떨리는 몸을 추슬렀다. 키릭스가 흘낏 우리를 보고는 말했다.

"모스, 기껏 기회를 줬는데 지금 연애라도 하려는 거냐? 너한테는 무리한 부탁인지도 모르겠지만, 좀 더 확실하게 했으면 좋겠어."

모스는 그의 새빨간 눈동자에 찔끔해서는 표독스러운 눈매로 나를 바라봤다. 확실히 키릭스를 두려워하지 않는 자는 아무도 없다. 그가 임무를 수행하는 걸 본 사람이라면 누구나 마찬가지일 것이다. 그건 정말 파멸의 권세였다.

나를 벽 쪽에 몰아붙인 모스의 주먹이 내 온몸을 때렸다. 무척이나 비효율적이고 원시적이었지만 그렇다고 내 몸이 강철은 아니었기에 삼십여 분쯤 지나자 난 일어설 수 없을 정도가 되었다. 그럼에도 고분고분해질 생각이 전혀 없는 나 때문에 조급함이 치민 모스는 내가 정신을 잃을 기회조차 주지 않았다. 저질스러운 모욕들이 내 머리 위로 쏟아졌다.

쓰러질 때마다 강제로 일으켜져 손찌검을 당하고 일방적으로 얻어맞은 나는 꽤 자제하기로 결심했는데도 불구하고 본능적인 울화가 치밀어 올랐다.

"……좀 적당히 했으면 좋겠는데."

"지금 뭐라고 지껄인 거냐!"

"그러니까 내 인내심도 이제 바닥이라고!"

순간 내 몸이 붕 날아올랐다. 제자리에서 뛰어오른 내 무릎이 모스의 옆머리를 찍었다. 뼈가 산산이 부서져 버리는 소음과 함께 모스는 비명도 없이 바닥에 쓰러졌다.

나는 계속 목을 타고 올라오는 피를 뱉으며 벽에 기대어 숨을 돌렸다. 나를 바라보는 키릭스는 그럴 줄 알았다는 표정으로 피식 웃고 있었다.

"이자벨, 한 가지 부탁이 있는데."

"부탁? 뻔뻔하네. 말해 봐."

이자벨은 모스의 죽음에 놀라움도 분노도 없었다. 그녀의 성격상 이미 모스라는 이름을 자기 머릿속의 리스트에서 지워 버리고 완전히 잊어버렸을 것이다. 나는 그런 여자에게 부탁했다.

"베아트리체와 같이 살았다는 소년, 해치지 말아 줘. 부탁이야."

그게 그녀가 바라는 유일한 소원이니까. 하지만 나는 이자벨이 그걸 일언지하에 비웃으리라 예상했다. 그런 자비를 기대할 여자가 아니었다.

"그녀와 함께 있는 동안 꽤나 이타적이 되었네, 키스."

그렇게 말하는 이자벨의 눈빛이 처음으로 흐릿해진 것을 보았다. 승낙하는 말을 듣지는 않았지만 나는 이자벨이 그 소년에게 손대지 않을 거라는 걸 느꼈다. 뭐 그녀로서도 이제 와 힘없는 애송이 건드려 봐야 얻는 것도 없기 때문일지도 모르겠지만……

이유야 어쨌든 상관없지. 자, 그럼 이걸로 내 역할은 모두 끝인 것 같군. 나는 이자벨의 처분을 기다렸다. 나와 키릭스는 생명을 공유하고 있으니까 죽이지는 못하더라도 최소한 사지를 잘라 자살도 못 하고 목숨만 부지하도록 만들어 놓지 않을까? 어떤 가능성을 생각해도 이상하지 않은 상황이었다.

그녀가 선고했다.

"풀어 줘."

그녀는 그렇게 말하며 일어섰다. 난 짐짓 놀라서는 그녀를 바라봤다. 키릭스가 말했다.

"어이, 예상도 못 했는데? 파격적인 훈방 조치라니. 우리 조직, 자선 단체였어? 갑자기 성녀라도 된 거냐, 너?"

그러나 이자벨은 그 싸늘한 비웃음으로 날 바라볼 뿐이었다.

"이젠 쓸모없어. 갖다 버려."

저 냉정한 머릿속에 무슨 꿍꿍이가 있는지는 짐작조차 할 수 없었다. 키릭스가 말했다.

"키스, 넌 이 조직을 떠나면 차라리 죽는 게 좋을 정도로 괴로울 거야. 세상에는 날 싫어하는 놈들이 많고 그들에게 네가 키릭스가 아니라고 말해 봐야 소용없을 테니까. 내 영혼, 잘 관리해. 내가 죽이러 갈 때까지."

나를 바라보는 그 붉은 눈동자는 이 음습한 고문실을 태워 버릴 듯이 달아올라 있었다.

'하하. 의외로 나, 질긴 목숨인지도 모르겠네.'

나는 쓸쓸하게 웃었다.

12.

왕실 카페를 찾은 카론은 붕대투성이에 팔에는 부목까지 대고 있는 의외의 방문객에 적잖게 놀란 얼굴이었다. 기억 속의 그는 또렷하지만 실제로 그를 보는 것은 이번이 처음이다. 기억 그대로 그는 얼음 같은 외모를 가진 미남자였고 나를 만났다고 큰 소리로 소리치거나 껴안지도 않는 성격이었다. 말하자면 키릭스의 기억대로 되게 재미없는 녀석이었다.

하지만 그의 목소리가 흔들리는 것은 확실했다. 내가 먼저 손을 흔들었다.

"와아. 카론 경?"

"키릭스…… 세자르?"

"아니에요. 키스랍니다."

"무, 무슨 소린가. 게다가 그 이상한 말투는 대체…….."

"돌아온 탕아입니다아."

나는 환하게 웃으면서 팔을 벌렸고 카론은 '못 보던 중에 몹쓸 병이라도 걸린 건가'라고 경계하며 슬금슬금 뒤로 물러서고 있었다.

솔직히 말해서 나는 모든 것을 숨길 생각이었다. 더 이상 다른 사람에게 피해를 주고 싶지 않았다. 단지 키릭스의 기억 속에서 커다란 부분을 차지하는 카론이라는 자를 한 번쯤은 실제로 보고 싶은 생각 때문에 찾아온 것뿐이었다. 그건 나의 기억이 아니었지만 내게도 굉장히 가까운 사람처럼 느껴지는 것은 어쩔 수가 없었다.

내 앞에 앉아 차를 마시던 그가 나직하게 말했다.

"키릭스."

"키스인데요."

"아무튼…… 무슨 일이 있었던 거냐."

"별일 없었습니다아. 이제는 키스라는 것과 여자한테 차였다는 것, 그리고 어디에서도 필요 없어졌다는 것 정도?"

카론은 나를 꿰뚫듯 바라보고 있었다.

"황제를 죽이겠다는 목적은 포기한 건가."

"그건 키릭스의 목적이에요. 난 알 바 아니랍니다아."

"……"

그는 싱글거리며 웃고 있는 나를 집요하게 노려봤다. 그건 마치 연민과도 같은 눈빛이었다.

"말해 줘. 무슨 일이 있었는지."

그는 상처투성이의 내 몸을 보고는 그렇게 말했다. 나는 차가운 물을 단숨에 삼킨 것처럼 속이 아팠다. 뭔가 고맙기도 하고 슬픈 기분이 맴돌아 눈을 찡그린 채 고개를 돌리고 있었다.

"꽤 시시하고 긴 이야기입니다만."

"상관없어. 말해라."

정말 카론은 날 묶어 놓고서라도 듣고야 말겠다는 기세였다. 이렇게 집요한 성격이었던가? 나는 삐죽거리며 딴청을 피웠지만 카론은 도통 자리를 떠날 기미를 보이지 않았고 결국 한숨을 내쉬며 키스와 키릭스의 이야기를 꺼냈다.

그리고 내가 말하는 적잖은 시간 동안 그는 단 한 마디도 꺼내지 않은 채 듣기만 했다. 표정의 변화조차 없었다. 이건 꼭 장승을 상대로 혼자 넋두리를 늘어놓는 기분이었다. 긴 회고 끝에 나는 마침표를 찍었다.

"그래서 저는 키스가 되었답니다아. 이야기는 여기서 끝. 그럼 건강하세요, 카론 경."

자리에서 일어나는 내게 카론이 처음으로 입을 열었다. 그 단호한 말투는 내 기분 같은 건 알 바 아니라는 듯이 매몰찼다.

"키릭스, 일주일 안에 네 자리를 마련해 놓겠다. 지금 스왈로우 나이츠의 단장 자리가 비어 있으니 그쪽이 좋겠지."

"……아하하. 자, 잠깐만요."

나는 고개를 갸웃거리며 되물었다.

"그러니까 저는 키릭스가 아니라니까요? 뭘 그렇게 정색을 하고 도와주려고……."

"어리광부리지 마라. 넌 여전히 키릭스다."

순간 몸속에서 뜨거운 것이 솟구쳤다. 나는 화가 난 표정으로 그를 노려봤고 그는 내 시선을 피하지 않았다.

"키릭스의 영혼을 가지고 있고 키릭스의 육체를 가지고 있고 키릭스의 기억을 가지고 있고 키릭스의 감정을 가지고 있는 존재라면 키릭스일 수밖에 없지 않은가. 왜 너답지 않게 자기 자신을 의심하는 거냐."

그는 칼을 뽑으면 받아칠 것처럼 물러서질 않았다.

"하지만 키스라고 불리길 원한다면 그렇게 불러 주지."

나는 결국 쓴웃음을 지었다.

"카론 경, 나와 계속 관계 맺어 봐야 당신만 피곤해질 텐데요?"

"예전에는 안 피곤했을 거라고 생각했나?"

이제는 헬스트 나이츠의 부기사단장이 된 그는 진절머리가 난다는 듯이 대꾸했다.

"카론 경."

"뭔가."

"죽을 수도 있어요."

그는 이번에도 피하지 않았다. 그는 살짝 눈을 감으며 자리에서 일어났다.

"잘 들어 둬라. 스왈로우 나이츠의 단장 자리다. 게으른 네 녀석에겐 딱 어울릴 한직이다. 눈을 피하기도 쉽고…… 네가 무엇을 해야 좋을지 기억날 때까지 그곳에서 잠들어 있는 것도 좋을 것이다. 나는 일이 있어서 이만."

"이런, 이런. 당신 참 속이 좋네요. 아무리 아닌 척해도 어쩔 수 없는 착한 사람이네요. 그런 사람은 제 명에 못 죽는데……."

"흥. 쓸데없는 말버릇은 여전하군."

그는 신경질적으로 코트를 입으며 콧방귀를 뀌었다. 나는 견습기사들이 뛰어다니는 카페 밖 연무장을 지켜봤다. 분명 키릭스도 행복한 결론을 원했을 것이다. 동료들과 함께 좀 더 즐겁게 살기 위해 노력했을 것이다.

그런데 어느 날 실험이 있었고 두 개로 분열된 우리들은 궤도를 이탈해서 자신도 모르는 어디론가 날아간 것이다. 나는 키릭스의 마음을 이해할 수 있었다. 내가 말했다.

"카론 경, 우리 참 악연이죠?"

그는 주저 없이 대답했다.

"그렇지 않다."

나는 카페를 떠나는 그의 뒷모습을 말없이 지켜봤다. 그리고 한참 동안을 소파에 파묻혀 생각했다. 키릭스는 언젠가는 날 찾아올 것이다. 그 전까지는 이렇게 좀 폐 끼치며 미적거리는 것도 나쁘지 않겠다는 염치없는 생각이 들었다. 문득 그녀의 모습이 머릿속을 지나갔다. 다시는 만날 수 없겠지. 마치 천 년도 더 전의 일만 같았다.

일생에 해야 할 모든 일을 죄다 끝내 버린 것 같은 기분이 들자 굉장한 나른함이 온몸을 뒤덮었다. 운명이고 사랑이고 꿈이고 이젠 죄다 지긋지긋하니까 이대로 다른 사람과 다를 바 없는 체온을 가진 인간이 되어 흔해 빠진 인생을 살고 싶다는 뻔뻔스러운 게으름이 짓궂은 전염병처럼 무럭무럭 커져만 갔다. 거짓말투성이의 인생이라도 좋으니까 언제까지나 그러고 싶었다.

이상하게도 태어나 처음으로 눈물이 흘렀는데 기쁜 건지 슬픈 건지 알 도리가 없었다. 나는 소파에 기대어 새파란 하늘을 올려다보며 흥얼거렸다.

항상 노래하던 조그만 남자
내 머릿속에서 춤추던 조그만 남자

청춘의 그 조그만 남자가
구두끈을 끊어 버렸네

축제의 모든 오두막들을 부수었네
문득 모든 것이 무너져 내리고
축제의 침묵 속에서
축제의 폐허 속에서
난 네 행복한 목소리를 들었네

찢어지고 연약한
순진하고 비탄에 잠긴 그대의 목소리가
멀리서 다가와 날 부르는 소리를

내 가슴에 손을 얹으니
별빛 같은 네 웃음의 일곱 조각 난 거울이
피투성이가 되어 흔들리네

　이대로 심장이 멈춰 버릴 것만 같은 피로가, 도저히 떨쳐 낼
길이 없는 졸음이 밀려오고 있었다. 나는 눈을 감았다.

13.

"어이구! 키스 경! 자면서까지 뭘 그렇게 헤실헤실거리고 있어요? 그만 자고 청소 좀 하라고요!"

내 앞에 널려 있는 서류들을 치우던 미온이 나를 향해 버럭 소리를 질렀다. 참 귀여운 녀석이다. 자기 일도 아닌 것을 목숨 걸고 지키는 대책 없는 녀석. 사소한 것에도 감동 받고 펑펑 우는 녀석, 하지만 불행하게도 깜짝 놀랄 정도로 약하기 때문에 보고 있자니까 꽤나 불안하다.

가급적 진지하게 살기 싫은 나지만, 이 녀석을 보고 있으면 되도록 다치지 않도록 은근슬쩍 도와주고 싶은 마음이 든다. 아무리 그래도 지금은 전혀 움직이고 싶은 생각이 없었으므로 나는 계속 귀를 막고 청소 방해하지 말고 좀 비키라는 미온의 잔소리를 듣는 쪽을 택했다.

소파에 엎어져 있던 나는 내게 얼굴을 들이댄 그의 금발 머리에 턱 손을 얹고 만지작거리며 웅얼거렸다.

"꿈을 꿨어요. 옛날 꿈을."

"옛날에는 정말 행복했었나 보죠? 꿈꾸면서도 웃고 있는 걸로 봐서."

"헤헤. 미칠 만큼 행복하지는 않았어요. 그래도 우는 것보단 웃는 편이 좋지 않나요? 아주 예전에 어떤 여자가 그랬어요. 웃는 게 보기 좋다고. 그래서 엄청 연습했거든요."

"에이. 당신은 태어날 때부터 웃고 있었을 것 같아."

"그럴 리가요. 사람은 다 알게 모르게 영향을 주고받으면서 살아가는 거랍니다아."

나는 그렇게 말한 뒤에 다시 잠들어 버렸다.

흔해 빠진 인생을 찾고 있었지. 상처받고 싶지 않으니까.

같은 자리를 맴돌며 용서받고 있는 현실이란 무섭구나.

키릭스와 공유하고 있는 영혼, 이래서야 살아 있는 것 자체가 죄악이지만 내가 원하든 원치 않든 그것을 속죄할 날은 오게 될 것이다.

나는 조금씩 다가오는 내 운명 앞에서 일부러라도 최선을 다해 게으름을 피우기로 결심했다. 뭐랄까, 이제 기다리는 것밖에 남지 않은 내게 이 이상의 행복이란 없으니까.

또 다른 시선 셋

엔디미온 키리안 『교주와의 인터뷰』

1.

　한 번 잡혀 가면 영영 돌아오지 못한다는 인간 삼도천 번즈 교주의 부름을 받은 지 한 달째. 난 언제 끌려가는 걸까. 초조하다. 이젠 아무도 믿을 수 없다.

　"미온 경, 미온 경. 홍차 드세요오."

　퀭한 눈으로 소파에 쪼그려 앉아 있던 내게 찻잔을 두 손으로 받쳐 든 키스가 꼬리를 살랑거리며 다가왔다. 그 즉시 내 생존본능이 눈을 떴다.

　"흐랏챠!"

　"꺄아악!"

주저 없이 날린 내 살인 펀치를 가까스로 피한 키스가 기겁하며 뒷걸음질 쳤다.

"나, 나, 난데없이 왜 주먹질이에욧! 홍차 다 쏟을 뻔했잖아요!"

"키스 경, 내가 그딴 얄팍한 수작에 당할 것 같아? 그거 수면제 탔죠?"

그러자 키스가 울어 버릴 것 같은 얼굴로 날 바라봤다.

"어쩜 그런 폭언을! 이 자애로운 상관을 못 믿겠다는 건가요?"

얼씨구?

"가슴에 손을 얹고 지금껏 댁이 나한테 한 짓을 떠올려 봐요. 내가 믿을지 어떨지."

"너무해요오오!"

"그럼 키스 경이 마셔 봐요."

"네?"

"마시면 믿을 테니까."

"정말이죠? 딴말하기 없기예요!"

나는 단호하게 고개를 끄덕였다.

"아아, 드디어 미온 경이 저를 믿어 주는군요! 그럼 이 몸의 결백을 보여 드리겠습니다아!"

키스는 화사한 미소와 함께 홍차를 들고 단숨에 호로록 마셨다. 그리고 그 웃는 낯 그대로 풀썩 쓰러졌다. 즉효성이었다. 행복한 얼굴로 널브러져 잠든 키스를 울적하게 내려다보며 중얼거렸다.

"……댁은 언제 사람 될래요? 산소한테 미안하지도 않아요?"

그러나 진짜 위협은 키스 따위가 아니었다. 난 곁눈질로 구석 자리를 살폈다. 거기엔 한 치 흐트러짐 없는 제복 차림의 사내가 소파에 앉아 신문을 보고 있었다. 길고 가지런한 흑발과 얇은 은테 안경이 눈부시게 아름다운 유부남이었다. 난 마른침을 꿀꺽 삼키며 물었다.

"저기 카론 경, 어제부터 거기서 뭐하시는 겁니까."

"신문을 읽고 있다."

"……."

날 노리고 있었다.

"바쁘실 텐데 이만 집무실로 돌아가시는 게…… 저 납치하는 건 좀 포기하시고요!"

"무슨 소리인지 모르겠군. 난 그냥 신문을 보고 있는 중이다."

어제 자 신문에 얼굴을 파묻은 채 교과서 읽는 듯 어색한 말투, 어떻게 봐도 날 노리고 있잖아!

"……카론 경, 항상 하는 말이지만 당신은 거짓말에 소질 없어요."

아무리 명령에 살고 죽는 게 왕실 기사라고 해도 저토록 비정할 줄은 몰랐다.

"존귀한 은의 기사님이 이 사랑스러운 후배를 꼭 악랄한 사이비 교주한테 바쳐야겠습니까?"

"난·신·문·을·보·고·있·다."

으아아아! 무서워어어얼!

"누, 누가 순순히 잡혀갈 줄 알아요? 다가오기만 해 봐요. 왕실이 떠나가라 비명을 지를 테야!"

난 투덜거리며 계단으로 올라갔다.

'에이이이, 이 별 볼 일 없는 왕국. 당장 이민 갈 테다!'

뭐 그게 가능했다면 애당초 이 고생 안 했겠지만. 툭하면 여장하는 호스트 출신 기사라는 수상한 인간을 받아 줄 곳도 전 우주에서 여기밖에 없을 테고 말이야.

'아무리 그래도 사소한 실수 좀 했다고 365일 뼛골 빠지게 일하는 기사를 팔아 치우는 건 너무하잖아!'

내 방에 들어가려던 찰나 뭔가 오싹한 기분이 들어 뒤를 돌아봤다. 그리고 진짜 비명을 질렀다.

"꺄아아아아악!"

'신문을 보고 있는' 카론 경이 발소리 없이 뒤따라오고 있었다.

"……."

"……."

멈춰 있던 내가 스윽 한 걸음 뒤로 물러서자 카론 경도 스윽 한 발작 다가왔다. 심지어 진지하게 신문을 보고 있는 표정으로.

내가 태어나서 이보다 더 부자연스러운 광경을 본 적이 있었던가.

"사람 살려! 왕실 수사관이 죄 없는 사람 납치한다아아아!"

나는 처절하게 외치며 내 방으로 뛰어 들어가 단단히 문을 걸어 잠갔다. 그러나 내 스위트룸에는 이미 카론 경보다 훨씬 더 비열한 불한당 이인조가 기다리고 있었던 것이다.

"쇼탄! 루이!"

난 절망에 빠진 표정으로 구석을 향해 뒷걸음질 쳤다. 굵직한 노끈을 든 쇼탄이 야비하게 웃으며 천천히 다가왔다.

"흐흐흐. 미온 경, 이해하지? 사적인 감정은 없어."

네 빚 갚겠다고 날 팔아먹으려는 거냐! 사적인 감정 없이 이러는 게 더 기가 막혀!

몽둥이를 든 루이도 음흉하게 웃으며 다가왔다.

"히히히. 얌전히 굴면 다치진 않을 거야. 서로 좋은 게 좋은 거잖아."

넌 왜 즐기는 표정인데! 이 인간은 진짜 많이 해 본 솜씨였다.

"자, 잠깐! 당신들 진짜 날 팔아넘길 거야?"

"으흐흐흐. 널 팔아서 이번 달 이자를 갚을 거야."

"이히히히. 널 팔아서 명품 신상 코트를 살 거야."

이것들…… 이미 두 눈이 풀려 있잖아. 하긴, 이 타락한 종자들한테 내가 뭘 기대해.

힘없이 주저앉은 가련한 내 몸이 스멀스멀 다가오는 두 악당들의 그림자에 잠겼다.

2.

국가와 상관과 동료로부터 철저하게 배신당한 나는 오랏줄에 돌돌 묶인 대역 죄인의 꼴로 터덜터덜 마차로 걸어갔다. 길가에 나온 왕실 사람들이 내 모습을 보고는 서로 수군거리며 '교수형인가?', '쯧쯧. 저 녀석 언젠간 문제 일으킬 줄 알았어.', '늦은 감이 있지.' 같은 소리를 멋대로 지껄이고 있었다. 아냐! 그게 아냐, 이것들아!

"카론 경 저주할 거예요오오오. 키스 경은 항상 저주하니까 상관없지만 카론 경은 오늘부터 하루 세 번, 식후 삼십 분마다 성심성의껏 저주할 거예요오오오."

카론 경에게 끌려가던 나는 강제로 목욕당한 고양이처럼 음산하게 울었지만 이 비정한 유부남은 표정 하나 바꾸지 않았다.

"칭얼거리지 마라. 기사의 여장은 예전에는 즉결 처형감이었다는 걸 알아두도록."

"카론 경도 했잖아요! 심지어 나보다 더 잘 어울렸잖아요!"

"그것은 범인을 체포하기 위한 변장이었다. 자넨 취미고."

"취미 아냐! 절대 아니라고요!"

굳이 말하자면 '살기 위해' 했습니다. 그래, 따지고 보면 이 꼴을 당한 이유도 키스하고 펠리오스 탑에 갔다가 여장을 했기 때문이다. 결국 이 모든 비극의 원인 제공자는 (이번에도) 키스잖아!

나는 콧노래를 흥얼거리며 뒤따라오는 키스를 휙 노려봤다.

"어머나, 미온 경. 활짝 웃으셔야죠. 이제부터 교주님의 사랑을 듬뿍 받을 텐데. 아아, 부러워라."

남의 인생 작살나는 꼴이 그리 행복해?

"반드시 살아서 돌아올 테야! 돌아와서 그 면상을 떡처럼 주물러 줄 테야!"

나는 피의 복수를 다짐하며 마차에 올라탔다. 문을 닫기 전 카론 경이 그 특유의 사무적인 어투로 말했다.

"엔디미온 경, 그냥 장기 지명이라고 생각해라. 그분도 괴물은 아니다. 죽거나 험한 꼴을 당할 일은 없을 것이다."

"잡혀간 사람은 아무도 안 돌아왔다면서요."

"소문은 과장되기 마련이다. 신경 쓰지 마라."

난 야만족에게 팔려가는 공녀의 눈빛으로 카론을 바라봤다.

"정말이죠?"

"약속한다."

"그럼 카론 경도 같이 가요."

순간 카론 경의 완전무결한 무표정에 살짝 금이 갔다.

"……거긴 죄인이나 가는 곳이다."

"역시 죽는구나!"

그 순간 따아악! 하는 청명한 타격음이 울렸다. 어? 이거 어디서 많이 들어 본 소린데? 그리고 카론 경이 스르르 내 앞으로 무너졌다.

"엥?"

쓰러진 카론 경 뒤에는 부지깽이를 들고 있는 키스가 서 있었다. 악의 원흉 키스가 활짝 웃으며 말했다.

"아 참, 깜빡하고 말 못 했는데 교주님께서 한 명 더 필요하다고 하시더라고요. 그럼 두 분 오래오래 행복하세요오. 짜이찌엔!"

뭣이라! 동시에 문이 쾅 닫혔고 곧바로 지옥행 마차가 출발했다. 나는 덜컹거리는 마차 안에서 정신을 잃고 쓰러진 카론 경을 내려다보며 합장했다.

"헌신짝처럼 버림받은 중생들끼리 교주님의 은덕을 듬뿍 받아 보아요."

3.

그래서 사악한 번즈 교주의 노리개가 된 우리가 무슨 끔찍한 짓을 당하게 되었냐고요?

"와하하하! 여기에 모인 나의 성도들이여! 이 몸의 신통력을 보여 주겠노라!"

무대 뒤에서 대기하던 나는 교주의 호쾌한 웃음소리를 들었다. 이것이 우리의 신호였다.

'오늘만 몇 번째야?'

나는 한숨을 내쉬며 커다란 도르래 바퀴를 땀나게 돌렸다. 바퀴에 연결된 줄이 감기자 곧바로 무대 곳곳에서 탄성이 터졌다.

"오오오, 교주님께서 떠오르신다! 신의 힘이다!"

'아냐! 내 힘이야!'

"번즈 교주님! 어찌 그리 깃털처럼 날아오르실 수 있으신가요!"

"하하하! 너희들도 욕심을 버리면 이렇게 가벼워질 수 있다!"

'아주 신이 나셨네. 누군 힘들어 죽겠구만!'

이렇듯 권력자의 허세 뒤엔 항상 노동자들의 피를 토하는 고생이 있는 법이다.

"교주님의 힘으로 제 지긋지긋한 관절염도 치료해 주세요!"

"하하하! 그건 못 한다. 미안!"

솔직한 사기꾼이었다.

(퇴행성관절염도 못 치료하는 주제에) 할 일 없이 무대 위를 잠자리처럼 날아다니던 번즈 교주가 다시 헛기침을 했다. 혼신의 힘을 다해 바퀴를 돌리던 나는 내리라는 신호를 듣는 순간 힘이 탁 풀려 그만 손잡이를 놓치고 말았다.

"우아악!"

나와 교주가 동시에 비명을 질렀다. 감겼던 줄이 단숨에 풀리자 '신통력'을 잃은 교주님의 옥체가 무대에 불시착했다.

"교, 교주님!"

곧이어 비틀거리며 일어선 교주의 떨리는 목소리가 들렸다.

"보, 보았느냐. 이 몸은 불사신이니라. 그, 그리고 날 믿는 자도 불로불사……."

교주님은 숨이 안 쉬어지는지 가슴을 막 두드리며 간신히 복음을 전파했다.

"하지만 교주님, 지금 코피 나는데……."

"그게…… 욕심을 버리니까 혈액순환이 잘 돼서 그래."

교주님은 너무 아파 울먹거리는 목소리로 말하고는 무대 뒤로 들어왔다. 어느 시골 구석탱이에서 거행된 불로장생교의 부흥회는 교주가 몸소 5미터에서 자유낙하하고도 살아남은 것을 보여주는 기적을 행하며 막을 내렸다.

4.

사실 내가 번즈 교주를 만나서 가장 놀란 점은 교주가 내 생각보다도 훨씬 더 나사 빠진 인간이라는 것이 아니었다. 뭐가 놀랍냐 하면 딱 잘라 외모. 번즈 교주는 마치 '페르난데스 왕자님이 그대로 성장한다면 이렇지 않을까?' 싶을 정도로 반짝거려서, 만두 임금님의 재림을 예상했던 나는 그를 보는 순간 숨이 턱 막혔다. 게다가 내 형이라고 해도 믿을 정도의 심각한 동안. 잘해 봐야 30대 초반 정도로 보일까? 카론 경과 함께 서 있으면 대자연의 순리와 상식이 깡그리 무너져 내리고 그들을 지켜보는 일반 남자들이 피맺힌 주먹을 부들부들 떨 정도로 반칙이다.

그래, 이 부분은 참으로 다행이지만 문제는 하드웨어는 이렇게 준수한데 그 안의 소프트웨어는 임금님과 마찬가지로 하자가 많다는 것이다. 역시 신은 공평한 법이다.

교주가 울며 뛰어왔다.

"야, 똑바로 안 할래! 내가 낙법을 했으니까 망정이지!"

머리로 하는 낙법도 있습니까? 이쯤 되면 나도 화가 난다.

"그러니까 제대로 사기를 치고 싶으면 사람을 좀 더 고용하세요! 어째서 밥도 빨래도 청소도 공중 부양 마술 보조도 저 혼자 해야 하나요?"

"그야 딴 놈들은 다 도망쳤으니까!"

자랑이네요. 뭔 놈의 사이비 교단이 다들 충성심 제로래?

나는 이 모든 것이 몹시 혼란스러워 심란한 표정으로 물었다.

"으으음. 이거 실망이라 하기도 뭐하고 충격이라 하기도 그런데, 교주님은 본래 왕국을 떠들썩하게 만든 악질 사이비 교주 아니었어요?"

그러자 그가 얼굴을 붉혔다.

"아, 이거 쑥스럽게. 이놈의 인기 어쩌지?"

"어쩌긴 뭘 어쩝니까? 칭찬 아닙니다. 도대체 왜 지금은 대도

시가 아니고 이런 찢어지게 가난한 촌구석을 공략하고 있는 거 죠?"

내 물음에 교주가 진지한 목소리로 대답했다.

"혹시 블루오션이라고 들어봤어?"

'어디서 들은 건 있어서!'

(저 말도 안 되게 반짝이는 외모에도 불구하고) 확실히 전하의 동생이 맞는 것 같다.

아무튼 블루오션이고 부루마블이고 도무지 이해가 안 간다. 왕실이라는 어마어마한 '빽'이 있는 교주가 왜 이런 왕국 변두리에서 피아노 줄에 몸을 맡기고 날아다니고 있는지, 그리고 힘센 머슴이 필요했다면 (키스나 부를 것이지) 왜 하필 비실거리는 나를 불렀는지 하나부터 열까지 전부 이해가 안 간단 말이다. 여기까지 생각했을 때, 갑자기 문이 부서졌다.

"야! 누구 허락 받고 여기서 장사하래. 번즈 교주인지 뭔지 당장 나와!"

난 문짝을 박살 내며 들이닥친 지역사회 망나니들을 멍하니 바라봤다. 아아, 저 문도 내가 고쳐야겠지? 머리가 아파진 나는 생각하길 그만뒀다. 번즈 교주는 두 팔을 활짝 벌리며 그들을 환영했다.

"이곳에 온 것을 환영합니다. 낯선 여행자들이여."

"뭔 여행? 우리 대대로 여기 살아."

"제게 가르침을 받으러 오셨군요. 기꺼이 베풀겠습니다."

"자릿값 받으러 온 거야! 사람이 말하면 좀 들어!"

저쪽도 답답하긴 마찬가지일 것 같다. 동정이 간다. 그들은 본격적인 수금을 위해 눈을 희번덕거리며 주변을 둘러보았지만 곧 안색이 나빠졌다. 훔칠 만한 것이 없었다. 이 유랑 극단 천막 같은 곳엔 관객석을 대신하는 통나무들과 가난한 신도들이 헌금 대신 놓고 간 배추며 감자 따위가 있을 뿐, 황금 촛대니 상아로 만든 여신상 같은 건 눈을 씻고 봐도 없었다. 내가 다 미안하다.

"야! 꿍쳐 둔 돈 다 어디다 뒀어? 좋게 말할 때 내놔."

"그런 건 없답니다."

"누가 속겠냐? 신도들한테 걷은 돈 있을 거 아냐!"

"실망하지 마십시오. 제가 황금보다 값진 교훈을 드리겠습니다."

"아, 글쎄 그딴 거 필요 없다니까! 돈 내놔, 돈!"

격분한 그들이 몽둥이를 들며 성큼성큼 다가왔다. 나는 한숨을 내쉬며 명복을 빌었다. 그러니까 저들의 명복을.

"엉? 뭐야, 넌?"

뚜벅거리는 구두 소리와 함께 무대 뒤에서 나타난 자에게 시선이 쏠렸다. 묵묵히 장갑을 끼는 카론 경은 날씬한 검은 연미복에 매끈한 페이턴트 슈즈를 신고 테가 얇은 안경을 쓰고 긴 머리를 말끔히 넘긴 집사의 자태였다. 하지만 절대로 그가 원해서 입은 것은 아니라는 사실을 증명이라도 하듯, 두 눈을 지그시 감은 조각 같은 이목구비엔 싸늘한 냉기가 서려 있었다.

번즈 교주가 자신만만하게 두 눈을 번뜩이며 말했다.

"자, 쓰레기 여러분들, 공짜 너무 좋아하면 머리가 벗겨지고 때로는 뼈가 부러진답니다."

"이건 또 뭔 소리래."

"이것이 오늘의 교훈입니다. 이 기회에 충분히 체험하고 회개하세요. 가랏! 카론몬!"

직접 해, 교주!

5.

"……저기, 카론 경."

난 맞은편 침대에 누워 그를 바라봤다. 내게 등을 보인 채 반대편 침대에 누워 있는 은의 기사님은 대답은커녕 미동도 없었다. 벗어던진 연미복은 구석에 처박혀 있고 집 밖에선 눕지 않는다는 신조도 포기한 채 초저녁부터 식음을 전폐하고 드러누워 있는 중이다. 끓어오르는 짜증이 여기까지 느껴진다.

'하긴 화가 날 만도 하지.'

카론 샤펜투스 씨가 어떤 사람이냐 하면 금욕적인 기사도와 지고지순한 신앙심을 동시에 보유한 기사의 모범이다. 내가 썩어 빠진 성직자들을 나무라도 '그들의 타락과 나의 믿음이 무슨 상관인가?'라고 말하며 흔들린 적이 없는 사나이다. 그런 자에게 이름만 들어도 치 떨리는 사이비 교주를 모시라는 건 죽을 만큼 싫은 명령일 것이다. 비유하자면 강제로 키스 경의 부하가 되었는데 키스가 왕족이라서 꼼짝없이 당해야 하는 아찔한 상황과 다를 바가 없다. 나야 뭐, 세상에서 가장 까다로운 여성들을 즐겁게 해 주는 서비스업에 종사했으니까 이런 거 아무래도 상관없지만, 카론 경은 견디는 것이 용하다.

'아니 그보다, 벌써 한 달이나 지났는데 카론 경 없이도 왕실이 제대로 돌아갈까?'

지금쯤 개판일 것이 뻔하다. 공무는 하나도 처리되지 않았을 게 테고 극악무도한 죄수들이 다 탈옥해서 난동을 부리고 있을지도 모른다. 왕실도 아이히만 대공과 함께 왕궁의 두 기둥 중 하나인 카론 경의 중요성을 모르는 바는 아닐 거다. 그 점이 이상하다. 돈벌이 외엔 딱히 도움이 안 되는 나는 그렇다 쳐도, 카론 경 같은 인재를 왜 이런 허탈한 곳에 보내서 교단의 집사로 쓰는지 도무지 모르겠다. 아주 중요한 이유가 아니라면 교주가 아무리 황소고집을 부렸어도 파견하지 않았으리라.

비공식 왕가의 핏줄, 시골에 은둔한 교주, 영문 모를 부름, 연기처럼 피어오른 불안감이 눈앞에서 뭉쳐 가며 스멀거렸지만 형체를 이루지 못한 채 곧 흩어졌다. 난 머리맡으로 긴 목을 들었다. 그리고 입술을 동글게 모아 촛불을 껐다.

6.

이튿날 카론 경과 내가 번즈 교주의 손에 이끌려 간 곳은 지역 부호의 저택이었다. 교주의 말로는 '방문판매'라고 하는 게 살짝 불안하지만…… 그게 무엇이든 젖 먹던 힘을 다해 교주를 하늘로 날리는 일보다는 낫기 때문에 잠자코 따라갔다. 두말할 것도 없이, 시골 유지들은 지역의 왕과 같아서 폭력배와 다를 바 없는 사병들이 득실거리는 그 위험한 곳에 뜨내기 교주가 포교를 하겠다고 문을 두드리는 것은 결코 현명한 판단이 아니다. 나는 뒤따라오는 카론 경을 흘낏 돌아봤다. 물론 이번에도 강제 집사 복장이지만 저 서늘한 무표정에는 긴장감이라곤 하나도 없었다.

'뭐, 별일 없겠지?'

백만 대군이 몰려와도 눈썹 하나 까딱 안 할 저 도도한 표정을 보고 있으면 아무도 다치지 않을 거라는 안도감이 든다. 설마 교주님도 그래서 카론 경을 부른 것은 아닐까. 그렇다면 다행인데 말이야.

'아니, 그럼 난 왜 부른 거야?'

그 의문은 곧 풀렸다. 대저택의 귀부인을 만난 번즈는 곧바로 '포교'를 시작했다.

"부인의 아름다운 영혼에 이끌려 저도 모르게 이곳까지 오게 되었습니다. 절 책임지세요, 레이디."

"오호호호. 간지럽구나. 교주라 했지. 내가 천국에 갈 수 있겠느냐?"

"그럼요. 제가 보내드리겠습니다. 오늘 밤이라도."

번즈 교주의 감미로운 콧소리를 들으며 난 고개를 돌린 채 최대한 먼 곳을 바라봤다. 저 사탄의 종자를 계속 보고 있으면 나도 모르게 때릴 것 같았기 때문이다. 대체 이 아저씨 정체가 뭐야. 비공식 왕족이자 사이비 교주이자 중년의 제비냐? 신께서 이 광경을 지켜보시다가 '야야, 너희들 도저히 안 되겠어. 아웃이야, 아웃.'이라며 불벼락을 내려도 할 말이 없을 것 같았다.

나는 뒤에 서 있는 카론 경을 흘낏 봤다. 평소와 같이 쌀쌀맞은 얼굴로 두 눈을 지그시 감고 있었지만 손에 쥔 칼집이 살짝 떨리는 걸 봐서 역시 폭발 일보직전인 것이 분명했다. 키스 말고도 카론 경의 평정심을 이 정도로 자극할 수 있는 사람이 이 세상에 존재한다는 사실이 놀라울 따름이다.

거의 본능에 가까운 사탕발림을 늘어놓던 교주가 내 옆구리를 쿡쿡 찔렀다. 도와 달라는 의미다. 난 살짝 쓴웃음을 지으며 머리를 쓸어 넘겼다.

'뭐 명령은 명령이니까 어쩔 수 없지. 간만에 실력 발휘를 해 볼까나.'

교주님, 이쪽은 은퇴하긴 했어도 프로랍니다. 전문가의 솜씨를 보여 드리죠. 난 뽀얀 오른쪽 어깨를 드러내며 살포시 몸을 틀고 물에 젖은 눈망울로 부인을 바라보곤 속삭였다.

"누님, 저도 책임져 주세요. 지·금·바·로."

등 뒤에서 지옥불처럼 이글거리는 카론 경의 분노가 느껴진다. 지금 뒤돌아보면 십중팔구 피살되겠지. 음란해서 죄송합니다. 에라이 어차피 망한 인생, 될 대로 되라지. 이제 나도 모르겠다.

7.

교주와 나는 왕족의 체통도 기사의 자존심도 다 내다 버리고 시골 귀부인의 혼을 쏙 빼 버렸다. 그리고 그 시간 동안 늘어놓은 교주의 설교는 의외였다.

천국을 바라고 선행을 베푸는 자들은 득실을 따지는 장사꾼과 같아 아무리 노력해도 천국에 갈 수 없다. 천국에 갈 수 있는 유일한 방법은 천국은 없다고 믿으며 주어진 오늘을 최선을 다해 살아가는 것이다. 자기 생명처럼 상대의 생명을 지켜 주는 삶뿐이다. 그것이 신이 우리에게 내린 유일한 과제이며 그 과제를 완수한 자들이 천국에 간다. 설령 가지 못하더라도 적어도 우리 후손들에겐 천국을 줄 수 있다. 애당초 천국은 홀로 갈 수 있는 곳이 아니다. 우리 모두가 가거나 아니면 모두가 실패할 것이다. 신은 우리 모두를 하나로 보기 때문이다.

"아, 참고로 신은 자기 아들딸들의 돈이 항상 필요할 정도로 가난하지도 무능하지도 않답니다. 돈을 내면 행복해진다니……
그런 건 놀이공원으로 충분하잖아요?"

사이비 교주가 말을 맺었다.

"후후. 천국을 위해 돈을 쓰지 마라? 역시 넌 사이비로구나.
큰일 날 소리야."

시골의 귀부인은 나쁘지 않다는 듯 웃었다. 난 속으로 가슴을
쓸어내렸다. 만약 그녀의 신앙심이 좀 더 투철했다면 바로 지하
실로 끌려가 고강도의 참회를 당할 발언이었다. 언제나 그렇듯
이 권력자들이 노예의 입을 틀어막는 경우는 노예가 미친 소리
를 할 때가 아니라 자신보다 설득력 있는 말을 할 때다.

"하지만 좀 아쉽긴 하구나. 나 혼자서는 천국에 갈 수 없다
니……."

"방법이 없는 것은 아닙니다, 부인."

"응?"

교주가 의미심장한 눈빛으로 부인을 바라보며 주머니에서 뭔
가 수상한 것을 꺼냈다. 어떻게 봐도 시장 귀퉁이에서나 팔 법한
가짜 옥 장신구였다.

"바로 이 옥팔찌입니다. 마키시온 황제가 쓴다는 이 귀한 옥
돌에 제 모든 신통력을 불어넣었습니다. 주무실 때 이 팔찌를 차
면 점점 제 힘이 온몸에 퍼져 천국에 갈 수 있게 됩니다. 가격은
효과에 비하면 거의 공짜나 다름없는 수준으로……."

'아아아, 아저씬 진짜 지옥 갈 거야.'

우리 교주님은 허접 옥돌 팔찌를 진짜 금덩이로 바꿔 챙기는 기적을 행하셨다. 이 양반의 몸에도 임금님의 피가 흐른다는 사실을 깜빡 잊고 있었다.

천인공노할 '방문판매'를 마친 교주가 판매 대금을 들고 산뜻한 미소를 지으며 자리에서 일어났다. 그때 팔찌를 이리저리 훑어보던 부인이 크게 말했다.

"잠깐!"

"네?"

역시 들킨 건가. 교주의 웃는 표정이 살짝 굳었다.

"이거 아무래도 찜찜한데. 이게 가짜면 어떻게 책임질 거야?"

그러자 교주가 나를 가리키며 주저 없이 말했다.

"만약 그것이 가짜라면 제 몸종의 목을 치십시오!"

"닥쳐, 교주!"

그냥 환불해 줘! 왜 AS를 내 목숨으로 하냐고!

그러자 그녀가 손가락으로 어딘가를 가리켰다. 고개를 돌려보니 그녀가 가리킨 건 거의 염불을 외우는 수준의 인내심으로 이 상황을 참고 서 있던 카론 경이었다.

"저 새침한 미남을 하루 빌려 주는 대가라면 사도록 하지."

얼레?

"아아, 물론 대여 가능합니다. 부디 마음껏 사용해 주세요."

잠자코 서 있던 자신에게 날벼락이 떨어졌다는 걸 안 카론 경이 깜짝 놀라 입을 벌리려는 찰나 번즈가 그를 바라봤다. 그 표정은 '나 왕족인데, 때릴 거야?' 였다.

"자, 그럼 거래는 성사된 것으로 알고 저는 이만."

일편단심 유부남을 독수공방 귀부인에게 냅다 던져 준 교주는 발랄한 걸음으로 저택을 빠져나갔다. 이 나라에서 태어나 기사도를 지키는 길은 정말 멀고도 험한 것이다.

8.

"……저기, 카론 경."

난 맞은편 침대에 누워 그에게 조심스레 말했다. 돌아오자마자 완전히 등을 돌린 채 드러누운 그는 아무 말도 없었다. 미동도 없는 그의 몸에선 온 세상을 빙하기로 만들 것 같은 싸늘한 냉기가 흘러나왔다. 죽도록 불편한 분위기였지만 무슨 일 당했냐고 물어봤다간 진짜로 죽을지도 몰라서 그냥 입을 다물었다.

'그런데 아무래도 이상하단 말이야.'

이 지명에는 뚜렷한 위화감이 있다. 난 귀부인의 저택에서 돌아오는 길을 떠올렸다.

"이야아아. 실력이 대단하던데! 깜짝 놀랐어. 정말 기사 맞아?"

교주가 내 어깨를 두드리며 말했다. 아니, 이건 또 뭔 소리래?

"뭘 새삼 감탄하시죠? 제가 이런 일에 능숙한 걸 알아서 절

부른 거잖아요."

내가 삐죽거리자 그가 고개를 갸웃거렸다.

"응? 내가 왜?"

왜라뇨?

"와서 도와준 건 고마운데, 내가 왜 누군지도 모르는 널 불러?"

표정을 봐도 거짓말하는 건 아닌 것 같았다.

"아니, 그럼 교주님이 저와 카론 경을 지명한 게 아니었어요?"

"아 글쎄, 누군지도 몰랐다니까. 전하께서 자네들을 보내준 거야."

번즈 교주는 한 번도 전하를 형이라고 부르지 않았다. 아니, 지금 중요한 건 그게 아니라 당신이 우릴 부른 게 아니고 전하가 보낸 거라고?

"어, 어째서 전하가 우리를……."

"글쎄. 왜일까?"

내 당연한 의문에 그는 어깨를 으쓱했다.

"왕족의 가장 큰 딜레마가 뭔지 알아?"

내가 알 리가 없었다.

"왕족은 너무 적어도 문제, 너무 많아도 문제라는 거야. 이 왕국은 어느 쪽일까?"

"……."

"난 말이지, 욕심 같은 건 없어. 골치 아픈 왕관 따윈 내 쪽에서 사양하고 싶어."

그게 혼자 들기도 힘든 금 주머니를 든 사람 입에서 나올 말인 가요.

"하지만 나는 관심이 없어도 세상은 나한테 관심이 많더구나. 내가 존재하기 때문에 여러 가지로 골치 아픈 일이 많으니까."

반박할 수 없는 말이었다. 교주, 아니 전하의 동생은 왕이 될 권리가 있다. 심지어 그가 원치 않더라도. 그리고 그건 왕실에서 원하는 상황이 아닐 것이다.

"내가 태어나기 전엔 왕관을 넘겨 줄 핏줄이 없어 고민이었다고 하더군. 그래서 아이히만 대공도 고생이 많았다고. 이번에는 내 피가 문제가 되는 거지. 왕실에는 남에게 빼앗기면 안 되는 여분의 열쇠 따윈 성가실 뿐이니까. 가만히 생각해 보면 억울해. 그냥 내가 태어났을 때 죽었으면 이렇게 서로 힘들 일도 없잖아?"

"그, 그런 말씀 마세요!"

그는 태연하게 웃었다. 이제 와 새삼 화가 날 것도 없다는 얼굴이다. 교주는 항상 죽을 준비가 되어 있는 사람처럼 보였다.

"하지만 반항심에 사이비 교주 같은 게 되어서 세상을 싸돌아다니다 보니까 내 사연은 아무것도 아니더라고. 이 세상엔 나보다 훨씬 더 어이없는 이유로 죽거나 죽지 못해 사는 사람들로 가득하니까. 그때부터였을 거야, 전하에게 편지를 보낸 것이. 평생 왕실에 있어야 하는 그분은 볼 수 없는 이 세상의 넘치는 비극들을 주제넘게 적어서 보냈지. 조금은 도움이 되었을까? 아니면 성가셨을까?"

그리고 그는 다시 우리밖에 없는 교단으로 돌아가 신도들이 모인 자리에서 하늘을 날았다. 줄에 매달린 채 하늘을 빙글빙글 돌며 사람들에게 금화를 뿌렸다. 살아 있는 것보다 아름다운 건 없다고 외치면서. 이번에는 줄을 놓치지 않았다.

9.

여러 생각에 잠긴 채 잠이 들었다. 다시 깨어났을 땐 새벽이었다. 난 투덜거리며 잔뜩 뒤엉킨 긴 금발을 풀다 눈을 번쩍 떴다.

"어? 카론 경? 뭐하세요?"

난 벌떡 일어났다. 그는 기사단 제복을 입고 있었다. 그리고 자신의 서슬 푸른 검을 뽑아 손질하고 있었다. 안경을 벗은 얼굴이 여느 때보다 더 차가웠다.

"엔디미온 경."

"예?"

그가 자신의 칼날에 시선을 둔 채 입을 열었다.

"자네 임무는 끝났다. 지금 즉시 왕실로 복귀하도록."

"갑자기 무슨……."

순간 불길한 기분에 젖었다.

"카론 경은요."

"난 할 일이 남았다."

그의 사무적인 목소리가 겉돌았다.

"저, 저도 있을래요."

"이제 여기서 자네가 할 일은 없어. 고집 부리지 마라."

"싫어요!"

"……."

그는 슬쩍 고개를 들어 나를 바라봤다. 사냥을 앞둔 표범 같은 눈이었다. 그가 천천히 칼집에 검을 넣자 벼락같은 검광도 함께 빨려 들어갔다.

"그럼 방해하지 마라."

10.

"자, 그럼 이제 또 아무도 모르는 곳으로 떠나 볼까!"

교주는 일찍 일어나 천막을 부수고 이미 떠날 채비를 마친 뒤였다. 채비라고 해 봐야 나귀 둘이 끄는 짐마차 위의 자질구레한 세간이 전부로, 방랑자의 것이라고 해도 괜찮을 수준이다. 금화를 나눠 받은 지역 사람들은 아주 오랜만에 성대한 잔치를 열었고 지금쯤 모두 깊게 잠들었을 것이다.

마차에 올라탄 그는 나와 카론 경을 보고는 반색을 했다.

"어, 왜? 자네들도 따라오게?"

"예? ……아, 예."

"갸륵하구먼. 내 신앙심이 통한 건가?"

말은 거창했지만 조소에 가까운 목소리였다. 짐마차는 마을 어귀를 떠나 오솔길에 접어들었다. 작은 마차라서 나와 카론 경은 곁에서 걸었다. 서늘한 기분이 든 것은 새벽 공기 때문이 아니었다.

'어쩌면, 정말 어쩌면…….'

난 맨 뒤에서 걷고 있는 카론 경을 바라봤다. 뒤따르는 그의 시선이 교주의 뒷모습에 계속 고정되어 있었다. 콧노래를 부르는 교주는 한 번도 뒤를 돌아보지 않았다. 말을 걸지도 않았다. 꺼림칙한 긴장감이 떨어지질 않았다.

'카론 경은 교주를 죽이기 위해 온 것이 아닐까.'

생각하는 것만으로도 심장이 저렸다. 하지만 만약 왕실이 '불안 요소'를 제거하기로 결정했다면 그걸 행하는 데 카론 경만큼 적합한 사람도 없으리라. 어떤 임무에도 실패하지 않고 왕실의 명령은 반드시 수호하는 기사니까. 만약 정말 그렇다면 나는 어떻게 해야 할까.

그리고 마차가 멈췄다.

"강도는 아닌 것 같고 높으신 분이 보냈나?"

교주가 마차 앞을 가로막은 자들을 훑어보며 말했다. 난 눈을 의심했다. 그들은 이 베르스 왕국의 군인이었다. 그것도 왕실 직속 부대. 말하자면 국왕이 움직이는 군대다.

"자칭 번즈 교주는 들어라."

그들이 말했다.

"사악한 궤변으로 백성들을 현혹시켜 사리사욕을 챙긴 신성 모독죄. 자신의 선왕의 직계라고 주장하며 백성들을 선동하여 반란을 꾀한 대역죄로 체포한다. 순순히 따르라."

비열한 놈들! 결국 왕국은 이걸 선택한 거냐!

그때 카론 경이 교주에게 걸어갔다. 그는 말없이 검을 뽑았다.

"카론 경! 잠깐!"

나는 나도 모르게 팔을 벌리며 그를 가로막았다.

"비켜라."

"이, 이건 아니잖아요! 아무리 칙령이라도!"

"말싸움을 할 시간 없다. 비켜."

"싫어요. 이건 충성도 명예도 아니에요. 그냥 살인이라고요!"

"엔디미온 경."

"……."

"역시 자네는 기사에 어울리지 않아."

그 말과 함께 그가 바람처럼 나를 뚫고 지나갔다. 아니, 정확히 말하면 말도 안 되는 도약력으로 나를 뛰어넘었다. 그는 날아오르며 장검을 든 팔을 크게 접었다. 그리고 주저 없이 검광을 뿌렸다. 그리고 단숨에 목이 날아갔다.

난 표정 잃은 얼굴로 그 모습을 바라봤다. 믿을 수가 없었다. 카론 경의 검은 교주가 아닌 왕실 군인의 목을 베어 버린 것이다. 창백하게 질린 군인들이 뒤로 물러서며 말했다.

"미친 거냐! 이건 반역이다!"

하지만 카론 경은 그 싸늘한 표정으로 그들에게 다가가며 말했다.

"반역은 너희가 저질렀다. 왕실을 사칭한 죄는 크다."

"무, 무슨 증거로!"

카론 경은 곧바로 그의 팔을 잘랐다. 선혈이 긴 호선을 그었다.

"끄아악!"

"나의 검이 증거다. 나는 너희를 설득하려고 온 것이 아니다. 투항하거나 죽어라."

카론 경의 얼음장 같은 말투는 들을 때마다 오싹하다. 진짜 왕실 기사의 압도적인 검술과 위압감에 질린 그들은 바로 무기를 버리고 무릎을 꿇었다. 그리고 임무는 종료되었다.

11.

"이래서 전하가 자넬 보낸 거였군. 짐작도 못 했네."

번즈 교주는 카론 경을 보고 쓴웃음을 지었다.

"저도 어제 칙령을 받았습니다. 귀공은 공식적으로는 존재하지 않는 분이니 임무 역시 은밀하게 진행되었습니다."

"이런, 이런. 내가 또 죄를 지었군. 나 같은 사이비 교주 지키려다 자네들 같은 인재가 다치기라도 했다면 죄책감에 평생 밥도 못 먹었을 거야."

교주는 너스레를 떨 뿐 더 이상 자세한 것은 묻지 않았다. 왕실을 사칭해서 자신을 납치하려던 자들이 누구였는지, 또 그 납치를 왕실이 어떻게 미리 알았는지 등. 물론 물어봐도 대답할 리없겠지만.

"가서 전하게. 내 심장이 필요할 땐 고이 돌려 드릴 테니 언제라도 말하라고. 되먹지 못한 인생이지만 적어도 그 정도 염치는 있다고."

"전하께서는 계속 편지를 보내 달라고 하셨습니다."

"……가혹하기는."

그는 말을 흐렸다. 그는 마차에 올라탔다. 그는 자신도 모르는 곳으로 홀로 떠났다. 또 어딘가 알 수 없는 곳에서 하늘을 날지 모르겠다. 교주를 본 것은 이것이 마지막이었다.

12.

"카론 경, 그분은 행복할까요?"

돌아가는 기차 안에서 난 묘한 상념에 젖어 물었다. 신문을 보던 카론 경은 무심히 말했다.

"다른 사람과 똑같겠지. 때론 행복하고 때론 슬프고."

"그럴까요?"

그러면 좋을 것 같다. 아무리 자기 신분을 밝히지 못하고 떠도는 삶이라도 거기에 때때로 행복이 있길 바란다.

카론 경은 잠시 생각하는 듯 창밖을 보다 말을 이었다.

"그럴 것이다. 그분과 비슷한 사람도 그러고 있으니까."

"어? 누구요?"

"알 필요 없다."

매정하게 딱 잘라 말하자 입술을 삐죽였다. 아무튼 이 사람과는 긴 대화가 안 된다.

'아니, 잠깐?'

문득 이상한 점이 떠올랐다. 임금님이 동생을 구하려고 카론 경을 보낸 것은 이해가 된다. 그야말로 왕국 최고의 기사니까. 하지만 난? 난 왜 보낸 거야?

"설마 전하께서 날 제대로 된 기사로 인정한 건가!"

기쁨에 눈이 번쩍 뜨일 찰나 카론 경이 찬물을 부었다.

"그럴 리는 없겠지."

제발 한 번이라도 좋은 말 좀 해 주시면 안 됩니까?

"그, 그럼 날 왜 보냈어요?"

"모른다. 왜 그걸 나한테 물어보나?"

카론 경은 자기도 살짝 불만이라는 듯 말하고는 다시 신문을 들었다. 아무리 머리를 굴려 봐도 도무지 이유를 알 수 없었던 이 문제는 의외로 허무하게 풀렸다. 어느 날 차 시중을 드는 나를 본 전하가 주변을 두리번거리더니 슬금슬금 다가와서 팔뚝으로 옆구리를 쿡쿡 찔렀다.

"메론 군이지?"

"몇 번을 말씀드렸지만…… 메론이 아니고 미온인데요."

"저번에 동생을 지켜 줘서 고맙네. 고얀 놈들을 신박한 검술로 단숨에 물리쳐 줬겠지?"

"아뇨, 그건 카론 경 혼자 다 했고요, 전 일단 칼도 없는데요. 전 그냥 뒤에서 응원이나……."

제가 매일 지명 가서 돈 벌어 오고 왕실에선 애교부리며 접대하고 왕족이 위험하면 최강 검술로 악의 무리를 처부수는 슈퍼 공무원인 줄 아십니까.

"뭐? 아들이 자네를 훌륭한 기사라고 하도 칭찬해서 난 자네가 엄청 잘 싸우는 줄 알았는데! 아니 그럼 뭐 하러 간 거야?"

내 말이! 결국 이거였냐! 하여튼 이놈의 왕실은 뭐 하나 제대로 돌아가는 법이 없어!

제멋대로 만화극장

Swallow Knights Tales

Swallow Knights Tales

"스왈로우 나이츠 신입 기사 엔디미온 키리안,
『SKT 개정판』으로 다시 돌아왔습니다!
미온이라고 불러 주세요."

『SKT 개정판』은
네이버 N스토어에서도
만나보실 수 있습니다.

dream
books
드림북스

魔劍王

마검왕

나민채 퓨전무협 장편소설

『죽지 않는 무림지존』, 『천자를 먹다』
베스트 셀러 작가 나민채의 신작!

강호와 현실을 자유롭게 넘나들며 벌이는 스펙터클한 퓨전 무협

강호의 마교 소교주, 현실의 고등학생이라는 두개의 삶.
나를 다른 세상으로 부른 흑천마검에는 놀라운 비밀이 숨어 있다!

dream ★
books
드림북스

S

hapiro

샤
피
로

쥬논 판타지 장편소설

FANTASYSTORY & ADVENTURE

쥬논 판타지 장편소설

불사의 비밀을 좇는
샤피로의 처절한 싸움이 시작된다!

잃어버린 기억을 찾아,
자신의 광기어린 복수를 이루기 위해!
매일 밤 사내는 흑고양이의 심장을 가진 샤피로가 되어
죽음과 환상의 경계를 넘나든다.

★
dream
books
드림북스

신룡의 주인

『더스크 하울러』, 『환수의 주인』의 작가!
태선 판타지 장편소설

알테리온가의 막내아들 샨,
알에서 태어난 특급 용 카이.
평범하지 않은 둘의 좌충우돌 학교생활이 시작된다!

dream
books
드림북스